Traudel Witter · Schalom für Arif und Ismael

TRAUDEL WITTER

SCHALOM
für Arif und Ismael

Eine gefährliche Freundschaft in Israel

CHRISTLICHES VERLAGSHAUS
STUTTGART

Stuttgarter Jugendtaschenbücher
Band 102

Umschlaggestaltung: Dieter Betz, Weissach
Grafik 4. Umschlagseite: © ZEFA/Masterfile
Gesamtherstellung: Druckhaus West GmbH, Stuttgart
ISBN 3-7675-7102-1

Die Erzählung spielt im Westjordanland (s. Karte). Dieses Gebiet gehörte von 1949 bis zum Sechstagekrieg 1967 zu Jordanien und steht seither unter israelischer Militärverwaltung. Da es noch keinen Friedensvertrag zwischen Israel und Jordanien gibt, ist die politische Zukunft des Westjordanlandes ungesichert. Israel hat zahlreiche neue jüdische Siedlungen im Westjordanland gegründet. Dies ist unter anderem der Hintergrund für Spannungen mit der arabischen Bevölkerung, die sich immer wieder in schweren Unruhen entladen (sog. Intifada). Sie werden von der palästinensischen Befreiungsbewegung (PLO) als politisches Druckmittel gegen die israelische Militärverwaltung benutzt.

1.

Der Wind rüttelte an den Fenstern und Jalousien, während in der Ferne letztes Donnergrollen zu hören war. Der heftige Regenguß hatte für etwas Abkühlung nach der drückenden Hitze gesorgt.

Arif wälzte sich unruhig hin und her. Draußen im Hof krähte der Hahn und alsbald schreckte Arif aus seinem Traum auf: Ich liege ja im Bett und nicht in der tiefen Felsschlucht! Also war er auch nicht von dem störrischen Pony abgeworfen worden, das seine Kusine Yael als lammfromm bezeichnet hatte. Der springende Punkt war nur der: Sie konnte sehr gut reiten und er hatte immer noch große Mühe damit. Dixi hatte es faustdick hinter den Ohren und nutzte Arifs Schwäche weidlich aus, besonders wenn ein Grasbüschel am Wegrand lockte.

Arif warf einen Blick auf die Uhr: Noch eine halbe Stunde bis zum Frühstück.

Er schloß wieder die Augen und lauschte den vielen Geräuschen: Die Vögel zwitscherten und lärmten in der Pergola und vergnügten sich zwischen der wuchernden Bougainvillea. Es roch nach frischem Gras und feuchter Erde, vermischt mit den verschiedensten Blütendüften aus dem nahen Garten.

Der Hund bellte und Arif wußte, daß sein Onkel Avraham jetzt das Wohnhaus verließ, um im großen Hühnerstall mit der Fütterung zu beginnen. Wie an jedem Morgen erschien der schwarze Kater Charles, sprang vom Fensterbrett direkt auf Arifs Bettdecke und suchte sich einen bequemen Platz auf dem Kopfkissen. Behutsam streichelte Arif die Katze, bis sie zu schnurren begann und sich noch näher an ihn kuschelte.

Arif mußte an seine Mutter denken. Sie würde in Panik geraten, wenn sie wüßte, daß die Katze bei ihm im Bett war und daß er meist barfuß oder nur in Sandalen und Turnhose herumlief und sogar zum Essen so erscheinen durfte. Bei Onkel Avraham und Tante Olga ging es nicht so vornehm zu wie daheim, wo man meistens in Hemd und Krawatte zu erscheinen hatte. Bei Onkel Avraham war einfach Urlaub, und Arif genoß das freie, ungezwungene Leben.

Zwei Wochen war Arif nun schon hier in der Siedlung Alfei Menasche. Der Ort war durch jüdische Siedler neu gegründet worden und lag im Westjordanland, das eigentlich zu Jordanien gehörte, aber seit dem Krieg von Israel kontrolliert wurde. Die neuen Häuser waren halbkreisförmig angeordnet und lagen auf einem mit Geröll bedeckten Berg. Es gab Straßen, ein großes Einkaufszentrum, eine Schule mit einem großen Sportgelände sowie öffentliche Parks und Spielplätze. Onkel Avrahams Haus stand etwas abseits der Siedlung an einem Wäldchen aus Orangenbäumen inmitten einiger uralter Olivenbäume, auf die Onkel Avraham besonders stolz war und sie darum wie seinen Augapfel hütete.

Arif wußte, daß sein Onkel, der lange im Militärdienst gewesen war, sich mit diesem Hof einen langgehegten Wunsch erfüllt hatte.

Das Land hatte lange brachgelegen. Onkel Avraham konnte es günstig von einer arabischen Großfamilie erwerben, die nach dem Tod des Familienoberhauptes in die Stadt Kalkilja abgewandert war. Landwirtschaft war schon immer seine große Liebe gewesen. Darum hatte er das Angebot von Arifs Vater ausgeschlagen, sich in Tel Aviv niederzulassen und Werksleiter in der Fabrik seines Bruders zu werden. Die Familie Shahar wohnte schon seit einigen Generationen in Tel Aviv. Aber die beiden Brüder David und Avraham Shahar hatten eben unterschiedliche Neigungen und Begabungen.

Seine Ferien hatte Arif bisher immer mit seinen Eltern verbracht. Sie waren viel im Ausland gewesen. Arif kannte Italien, Griechenland, England und Frankreich. Aber in diesem Jahr kam alles ganz anders. Vater mußte wegen der Firma für ein halbes Jahr nach New York und Mutter wollte mit, weil sie ihre Schwester Mabel in Philadelphia besuchen wollte. So kam das Angebot von Onkel Avraham gerade recht, denn Arif wollte auf keinen Fall mit nach Amerika.

Onkel Avraham war mit seinem ältesten Sohn Moshe zu Arifs Bar Mizwa gekommen und hörte von Arifs Kummer. Daraufhin lud er ihn nach Alfei Menasche ein: Arif solle einmal das richtige Landleben kennenlernen. Die Eltern waren nicht sofort damit einverstanden. Aber schließlich half das Betteln. Moshe hatte auch ein gutes Wort für Arif eingelegt und versprach seiner Mutter, sich um ihn zu kümmern. Moshe war immerhin zehn Jahre älter, doppelt so groß wie Arif und stark wie ein Bär. Er hatte soeben seine Militärzeit beendet und half nun seinem Vater. Er plante, sich selbständig zu machen und eine Autowerkstatt und eine Tankstelle in der Siedlung aufzumachen, in der Hoffnung, daß die Durchgangsstraße weiter ausgebaut würde und noch mehr Leute zuzögen.

Endlich war es soweit. Moshe kam, um Arif mit dem Landrover von Tel Aviv abzuholen. Das hatte er versprochen. Arif war voller Erwartung. Sie sprachen unterwegs von Moshes Bruder Jabari, der noch beim Militär war. Arif kannte ihn kaum und würde ihm nur an den wenigen freien Wochenenden begegnen. Moshe hatte auch noch eine Schwester, Yael. Sie war nur ein halbes Jahr jünger als Arif, und er hatte bei seinen Besuchen hin und wieder schon eine kleine Meinungsverschiedenheit mit ihr gehabt. Yael mußte immer das letzte Wort haben. Es würde also nicht leicht sein, mit ihr auszukommen.

Nun war Arif aber schon einige Tage in Alfei Menasche, und es ging weitaus besser, als er sich das vorgestellt hatte. Insgeheim bewunderte er Yael ein wenig. Wie sie mit ihren zwölf Jahren reiten konnte oder mit dem Traktor auf dem Hof herumfuhr und sich dabei auch noch in der ganzen Mechanik auskannte, das war schon allerhand. Er konnte ihr im Moment wohl mit nichts imponieren. Vielleicht wurde das anders, wenn erst wieder die Schule anfing. Aber davon wollte Yael jetzt in den Ferien natürlich nichts wissen und wechselte immer schnell das Thema. Für sie zählten jetzt nur ihre Ponys.

Sie versorgte die drei Stuten, das Fohlen und den kleinen Hengst selbst, war für die beiden Koppeln verantwortlich und für den Stall, der mehr ein Unterstand für die Tiere war, um sie vor Regen, Sonne und Wind zu schützen.

Arif hörte, daß Moshe nebenan aufstand und ins Bad

ging. Nach ihm war er an der Reihe. Das hatte sich so eingespielt. Yael war meistens schon draußen bei ihrem Vater oder unten bei ihrer Mutter in der Küche, wo es stets nach Frischgebackenem duftete.

Arif sprang aus dem Bett und beugte sich weit aus dem Fenster. Die Sonne stand schon hoch am strahlend blauen Himmel und lockte zu neuen Abenteuern. Yael stand unten und winkte herauf. Wie immer hingen ihr die schwarzen Locken wild und ungestüm in die Stirn.

»Hey, du Langschläfer, beeil' dich! Wir wollten doch schon vor Sonnenaufgang losreiten. Hast du es vergessen?«

Arif konnte sich nicht daran erinnern, daß das gestern abend ausgemacht worden war. Wahrscheinlich war das wieder einer von Yaels schnellen Entschlüssen. Arif überlegte einen Moment, ob er mitgehen oder hierbleiben sollte. Aber dann rief er ihr zu: »Warte auf mich, ich bin gleich fertig!«

Arif begnügte sich mit einer Katzenwäsche. Mehr lohnte sich jetzt sowieso noch nicht, aber später, wenn er verschwitzt und verstaubt zurückkehrte. Er fuhr sich noch schnell durch das rotblonde, zerzauste Haar, schlüpfte in Turnhose und T-Shirt und war im Nu unten im Hof.

»Geh hinein zu Mutter, trinke einen Schluck Tee und nimm dir ein Brot mit. Es kann länger dauern. Wir reiten hinunter in das Wadi. Vater hat es mir endlich heute früh erlaubt. Du weißt ja, daß ich mir das schon lange gewünscht habe.«

Arif lief in die Küche, wo Tante Olga gerade den

Brotteig knetete. Ihre Wangen waren rot vor Anstrengung, und Schweißperlen standen auf ihrer Stirn. »Dein Becher steht auf dem Tisch, Arif. Nimm auch die Flasche Wasser mit. Man weiß nie... Bitte, bleibt nicht zu lange fort. Yael kennt zwar den Weg, aber sie steckt immer voller Ideen. Macht bitte keine Umwege!« Arif trank hastig den heißen Tee und verbrannte sich dabei die Zunge. Yael rief, er solle sich beeilen. Warten war ja nicht ihre Stärke. Alles mußte immer schnell gehen.

»Nimm den Strohhut mit, Arif!« rief Tante Olga ihm noch nach. Er griff nach dem alten Mexikanerhut und folgte Yael auf die Koppel, wo sie schon die beiden Ponys gesattelt hatte. »Dixi hat heute gute Laune. Sie wird lammfromm sein und dich nicht abwerfen«, sagte Yael grinsend und schaute zu, wie Arif in den Sattel stieg. »Weltmeister fallen nicht vom Himmel«, konterte Arif. »Ich werde das Reiten schon noch lernen.« Mit diesen Worten griff er nach den Zügeln. Yael bemerkte seinen aufkommenden Mißmut und meinte besänftigend: »Trotz allem hast du das Reiten schnell gelernt. Ich hatte immer gedacht, daß du es nicht schaffen würdest, wo du doch überhaupt keine Erfahrung mit Tieren hattest.«

»Dixi und ich haben uns aneinander gewöhnt. Und die blauen Flecken an meinen Beinen sind kaum noch zu sehen.«

Yael lachte: »Gib acht, daß keine neuen hinzukommen. Los, reite vor! Ich schließe das Gatter.«

Yael schwang sich rasch in den Sattel ihres schwarzweißen Ponys und ritt heran an Arifs Seite. Zunächst überquerten sie die Fahrstraße und folgten dann einem schmalen Pfad, der auf einen Berg hinaufführte. Nach einer Weile tauchte unter ihnen ein Dorf auf, das sich an den Hang anschmiegte, so daß man hätte meinen können, die würfelförmigen Häuser würden in das Felsgestein übergehen.

»Kennst du das Dorf dort unten?« Yael schüttelte heftig den Kopf. »Da dürfen wir nicht hinunter. Vater hat es mir streng verboten. Das ganze Tal müssen wir meiden.«

»Aber warum? Was haben wir denn schon zu befürchten?« Arif empfing einen verständnisvollen Blick seiner Kusine. »Da unten leben nur Araber. Verstehst du?« Arif zuckte mit den Schultern. Natürlich war ihm der Konflikt zwischen Juden und Arabern gegenwärtig. Das gehörte in Israel ja zum Alltag. Aber jetzt war doch alles ruhig. Warum durften sie da nicht durch ein arabisches Dorf reiten? Arif hatte Mühe, Yael mit Dixi zu folgen. Yael hatte es plötzlich so eilig und jagte noch höher den Berg hinauf.

Atemlos kam Arif oben bei ihr an. »Warum diese Hetze?« keuchte er wütend. Yael antwortete nicht, sondern ritt einfach weiter. Arif aber ließ nicht locker und fragte weiter. Er wollte herausfinden, warum sie sich so merkwürdig benahm.

»Dort unten in Hablah wohnen ausschließlich Araber. Sie hassen uns und sagen, wir hätten ihnen das Land weggenommen. Es gab schon zwei Anschläge auf unsere Wasserleitung.«

»Haben die Leute in Hablah kein Leitungswasser?«

»Noch nicht, aber sie werden noch in diesem Sommer eine Leitung bekommen, hat Vater gesagt.«

Yael erzählte Arif, was sich in den letzten beiden

Jahren, seit sie hier mit ihrer Familie wohnte, schon alles zugetragen hatte.

»Du hast doch von der ›Intifada‹ gehört?« Arif nickte nur. Fast jeden Tag gab es eine Meldung in der Zeitung und Fernsehberichte vom Aufstand der palästinensischen Bevölkerung in den »besetzten Gebieten«. Yael erzählte von den Streiks, den geschlossenen Schulen für die arabischen Kinder, von Ausgangssperren und von der Angst, unter der sie als israelische Familien jetzt lebten. »Mein Vater wurde schon mehrmals beschossen. Und Moshe haben sie neulich mit Steinen beworfen. Man muß sehr vorsichtig sein. Keiner weiß, wann die nächste Aktion gegen uns losgeht. Der Schulbus wird immer von der Polizei und – wenn es nötig ist – von Militärfahrzeugen eskortiert, denn wir müssen unterwegs durch einige arabische Dörfer.«

Arif schwieg. Was Yael da erzählte, bedrückte ihn und auch, wie sie es erzählte. Sie war richtig aggressiv dabei geworden, als ob sie sich angegriffen fühlte. Dabei hatte er doch nur gefragt.

Sie ritten auf der kahlen Bergkuppe weiter. Die Hitze war inzwischen unerträglich geworden. Arif deutete nach unten in das ausgetrocknete Wadi, das im Halbschatten lag. »Gibt es dort unten vielleicht etwas Wasser für die Tiere?« Yael legte die Hand über die Augen und spähte angestrengt aus. Sie entdeckte einige Ziegen, die weiter hinten zwischen den Felsbrocken im Wadi grasten. »Wir reiten hinunter in das Wadi und in einem Bogen zurück. Es ist zwar ein Umweg, aber wir schaffen das schon. Oder möchtest du umkehren?« Das wollte Arif auf keinen Fall.

Das Wadi übte auf ihn eine gewisse Anziehungskraft aus. Er nahm einen Schluck aus der Wasserflasche und reichte sie Yael.

»Halte dich gut fest«, sagte Yael eindringlich. »Wenn es nicht mehr geht, steigen wir lieber ab.« Er war nicht einfach, dieser Abstieg in der Gluthitze, aber schließlich war es geschafft. Unten angekommen, gönnten sie ihren Ponys eine Verschnaufpause.

»Hier sind Spuren von Hirten. Schau, dort haben sie ein Lagerfeuer gemacht.«

»Gibt es hier irgendwo eine Wasserstelle?« Arif sah nichts als Steine und Einöde.

»Ja, es gibt hier mit Sicherheit Zisternen, Felshöhlungen, in denen sich das Wasser lange hält.«

Yael klopfte Dixi aufmunternd den Hals: »Auf, Mädchen! Es geht weiter, auch wenn du keine große Lust mehr hast. Aber bald kriegst du etwas zu trinken.«

Sie ritten durch das immer enger werdende Wadi. Zu beiden Seiten ragten die Felswände steil auf und zogen den Blick nach oben in das unendliche Blau über ihnen. Weit oben kreiste ein Adler und ließ sich vom Aufwind immer höher hinauftragen, bis er ihren Blicken entschwand. Das Gespräch zwischen Yael und Arif war verstummt. Arif blieb immer häufiger hinter Yael zurück, so daß sie anhalten und warten mußte. Dixi begann zu lahmen und Arif bereute den Entschluß, den längeren Weg durch das Wadi zu nehmen. Die Ziegen, die sie von oben gesehen hatten, waren wie vom Erdboden verschluckt. Vor ihnen teilte sich das Wadi, und Yael versuchte sich zu orientieren. Jetzt hieß es einen klaren Kopf zu behalten. Die Sonne hatte ihnen schon reichlich zugesetzt. Es war gefährlich, sich in dieser Einsamkeit zu verirren.

»Ich suche die Stelle, wo wir wieder hinaufreiten müssen. Es ist ein schmaler Pfad, und er war nach meiner Erinnerung auf dieser Seite. Er muß ganz in der Nähe sein, denn dort drüben ist auch die Wasserstelle, zu der ich hin wollte. Aber die Steinlawine hat das Wasserloch offenbar zugeschüttet. Hast du noch etwas Wasser in der Flasche?«

Arif schüttelte mißmutig den Kopf. Kein einziger Tropfen war mehr übrig. Yael stieg von ihrem Pony ab.

»Warte hier! Ich gehe ein wenig voraus und suche die Aufstiegsstelle, die ich mit Moshe vor einem Jahr benutzt habe.«

Arif führte die Ponys in den Schatten einer Felswand. Er hatte Vertrauen zu Yael. Sie würde sich hier schon zurechtfinden. Aber etwas unbehaglich war ihm doch zumute in dieser unerträglichen Stille, die nur manchmal vom Schnauben der Ponys unterbrochen wurde. Endlich, nach einer guten halben Stunde, tauchte Yael wieder auf. Es kam Arif wie eine Ewigkeit vor, seit sie sich auf den Weg gemacht hatte.

»Ich glaube, ich habe den Weg wiedergefunden. Es geht steil bergauf. Wir müssen darum die Ponys führen.«

Arif spürte die Müdigkeit in seinen Gliedern. Immer wieder rief Yael ihm zu, daß er sich beeilen solle. Sie war fast schon oben angelangt, da rief er ihr zu: »Dixi will nicht mehr!«

»Warte, ich komme und helfe dir!« Yael kam den steilen

Pfad herunter und war schnell zur Stelle. Arif wollte ihr gerade die Zügel übergeben, da scheute Dixi und stieg plötzlich hoch. Der Vorderhuf traf Yael so unglücklich am Kopf, daß sie vor Benommenheit stürzte. Sie rutschte ein Stück über das Geröll nach unten. Dixi machte kehrt und lief in Panik nach unten. Sie verfehlte dabei den Weg und stürzte über einen Felsvorsprung in die Tiefe.

Arif war wie gelähmt vor Entsetzen.

»Yael!« Seine Stimme zitterte. »Yael!« Unter Aufbietung aller Kräfte versuchte er, zu ihr zu kommen. Da sah er sie reglos liegen. Sie blutete aus einer klaffenden Wunde über der rechten Wange. Arif stellte fest, daß Yael noch lebte. Aber sie war bewußtlos geworden. In seiner Verzweiflung schrie er um Hilfe. Doch wer sollte ihn in dieser trostlosen Einöde hören? Das Echo seiner Rufe kam zu ihm zurück.

Plötzlich hörte er das Geräusch von herabrutschenden Steinen. Er schaute auf und konnte einen Jungen erkennen, der zu ihm herunterkletterte. Er mochte in seinem Alter sein. Ob er einer von den Ziegenhirten war, nach denen sie vergeblich Ausschau gehalten hatten? Der Junge sprach ihn auf Arabisch an, aber Arif schüttelte den Kopf. Der Araber begriff und fragte auf Hebräisch: »Ist das Mädchen tot?«

»Nein, aber sie ist verletzt und braucht dringend Hilfe.«

Die dunklen Augen in dem schmalen, braungebrannten Gesicht fixierten Arif. »Ihr seid beide aus Alfei Menasche?«

Arif nickte und stellte sich kurz vor.

»Warte hier«, sagte der Junge. »Ich hole Hilfe.«

Arif erklärte ihm kurz, wo er Yaels Vater finden könne.

»Ich werde ihr Pony nehmen und in die Siedlung reiten. Das geht schneller.« Und schon im Weggehen fügte er hinzu: »Ich bin Ismael Al-Masri aus Hablah. Hab' keine Angst. Ich bin bald zurück.« So schnell wie der Araber aufgetaucht war, war er auch wieder verschwunden.

Arif kniete neben Yael nieder, zog sein T-Shirt aus und breitete es als Schattensegel aus, um Yaels Kopf vor der glühend heißen Sonne zu schützen. Dann kletterte er zum Pfad zurück und tastete sich hinunter, um nach Dixi zu sehen. Das Pony lag unter den Felsen und war zu keiner Bewegung mehr fähig. Es hatte sich das Rückgrat gebrochen und war nach dem Sturz auf der Stelle tot gewesen. Arif weinte. Er konnte keinen klaren Gedanken mehr fassen. Seine Tränen mischten sich mit den Schweißperlen auf seinem verstaubten, schmutzigen Gesicht. Er war völlig verstört und wandte den Blick ab von dem toten Tier. Als Arif wieder bei Yael angelangt war, kauerte er sich neben sie und betete in seiner Verzweiflung immer wieder das Schema Jisrael und alle anderen Gebete und Psalmen seines Volkes, die er wußte und von dem Rabbiner vor seiner Bar Mizwa gelernt hatte. Wenn doch nur endlich Hilfe kommen würde. Der junge Araber war seine einzige Hoffnung. War auf ihn Verlaß? Würde er als Araber aus Hablah den Mut aufbringen, den Juden Avraham in Alfei Menasche aufzusuchen? Arif mußte an die Vorfälle denken, von denen Yael gesprochen hatte.

Schon wurden die Schatten lang. Die Sonne verzog sich hinter den Felsen und würde bald untergehen. Arif blickte immer wieder angestrengt nach oben und lauschte auf jedes Geräusch, das auf die erwarteten Helfer hindeuten könnte. Als Avraham mit Moshe und noch anderen Männern kamen, lag die Schlucht unten fast ganz im Dunkeln. Arif war so erschöpft, daß er Traum und Wirklichkeit nicht mehr richtig unterscheiden konnte. Er nahm alles wie aus weiter Ferne wahr. Viele Worte wurden nicht gewechselt. Yael wurde vorsichtig auf eine mitgebrachte Trage gelegt. Moshe half Arif und stützte ihn.

»Was hat euch nur in dieses trostlose Wadi gelockt? Gerade hier ist es sehr gefährlich. Ihr hättet niemals so weit in das Wadi hineinreiten dürfen. Yael hätte das wissen müssen, zumal es ihr auch nicht erlaubt war.«

Arifs Mund war so ausgetrocknet, daß er kaum ein Wort hervorbringen konnte.

»Schon gut, Arif. Du mußt jetzt keine Erklärung abgeben. Hauptsache ist, daß wir euch gefunden haben. Als ich Yaels Pony sah, wußte ich, daß etwas passiert sein mußte. Der Araberjunge sagte uns dann, wo wir euch finden würden.«

»Wo ist er, wo ist Ismael?« Arif schaute sich suchend um.

»Er ist in sein Dorf zurückgekehrt. Wir brauchen ihn nicht. Wir waren genügend Leute zum Helfen.«

Arif hätte Ismael gern wiedergesehen und sich bei ihm bedankt. Er war Yael und ihm zu einem Schutzengel geworden. Moshe trug Arif hinauf und half ihm auf den Rücksitz des Landrovers. Yael, die noch immer ohne Bewußtsein war, wurde mit einem Krankenwagen abtransportiert.

»Wird sie in die Klinik gebracht?« fragte Arif ängstlich. Es ging ihm schon etwas besser, nachdem Moshe ihm

Wasser zu trinken gegeben hatte. Sein Schwindel ließ nach, und er konnte seine Gedanken wieder ordnen.

»Sie werden Yael gründlich untersuchen. Wahrscheinlich hat sie eine schwere Gehirnerschütterung. Ansonsten scheinen ihre Glieder heil geblieben zu sein.«

Arif konnte sich später nicht mehr daran erinnern, wie lange es gedauert hatte, bis sie den Hof erreichten. Tante Olga wusch ihm das Gesicht und die Hände und brachte ihn dann ins Bett.

»Wie geht es Yael?« Immer wieder fragte Arif nach ihr.

Die Tante beruhigte ihn: »Wir warten auf einen Anruf aus der Klinik. Onkel Avraham ist bei ihr, damit sie sich nicht allein fühlt, wenn sie wach wird.«

Arif schlief bald ein und erwachte erst gegen Mittag am folgenden Tag. Er fühlte das seidige Fell von Charles und drückte den Kater zärtlich an sich. Er richtete sich langsam auf, und plötzlich war ihm wieder alles gegenwärtig. Er hatte das Wadi vor Augen, sah Yael auf den Steinen liegen und die tote Dixi. Er schrie auf. Moshe war sofort zur Stelle und kam an sein Bett.

»Ruhig, Junge. Es ist alles gut. Du brauchst dich nicht zu quälen. Yael ist wieder bei Bewußtsein und hat auch schon nach dir gefragt.«

Arif beruhigte sich wieder. »Kann ich aufstehen?«

Moshe zögerte, sagte dann aber: »Du solltest dich lieber noch etwas ausruhen! Weißt du was? Du kannst draußen auf der Liege unter dem Maulbeerbaum liegen. Dort ist es schattig, und du kannst zuschauen, wie ich den Motor repariere. Die Eltern sind noch bei Yael in der Klinik. Morgen werden wir beide sie besuchen.«

2.

Arif und Moshe hatten Yael im Krankenhaus besucht, ihr Blumen, Schokolade und ein Buch gebracht und waren dann schwimmen gegangen. Moshe schien Wert darauf zu legen, daß Arif wieder auf andere Gedanken kam.

»Nimm dir das Abenteuer nicht so sehr zu Herzen. Du bist jetzt um eine Erfahrung reicher geworden.«

»Aber das Pony, es ist tot!« Arif setzte sich auf den Beckenrand und spielte nervös mit den Füßen im Wasser. Er machte sich große Vorwürfe und gab sich allein die Schuld, daß das Pony abgestürzt war.

Moshe setzte sich neben Arif.

»Es ist schade um Dixi, aber nun ist das Unglück eben passiert. Wir wollen froh sein, daß nicht noch mehr geschehen ist. Wir haben noch das Fohlen von Dixi.«

Moshe schlug Arif aufmunternd auf die Schulter. »Komm, laß uns noch eine Runde schwimmen, dann brechen wir auf. Ich habe daheim noch einen Traktor zu reparieren. Du kannst mir dabei helfen. Auch sind die Ponys jetzt in deiner Verantwortung: Tränken, Füttern, Misten. Du hast genug zu tun und keine Langeweile.«

Arif nickte nur und folgte Moshe mit langen Schwimmstößen. Bald überholte er ihn. Im Schwimmen machte ihm keiner so schnell etwas vor, darin war er der Meister. Moshe versuchte Arif einzuholen, aber das gelang ihm nicht. Sie drehten noch eine Runde im Becken und stiegen danach prustend aus dem Wasser. Im Wettlauf spurteten sie zur Dusche.

Junge Araber rangen miteinander und stießen auch Arif

zur Seite, als er sich unter eine der Duschen stellen wollte. Er rutschte aus. Sie lachten und verstellten ihm den Weg, als er nach seinem Handtuch greifen wollte. Sie hatten gemerkt, daß er ein Jude war und suchten nun ihre Langeweile mit einer Rauferei zu vertreiben.

Sie versuchten Arif zum Becken hinüberzudrängen und ihn hineinzuschubsen. Doch plötzlich stand Moshe wie ein Riese vor ihnen. Er sagte nicht viel, faßte nur nach Arifs Arm, zog ihn aus der umstehenden Gruppe junger Burschen, die hänselten, schrien und lachten und ging mit ihm zu den Umkleidekabinen.

»Sage nichts, ich will keinen Ärger heraufbeschwören. Das gibt immer ein Nachspiel. Verschwinden wir, so schnell es geht.«

Sie zogen sich schnell an und gingen durch die Sperre zum Auto. Moshe, sonst immer sehr gesprächig und zu vielen Witzen aufgelegt, schwieg, bis sie aus der Stadt hinausgefahren waren.

»Am liebsten hätte ich die ganze Bande zusammengeschlagen, groß und klein, so wie sie da standen und lästerten. Aber das bringt nichts ein.«

Er schüttelte verneinend den Kopf. »Auge um Auge, Zahn um Zahn, so geht das nicht weiter.« Er redete wie zu sich selbst. »Wir leben hier im besetzten Gebiet. Es ist schwer, Rechte, Gesetze und Pflichten miteinander in Einklang zu bringen. Aus dem ewigen Gegeneinander muß endlich ein Miteinander werden.«

Er schien aus seinem einsilbigen Dialog aufzuschrecken.

»Entschuldige Arif, daß ich laut gedacht habe.« Er

räusperte sich umständlich und meinte verlegen: »Man wird hier nachdenklich, verstehst du? Früher bei meinen Kameraden im Camp, da lebten wir sorglos in den Tag hinein. Wir waren nur für unsere Panzer verantwortlich.«

Moshe drehte die Musik im Radio lauter, nahm die Melodie auf und summte sie mit. Arif merkte, daß Moshe über dieses Thema Araber nicht weiter diskutieren wollte.

Den späten Nachmittag verbrachte Arif auf der Koppel. Yaels Pony hatte sich nach den Strapazen wieder prächtig erholt. Er striegelte das Fell, bis es glänzte. Danach tränkte er die Tiere und schüttete noch etwas Kraftfutter in den Steintrog.

Arif blieb danach lange Zeit am Koppelzaun stehen. Ihm fiel erst jetzt auf, wie sehr ihm seine Kusine fehlte. Mit den anderen Kindern in der Siedlung hatte er kaum Kontakt. In dem Viertel, wo sie wohnten, waren die meisten Kinder viel jünger als er.

Moshe arbeitete mit seinem Vater an dem Traktor. Sie brauchten seine Hilfe nicht, und Tante Olga war zu einer Geburtstagsfeier zu Bekannten weggegangen, würde also vor dem späten Abend nicht zurück sein.

Arif überlegte, was er tun könnte. Reiten, das getraute er sich nicht. Der kleine Hengst war ihm zu wild, und Yaels Pony, das wollte er nicht satteln. Da blieb nur noch das Fahrrad oder lesen, denn im Fernsehen liefen um diese Zeit nur diese Kinderprogramme.

Arif schlenderte noch einmal über die Koppel und wollte schon wieder umkehren, als er den Lärm eines Motorrades hörte. Das Geräusch kam näher, ebbte dann aber wieder ab.

Neugierig geworden ging er durch den Olivenhain. Übte dort jemand auf dem Grashang, der sich zum Tal hinunterzog, Geländefahren?

Plötzlich hörte er das jämmerliche Blöken eines Schafes. Das arme Tier war offenbar in eine Grube gestürzt, die früher einmal als Zisterne gedient hatte, jetzt aber vollkommen ausgetrocknet war.

Arif überlegte nicht lange, stieg vorsichtig, um das Tier nicht noch mehr zu erschrecken, in die Grube. Zum Glück konnte er feststellen, daß das Schaf nicht verletzt war. Unter Aufbietung seiner ganzen Kraft hievte er das Tier aus dem engen Gefängnis in die Freiheit.

Er wischte sich langsam den Schweiß von der Stirn, blieb schnaufend am Rand der Grube sitzen und schaute dem Schaf nach, wie es zwischen den Olivenbäumen verschwand.

Das Motorrad heulte erneut auf und näherte sich den Olivenbäumen. Und wieder hetzten Schafe in panikartiger Flucht zwischen den Bäumen hindurch, suchten verzweifelt Schutz bei der Hecke, die die Koppel von den Olivenbäumen trennte.

Arif sah jetzt den Fahrer, der statt eines Helms das weißrot gemusterte Kopftuch, die Kafiya, trug. Ein Araber, der hier seine Fahrkünste auf seiner Motocross-Maschine ausprobierte? schoß es Arif durch den Kopf. Aber wieso nahm er keine Rücksicht auf die Schafherde? Die Tiere flüchteten wahllos nach links und nach rechts. Dem Araber schien es geradezu Spaß zu machen, daß die Tiere völlig kopflos wurden.

Arif brüllte, schrie, aber den Motorradfahrer schien das

nicht zu stören. Er drehte die Maschine nur noch mehr auf.

Ein magerer, zottiger Hund tauchte auf und folgte laut bellend dem Motorrad. Plötzlich schien es der Fahrer nur noch auf den Hund abgesehen zu haben. Das Tier prallte gegen das Hinterrad der Maschine, als es einen Haken schlagen wollte, überschlug sich in der Luft und blieb tödlich getroffen liegen.

Dies schien der Fahrer bezweckt zu haben, denn er wendete das Motorrad und fuhr davon, erreichte im Tal die Straße und verschwand.

Arif lief auf den Hund zu, und noch bevor er ihn erreichte, war schon ein anderer bei dem tödlich verletzten Tier, ein arabischer Hirtenjunge. Er drückte den Hund an sich und vergrub sein Gesicht in dem struppigen schwarzen Fell.

Schweigend blieb Arif neben dem jungen Araber stehen und staunte nicht schlecht, als er ihn erkannte. Es war Ismael.

»Mein Fufu ist tot«, sagte Ismael dumpf und richtete sich auf.

»Der Kerl hat das mit Absicht getan«, schimpfte Arif. »Ich habe es genau gesehen. Er hat die Schafe wie ein Tollwütiger gejagt.«

»Es war mein Bruder Kamal.«

»Nicht zu fassen! Aber warum, warum hat er das gemacht?«

Arif war außer sich vor Zorn. Ismael stand nur da, blickte auf den Hund, müde, hilflos, mit hängenden Schultern. Arif versuchte, ihn aus seiner Lethargie zu reißen: »Die Schafe, man muß sie suchen und zusammentreiben. Sie sind in den Olivenhain geflüchtet, vielleicht sind sie auch schon zwischen den Obstplantagen. Das kann Ärger geben.«

Ismael nickte nur: »Ich muß Fufu begraben.«

»Dabei helfe ich dir, doch zuerst sollten wir die Schafe suchen!«

Sie brauchten über eine Stunde, bis sie die Tiere wieder beisammen hatten. Noch immer waren die Tiere sehr verstört und drängten sich dicht zusammen. Vier Lämmer fehlten.

»Ich werde sie nachher suchen«, entschied Ismael und ging zu seinem toten Hund. Sie trugen Fufu unter einen der wilden Ölbäume. Arif wollte eine Hacke holen, doch Ismael hielt ihn zurück: »Das geht auch mit Steinen.«

Mit einem flachen kantigen Stein grub er eine Mulde, in die er den toten Hund legte, dann schichteten sie Erde und Steine darüber. Als sie damit fertig waren, richtete Arif an Ismael erneut die Frage, die ihn schon die ganze Zeit beschäftigte und die Ismael noch nicht beantwortet hatte.

»Ich verstehe deinen Bruder nicht. Warum hat er das getan?«

Ismael wischte sich die schmutzigen Hände an seiner Hose ab. Er atmete schwer, und es dauerte lange, bis er antwortete.

»Kamal wollte mich damit bestrafen. Er hat mir damit gedroht und es auch durchgeführt. Er tut immer das, was er sagt. Das war schon immer so. Kamal wußte, daß Fufu mir sehr viel bedeutete. Den Hund hatte ich mit viel Mühe aufgezogen, weil die Mutter bei seiner Geburt starb.«

Ismael kam ins Stocken, so, als wolle er abwägen, ob er Arif Vertrauen schenken konnte oder doch lieber schweigen sollte.

Doch er sprach weiter. Das am Vortag gemeinsam Erlebte schien ein Band des Vertrauens zu knüpfen.

»Kamal wollte mich für seine Sache haben, aber ich sträubte mich. Ich will mit diesen politischen Dingen nichts zu tun haben. Immer gibt es Ärger damit in unserem Dorf. Als mein Onkel Ali krank geworden war, übernahm ich die Herde unserer Familie. Es war keine Schule. Sie wurde geschlossen, und so übertrug mein Vater mir diese Arbeit. Kamal war lange weg. Er war in Ansar, dem Gefängnis im Negev. Keiner von uns rechnete damit, daß er zurückkommen würde. Denn wer einmal dort war, blieb in der Regel lange, oft für immer.«

Ismael schwieg wieder.

Arif wollte mehr wissen, mehr hören über das Leben, das Ismael führte und über die Intifada. Im Fernsehen hatten sie in den letzten Tagen gezeigt, wie vermummte Jugendliche durch Geschäftsstraßen und Märkte zogen, Schaufenster einschlugen und Stände umwarfen. Sie verfolgten angeblich das Ziel, die von der Befreiungsbewegung angeordneten Streiks durchzusetzen und so die Intifada in Gang zu halten. Immer häufiger kam es zu blutigen Auseinandersetzungen.

»Und warum mußte dein Bruder in dieses berüchtigte Gefängnis?«

Ismael zuckte mit den Schultern. »Ich weiß es nicht. Kamal ist zehn Jahre älter als ich. Er war immer weg, und viel geredet haben wir über ihn zu Hause auch nicht. Er war wohl schon früh in der PLO, lange bevor die Intifada begann. Man sagte uns, daß Kamal an einem Bombenanschlag beteiligt gewesen sei, bei dem zwei israelische Offiziere getötet wurden. Ich weiß aber nicht, ob das alles stimmt, was damals gesagt wurde.« Ismaels Gesicht wurde starr. »Seit Kamal wieder in der Familie ist, hat sich bei uns alles geändert. Vater spricht nur mit ihm. Er ist der große Held. Sogar meine Mutter ist anders geworden. Nur meine Großmutter hört nicht auf das, was Kamal sagt. Kamal nennt sie deshalb ›die verrückte Alte‹. Aber meine Großmutter ist nicht verrückt. Sie sieht in Kamal einfach ein Großmaul, und das nimmt er ihr sehr übel.«

»Und du hast dich mit ihm sicher auch nicht vertragen.«

Ismaels Augen sprühten plötzlich vor Zorn, und seine Stimme zitterte vor Wut: »Kamal ist ein Aufschneider. Er versucht, sich Freunde mit Geldgeschenken zu kaufen. Wir hatten nie Geld. Aber als Kamal zurückkam, hatte er alles. Kaum war er im Dorf, besaß er schon ein nagelneues Motorrad. Und mich wollte er zu seinem Boten, seinem Diener machen. Das wollte ich nicht. Und so setzte er mich auf gemeine Art unter Druck.«

»Was willst du jetzt tun?« Ismael gab darauf keine Antwort. Er wußte es selber nicht. Arif hätte Ismael gerne geholfen. Aber auch er wußte keinen Rat.

Die Schafe blökten und rissen Ismael aus seinen Gedanken. Sie erinnerten ihn an seine Aufgabe als Hirte.

»Ich muß die Lämmer noch vor Einbruch der Dunkelheit finden, sonst wird mein Vater mich strafen.«

»Wirst du deinem Vater erzählen, was vorgefallen ist?«

Ismael schüttelte heftig den Kopf. »Nein, das ist eine Sache zwischen Kamal und mir.«

Arif bemerkte, daß Ismael über das ganze Thema nicht mehr weitersprechen wollte.

Sie überquerten die Straße, durchkämmten den ganzen Olivenhain und suchten danach in der jungen Orangenplantage.

»Wenn ich Fufu noch hätte, dann wären die Lämmer längst bei der Herde. Er wird mir fehlen in allem, was ich tue. Kamal hat etwas getan, was er nie wieder gutmachen kann.«

Die letzten Worte stieß Ismael hart zwischen den Lippen hervor. Unversöhnlicher Haß stand nun zwischen ihm und seinem Bruder.

Die Lämmer waren unauffindbar. Unschlüssig gingen sie zurück zur Straße. Wo sollten sie noch suchen?

Arif entdeckte einen ihrer Nachbarn. Er war häufiger auf dem Hof gewesen bei Avraham, um Geräte für seinen Garten auszuleihen.

»Vielleicht hat er die Lämmer gesehen. Komm Ismael, fragen wir ihn. Er ist immer in den Feldern unterwegs.«

Ismael zögerte. Er wollte nicht mit Arif in die Siedlung gehen. »Kannst du nicht allein gehen? Ich warte hier.«

Ismael blieb zurück, und Arif lief allein zu Eliahu, der als Bürgermeister der Siedlung sehr viel Einfluß hatte.

»Du suchst wohl Schafe?«

Das gefurchte Gesicht blickte nicht freundlich, sondern Zorn wetterleuchtete darin.

»Es geht um vier Lämmer«, erwiderte Arif etwas kleinlaut. »Wir haben sie schon überall gesucht.«

»Die Lämmer habe ich gefunden. Sie waren in meinem Artischockenfeld. Es ist verboten, Schafe hier herumlaufen zu lassen. Der arabische Lümmel weiß das.«

Arif kam nicht dazu, eine Erklärung abzugeben, so wütend wurde Eliahu. Er drohte und schimpfte, er wolle die Tiere behalten. Die Sache müßte vor Gericht geregelt werden.

Arif warf einen Blick hinüber zu Ismael. Hoffentlich lief Ismael jetzt nicht einfach davon. Arif nahm erneut allen Mut zusammen.

»Ein Motorradfahrer hat die Herde in Panik gebracht. Darum sind die Tiere geflüchtet.«

»Ausgerechnet zu meinen Artischocken und zu meinen Melonen!«

»Ismael muß die Lämmer wieder haben. Es war nicht seine Schuld, daß die Schafe hierherliefen.«

»Ich werde die Lämmer vorerst hierbehalten und mit dem Muchtar reden. So geht das nicht.«

Der alte Mann wetterte weiter, doch Arif hörte ihm nicht mehr zu. Langsam ging er zurück zu Ismael.

»Eliahu ist eine Laus über die Leber gelaufen. Mit ihm kann man nicht verhandeln. Wir müssen zu meinem Onkel Avraham gehen. Er kommt am besten mit dem Bürgermeister aus. Du wirst deine Tiere wiederbekommen«, sagte Arif zuversichtlich.

Ismael ging nicht mit zum Hof. Er wartete bei seinen Schafen, während Arif mit seinem Onkel verhandelte und die ganze Sache darlegte.

»Wir müssen Ismael zu seinen Schafen verhelfen. Er hat schließlich auch mir und Yael geholfen.«

»Ich weiß«, sagte sein Onkel seufzend. »Warum müssen diese dummen Tiere auch in das Artischockenfeld von Eliahu laufen. Gerade er liebt die Araber am wenigsten.«

»Ich werde zu ihm gehen«, entschied Moshe. »Sein Traktor ist repariert. Er bekommt ihn kostenlos. Dafür soll er die Schafe herausgeben, und die Sache ist erledigt.«

Moshe ging weg und kam kurze Zeit später mit den vier Lämmern zurück. Er lud sie von seinem Hänger.

»Bringe sie Ismael zurück und sage dem jungen Araber, daß er in Zukunft die Tiere nicht mehr hier zur Weide führen soll. Es gibt sonst großen Ärger.«

Arif bedankte sich bei Moshe.

»Ismael wird sich bestimmt an das Gebot halten.«

Avraham unterstrich noch einmal Moshes Worte.

»Die Juden halten sich an die Abmachungen, und wenn die Araber das auch tun, dann gibt es keine Schwierigkeiten. Komm bald zurück, Arif! Sonst sorgt sich deine Tante um dich. Ismael findet den Weg auch allein nach Hause.«

Arif zerrte die vier Lämmer am Strick hinter sich her. Die Sonne war bereits untergegangen.

Ismael kam Arif entgegen, als er ihn kommen sah.

»Du hast die Lämmer tatsächlich bekommen!« sagte Ismael erleichtert.

»Moshe hat das erledigt«, entgegnete Arif stolz. »Du solltest Yaels Bruder einmal kennenlernen. Er kann alle Motoren wieder zum Laufen bringen. Er schafft einfach alles. Komm doch einmal zu uns auf den Hof.«

Ismael gab darauf keine Antwort. Er ließ die Lämmer zwischen die Herde laufen, und Arif sah ihm nach, wie er mit der Herde in der Dunkelheit verschwand.

Wann würde er Ismael wiedersehen? Er konnte nicht so einfach nach Hablah gehen und ihn aufsuchen. Er hatte auch Angst vor diesem Kamal.

Yael kam aus dem Krankenhaus zurück, und es war eigentlich alles so wie früher. Arif dachte nicht mehr an Ismael, denn die Tage waren so abwechslungsreich.

Die Ferien gingen zu Ende und die Schule begann. Jeden Tag ging es mit dem Bus hin und zurück. Manchmal konnten sie auch mit Moshe mitfahren, wenn er in der Stadt etwas zu erledigen hatte. Das war für Arif und Yael immer etwas Besonderes.

Die Wochen vergingen, und es ereignete sich nicht sonderlich viel, außer dem Beginn von Bauarbeiten für neue Wohnhäuser. Grundstücke waren vermessen worden, und dann wurden Baumaschinen und Baracken für die Bauarbeiter herbeigeschafft. Onkel Avraham war nervös. Er befürchtete, daß seine alten Olivenbäume unter den Bauarbeiten leiden könnten und beruhigte sich erst wieder, nachdem er die Zusicherung erhalten hatte, daß ein größerer Sicherheitsabstand zwischen seiner Plantage und der Baustelle eingehalten würde. Nur für die neue Wasserleitung mußte auf seinem Areal doch noch gegraben werden.

Dann an Rosh Hashanah, dem Neujahrsfest, geschah etwas, womit niemand gerechnet hatte. Viele Familien hatten Besuch bekommen, und so gab es in der neugebauten Synagoge ein dichtes Gedränge. Die Feier hatte kaum begonnen, da hörte man eine gewaltige Detonation. Was war das? Ein Großteil der Männer eilte aus der Synagoge an die Unglücksstelle. Die Explosion ereignete sich beim Pumpenhaus für die neue Wasserleitung.

Arif und Yael wollten auch dorthin, aber Onkel Avraham duldete das nicht. »Ihr geht mit Mutter nach Hause zurück. Wir wissen nicht, was noch passieren kann. Es genügt, wenn Moshe sich in Gefahr begibt.«

Nach kurzer Zeit trafen die Polizei und sogar Militäreinheiten ein, um Spuren zu sichern und die Siedlung vor weiteren Übergriffen zu schützen. Zunächst gab es kein Wasser. Erst in der Nacht konnte der entstandene Schaden notdürftig behoben werden, und es floß wieder Wasser aus den Hähnen. Moshe hatte bei den Reparaturen geholfen und kam erst am Morgen todmüde zurück. Er saß in der Küche und trank einen Becher heißen Kaffee, den Tante Olga ihm schnell zubereitet hatte.

»Die Militärpolizei sucht in Hablah nach den Tätern. Vermutlich haben sie dort Unterschlupf bekommen«, wußte Moshe zu berichten.

»Willst du dich jetzt nicht hinlegen? Du warst die ganze Nacht auf«, sagte Tante Olga.

»Nein, Mutter, ich muß noch einmal hin. Wir sind noch nicht fertig. Ich habe nur eine Stunde Pause gemacht.«

Seit dem Anschlag war alles in der Siedlung in Alarmbereitschaft. Arif und Yael durften nicht mehr ausreiten, und auch größere Spaziergänge außerhalb des Wohngebietes waren nicht mehr erlaubt.

Arif dachte jetzt häufig an Ismael. Die Möglichkeit eines Zusammentreffens war noch aussichtsloser geworden.

Yael brachte von ihrer Freundin zwei Hundewelpen mit. Das war lustig. Aber Tante Olga hatte viel dagegen:

»Pferde, Katzen, Hunde, wir haben bald einen ganzen Zoo! Wo soll das noch hinführen?«

»Mutter, das sind doch nur zwei niedliche kleine Hunde«, entgegnete Yael beschwichtigend. »Hätte ich die Kleinen bei Saras Vater lassen sollen? Er wollte sie töten.«

»Die beiden Hunde werden sich zu Kälbern auswachsen. Das sind doch, wenn ich richtig sehe, ungarische Hirtenhunde. Sie werden uns die Haare vom Kopf fressen.«

»Mutter, Moshe will unseren Hofhund mitnehmen, wenn er die Werkstatt baut, dann brauchen wir doch wieder einen.«

»Aber keine zwei, Yael!« rief Moshe dazwischen.

»Kann ich denn nicht den einen behalten?« fragte Arif und griff nach dem weißen Welpen, der neugierig aus dem Körbchen schaute.

»Du willst einen Hund? Ich glaube nicht, daß dein Vater es erlauben würde, daß du einen Hund in eure Wohnung bringst«, sagte Tante Olga, noch immer empört darüber, daß Yael ihr schon wieder Tiere anschleppte.

»Ich will den Hund nicht für mich, sondern für Ismael. Er braucht einen Hund.«

»Arif, schlage dir den jungen Araber aus dem Kopf. Wer weiß, ob du ihn noch einmal siehst. Er wird schon einen anderen Hund bekommen. Für ihn mußt du nicht sorgen.«

Moshe sah die Enttäuschung in Arifs Gesicht, und er versuchte, ihn zu trösten. »Wir behalten die beiden Hunde vorerst. Vielleicht kannst du doch einen mitnehmen. Ich werde mit deinem Vater darüber reden.«

Yael warf sich mit einem glücklichen Aufschrei an Moshes Hals und umarmte ihn stürmisch.

»Ich wußte, daß du auf unserer Seite bist. Diese niedlichen Hundebabys darf man doch nicht töten!«

3.

Die Lage in Alfei Menasche entspannte sich wieder. Militär und Polizei zogen ab. In den arabischen Dörfern ringsum hatten die Untersuchungen nicht viel erbracht. Auch Kamal, Ismaels Bruder, konnte nachweisen, daß er mit allem nichts zu tun hatte, weil er zu der Tatzeit im Café seines Vaters gearbeitet und Gäste bedient hatte. Arif war erleichtert darüber. Wenn Kamal nicht beteiligt war an dem Anschlag, dann war auch Ismael in die Sache nicht verwickelt.

In den Plantagen wurden die Orangen geerntet, und von überall her kamen die Pflücker, um hier etwas Geld zu verdienen. Moshe fuhr mit dem Landrover auch nach Hablah und holte dort wie jedes Jahr die Frauen und brachte sie am Abend nach der Arbeit wieder zurück ins Dorf. Arif fuhr mit, in der Hoffnung, Ismael zu sehen.

Das Dorf war nicht groß. Links und rechts der Straße standen die niedrigen würfelförmigen Häuser. In Tonkrügen und Schalen wucherten rote Geranien und bildeten so die einzigen Farbkleckse inmitten von staubigem Grau. Nur wenige Häuser waren neu gebaut und zeigten so etwas Wohlstand seiner Bewohner.

Struppige Dorfköter jagten hinter dem Auto her. Alte Männer saßen vor den Häusern in der Sonne, andere standen vor dem Café, neben der Moschee. Arif entdeckte einige Jugendliche, die einen Ball hin und her kickten, doch Ismael war nicht unter ihnen.

»Könnte ich nicht aussteigen und die Jungen nach Ismael fragen?«

Moshe lehnte dies entschieden ab.

»Bleib' hier im Auto sitzen. Wir halten uns nicht lange auf. Heute ist der Jahrestag, an dem die Intifada begonnen wurde. Da ist immer etwas im Gang und Vorsicht geboten. Im Gazastreifen wurde schon gestern der Generalstreik ausgerufen. Es wird nicht lange dauern, dann gibt es auch hier wieder Unruhen.«

Es waren nur drei Frauen, die bereit waren, in den Orangenplantagen zu arbeiten, und so fuhr Moshe bald wieder aus dem Dorf hinaus.

Arif und Yael halfen beim Sortieren der Früchte. So blieb nicht sehr viel Zeit für die Schularbeiten und die Ponys. Ein LKW holte gegen Abend die Orangen ab und brachte leere Kisten, die tagsüber wieder gefüllt wurden. Dann kam der gefürchtete Streik und die Arbeiter blieben aus. Avraham schimpfte, aber es hieß einfach abwarten. Der Streik zog sich mehrere Tage hin, und es kam zum Engpaß. Auch der Lastwagen kam nicht. So entschloß sich Moshe, die von ihnen geernteten Früchte sowie die Eier nach Tel Aviv auf den Großmarkt zu fahren.

»Und wenn sie Straßensperren wie im vergangenen Jahr errichtet haben?« bemerkte Olga. Sie hatte Angst um ihren Sohn.

»Ich werde es schaffen, Mutter. Wenn wir noch einen Tag länger warten, dann können wir das ganze Obst wegwerfen.«

Arif wäre gerne mitgefahren, aber er konnte die Schule nicht schwänzen. Heute schrieben sie eine wichtige Mathearbeit. Abgesehen davon hätte Onkel Avraham nie erlaubt, unter diesen Umständen mitzugehen.

Moshe fuhr morgens gegen vier Uhr weg. Er versprach vom Großmarkt aus anzurufen, wenn alles geklappt hätte.

Als Yael und Arif von der Schule heimkamen, sahen sie überall erleichterte Gesichter. Moshe hatte es also geschafft. Er wollte am späten Nachmittag zurück sein. Doch die Zeit verstrich, die Sonne ging unter, überall flammten schon die Lichter auf, und Moshe war immer noch nicht zurück. Tante Olga sorgte sich und sagte dies auch beim Abendessen.

»Du solltest ihm entgegenfahren, Avraham. Vielleicht gab es auch eine Panne mit dem alten Lastwagen.«

»Olga, man kann sich nicht immer genau an die abgemachten Zeiten halten. Tausend Sachen können dazwischen kommen. Und so spät ist es ja noch nicht.«

Tante Olga ließ sich nicht beruhigen. Intuitiv erfaßte sie, daß Moshe etwas zugestoßen sein mußte. Onkel Avraham brummte etwas Unverständliches in seinen Bart, stand aber dann auf und ging nach draußen. Kurz darauf hörten sie ihn mit dem Landrover wegfahren.

Sie blieben weiter am Tisch sitzen und warteten ungeduldig.

Yael hörte zuerst das Motorengeräusch. »Vater kommt

zurück!« rief sie und lief zur Tür. Jetzt hörten sie auch das heisere Brummen des Lastwagens.

Onkel Avraham stieg aus und blickte Tante Olga an.

»Du hattest recht. Moshe hatte einen Unfall an der Straßenkreuzung, wo der Weg nach Hablah abbiegt.«

Das Licht des Lastwagens war kaputt, der linke Kotflügel eingedrückt. Moshe ging um den Wagen herum und betrachtete die Schäden.

Er raufte sich die Haare. »Daß mir das passieren mußte! So ein Pech! Ich habe das Auto zu spät gesehen. Die fuhren ohne Licht.«

»Hat es Verletzte gegeben?« fragte Tante Olga.

»Der Fahrer kam wohl mit dem Schrecken davon, aber das kleine Mädchen, das oben auf den Kisten saß, stürzte bei dem heftigen Aufprall auf die Straße. Ich stieg sofort aus. Das Kind war bewußtlos, und sie brachten es mit einem anderen Auto ins Krankenhaus nach Kalkilja.«

»Es war gut, daß die Polizei den Unfall aufgenommen hat«, sagte Onkel Avraham. »Darum hat es auch so lange gedauert. Ich wollte die Polizei haben. Es gab deshalb noch ein großes Palaver. Ich wollte mit den beiden Arabern verhandeln, die bei dem Auto standen, aber sie schimpften nur und drohten. Die Geschichte kann noch unangenehm werden. Hoffentlich kommt das Kind heil davon.« Onkel Avrahams Gesicht drückte Sorge aus.

»Man kann mir keine Schuld nachweisen. Ich bin vorschriftsmäßig gefahren«, verteidigte sich Moshe.

Es war kühl, und er nahm seine Jacke aus dem Wagen. Arif sah ihm an, wie müde und niedergeschlagen er war. Ihm ging der Unfall sehr nahe.

So hielt Moshe sich auch nicht lange im Wohnzimmer auf, sondern trank nur ein Glas Wasser und ging auf sein Zimmer.

Als Yael und Arif am anderen Morgen zum Schulbus gingen, war Moshe schon dabei, den Lastwagen zu reparieren. Sie riefen ihm einen Guten Morgen! zu. Doch er reagierte kaum.

Der Streik war beendet worden, und die ersten Arbeiter erschienen wieder in den Obstplantagen von Alfei Menasche. Bald erfuhr Arif, daß das eingetroffen war, was Moshe und sein Vater befürchtet hatten. Das kleine Mädchen war im Krankenhaus gestorben.

Es war Sabbat, und Moshe war mit Arif auf der Koppel. Yael ritt auf ihrer Stute am Koppelzaun entlang. »Langweilig«, brummte sie, als sie an den beiden vorbeiritt. »Immer hier die Runde drehen, das ödet an.«

»Halte dich an das, was Vater gesagt hat«, erwiderte Moshe und wandte sich wieder Arif zu.

»Das Mädchen wird heute beerdigt. Das ganze Dorf wird daran teilnehmen. Es ist gut, daß Sabbat ist, denn heute wären die Frauen nicht zum Pflücken gekommen. Ob sie morgen erscheinen, wer weiß...«

Er schwieg und blickte düster vor sich hin.

»Kennst du die Eltern des Kindes?«

»Die Kleine war die Tochter des Muchtar Yussuf Al-Masri. Der Klan ist in der ganzen Gegend sehr einflußreich.«

Arif war blaß geworden: Das kleine Mädchen war ja Nadal, Ismaels jüngste Schwester! Diese Nachricht setzte ihm zu, und ein ungutes Gefühl beschlich ihn. Ismael hatte sich so noch weiter von ihm entfernt, denn jetzt stand der Tod seiner Schwester auch noch zwischen ihnen.

Der Himmel überzog sich mit einer grauen Dunstschicht. Wind kam auf. Arif fröstelte es.

»Kommst du mit zur Synagoge? Vater erwartet uns bestimmt.«

Wortlos folgte Arif. Es war nicht Moshes Art, in die Synagoge zu gehen. Das tat er meist nur an hohen Festtagen. Doch heute hatte er das Bedürfnis dazu.

Es hatten sich nur wenige Männer in dem schlichten Raum versammelt. Der Rabbiner stand am Pult und las laut die Gebete. Die Männer antworteten, und Arif stimmte mit ein. Onkel Avraham war ein sehr frommer Jude, der kaum einen Gottesdienst in der Synagoge ausließ. Er litt darunter, daß seine Söhne seinem Beispiel so wenig folgten. So freute er sich ganz besonders, Moshe heute zu sehen. Am Schluß des Gottesdienstes kam er sofort auf die beiden zu.

»Wollt ihr nicht noch zur Gemeindeversammlung hierbleiben? Es geht um die Wasserleitung zum Dorf Hablah. Sie soll an unser Netz angeschlossen werden. Nicht alle sind damit einverstanden. Darum soll heute darüber noch einmal beraten werden.«

Moshe blieb, und Arif ging zu Yael zurück, um ihr beim Füttern zu helfen. Die jungen Hunde tobten herum und spielten mit einem Gummiball.

»Willst du immer noch den Hund Ismael geben?« Yael griff nach dem Ball und warf ihn ein Stück weg, so daß die Welpen bellend und jaulend um ihn kämpften.

»Ich weiß nicht«, gab Arif zögernd zur Antwort. »Ismael wird jetzt wohl keinen Kontakt mehr mit uns haben wollen.«

»Schau, wie die beiden spielen! Die kann man nicht trennen. Ismael hat vielleicht längst einen anderen Hund oder er hütet die Schafe nicht mehr und arbeitet in dem Laden und dem Café, dann braucht er auch keinen Hund.«

Da Onkel Avraham und Moshe noch immer in der Synagoge waren, fütterten Tante Olga, Yael und Arif die vielen weißen und braunen Hühner und sortierten die Eier in Kartons.

Yael erzählte ihrer Mutter von dem großen Schulfest, das sie anläßlich des Purimfestes feiern wollten.

»Kuchen müssen wir backen, und Salate sollen auch gebracht werden.«

»Ein Teil wird von der Schule vorbereitet«, sagte Arif. »Wir haben schon große Plakate für die Aula bemalt.«

»Arif, du wirst ein fröhliches Fest erleben. Bei uns wird das immer groß gefeiert. Auch hier in der Siedlung wird das Purimfest besonders fröhlich begangen.«

Tante Olga stellte mehrere Kartons mit Eiern auf die Seite. »Die gehen morgen mit in die Schule. Moshe fährt sowieso in die Stadt, dann kann er sie gleich mitnehmen und euch auch.«

»Das ist gut, dann müssen wir nicht so früh aufstehen. Ich habe sowieso die ersten beiden Stunden frei, weil ihr Theater spielt, Yael.«

Als sie mit der Arbeit fertig waren, kamen Onkel Avraham und Moshe zurück.

»Was wurde erreicht bei der Versammlung?« fragte Tante Olga neugierig.

»Die Wasserleitung wird gebaut. Die Baufirma kann sofort mit der Arbeit beginnen. Wir bekommen noch eine zusätzliche Wasserzapfstelle an der unteren Koppel, und ich kann auf dem brachliegenden Hang neue Bäume pflanzen.«

»Vater plant schon wieder eine neue Obstplantage. Er hofft, daß Jabari, wenn er vom Militär zurückkommt, mit einsteigt. Darüber sollte er aber mit meinem Bruder reden, bevor er plant.«

Tante Olga kannte die Wünsche ihres Mannes und wußte von den Plänen ihrer Söhne. Und sie beruhigte Moshe, der mit seinem Vater nicht immer einer Meinung war.

»Du wirst oben an der Straße deine Autowerkstatt bauen. Jabari wird sich mit seinen Radios und Fernsehgeräten auseinandersetzen, und Onkel Avraham wird die Bäume pflanzen. Yael ist ja auch noch da. Vielleicht zeigt sie für die Landwirtschaft Interesse. Überlassen wir das der Zukunft.«

Die Diskussion endete im Wohnzimmer vor dem Fernsehschirm, während gerade die neuesten Nachrichten übertragen wurden: Wünsche und Forderungen der Palästinenser nach einem eigenen neuen Staat und die Vorstellungen, die in der Knesset dazu vertreten wurden. Dazwischen wurde von neuen Attentaten berichtet, die in den besetzten Gebieten verübt worden waren: Meldungen, wie sie jeden Tag über den Bildschirm kamen.

Arif dachte an seine englische Übersetzung, die er

morgen vorlegen mußte. Den ganzen Tag über hatte er daran noch keinen Gedanken verschwendet. Englisch war ihm ein Horror. Viel lieber waren ihm Mathe und Physik. Darin war er unschlagbar. Aber leider bestand der Unterricht nicht nur aus diesen Fächern.

»Yael, hilfst du mir übersetzen? Es ist ein dummer Text, ich blicke da nicht durch. Wie kann man nur so etwas Kompliziertes schreiben!«

Yael hätte lieber den Film angesehen, aber sie ließ sich dann doch überreden und folgte Arif in sein Zimmer und ging mit ihm den Text durch.

»Du hättest auch schon heute mittag damit kommen können. Warum schiebst du immer alles auf?« sagte sie ärgerlich und fing an, ihm die Wörter richtig zu diktieren. Arif gab keine Antwort, sondern schrieb eifrig auf das Blatt. Er wußte, daß Yael irgendwann wieder seine Hilfe brauchte, wahrscheinlich in Physik, dann glich sich das wieder aus, und sie waren quitt.

Arif dachte daran, wie allein er früher immer war. Seine Schulkameraden wohnten so weit weg, daß er immer mit dem Bus fahren mußte. Mit Yael hatte er sich ganz gut arrangiert, obwohl sie ein Mädchen war. Er wußte, daß er sie vermissen würde, wenn er wieder nach Tel Aviv zu seinen Eltern zurückgehen mußte. Aber daran wollte er jetzt noch nicht denken.

Yael entschied sich am Morgen doch für den Schulbus.

»Ich muß mit meiner Freundin Sara noch etwas besprechen wegen der Feier. Das ist wichtig.« Sie griff nach ihrer Schulmappe. »Bis später, Arif! In Englisch sehen wir uns dann.« Sie grinste und ging zur Tür hinaus.

»Ich sollte den ganzen Vormittag ausfallen lassen. Heute werden Noten in Englisch gemacht.«

»Mach dir doch nicht in die Hosen, Arif! Alles halb so schlimm. Du wirst das überstehen. Mein Englisch ist auch nicht das Beste, und ich lebe auch. Komm, beeile dich! Wir müssen den Wagen noch laden. Mutter hat schon einige Hennen geschlachtet, die müssen wir auch noch mitnehmen.«

Es dauerte noch eine Viertelstunde, dann hatten sie alles, was mitgenommen werden sollte, verstaut. Es war kaum noch Platz für Arif in dem Landrover. Auf dem Vordersitz standen noch Eierkartons sowie Salat und Blumen, die für die Schule bestimmt waren.

Tante Olga winkte ihnen nach und schloß dann das Hoftor.

Moshe hielt oben an der Straße noch einmal an, um zu kontrollieren, ob die Vermessungsarbeiten auf seinem Bauplatz durchgeführt worden waren. Pflöcke wiesen die Größe des Grundstückes aus. Moshe nahm das befriedigt zur Kenntnis. »In den nächsten Tagen wird mit dem Bau begonnen. Das hat mir der Architekt gestern am Telefon noch mitgeteilt. Wenn du einmal ein Auto brauchst, wende dich an mich! Du wirst immer gut bedient werden in meiner Werkstatt.«

»Das Angebot gilt, Moshe.«

Sie gingen über das Gelände, und Moshe erklärte, wie die Werkstatt aussehen sollte. Er hatte dazu selbst den Plan entworfen.

»Wann endet nachher dein Unterricht?«

»Gegen 13.00 Uhr«, sagte Arif.

»Gut, dann hole ich dich um diese Zeit ab. Wir werden nach den Maschinen und dem Werkzeug sehen, das ich bestellt habe.«

Sie stiegen wieder in den Landrover und fuhren weiter. Moshe wich geschickt den Schlaglöchern aus und fuhr sehr vorsichtig in die Kurven, so daß den vielen Eiern nichts passierte.

»Hoffentlich wird die Straße bald ausgebaut!« knurrte er und schob sich die Mütze tiefer in die Stirn, um von der Sonne nicht geblendet zu werden. Er beugte sich weit über das Lenkrad, um jede Unebenheit auszugleichen.

Ein mit Reisig beladener Esel schwankte die schmale Straße entlang, und Moshe mußte noch langsamer fahren. Jetzt in der Kurve konnte er nicht überholen. Aber sie waren schon ziemlich mit der Zeit in Verzug. Moshe hupte wie wild. Doch der Esel trottete weiter, ohne die Straßenmitte zu verlassen. Moshe schimpfte, brüllte. Er drehte das Fenster ganz herunter und rief, daß man den Esel zur Seite führen sollte. Doch nichts geschah. Arif sah den jungen Araber, der vor dem Esel ging und ihn am Strick führte. Trotz der Kafiya erkannte er Ismael. Warum verhielt er sich nur so stur? Er mußte sie doch längst bemerkt haben. Moshe schimpfte auf Arabisch. Doch Ismael wandte sich nicht einmal um, obwohl er jetzt auch Arif rufen hörte. Moshes Gesicht wurde rot vor Zorn und Empörung. Immer wieder gab er bei getretener Kupplung Gas, so daß der Motor laut aufheulte.

»Halt' dich jetzt fest, Arif, und umklammere die Eierkartons! Wir kommen schon an den beiden vorbei. Wir jagen sie jetzt einfach zur Seite.«

Doch Moshe kam nicht dazu. Eine Maschinengewehrsalve zerriß die Stille des Morgens, und die Frontscheibe des Landrovers splitterte.

Moshe schrie auf: »Deckung, schnell!«

Eine zweite Salve durchlöcherte die rechte Tür.

Arif wußte nicht mehr, was alles geschah. Er spürte nur einen stechenden Schmerz am rechten Oberarm. Dann schlug sein Kopf gegen die Tür, als der Wagen gegen den knorrigen Stamm eines Ölbaums prallte. Für Bruchteile von Sekunden blieb er dort hängen und neigte sich dann langsam über die Böschung und stürzte nach unten. Arif war dabei herausgeschleudert worden und lag nun zwischen Steinbrocken in dem trockenen Bachbett.

Für einen Augenblick war Arif ohnmächtig geworden. Doch die Schmerzen brachten ihn schnell wieder zur Besinnung.

Er versuchte sich aufzurichten, und da sah er eben noch, wie eine Stichflamme über den Wagen schoß. Er robbte zur Seite und preßte sich instinktiv ganz flach auf den Boden. Mit einem ohrenbetäubenden Knall explodierte das Auto und verschwand in einer schwarzen Rauchwolke, aus der alsbald Flammen schlugen.

Wo war Moshe? Hatte es auch ihn vorher aus dem Wagen herausgeschleudert?

Arif hörte Stimmen, die sich laut etwas zuriefen. Er faßte nach seinem schmerzenden Arm, Blut quoll zwischen den Fingern und lief über sein Hemd. Ohnmächtig sank Arif zurück. Er merkte nicht, daß er vorsichtig von der Unfallstelle weggezogen wurde, hinter ein Dornengestrüpp. Ismael hatte sich die Kafiya vom Kopf gerissen und umwickelte damit Arifs blutenden Arm. Dann verschwand er zwischen den Steinen.

Der Esel stand mit seiner Ladung von Reisigbündeln noch immer auf der Straße. Doch sonst war niemand mehr zu sehen. Das Auto brannte noch immer. Auf der Straße nahten Fahrzeuge. Die Fahrer stiegen aus und redeten wild gestikulierend miteinander.

Als endlich die Polizei erschien, war Arif auch nicht mehr auf seinem Platz. Ismael hatte ihn vorsichtig weggeschleppt und ihn in einen leerstehenden Schafstall gebracht.

Arif kam langsam wieder zu sich. Seine Gedanken waren so verworren, daß er sich nicht zurechtfand und weg wollte. Ismael hielt ihn fest.

»Moshe!« keuchte er. »Wo ist Moshe?«

Ismael gab darauf keine Antwort. Er sprach nur davon, daß er Arif helfen wolle.

»Arif, du mußt ruhig liegen bleiben, sonst blutet dein Arm noch mehr! Die Blutung konnte ich mit dem Verband nur notdürftig stillen.«

Arif schloß die Augen. Ihm wurde schwindlig, sobald er nur den Kopf hob. Er hoffte, daß Ismael ihn heimbringen würde zu Tante Olga und zu Onkel Avraham. Ismael ging hinaus und kam nach kurzer Zeit zurück. Arif wußte nicht, wieviel Zeit inzwischen verstrichen war, ob es Mittag oder sogar schon Abend war.

»Warum bringst du mich hier nicht weg?« fragte er Ismael.

»Die Polizei ist noch bei dem Auto. Wir müssen warten.«

Arif blickte zu Ismael, der lauschend am Eingang stand.

»Warum bist du mit dem Esel nicht zur Seite gegangen? Du hast doch gesehen, daß wir kommen!«

Ismaels Gesicht wurde starr wie eine Maske. Er schwieg sich aus, und erst als Arif noch einmal fragte, antwortete er: »Ich hatte Befehl, mich so zu verhalten. Sie hätten mich erschossen, wenn ich den Esel zur Seite geführt hätte.«

Ismael ging erneut hinaus, kam aber gleich darauf zurück.

»Du mußt hierbleiben, Arif, ich werde später wiederkommen. Schreie nicht, mache dich nicht bemerkbar! Mein Bruder Kamal darf dich auf keinen Fall finden. Er würde dich töten. Ich muß zurück ins Dorf. Ich darf kein Aufsehen erregen. Das würde mich verdächtig machen. Man trifft sich im Café, mein Vater will mich dort sehen.«

Ismaels Stimme klang auf einmal gehetzt, und seine Angst sprang auf Arif über.

»Gut, ich bleibe hier liegen, aber komm bitte bald wieder!« sagte Arif beschwörend.

Ismael nickte nur und entfernte sich.

Arif lauschte auf Ismaels Schritte, bis nur noch das aufdringliche Zirpen der Grillen zu hören war.

Arif preßte die Hand auf die Wunde, die so fürchterlich schmerzte. Einen Augenblick dachte er an die Polizei draußen, aber die hatte bestimmt längst die Unglücksstelle verlassen. Zudem würde er es wohl nicht allein schaffen, die Straße zu erreichen. Mühsam versuchte er sich aufzurichten. Da spürte er, wie die Wunde erneut zu bluten begann. Arif kauerte sich wieder auf den Boden. Hoffentlich kommt Ismael bald wieder zurück.

4.

Arif war halb ohnmächtig vor Schmerzen, aber er biß die Zähne zusammen. Er wollte nicht schreien, während die alte Frau die Wunde säuberte und neu verband. Ismael stand neben Arif und hielt die Öllampe. Immer wieder redete er beruhigend auf Arif ein.

»Keine Angst, meine Großmutter hilft dir! Du schaffst es, Arif. Bestimmt wird dein Arm wieder gesund.«

Ismael war mit dem Esel gekommen, als es ganz dunkel war, und hatte Arif aufsitzen lassen und ihn dann zu seiner Großmutter ins Dorf gebracht. Er wußte, daß er ihn eigentlich zu einem Arzt hätte bringen müssen, aber das war in dieser Situation unmöglich. Nur Großmutter Nada konnte in dieser Lage helfen, und sie tat es, ohne viel zu fragen. Nada war durch ihr hohes Alter schon etwas wirr im Kopf, aber sie verstand noch immer viel von Wundversorgung und Medizin. Alle aus dem Dorf holten sich von ihr Rat, sei es für die Menschen oder das Vieh. Sie fragte nie viel, sondern schaute sich den Patienten an, holte dann Tinkturen und Kräuter, die sie immer wieder sammelte, und versorgte die Risse, Schrammen und schmerzenden Stellen.

Sie murmelte immer etwas, aber kaum einer verstand, was sie sagte. Viele glaubten, es seien Beschwörungen oder Koranverse. Normalerweise aber ging man der buckligen Alten aus dem Weg und suchte sie nur auf, wenn man sie brauchte. Darum hoffte Ismael, daß Arif bei Nada sicher war.

Nachdem Arif etwas getrunken hatte, erholte er sich ein

wenig. Er schaute sich um. Der Raum war niedrig. Eine gemauerte Feuerstelle, ein einfaches Bett. An einem Haken an der Wand: Pfannen, Töpfe, Schüsseln. Ein steinerner Mörser mit einem Stößel stand neben der Tür, und daneben lag ein Reisigbündel. Es roch nach scharfen Gewürzen, kaltem Holzrauch und Kampfer. Arif mußte husten. Seine Augen begannen zu tränen.

»Warum bringst du mich nicht zu meinem Onkel? Wo ist Moshe? – wo bin ich überhaupt?«

Ismael hielt ihm die Hand vor den Mund.

»Leise, nicht so laut, man könnte uns hören!«

Ismael wandte sich an die alte Frau und tuschelte ihr etwas zu, das sie nur widerwillig zu akzeptieren schien.

»Wo ist Moshe?« Arif lehnte sich gegen die rauh verputzte grün gestrichene Wand. Es wurde ihm wieder schwindelig. Nur jetzt nicht ohnmächtig werden! Auf keinen Fall wollte er hier bleiben. Wenn nur endlich sein Cousin kommen würde! Arif fragte nach Moshe.

»Moshe ist tot. Er ist im Wagen verbrannt. Man konnte ihm nicht mehr helfen.«

Ismael fiel es schwer, davon zu sprechen. Arif war geschockt. Er taumelte und wäre gefallen, hätte Ismael ihn nicht aufgefangen. In Arifs Kopf schien sich alles zu drehen. Er hatte Mühe, die Bilder zu ordnen und sich alles noch einmal in Erinnerung zu rufen. Die Angst kehrte plötzlich zurück, als ihm bewußt wurde, was Ismael ihm schon alles gesagt hatte, daß sein Bruder Kamal alles geplant und zur Ausführung gebracht hatte.

Die alte Frau hatte den Raum verlassen. Ismael stellte die Lampe so, daß sie kaum Helligkeit verbreitete und man fast keinen Gegenstand mehr unterscheiden konnte.

»Bring mich von hier weg!« bat Arif noch einmal.

»Das will ich auch, Arif. Aber Kamal und seine Freunde dürfen uns beide auf keinen Fall erwischen. Darum habe ich Großmutter hinausgeschickt. Sie soll erkunden, ob mein Bruder im Café oder im Laden ist. Am Mittag war das Militär bei meinem Vater. Die Soldaten werden wiederkommen.«

Ismael verstummte, denn er hatte die schlurfenden Schritte der Alten gehört. Er lauschte.

»Sie kommt allein, Allah sei Dank!« stellte er erleichtert fest und drückte Arifs Hand, um ihm anzuzeigen, daß er ihm vertrauen konnte.

Ismael sprach kurz mit seiner Großmutter. Sie schien unwillig und ärgerlich, soviel konnte Arif ihren heftigen Worten entnehmen.

Plötzlich blitzte draußen der Strahl einer Taschenlampe auf. Ismael erschrak, Arif zuckte zusammen. Man hatte sie entdeckt! Es blieb keine Zeit, sich zu verstecken. Die bis auf einen Spalt geschlossene Tür wurde aufgestoßen, und zwei Männer erschienen. Der jüngere stieß die alte Frau grob zur Seite. In der einen Hand hielt er die Stabtaschenlampe, in der anderen hatte er eine Pistole. Ismael versuchte, sich vor Arif zu stellen. Er wußte, daß sein Bruder Kamal mit seinem Vater gekommen war. Hatte die alte Nada geredet oder war man ihr einfach gefolgt, weil es ungewöhnlich war, daß sie in der Nacht im Dorf herumging?

»Aha, einer hat überlebt!« stellte Kamal fest. »Das ist nicht gut!« Er richtete die Pistole auf Arif.

»Nein, du wirst ihn nicht töten!« schrie Ismael und versuchte nach der Waffe zu greifen. Doch Kamal stieß ihn zur Seite, so daß Ismael seinem Vater in die Arme fiel, der ihn zornig packte und schlug.

»Was hast du nur getan? Du bist ein Verräter geworden. Allah möge dich dafür strafen!«

Arif blendete das helle Licht der Lampe. Er hörte, wie Ismael unter den Schlägen keuchte und stöhnte. Eiskalt sah Kamal zu, wie sein Vater in cholerischer Wut seinen jüngeren Bruder mit einem Stück Holz prügelte. Arif versuchte, Ismael beizustehen. Er brüllte einfach los und wollte sich zwischen die beiden werfen, doch das ließ Kamal nicht zu. Er packte Arif und hielt ihn fest umklammert. Als Arif nicht Ruhe gab, schlug Kamal ihm mit dem Pistolenknauf auf den Kopf. Arif taumelte und fiel zu Boden. Kamal trat mit den Füßen nach, bis Arif stöhnend liegenblieb.

Draußen bellte ein Hund. Von weitem hörte man Sirenengeheul. Yussuf Al-Masri richtete sich schwer atmend auf. Es schien, als käme der Muchtar erst jetzt zur Besinnung. Er stemmte seine Arme in die massige Seite.

»Warum mußtest du ihn töten?« rief er wütend. »Das gibt doch nur neue Scherereien! Du könntest das doch wissen!«

»Ach was, schaue doch genau hin: Der Jude lebt! Besser wäre es gewesen, er wäre mit dem anderen verbrannt.« Kamal schob seinen Fuß unter das Gesicht Arifs und leuchtete mit der Lampe darauf.

»Er blutet an der Stirn. Du hast ihn umgebracht!« rief Ismaels Vater.

Kamal nahm den gefüllten Wassereimer von der Bank und kippte einen Teil über Arif, den Rest über Ismael. Dieser zuckte zusammen, blieb aber liegen. Nur Arif versuchte, seinen Kopf zu heben.

»Den Juden überlasse ich dir, Vater«, sagte Kamal höhnisch. »Als Muchtar wird es dir gut zu Gesicht stehen, einen Juden zu beherbergen. Dazu noch einen von der Siedlung. Wenn die Soldaten kommen und die Häuser durchstöbern, werden sie das Bürschchen finden, und du wirst Rede und Antwort stehen müssen. Eine feine Sache!«

»Nein, Kamal, du wirst ihn sofort wegschaffen!« Dieser Befehl des Vaters duldete keine Widerrede. Kamal steckte die Pistole in den Gürtel und schlug sich die schwarz-weiße Kafiya so um das Gesicht, daß nur noch seine Augen zu sehen waren. Er griff nach Arifs Handgelenk, zog ihn in die Höhe und warf ihn sich über die Schulter.

»Vielleicht kann er uns doch noch nützlich sein«, sagte er verächtlich. »Man kann nie wissen, was noch kommt.«

Ohne auf seinen schimpfenden Vater weiter zu hören, ging er hinaus in die Nacht. Arif war ihm zu schwer. Er ließ ihn wieder auf den Boden herunter und zerrte ihn hinter das Haus.

Das Hundegebell wurde lauter, und man hörte das Rattern von Motoren. Schwere Panzerfahrzeuge fuhren auf den Dorfplatz. Scheinwerfer blendeten auf und leuchteten die Fassaden der Häuser ab. Durch Megaphone wurden die Leute aufgefordert, sich auf dem Platz zu versammeln. Hausdurchsuchungen wurden angekündigt.

Kamal handelte schnell, denn viel Zeit blieb ihm nicht. Als Barkeeper mußte er hierbleiben und Rede und Antwort stehen, denn er war hier gemeldet im Dorf.

Kamal schob eine Steinplatte zur Seite, griff nach Arif und stieß ihn hinunter in ein finsteres Gewölbe. Hastig schob er den Stein wieder darüber und lief flink wie ein Wiesel zwischen den Häusern hindurch zum Hintereingang des Cafés.

Arif war auf eine vermoderte Strohschütte gefallen. So blieben wenigstens seine Knochen heil. Doch die Wunde an seinem Arm schmerzte erneut. Auch fing sie wieder an zu bluten. Die Dunkelheit, die ihn umgab, und die Stille waren schrecklich. Trotz der Angst und der Schmerzen fiel er in einen ohnmachtsähnlichen Schlaf.

Stunden mußten vergangen sein. Arif wußte es nicht, denn das Zeitgefühl war ihm abhanden gekommen in diesem grabähnlichen Verlies. Manchmal schreckte er auf, wenn er glaubte etwas zu hören. Dann sank er wieder auf das dumpf riechende Stroh zurück.

Fieber stellte sich ein, und Halluzinationen peinigten ihn. Der Durst wurde immer qualvoller. Immer wieder versuchte er, mit den Händen den Boden abzusuchen, doch nirgendwo war Feuchtigkeit und Wasser zu finden.

Arif ließ sich wieder zurückfallen. Staub, Steine, Erde. Er war lebendig begraben. Er rief nach seinem Vater, seiner Mutter, nach Onkel Avraham, nach Yael. Es war alles so aussichtslos! In seiner Verzweiflung begann er, alle Gebete zu murmeln, die er kannte, bis er erschöpft einschlief und im Fieber wieder schrie.

Plötzlich schreckte er auf. War es ein frischer Luftzug,

der ihn weckte, oder das knirschende Geräusch wie vom Schieben eines Steines?

Arif richtete sich mühsam auf. Wenn nur der Kopf nicht so schmerzen würde! In seinem Arm stach es wie mit tausend Nadeln.

Da berührte er einen Krug, als er sich vorsichtig herumdrehte. Wasser! schoß es ihm durch den Kopf. Vorsichtig brachte er die Lippen an den Rand des Kruges. Das Wasser netzte ihm die aufgesprungenen Lippen, und er konnte gar nicht so schnell schlucken, wie er gerne wollte. Das Wasser lief über sein Gesicht, netzte seinen Hals, sein Hemd.

Bald war der Krug leer und rollte ihm aus der Hand. Arif hatte nicht bemerkt, daß neben dem Krug noch ein Teller mit Fladenbrot stand.

Er schlief wieder ein und träumte lebhaft von Ismael. Doch wie enttäuscht war er, als er erwachte und Ismael nicht vorfand.

Was war wohl aus ihm geworden? Wurde er auch gefangen gehalten oder war er verhaftet worden? Vielleicht hatte ihn Kamal ausgeliefert an das israelische Militär. Vor Kamal fürchtete er sich am meisten. Der schreckte vor nichts zurück.

Eines war Arif klar: daß man ihn mit Wasser versorgte, war ein Zeichen, daß man ihn nicht sterben lassen wollte. Diese Erkenntnis aktivierte alle seine Lebensgeister, und er lauerte auf den Moment, wo dieser Fremde wieder erscheinen würde, um ihn mit neuen Lebensmitteln zu versorgen.

Das Fieber setzte Arif erneut zu. Er fror, zitterte vor

Kälte, dann wieder standen ihm die Schweißtropfen auf der Stirn.

Plötzlich hörte er ein dumpfes scharrendes Geräusch, und darauf schlurfende Schritte. Das war kein Traum. Es mußte hier bei ihm ganz in der Nähe sein. Er mußte blinzeln, denn das helle Licht schmerzte in seinen Augen. Es war Nada, die sich über ihn beugte und mit ihrem zahnlosen Mund etwas murmelte, das er nicht verstand.

Mit ihrer rauhen, gichtigen Hand strich sie ihm über die Stirn. Arif versuchte, diese Hand zu halten.

»Wo ist Ismael?«

Die Alte schüttelte heftig den Kopf. Sie wollte sich von Arif losmachen, seine Hand hielt sie aber fest.

»Ismael soll kommen! Ich brauche ihn.«

Nada redete in ihrer unverständlichen Sprache hastig auf Arif ein. Doch er verstand kein einziges Wort. Wieder betonte er, daß Ismael kommen solle.

Sie drückte ihn sanft zurück auf das Stroh und zeigte ihm den Wasserkrug und das Brot. Dann nahm sie die Lampe vom Boden auf und schlurfte wieder wortlos davon. Das Licht entfernte sich, und kurz darauf war Arif wieder von dieser unheimlichen Dunkelheit umgeben.

Die Ungewißheit blieb. Würde sie wiederkommen und sogar Ismael mitbringen? Oder würde sie für immer wegbleiben?

An das letztere mochte er nicht glauben, denn das würde sein sicheres Todesurteil bedeuten. Auch vor Kamal fürchtete er sich. Der würde nicht zögern, ihn zu töten. Daß er noch lebte, mußte für Kamal oder dessen Familie von Nutzen sein. Diese Erkenntnis verdichtete sich immer mehr in Arif. Die alte Frau würde sonst nicht kommen und ihn weiter versorgen.

Arif wartete ungeduldig. Nada kam tatsächlich wieder, aber allein, ohne Ismael. Wieder brachte sie zu trinken und zu essen und eine Decke für Arif. Sie ging, ohne Arif etwas mitzuteilen. Der Gedanke an Flucht beherrschte von nun an Arifs Überlegungen. Arif versuchte sich aufzurichten und zu laufen, aber er brach in die Knie. Er war einfach zu schwach geworden. Tränen der Verzweiflung traten ihm in die Augen. Es gab keinen Ausweg. Ihm fielen die biblischen Gestalten wieder ein, von denen der Rabbiner erzählt hatte. Auch sie befanden sich oft in aussichtslosen Situationen. Arif erinnerte sich an den Propheten Jeremia, den man in eine Zisterne geworfen hatte. Er wurde auf sein Rufen hin gerettet und herausgezogen. Doch Arifs Rufen hörte niemand, er schien lebendig begraben zu sein. Nur Gott könnte weiterhelfen und ihn aus dieser mißlichen Lage befreien.

Arif zitterte vor Kälte, und er hüllte sich bis zum Hals in die rauhe Decke ein, die ihm Ismaels Großmutter dagelassen hatte. Ob Onkel Avraham noch nach ihm suchen lassen würde? Hatte er bereits seinen Vater in Amerika verständigt, oder glaubten sie vielleicht alle schon, er sei tot? Arif schloß die Augen und verkroch sich noch tiefer in die Decke.

5.

Arif mußte blinzeln. Er kniff die tränenden Augen zusammen. Das helle Licht schmerzte geradezu in seinen Augen.

»Wer ist hier?« murmelte er schlaftrunken.

»Ich bin es, Arif. Verhalte dich ganz ruhig«, flüsterte Ismael und knipste die Taschenlampe aus.

»Ismael, endlich bist du gekommen. Ich hatte schon Angst, du seist nicht mehr am Leben.«

Arif überkam ein unendliches Gefühl von Glück, Freude und Zuversicht. Hatte Gott seine Gebete erhört?

»Kannst du gehen, Arif?« fragte Ismael leise, machte das Licht wieder an und ließ den Lichtkegel über Arif wandern.

»Dein Arm?«

»Es geht, Ismael. Ich kann laufen. Bring mich hier endlich heraus. Ich schaffe es bestimmt.«

Arif sah nun auch Ismael. Er war schmutzig. Sein Hemd war zerfetzt, die Hosen voller Ölspuren. Sein Gesicht war ganz spitz und hager geworden, so daß die Wangenknochen stark hervortraten.

Ismael griff nach Arifs Hand und half ihm beim Aufstehen.

»Du kannst dich auf mich stützen. Wir müssen uns beeilen.«

»Dein Bruder?« fragte Arif leise. »Wird er uns nicht verfolgen?«

»Den haben sie gestern abend gefaßt. Ich konnte fliehen«, entgegnete Ismael rauh.

»Er wollte mich mitnehmen über die libanesische Grenze. Kamal hat mich bewacht, keinen Schritt durfte ich ohne ihn tun. Am liebsten hätte er mich getötet, wenn mein Vater nicht gewesen wäre.«

Arif spürte den Haß, den Ismael seinem Bruder gegenüber empfand.

»Kamal hat sich alles ausgedacht.«

»Daß ich hier als Gefangener leben mußte?«

»Du warst für ihn eine Geisel. Geld wollte er erpressen von deinen Verwandten. Darum hielt er mich auch fest. Selbst Vater setzte er unter Druck.«

Ismael mußte langsamer gehen, denn Arif hatte Mühe, ihm zu folgen. Der Felsengang wurde enger. Arif tastete sich an der rauhen Wand entlang und suchte mit seinen Füßen Halt in den eingehauenen Steinstufen.

»Deine Großmutter versorgte mich«, sagte Arif nach einer Weile.

»Ich weiß. Kamal hat ihr das befohlen, und sie mußte gehorchen. Er hatte zum Schluß alle beherrscht, und keiner wagte es, sich ihm zu widersetzen.«

Ismael schob vorsichtig die Holztüre auf, lauschte in die Nacht und faßte erneut Arifs Hand.

»Komm schnell! Es darf uns keiner sehen – weder von der Familie noch jemand vom Dorf und vor allem niemand von den Soldaten, die hier überall sind.«

»Soldaten?« Arif verstand das nicht, aber Ismael hatte jetzt keine Zeit für große Erklärungen. Dafür würde später Zeit bleiben. Er schob Arif vorwärts und überquerte mit ihm den schmalen Ziegenpfad, der sich hinter dem Haus den Berg hinaufschlängelte.

»Ich habe weiter oben den Esel stehen. Du kannst dann aufsitzen und reiten. Ich bringe dich zu deinen Verwandten.«

Arif wäre gern stehengeblieben, um sich etwas auszuruhen. Er kämpfte erneut mit dem Schwindel, der Übelkeit und den Schmerzen. Auf keinen Fall wollte er jetzt schlapp machen und Ismael zur Last werden. Arif ahnte, daß Ismael sehr viel für ihn wagte.

Ein Scheinwerfer blendete auf. Ismael zog Arif schnell zu Boden. Soldaten kamen über den Weg und blieben unten vor dem Eckhaus stehen. Sie mußten auf Patrouille sein. Ismael und Arif lagen mit klopfenden Herzen auf der Erde. Als die Soldaten sich wieder entfernt hatten, stand Ismael auf, schlich noch einmal ein Stück zurück und schaute, wohin die Israelis gingen. Nach einer Weile kam er zurück.

»Wir müssen weiter, Arif. Schneller, wir dürfen nicht zuviel Zeit verlieren!« Arif war am Ende seiner Kraft, als sie oben bei dem Esel ankamen. Ismael half ihm beim Aufsitzen.

»Vor Tagesanbruch müssen wir in eurer Siedlung sein«, keuchte Ismael. Von der Anstrengung standen ihm Schweißperlen auf der Stirn. Auf den letzten hundert Metern hatte er Arif fast getragen. Er griff nach dem Halfter, und das Tier setzte sich in Bewegung.

Es war eine mondlose Nacht. Man konnte den Weg kaum erkennen. Doch Ismael kannte das Gelände. Fast jeder Stein, jeder Strauch war ihm vertraut. Immer wieder blieb er stehen, um sich zu vergewissern, ob ihnen auch niemand folgte.

Die ersten Lichter der Siedlung tauchten aus dem Dunkel auf. Ismael hielt den Esel an.

»Wirst du es von hier aus alleine schaffen, Arif?«

»Du kommst nicht mit zu meinem Onkel Avraham?«

»Nein, das kann ich nicht.« Ismael hatte viel zu sehr Angst. Er half Arif beim Absteigen.

»Du mußt mit deinem Onkel reden, Arif. Es darf nicht geschehen, daß sie das Haus meines Vaters sprengen. Meine Mutter mit meinen kleinen Brüdern wohnt noch dort.«

Arif verstand nicht sofort. »Wieso sprengen?«

»Das ist üblich«, entgegnete Ismael düster. »Sie haben Kamal gefaßt, und sie werden bald wissen, daß er an allem schuld ist. Zudem ging es auch um dich. Mein Bruder wollte viel Lösegeld haben für deine Freilassung. Und nun bist du frei, Arif, ohne daß deine Verwandten zahlen müssen. Es ist eine Chance für uns.«

Ismael wollte gehen, doch Arif hielt ihn am Arm fest. »Geh nicht weg, begleite mich doch! Du kannst das alles viel besser erklären, was geschehen ist.«

»Arif, denke an deinen Cousin! Moshe lebt nicht mehr. Ich als Beteiligter kann deinen Leuten nicht unter die Augen treten.«

Mehr sagte Ismael nicht, und Arif verstand nur zu gut. Er blickte Ismael traurig nach. Auf Umwegen würde er in sein Dorf zurückschleichen und die Hoffnung hegen, daß durch Arifs Freilassung seiner Familie das schreckliche Schicksal erspart bleiben würde.

Arif wollte alles tun, daß sich diese Hoffnung für Ismael erfüllte. Langsam und mit staksigen Schritten ging er auf der asphaltierten Straße weiter. Jeder Schritt wurde ihm zur Qual, und der Wunsch, sich einfach an den Straßenrand zu setzen, wurde übermächtig.

Ein Auto kam, blendete auf und hielt mit kreischenden Bremsen. Es war Arifs Onkel Avraham, der aus Tel Aviv zurückkehrte.

»Arif, mein Junge, wie kommst du hier her? Wir suchen dich überall seit Tagen!« Er trug Arif schnell zu seinem Auto und setzte ihn auf den Beifahrersitz.

»Ismael hat mich befreit und bis an die Straße gebracht.«

Arif erzählte, was sich alles ereignet hatte. Aufmerksam hörte ihm sein Onkel zu.

»Es gab sehr viele Verhaftungen. Das Militär setzte den Muchtar unter Druck. Mehrmals wurde er verhört, doch nun ist Kamal endlich gefaßt. Mörder wie er sind für alle eine große Gefahr.«

Onkel Avraham strich Arif zärtlich über das ungekämmte, wirre Haar.

»Tante Olga wird glücklich sein, wenn sie dich sieht. Ich werde auch sofort deinen Vater und deine Mutter benachrichtigen.«

»Meine Eltern wissen von all dem?«

»Natürlich, ich mußte sie verständigen. Über fünf Tage waren wir ohne Nachricht von dir. Erst dann kam ein Brief mit dieser Geldforderung. Ich übergab dann alles den Offizieren. Seit Tagen lief eine große Suchaktion. Dabei wurde ein großes Waffenlager entdeckt, und bald war bekannt, daß Kamal Al-Masri hinter allem steckte, was in der letzten Zeit geschehen ist. Seine Mittäter konnten gefaßt werden. Die sagten aus, daß Kamal die Zeitbombe an der Wasserleitung angebracht hatte. Es war immer nur von Kamal die Rede. Das ganze Dorf schien nach seiner Pfeife getanzt zu haben, besonders die jungen Leute waren von seinen Heldentaten fasziniert und wollten sie nachahmen. Ismael als der Bruder Kamals war bestimmt an vielen dieser Sachen mitbeteiligt«, stellte Avraham nachdenklich fest.

Arif widersprach heftig: »Onkel, wenn Ismael wirklich etwas getan hat, dann muß er dazu gezwungen worden sein. Vor meinen Augen hat man ihn niedergeschlagen, und sein eigener Vater prügelte ihn fast zu Tode. Er wurde als Kollaborateur von seinen eigenen Leuten beschimpft, weil er mir geholfen hat. Wir müssen Ismael helfen, jetzt wo Kamal verhaftet ist!«

Onkel Avraham startete den Wagen und fuhr sehr schnell durch die Siedlung bis zu seinem Gehöft. Arif war plötzlich der Mittelpunkt von allem. Im Nu versammelten sich eine Menge Menschen um ihn, fragten und wollten so vieles wissen.

Tante Olga und Yael fuhren mit zur Klinik, wo Arif einer gründlichen Untersuchung unterzogen wurde. Der Durchschuß an seinem rechten Arm mußte operiert werden. Als Arif aus der Narkose erwachte, saßen Yael und Onkel Avraham an seinem Bett.

»Ein Reporter war auch schon hier und wollte dich sprechen, Arif. Stell dir vor, sogar das Fernsehen hat angefragt!« sagte Yael begeistert. Arif war plötzlich berühmt geworden. Doch das gefiel ihm nicht, und er gab das auch sofort zur Kenntnis.

»Einverstanden, die Reporter halten wir zurück«, entschied Onkel Avraham. »Doch mit der Polizei wirst du reden müssen.«

Arif sah die vielen Blumen auf dem Tisch.

»Hatte ich schon Besuch?« fragte er neugierig.

»Die Blumen sind von deinen Eltern und deiner Tante aus Amerika.« Yael war ganz aufgeregt, so daß Onkel Avraham sie bremsen mußte.

»Sind meine Eltern aus Amerika zurück?«

Avraham schüttelte den Kopf. »Noch nicht, aber sie werden in der kommenden Woche zurückkehren. Mit deinem Vater habe ich vor einer Stunde telefoniert. Da warst du noch in Narkose. Er wollte wissen, wie es dir geht. Wenn er heute abend anruft, kannst du selbst mit ihm sprechen und ihn beruhigen, daß alles wieder in Ordnung ist.«

Eine Ärztin schaute ins Zimmer. Als sie sah, daß Arif wach war, setzte sie sich zu ihm an das Bett.

»Junge, du hattest großes Glück! Der Durchschuß, der Blutverlust, es ist schon ein Wunder, daß du das so gut überstanden hast.«

Arif berichtete, wie Ismaels Großmutter die Wunde versorgt hatte. Die Ärztin wollte alles ganz genau wissen und fragte mehrmals nach. Sie waren noch nicht fertig mit dem Thema, da erschienen mehrere Polizeibeamte. Onkel Avraham bemerkte die Angst und Skepsis in Arifs Augen, und er nickte ihm aufmunternd zu: »Du brauchst dich nicht zu fürchten! Sprich nur über alles. Es ist wichtig für die Arbeit der Polizei.«

Arif sah, wie über das Gesicht seines Onkels ein Schatten flog.

»Moshe hätte nicht sterben müssen, wenn...« Er sprach nicht weiter und ging mit Yael und der Ärztin aus dem Zimmer. Die Polizisten wollten allein mit Arif reden.

Alles, was Arif sagte, wurde peinlich genau zu Protokoll genommen. Minuziös wurde nach jeder Kleinigkeit geforscht. So wurde auch alles über Ismael erfragt, aber Arif konnte auch hier nur sagen, was er wußte. Den älteren der Polizisten vermochte Arif nicht so recht zu überzeugen, denn er reagierte schroff: »Dieser junge Araber ist so schuldig wie sein Bruder!«

»Nein, er hätte mir sonst nicht geholfen«, erwiderte Arif aufgebracht. »Man kann ihn doch nicht bestrafen für etwas, das er nicht getan hat.«

Es war gut, daß die Ärztin wiederkam und die Polizisten aufforderte zu gehen.

»Der Junge braucht Ruhe. Sie können morgen die Befragung fortsetzen. Für heute ist es genug!«

Arif war erleichtert, als sich die Tür hinter den Beamten schloß. Auch der Reporter wurde auf den kommenden Tag verwiesen.

Yael kam wieder ins Zimmer gelaufen.

»Wie geht es den Hunden?«

»Du wirst staunen, wie sie gewachsen sind«, entgegnete sie stolz.

»Denke daran, daß ich einen für Ismael haben will. Ich möchte, daß er ihn bekommt.«

»Arif, wir müssen abwarten. Das Dorf Hablah befindet sich immer noch im Ausnahmezustand. Auch heute mittag, als wir vorbeigefahren sind, war noch eine Menge Militär dort.«

Als Arif allein war, kreisten seine Gedanken unablässig um Ismael. Man fahndete nach ihm, aber er hoffte, daß man ihn nicht fand. Arif wußte jetzt, wie schwierig es sein würde, Ismael zu helfen. Trotzdem wollte er nichts unversucht lassen.

Die Nachtschwester hatte schon ihre Runde gemacht, als sie noch einmal zurückkam und Arif das Telefon brachte.

»Dein Vater möchte dich sprechen«, sagte sie und reichte ihm den Telefonhörer.

Geduldig beantwortete Arif alle Fragen seines Vaters. Er hörte die Erleichterung in seiner Stimme, als er ihm sagen konnte, daß er in den nächsten Tagen schon das Krankenhaus verlassen dürfe. Arif hegte die winzige Hoffnung, daß vielleicht sein Vater etwas für Ismael tun konnte.

»Vater, ich will nicht, daß man Ismael für eine Sache straft, die er nicht begangen hat. Er ist unschuldig.«

»Wenn ich nächste Woche komme, werde ich mich um den arabischen Jungen kümmern, das verspreche ich dir. Wichtig ist vor allem, daß du gesund wirst, Arif!«

Arif hielt den Telefonhörer noch eine Weile in der Hand, obwohl das Gespräch schon lange beendet war.

Er hätte seinem Vater gerne noch mehr über Ismael erzählt, der mehr und mehr sein Freund geworden war, obwohl er ein Araber war.

6.

Nach der Arztvisite holte Onkel Avraham Arif am nächsten Tag vom Krankenhaus mit einem ausgeliehenen Auto ab. Sie fuhren aus der Stadt hinaus an einer Orangenplantage vorbei. Die Bäume standen alle voll in der Blüte, und ihr Duft war wie eine alles einhüllende Wolke. Arif warf einen Blick auf seinen Onkel. Sein stummes, verschlossenes Gesicht zeigte weder Freude noch Trauer, sondern eher Gleichgültigkeit. Aber der Schein trog. Das wußte Arif nur zu gut. Onkel Avraham hatte den Tod seines Sohnes nicht überwunden. In Moshe hatte er so viele Hoffnungen gesetzt. Und Jabari, Moshes Bruder, wollte in die Stadt und nicht auf das Land. Das hatte er so, wie Yael erzählte, bei der Trauerfeier für Moshe seinen Eltern noch einmal deutlich gemacht.

Arif lehnte sich in das Polster zurück. Wieder begannen die lästigen Verkehrskontrollen, als sie von der Hauptverkehrsstraße abbogen. Onkel Avraham zeigte seine Papiere und konnte dann problemlos weiterfahren.

»Sind die Kontrollen alle noch wegen Kamal und dem Attentat?«

»Nicht nur, aber damit fing alles wieder an. Fast jeden Tag passiert irgendwo etwas. Es scheint, als würde in diesem Distrikt keine Ruhe mehr einkehren. Vor zwei Tagen wurde oben auf dem Berg eine israelische Patrouille beschossen und einer der Soldaten schwer verletzt. Gestern wurde ein Touristenbus auf der Straße nach Nablus mit Steinen beworfen. Trotz der Ausgangssperren in den arabischen Siedlungen gibt es immer wieder

Ausschreitungen, die bis zur grausamen Tötung von angeblichen Volksverrätern gehen.«

Er verstummte, als sie an die Stelle kamen, wo Moshe so schrecklich ums Leben gekommen war. Öl- und Brandspuren kennzeichneten den Platz in der Bachsenke. Avraham fuhr langsamer, hielt an und blickte wortlos auf die Stelle.

Sie standen hier ganz allein. Es kam kein Auto, und es war keine Menschenseele zu sehen. Onkel Avraham stieg aus, und auch Arif verließ das Auto.

Zirpende Zikaden unterbrachen die Stille ringsum. Die Hitze flimmerte über dem abgestorbenen Gras.

»Moshe«, murmelte Onkel Avraham vor sich hin und seufzte schwer. Dann wandte er sich um: »Arif, du bist der einzige Zeuge. Darum hat man dich auch so genau befragt. Ich habe die Protokolle gelesen. Ismael ritt also auf dem Esel?«

»Nein, er führte ihn. Das Tier war schwer mit Reisig beladen und behinderte uns. Wir konnten nicht vorbeifahren. Plötzlich wurde geschossen, und es ging alles sehr schnell. Ismael hatte aber keine Waffe. Das sagte er mir später. Er war nur für den Esel verantwortlich.«

»Nach Ismael wird gesucht. Sein Bruder beschuldigte ihn, er hätte die Granate gegen das Auto geschleudert und zwar vom Esel herab.«

»Aber Ismael saß nicht auf dem Esel. Er ging nebenher. Das mit der Granate muß sich erst später ereignet haben, denn zuerst wurde von der rechten Seite auf uns geschossen mit einer Maschinenpistole.«

Die Falten in Avrahams Gesicht traten stärker hervor.

Seine Augen waren wieder starr auf die Stelle gerichtet, wo einst das Wrack des Wagens mit Moshes verkohlter Leiche gefunden wurde.

»Auge um Auge, Zahn um Zahn. So darf es einfach nicht weitergehen.«

Er wandte sich wieder an Arif: »Wir müssen zu Tante Olga. Sie wartet mit dem Essen auf uns. Sie wollte dir zum Willkommen dein Leibgericht kochen. Dazu soll es frische Erdbeeren geben, die ersten aus dem Garten.«

Arif folgte seinem Onkel. Er konnte sich nicht so schnell von dem, was geschehen war, frei machen. Die traumatischen Erlebnisse suchten ihn immer wieder heim. Sie waren auch jetzt wieder übermächtig geworden. Vor allem die durchstandene Angst in dem dunklen Kellergewölbe kehrte immer neu zurück.

Arif hätte gern noch weitergeredet mit Avraham. Es gab so viel, von dem er noch nichts wußte. Yael hatte ihm berichtet, daß sie von der Polizei verständigt worden waren. Onkel Avraham war daraufhin sofort zur Unglücksstelle geeilt, wo der Wagen bereits vollkommen ausgebrannt war. In dem Wrack fand man das, was von Moshe übriggeblieben war. Nur von Arif fand man keine Spur. Darum wurde sofort der Verdacht geäußert, daß er entführt worden sei. Je weiter sie sich von der Unglücksstelle entfernten, desto mehr wurde aus Avraham wieder ein anderer Mann.

Er sprach von dem Konzert, das in drei Tagen von einer Jugendgruppe aus Jerusalem in der neuen Sporthalle gegeben würde. Und daß er schon Karten für die ganze Familie besorgt hätte.

»Unser Kulturausschuß wird diesen Sommer noch für viel Abwechslung sorgen. Das trägt auch zur Entspannung bei und bringt die Leute auf andere Gedanken.«

Nach dem Essen ging Arif allein durch den Garten und besuchte die Ponys auf der Koppel. Es war eigentlich wie vorher. Nichts hatte sich geändert. Die Hühner gackerten, die Hunde tollten um ihn herum, und die Ponys dösten im Schatten. Seine Zeit auf dem Hof ging dem Ende zu. Wehmut machte sich in ihm breit. Er war glücklich gewesen auf dem Hof, trotz der schlimmen Erfahrungen, die er machen mußte. Arifs Gedanken wanderten erneut zu Ismael. Er wünschte sich noch einmal ein Zusammentreffen mit ihm, wußte aber nicht, wie er das anstellen konnte.

Nach Aussage seines Onkels standen im Dorf noch das Haus sowie Café und Laden. Doch das Schicksal der Familie Al-Masri war völlig ungewiß. Außer Ismael und seinen beiden kleinen Brüdern waren alle männlichen Mitglieder der Familie in Haft. Ismael mochte irgendwo in den Bergen hausen. Er war untergetaucht.

Nach dem Sabbat wurde das Militär wieder abgezogen. Eine der letzten Aktionen, die durchgeführt wurden, war das Sprengen von Ismaels Elternhaus. Auch das angebaute Café wurde dem Erdboden gleichgemacht.

Arif erfuhr es während des Mittagessens. Die arabischen Frauen, die in der Obstplantage arbeiteten, hatten ihrer Empörung darüber Luft gemacht, denn es war immerhin das Haus des Muchtar, das zerstört worden war. Tante Olga hatte es sich erzählen lassen. Auch ihr war bei dieser ganzen Sache nicht wohl und sie sprach darüber.

»Warum mußte das passieren? Das Café, schön und gut, aber auch das Wohnhaus? Das war einfach nicht nötig. Man ließ der Frau kaum Zeit, das Nötigste zu packen. Im Morgengrauen holte man sie mit den Kindern aus dem Haus, und sie mußte zusehen, wie die Soldaten die Sprengladungen anbrachten.«

Onkel Avraham aß kaum etwas. Arif sah, wie erregt er war.

»Ich weiß nicht, warum das gemacht wurde. Man versprach mir, von einer Zerstörung des Wohnhauses abzulassen. Ich werde mit dem verantwortlichen Offizier reden.« Empört stand er auf, griff nach seinem Hut und ging hinaus zum Auto.

Es dauerte lange, bis er zurückkehrte. Yael war schon zu Bett gegangen, doch Arif blieb bei seiner Tante im Wohnzimmer sitzen. Er wollte auf jeden Fall wissen, was vorgefallen war.

»Kamal ist entwischt«, sagte Onkel Avraham und schloß sorgfältig die Tür.

»Er sollte verlegt werden in ein anderes Gefängnis. Bei einem Handgemenge kam er frei und flüchtete in der Stadt. Zwischen den vielen Passanten tauchte er unter. Das ist der Grund, warum der Befehl gegeben wurde, das Haus zu zerstören. Man hatte noch ein Ultimatum gesetzt, aber das wurde nicht eingehalten.«

»Dann ist Ismael jetzt auch wieder in Gefahr«, sagte Arif düster. »Kamal wird ihn finden und sich an ihm rächen.«

»Ich hoffe, daß Kamal nicht lange auf freiem Fuß ist,

sondern bald gefaßt wird.« Tante Olga legte ihr Strickzeug zur Seite. Das war für alle die Aufforderung, schlafen zu gehen und die Lösung der Probleme dem kommenden Tag zu überlassen.

Tante Olga sah den Kummer in Arifs Gesicht und legte den Arm um seine schmalen Schultern. Er tat ihr leid.

»Du grübelst zuviel, mein Junge, das macht dich noch ganz krank. Ismael steht wie wir alle in Gottes Hand. Er wacht auch über sein Leben. Das mußt du dir immer vor Augen halten. Es gibt Lösungen, von denen wir oft nichts ahnen.«

Am nächsten Tag wollte Arif nach Hablah gehen. Doch Onkel Avraham ließ es nicht zu.

»Über den Gräbern ist noch kein Gras gewachsen«, sagte er, »die Erinnerungen sind noch zu frisch. Wir müssen Geduld haben und warten.«

Die arabischen Frauen, die zur Arbeit kamen, wurden mit einem Bus gebracht und am Abend wieder geholt. Das Leben hatte wieder zu seiner Normalität zurückgefunden.

Nach einer Woche kam Arifs Vater David, um ihn wieder nach Tel Aviv zurückzuholen. Arif erreichte, daß sein Vater wenigstens noch über den Sabbat blieb. Nicht nur Arif litt unter dem Abschiednehmen. Auch Yael konnte ihre Traurigkeit nicht verbergen.

»Schade, jetzt wo ich mich so an dich gewöhnt habe, mußt du gehen. Wie einsam wird es hier werden! Ich habe keinen mehr, der mit mir reitet, mit mir die Hausaufgaben macht, mit dem ich streiten kann.«

»Komm doch mit mir nach Tel Aviv. Platz haben wir genug, du könntest mit mir dort die Schule besuchen.«

Yael schüttelte traurig den Kopf. »Ich würde schon gern mitkommen, aber meine Mutter möchte ich jetzt nicht allein lassen. Ich würde dich aber gerne in den Ferien besuchen. Dann kannst du mir die Stadt zeigen. Ich möchte auch so gerne im Meer schwimmen.«

»Na klar, ich weiß am Strand herrliche Plätze. Wir können auch mit einem Boot hinausfahren aufs Meer.«

Arif hatte natürlich noch etwas auf dem Herzen, das er nur Yael anvertraute.

»Wenn du von Ismael etwas erfährst, möchte ich das sofort wissen. Du kannst mich dann anrufen. Ich will, daß der den Hund bekommt.«

Yael wußte von Neuigkeiten, die Arif noch nicht gehört hatte. »Mutter hat beim Kochen davon gesprochen, daß die Mutter des Muchtar, die alte Nada, schwer erkrankt sei. Angeblich sei sie gestürzt und läge nun im Sterben.«

»Wenn Ismael davon erfährt, wird er bestimmt ins Dorf kommen«, überlegte Arif. Er wußte, daß er seine Großmutter sehr verehrte und liebte. Ihm kam spontan eine Idee.

»Mein Vater ist mit Onkel Avraham in der Obstplantage. Yael, ich muß versuchen, Ismael zu treffen.«

Yael wollte Arif aufhalten, aber er lief schnell davon und nahm genau den Weg, den Ismael damals mit ihm benutzt hatte, als er ihn zur Siedlung brachte.

Als Hablah in Sicht kam, blieb er atemlos stehen. Er wußte, daß er nicht einfach blindlings auf den Dorfplatz rennen konnte. Das war natürlich viel zu gefährlich. Er kroch zwischen das Buschwerk. Hier hatte Ismael seinen Esel verborgen gehalten. Hier würde er vielleicht wieder vorbeikommen. Das Wacholdergestrüpp hielt Arif vor unliebsamen Augen verborgen. Er konnte aber alles beobachten, was sich vor dem baufälligen Haus von Ismaels Großmutter abspielte.

Die Zeit verstrich und es dämmerte schon. Arif wußte, daß er längst schon hätte daheim sein müssen. Sein Vater, Onkel Avraham und Tante Olga suchten ihn vielleicht schon, aber er mußte das Risiko eingehen. Wieder verstrich eine halbe Stunde. Arif war schon aus seinem Versteck herausgekrochen, als er plötzlich lautes Pfeifen und Rufen hörte. Geduckt wartete er auf das, was sich ereignen würde.

Aus der Moschee kamen plötzlich Männer, die von einer Horde Jugendlicher umringt wurden. Das Geschrei schwoll erneut an. Man schleppte einen sich wehrenden jungen Araber herbei. Arif stockte das Blut in den Adern. Er erkannte den Jungen. Es war Ismael, der jetzt von einigen der älteren Männer, die alle lange Ghalabiyas trugen und deren Häupter in weiße Kafiya gehüllt waren, festgehalten wurde.

Immer wütender und aggressiver wurde das laute Gebrüll. Soviel verstand Arif: Sie forderten Ismaels Tod und beschimpften ihn als Verräter seines Volkes.

Im Nu waren eine Menge Leute auf dem Dorfplatz versammelt: Frauen, Kinder, alles drängte sich um die schreienden Jugendlichen.

Arif bekam es mit der Angst zu tun. Diese aufgeputschte Menge war zu allem fähig. Und Ismael war ihnen völlig ausgeliefert.

Arif wußte nur eins: Er mußte so schnell wie möglich

zurück nach Alfei Menasche, um seinen Vater und Onkel Avraham zu benachrichtigen, damit sie die Sicherheitskräfte alarmierten. Nur so konnte er Ismael helfen.

Arif hastete über die Geröllhalde. Nachher wußte er nicht mehr, wie er den Weg in dieser kurzen Zeit schaffen konnte. Aber die Angst um Ismael gab ihm Flügel.

Er traf seinen Onkel und seinen Vater bei einem lebhaften Gespräch im Hühnerstall. Sie hatten ihn noch gar nicht vermißt.

»Ismael ist in großer Gefahr! Sie werden ihn töten!« schrie er außer sich und vollkommen außer Atem. »Ihr müßt die Polizei verständigen! Sie bringen Ismael um!«

Onkel Avraham hielt Arif fest.

»Ganz ruhig, mein Junge. Erzähle der Reihe nach.«

Mit wenigen Worten berichtete Arif, was er gesehen hatte. Onkel Avraham war sofort im Bilde.

»Wir müssen schnell handeln«, entschied er hastig. »Rasch ins Auto! Wir fahren sofort zu dem Militärposten und dann nach Hablah.«

Arif wußte, daß sie ohne diese Hilfe nichts unternehmen konnten. Trotzdem zitterte er vor Ungeduld, weil ihm alles nicht schnell genug ging. Endlich war der Einsatzwagen besetzt. Man konnte losfahren.

Es war inzwischen dunkel geworden. Als sie mit abgeblendeten Scheinwerfern den Dorfplatz erreichten, war dort ein Höllenspektakel im Gang.

Vor der Moschee brannte ein Feuer. Über Ismael hatte man alte Autoreifen gestülpt und sie angezündet. Da sie jedoch nicht so recht brennen wollten, schleppte jemand gerade einen Benzinkanister herbei.

Die Soldaten schossen Tränengas in die aufgeputschte Menge, und über Megaphon wurden die Leute aufgefordert, den Platz so schnell wie möglich zu verlassen und in ihre Häuser zu gehen.

Arif wollte aussteigen, aber sein Vater hielt ihn fest.

»Du kannst jetzt nichts tun. Avraham ist schon zu dem Jungen gelaufen.« Arif merkte, wie sein Vater vor Aufregung zitterte.

Sie beobachteten beide, wie zwei Soldaten das Feuer löschten und wie Onkel Avraham ihnen half, Ismael, der ohnmächtig geworden war, aus den Reifen zu befreien.

»Hoffentlich sind wir noch früh genug gekommen«, sagte Arifs Vater, »daß der Junge mit dem Leben davonkommt.«

Arif stellte mit Genugtuung fest, daß noch mehrere gepanzerte Militärfahrzeuge auf den Platz fuhren und Soldaten mit Gewehren ausstiegen. Die würden die Araber in Schach halten, bis Ismael in Sicherheit war.

Einige Soldaten stürmten zur Moschee. Kurz darauf kamen mehrere Männer mit hoch erhobenen Händen heraus.

Ein Sanitäter nahm eine Notversorgung an Ismael vor und legte eine Infusion an. Plötzlich gab es erneut Tumult. Ein jüngerer Mann wollte sich auf Ismael stürzen, doch die Soldaten konnten den heftig um sich schlagenden Mann festnehmen.

»Es ist Kamal!« stieß Arif hervor. »Er wollte seinen Bruder töten!«

Im Nu war Arif aus dem Auto gestiegen, lief zwischen den Polizisten und den Soldaten hindurch und erreichte, noch bevor Steine flogen, Ismaels Trage. Die Sanitäter reagierten schnell. Mit Ismael schoben sie auch Arif in das Heck des Ambulanzwagens, und mit heulenden Sirenen fuhren sie mit dem Wagen in Richtung Straße davon.

Bevor sie das Krankenhaus erreichten, erwachte Ismael aus seiner Ohnmacht, und sein erstaunter Blick traf Arif.

»Du bist hier?«

»Ismael, du brauchst keine Angst zu haben, alles wird gut.«

Mehr konnte Arif nicht sagen, denn der Notarzt schob ihn zur Seite. Ismael war erneut ohnmächtig geworden, und man stülpte ihm eine Sauerstoffmaske über.

Im Flur vor dem Operationssaal wartete Arif. Es dauerte nicht lange, da erschienen sein Vater und Onkel Avraham. Erleichtert stellten sie beide fest, daß Arif unverletzt geblieben war.

Als ein Arzt erschien, erkundigte sich Arif sofort nach Ismael.

»Der junge Araber hat schwere Brandverletzungen an den Armen und an der Schulter, aber er wird überleben.«

Arif atmete erleichtert auf. Mit einer linkischen Handbewegung wischte er sich die aufkommenden Tränen aus den Augen.

Sein Vater legte ihm die Hand auf die Schulter. Er selbst war froh, daß alles noch einmal glimpflich abgegangen war.

»Wir werden uns um Ismael kümmern und ihn besuchen. Ich fahre dich immer in die Klinik.«

»Vater, Ismael hat kein Zuhause mehr. Seine Mutter und seine Brüder wohnen jetzt bei Verwandten. Kann er nicht bei uns wohnen? Wir haben doch Platz genug.«

Arifs Vater zögerte, und auch Onkel Avraham hatte seine Bedenken. Aber Arif ließ nicht locker.

»Bitte, Vater! Ohne Ismaels Hilfe wäre ich nicht mehr am Leben.«

»Der Junge kann uns in Tel Aviv besuchen. Er kann auch bei uns bleiben, wenn er will. Doch das soll er selbst entscheiden, Arif. Ich werde mich um seine Sache kümmern. Ich kenne einen guten Rechtsanwalt, der ihn vertreten kann.«

Arif rückte noch mit einer weiteren Bitte heraus.

»Können wir auch einen von den jungen Hunden zu uns nehmen? Er ist noch bei Onkel Avraham. Du hast ihn bestimmt gesehen. Er soll Ismael gehören!«

Arifs Vater legte den Arm um seinen Sohn.

»Wenn Ismael zu uns kommt, wird auch sein Hund bei uns Platz finden.«

»Und Mama, wird sie mit allem einverstanden sein?« Die Frage klang etwas unsicher. Arif kannte die Festigkeit seiner Mutter, wenn sie einmal Nein! gesagt hatte. Aber sein Vater beruhigte ihn.

»Deine Mutter hat mir sogar den Vorschlag gemacht, Ismael mitzubringen, sofern wir ihn ausfindig machen können. Und nun haben wir ihn gerade noch rechtzeitig gefunden, Arif. Gott sei Dank, für euch beide!«

STUTTGARTER JUGENDTASCHENBÜCHER
im Christlichen Verlagshaus:

Hanni Lützenbürger, Schließfach Nr. 36
(Best.-Nr. 297 281)

Helene Müller, Schock mich nicht dauernd, Barbara
(Best.-Nr. 297 282)

Willi Reschke, Steigende Fluten
(Best.-Nr. 297 283)

Dorothee Siebenbrodt, Bettina und der Klub der Sieben
(Best.-Nr. 297 284)

Helmut Ludwig, Wo steckt Ibo?
(Best.-Nr. 297 285)

Hanni Lützenbürger, Das Mädchen aus San Francisco
(Best.-Nr. 297 286)

Helene Müller, So geht's nicht weiter, Bärbel
(Best.-Nr. 297 287)

Willi Reschke, Die Bande vom schiefen Turm
(Best.-Nr. 297 288)

Elisabeth Dreisbach, Cornelia erlebt Oberammergau
(Best.-Nr. 297 289)

Hanni Lützenbürger, Abends um sechs
(Best.-Nr. 297 290)

Helene Müller, Wo wirst du landen, Brigitte?
(Best.-Nr. 297 291)

Elly Kobbert, Eine Freundin wie Pela
(Best.-Nr. 297 292)

Helene Müller, Ein Mädchen namens Kuckucksei
(Best.-Nr. 297 293)

Helmut Ludwig, Die schwarze Hand läßt grüßen
(Best.-Nr. 297 294)

Willi Reschke, Gestoppt am Abgrund
(Best.-Nr. 297 295)

Helmut Ludwig, Notlandung für Flug 4325
(Best.-Nr. 297 296)

Helmut Ludwig, In den Händen der Banditos
(Best.-Nr. 297 297)

Heinz Schäfer, Zwei- oder dreimal
(Best.-Nr. 297 298)

Irene Schliefer, Absturz
(Best.-Nr. 297 299)

David Meißner, Das Welfenschwert
(Best.-Nr. 297 100)

Marianne Blasinski, Tschüs, ich fliege nach Australien
(Best.-Nr. 297 101)

Ulf G. Stuberger

Ich war ein weißer Farmer in Afrika

Ulf G. Stuberger

Ich war ein weißer Farmer in Afrika

Mit 22 Abbildungen

Herbig

Bildnachweis

Alle Bilder aus dem Archiv des Autors, außer
3, 4, 5, 6: Werner Bertolan

Für meine Frau
SAVELIA

Besuchen Sie uns im Internet unter
www.herbig-verlag.de
www.stuberger.de

Umschlaggestaltung: Wolfgang Heinzel
Redaktion: Dr. Rainer Schöttle, Neufinsing (www.drsvs.de)
Herstellung und Satz: VerlagsService Dr. Helmut Neuberger
& Karl Schaumann GmbH, Heimstetten
Gesetzt aus der 11,5/14,5 Punkt Minion
Druck und Binden: GGP Media GmbH, Pößneck
Printed in Germany
ISBN 978-3-7766-2575-2

Inhalt

Wahrheitsfindung

Die Ungunst der Stunde brachte mich nach Namibia.
Bereits als Justizjournalist hatte ich seit 1979 nebenberuflich Reisen in verschiedene Wüstengebiete auf mehreren Kontinenten durchgeführt. Mit kleinen Gruppen von Touristen organisierte ich abenteuerliche Reisen durch die Sahara, durchquerte diese größte Sandwüste der Erde immer wieder, verbrachte dabei zusammengerechnet einige Jahre in Marokko, Tunesien, Algerien und Ägypten, auch noch zu Beginn der gewaltsamen Auseinandersetzungen, die Nordafrika zu einem Unruheherd machten.[1] Zeitlich parallel arbeitete ich weiter als Korrespondent bei den Obersten Bundesgerichten in Karlsruhe. Von 1975 bis 1977 hatte ich aus dem wohl spektakulärsten Strafverfahren der deutschen Nachkriegsgeschichte, dem RAF-Prozess gegen Andreas Baader, Ulrike Meinhof, Gudrun Ensslin und Jan Carl Raspe in Stuttgart-Stammheim, berichtet. Als die sich selbst »Rote Armee Fraktion/RAF« nennende Terrororganisation dieser als Serienmörder Angeklagten mich auf ihre »Abschussliste« gesetzt hatte[2], entschied ich mich, nach etwa eineinhalb Jahren Leben und Arbeiten unter ständigem Polizeischutz, den Wohnort zu wechseln und 1995 Deutschland zu verlassen.
Zunächst verbrachte ich einige Jahre in Frankreich und baute dort eine Farm mit Eselzucht und touristischen Attraktionen auf.[3] Aber es zog mich seit meiner Jugend immer wieder nach Afrika. Der Bürgerkrieg in Algerien zwang mich dazu, ein neues Land für meine Touren zu suchen. Auf der literarischen Suche nach einem Ersatz für die Sahara stieß ich auf die älteste Wüste der Erde, die

Namib. Ich wurde neugierig, jenes Land im Südwesten Afrikas kennenzulernen, dem diese Wüste ihren Namen gegeben hatte: Namibia. Es sollte nicht bei einer Reise bleiben. Dieses Land zog mich so in seinen Bann, dass ich dort etwa fünf Jahre lang lebte. Ich pachtete eine Farm, auf der ich mit dem Besitzer eine Maultierzucht aufbauen wollte. Ich würde die Esel beisteuern, er die Pferde, so war unser Plan. Als weißer Farmer in Namibia machte ich Erfahrungen, die ich hier wiedergeben will.

Parallel führte ich gemeinsam mit namibischen Mitarbeitern meine touristischen Aktivitäten fort. Wir bauten eine kleine Lodge mit Restaurant auf und organisierten Rundreisen in kleinen Gruppen.

Über Namibia gibt es meterweise Bücher; hauptsächlich sind es Reiseführer, wenn man von wissenschaftlichen Publikationen absieht. Ich kenne keinen einzigen, den ein Namibier mit schwarzer Hautfarbe geschrieben hätte. Besucher dieses herrlichen Landes sind also gezwungen, sich von der kleinsten Minderheit der Bevölkerung informieren zu lassen.

Entsprechend einseitig entsteht das Bild, das man sich von diesem jungen afrikanischen Staat zwangsläufig macht. Aus der Kolonialzeit gerettete Vorurteile werden seit zig Jahren am Leben gehalten. Nicht selten kennen Deutsche nicht einmal den Namen Namibia. Erklärt man, wird man immer wieder einmal mit der Bemerkung unterbrochen: »Ach so, Sie meinen Südwest, die alte deutsche Kolonie!« Selbst manche Reiseveranstalter schämen sich nicht, den Namen »Südwest« immer noch in ihrer Firmenbezeichnung zu führen.

In Namibia arbeitet nicht ein einziger Korrespondent für Medien in Europa. Darum erhalten wir in Deutschland Informationen von Journalisten, die oft mehrere Tausend Kilometer weit weg in einem anderen Staat tätig sind. Auf diese Weise entsteht für uns in Europa ein sehr einseitiges Bild von einem der schönsten Länder der Erde, in dem sehr viele verschiedene Gesellschaften unterschiedlicher Kultur friedlich neben- und miteinander leben, von denen die Nachfahren der deutschen Eindringlinge aus der Kolonialzeit die kleinste Minderheit bilden, aber immer noch die größten Reichtümer des Landes in ihren Kreisen festhalten.[4]

Ein Farmer drohte mir einmal: »Ulf, du musst wissen, dass der Arm unserer Familie sehr lang ist. Er hört nicht an der Grenze auf.« Er hat recht, wie ich erfahren konnte. Der Einfluss der alten Kolonialfamilien reicht auch heute bis nach Berlin.[5]

Ich habe dieses Land lieben gelernt. Dankbarkeit und Hochachtung empfinde ich besonders für die Wambo. Sie stellen die absolute Mehrheit der Bevölkerung, sogar weit mehr als die Hälfte. Würden unsere deutschen politischen Regeln auf Namibia übertragen, könnten die Wambo das ganze Land beherrschen. Das tun sie nicht. Bei einer Volksabstimmung nach der Unabhängigkeit haben sie sich dazu entschieden, nicht ihre eigene Muttersprache Oshiwambo, sondern Englisch zur Staatssprache zu erklären. Der Beweggrund war, den vielen Volksgruppen gleiche Chancen zu geben. Jeder Bürger Namibias muss heute eine Fremdsprache lernen.

Die deutschstämmigen Nachfahren der Kolonisten versuchten erfolglos, mit heftiger Propaganda die Mehrheit zu unterdrücken und die Gleichstellung der Kulturen zu verhindern. Die deutsche »Herrenrasse« sollte weiterhin auch die Kultur Namibias bestimmen. Ihr Scheitern hat dazu geführt, dass sich deutsche Zirkel gebildet haben, die zusätzlich durch ein rigoroses Kastenwesen gettoisiert werden.[6]

Ich habe viele Jahre in Namibia verbracht, davon fast fünf als Farmer und ohne zusätzlichen Wohnsitz in Europa. Allein aufgrund meiner Hautfarbe und der nationalen Abstammung bin ich in die niedrigste Kaste der deutschstämmigen Namibier aufgenommen worden. Und das bedeutet dort sehr viel! Den Verlockungen der Macht bin ich zunächst fast erlegen. Ich habe mich als Neuling den Verhaltensweisen meiner Blutsbrüder[7] kumpelhaft ange-

passt, bin ihren Ratschlägen und Hinweisen unkritisch gefolgt. Nach etwa einem Jahr erkannte ich hinter dem Schleier des kolonialistischen Luxus, mit dem auch ich mich umgeben hatte, meine Menschlichkeit wieder. Als ich damit begann, erste kleine Selbstverständlichkeiten respektvollen Miteinanders vorsichtig umzusetzen und mich sehr zurückhaltend in kleinen Schritten den Maßstäben meiner deutschen Kultur wieder anzupassen, die ich im Nachkriegsdeutschland gelernt hatte, regte sich sofort Widerstand bei den zum Teil verbitterten Abkömmlingen deutscher Kolonialfamilien. Der erreichte einen Punkt, an dem ich aufgab. Ich kehrte nach Deutschland zurück.
Dieses Buch soll keine Abrechnung sein. Alle Schilderungen geben Tatsachen wieder. Die Namen von Menschen und Orten habe ich geändert, was den Realitätsgehalt der Darstellung nicht mindert, denn die betreffenden weißen Personen sind als Individuen unwichtig. Ihr Verhalten ist symbolisch für das der meisten anderen ihrer Kaste. Die Namen von schwarzen Menschen habe ich verändert, um ihnen Nachteile zu ersparen, die ihnen drohen würden, wenn ihre Identität bekannt würde. Gelegentlich habe ich zwei oder mehrere Ereignisse in einer Schilderung zusammengeführt, ohne den Gehalt zu verfälschen.
Das Buch soll der Wahrheitsfindung dienen. Dazu ist notwendig, ein Gegenstück zur vorhandenen, weitgehend kolonial geprägten Literatur vorzulegen. Leser, die Namibia besuchen, können sich selbst ein Bild machen, wenn sie nicht nur den einseitigen Reiseführern folgen, zu denen mein Bericht auch eine Ergänzung sein soll, und bereit sind, auf einer Reise darum zu kämpfen, beim Besuch einer sogenannten »Gästefarm« hinter die Kulissen sehen zu können, also ohne Begleitung eines Weißen Kontakt mit den schwarzen Arbeitern und ihren Familien in deren Wohnstätten aufnehmen zu dürfen. Meine Darstellung ist nicht objektiv. Ich habe während meines Aufenthalts mit etwa fünfzig verschiedenen Farmern Kontakt gehabt, meistens mehrfach, teilweise über einen

längeren Zeitraum – in keinem Fall habe ich festgestellt, dass die schwarzen Mitarbeiter gleichwertig mit Weißen behandelt worden wären, im Gegenteil. Die in diesem Buch vor allem an einem Beispiel geschilderten Lebensumstände treffen auf alle von mir besuchten etwa zwanzig Farmen zu. Mein Buch ist keine wissenschaftliche Untersuchung, sondern die Schilderung selbst erfahrener Zustände, Vorgänge und Ereignisse, die ich für repräsentativ halte, auch wenn das nicht zu beweisen ist.

Basis sind also meine eigenen Erlebnisse in Namibia. Im Anhang veröffentliche ich eine persönliche Literaturliste. Die Autobiografie des ersten Präsidenten der freien Republik Namibia, Dr. Sam Nujoma, ist leider bis heute noch nicht ins Deutsche übersetzt worden und nur in englischer Sprache erhältlich. In ihr findet man die gesamte Geschichte des Landes aus der Sicht der Gewinner des Freiheitskampfes.

Als ehemaliger weißer Farmer hätte ich den in jener Kaste herrschenden Regeln folgend dieses Buch nicht schreiben dürfen. Der Vorwurf, in diesem Sinne »Nestbeschmutzer« zu sein, ehrt mich und hat mich beim Schreiben angespornt.

Marxzell, im April 2008
Ulf G. Stuberger

Flug nach Namibia

Wie oft hatte ich das schon erlebt: Man verlässt das Flugzeug, betritt einen anderen Kontinent, ein wohltuender Schwall der ersehnten Wärme hüllt einen ein, die Luft ist endlich trocken. Sofort spürt man, hier muss es weniger Schimmelpilze und Bakterien geben als zu Hause. Hier werden die Menschen nicht ins feuchte kalte Erdreich gelegt. Freunden hatte ich vor meiner Auswanderung hochtrabend erklärt: »Mein Körper soll einmal nicht in Matsche beerdigt werden!«

Bei der Landung auf dem internationalen Flughafen in der Nähe der Hauptstadt Windhoek[8] rasten an meinem Kabinenfenster herrlich braungelbe Felder vorbei. Ich hatte auf vielen Reisen gelernt: Wo es grün ist, ist es feucht. Ganzjährig angenehme Temperaturen versprachen die wenigen neuen Bücher, die es 1990 über dieses junge Land gab, dessen Geschichte auch meine Vorfahren geprägt hatten.

Es entsprach meiner unruhigen Erwartung, dass der Fluggast die Gangway hinabsteigen und eigenen Fußes über das Rollfeld zum Abfertigungsgebäude gehen durfte. Von Polizei weit und breit keine Spur. Dieser Eindruck setzte sich drinnen fort. Neidisch blickte ich auf andere Weiße, die sich in einer Nachbarschlange links von mir zur Passkontrolle anstellen durften, die am Schalter für »Namibian Residents« endete.

Mein Einreisevisum wurde so schnell wie in keinem anderen Staat außerhalb Europas in meinen Pass gestempelt. Das erwartete Ausfüllen meterlanger Formulare war nicht notwendig. Keine meiner nur mündlichen Angaben über Reisezweck, Dauer und Ort des

Aufenthaltes wurde überprüft. Die ernst blickende korrekte Polizeibeamtin knallte mir ihre Erlaubnis selbstbewusst in mein Dokument und wünschte mir auf Englisch einen schönen Aufenthalt.

Der Schalter, in dem sie ihre Arbeit verrichtete, war offen wie ein Laufstall, nicht einmal eine Scheibe trennte mich von ihr. Das war mein erster Kontakt zu einem anderen Menschen auf namibischem Boden. Dieses Land bietet offenbar die Möglichkeit, sehr einfach mit den vielen interessanten Gesellschaften in Berührung zu kommen, die hier friedlich miteinander leben, dachte ich mir. Weit gefehlt, wie sich bald herausstellte.

Hinter der Kontrollstelle der Grenzpolizei leuchteten moderne saubere riesige Werbeschaukästen mit fantastischen Fotos von Sanddünen, Elefanten, Ozeanwellen und Antilopen. Ich betrat die kleine Halle mit den beiden Gepäckbändern in einer Hochstimmung, die man kaum beschreiben kann. Als damaliger Vielflieger hatte ich nur das Nötigste gepackt. Mein Handkoffer rutschte bald auf mich zu, die Zollkontrolle zu passieren war nur eine Formalität. Nun würde mir gleich diese automatische Tür den ersten Blick auf namibische Afrikaner ermöglichen. Nach vielen Jahren Aufenthalt in mehreren afrikanischen Staaten war ich gespannt auf die bunte Kleidung, die es sicher auch hier geben würde.

Wie eine eiskalte Dusche empfand ich das, was ich zu sehen bekam: Hinter einer kniehohen Leine standen die »Abholer« – nur Weiße. Ich fühlte mich einhundert Jahre zurückversetzt und rieb mir die Augen. Zuerst erblickte ich nackte Stachelbeerbeine in Lederlatschen. Darüber sah ich eine schmuddelige khakifarbene Kurzhose, ein Gürtel war nicht erkennbar, weil ein Bauch über den Bund hing. Ein abgerissener Knopf machte den Blick auf weiße Haut möglich, die das in ein ebenfalls sandfarbenes Hemd gehüllte Fett umspannte. Aus dem Kragen lugte ein langer faltiger Hals, darüber ein unrasiertes, ungepflegtes Gesicht. Der Kopf war von schütteren verwuselten Haaren bedeckt.

Die »Abholer« warteten mit selbst gemalten Pappschildern in ihren Händen auf Touristen aus Europa, auf denen die Namen sogenannter Gästefarmen zu lesen waren – »Schlesien«, »Heimaterde« und »Deutschkrone« waren noch die harmloseren Exemplare in der deutschtümelnden Sammlung. Den Schock dieses ersten Eindrucks verdrängte ich schnell und ging an dem Kolonistenkabinett vorbei zum Bankschalter. Dort bediente mich ein freundlicher einheimischer Angestellter zuvorkommend und rasch. Damit hatte ich nicht gerechnet nach meiner langjährigen Erfahrung in vielen anderen afrikanischen Staaten. Der unerwartete Schwall hinterwäldlerisch wirkender Weißer schien nur eine Ausnahme gewesen zu sein. Ich atmete beruhigt auf, doch als ich mein Mietauto abholen wollte, zeigte sich das gleiche Bild: nur weiße Mitarbeiter, die ein zum Teil unverständliches Kauderwelsch sprachen. Ich musste mich konzentrieren, um sie überhaupt verstehen zu können, und stellte dann fest, dass es sich wohl um den in vielen Reiseführern erwähnten »Südwester«-Dialekt handelte. Deutsche Worte wurden in einen nur schwer nachvollziehbaren fremden Sinnzusammenhang gestellt.[9]
Ich hatte von Europa aus per Fax einen kleinen VW reserviert. Er war weiß wie fast alle Fahrzeuge in Namibia. Man gab mir einen abgefahrenen Reservereifen mit und einen Wagenheber, das war alles.
Linksverkehr, Rechtssteuerung – das erste Abenteuer begann. Direkt nach dem Flughafengelände kam ich auf die mir von Landkarten bekannte Hauptstraße, die rechts nach Windhoek führen sollte. Dort las ich zum ersten Mal den kaum aussprechbaren langen Namen: »International Airport Hosea Kutako«.[10]
Die folgenden Kilometer war meine volle Konzentration auf das ungewohnte Fahren auf der anderen Straßenseite gerichtet. Bei der ersten Möglichkeit fuhr ich nach links in eine Haltebucht unter den Schatten einer Akazie, hielt an, stieg aus und setzte mich erschöpft auf eine Bank aus Zement an einen Betontisch.

Tief durchatmend konnte ich es kaum fassen, wirklich im südlichen Afrika zu sein. Ich genoss einfach die wohlige Wärme am frühen Morgen und lauschte den Stimmen exotischer Vögel, sog den fremden süßlichen Duft ein und ließ meine Seele eine Weile baumeln. Freudig erregt konnte ich dann weiterfahren, kleine Brücken über Trockenflüsse passierend, ständig bergauf und bergab durch die hügelige Savannenlandschaft. Immer wieder gab es Überholspuren, und ich musste mich daran erinnern, mich als langsames Fahrzeug links zu halten.

Nach einigen Kilometern überraschte mich eine aus Kindertagen bekannte Figurengruppe: die Bremer Stadtmusikanten! Allerdings bestand sie aus afrikanischen statt europäischen Tieren. Ein deutscher Farmer machte so sehr wirkungsvoll auf seinen Betrieb aufmerksam, wo man für Touristen im »Jagdurlaub« erschossene Tiere ausstopfte.

Als ich die erste Vorstadt von Windhoek erreichte, begrüßte mich ein deutsches Schild: »Klein-Windhoek«. Hier haben die Abkömmlinge deutscher Kolonisten ihr freiwilliges Luxusgetto eingerichtet.[11]

Nach einigen aufregenden Kreuzungen und Ampelanlagen in dem glücklicherweise nur mäßigen Kleinstadtverkehr erreichte ich einen überdimensionalen Parkplatz, der an einer Längsseite zum Teil von Fachwerkbauten im altdeutschen Stil gesäumt wurde. Ich hielt an und wunderte mich, dass ich nicht sofort von Kindern umringt wurde, wie es sonst in Afrika üblich ist. Nicht einmal als kleine Händler getarnte Taschendiebe näherten sich mir. Und das sollte Afrika sein? Kaum zu glauben.

Ich war gespannt auf die von Europa aus telefonisch vorbereitete erste Begegnung mit dem deutschstämmigen Farmer Rudolf Hansen, der mir möglicherweise einen Teil seines Großgrundbesitzes verpachten wollte. Nach einigen Besorgungen in Windhoek-City machte ich mich auf den Weg zu ihm.

»Zum Haus«

Die Abzweigung von der asphaltierten Hauptstraße auf eine Piste hatte mir der Farmer gut beschrieben. Als ich von einem öffentlichen Telefon vor der Hauptpost in Windhoek mit ihm gesprochen hatte, fühlte ich mich unsicher. Seine Stimme hatte einerseits einladend geklungen, war aber gleichzeitig von einer Festigkeit, die den strikten Chef ahnen ließ.

Ich erkannte das aufgelassene Hotelgebäude, hinter dem ich nach links abbiegen sollte. Das also würde vielleicht mein täglicher Weg nach Hause sein, wenn alles gut ging. Mehrere Trockenbachbetten[12] waren zu durchfahren. Die gesamte Strecke war zu beiden Seiten eingezäunt, also privates Farmland. Manchmal sah ich geschlossene Gatter, hier und da einfache Hinweisschilder mit deutschen Namen. Das waren wohl die Bezeichnungen für die Farmen, an denen ich vorbeifuhr. Nach einer geraumen Weile wurde ich unsicher. Hatte ich Rudolf richtig verstanden? Ich fürchtete, mich zu verfahren. Das wäre peinlich gewesen für einen wie mich, der als erfahrener Routenfinder selbst in den eintönigsten Wüsten der Erde galt. Vor meinem Namibiaaufenthalt hatte ich etwa ein Jahrzehnt lang private und berufliche Reisen in vielen Wüstengebieten der Erde unternommen und nebenberuflich auch Gruppen in Regionen geführt, in denen eine Orientierung äußerst schwierig gewesen war.

Dann sah ich etwas zurückgesetzt vom Fahrbahnrand das Schild. Auf einen übermannshohen Pfahl war es gesetzt: »Zum Haus«. Dazu gehörte eine naive Malerei. Sie stellte ein typisches deut-

sches Häuschen dar, wie man es in altmodischen Kinderbüchern findet. Darunter der Hinweis: »10 km«.
Mein Puls schlug rascher. Ich malte mir aus, dass ich Freunden und anderen Besuchern aus Deutschland erklären würde, wie sie mein neues Zuhause finden könnten: »... und dann kommt ihr an unser Farmschild, hier beginnt unser Gelände. Von dort sind es nur noch zehn Kilometer bis zu unserem Haus ...« Meine Träume eilten weit voraus. Noch war es nicht so weit, ich musste mich bremsen. Erst einmal würde ich mit Rudolf zu sprechen haben, würde ihn davon überzeugen müssen, dass ich ein verlässlicher Mieter sein würde. Dann wäre ein Pachtvertrag im Detail auszuhandeln. Außerdem würde mein Gelände nicht an diesem Farmschild beginnen, sondern erst viele Kilometer weiter, nach dem Haus der Hansens.
Auf den folgenden zehn Kilometern begegnete mir keine Menschenseele. Ich hörte keinen einzigen unnatürlichen Laut. Zwei Mal hielt ich kurz an, stellte den Motor ab, um mich zu vergewissern, dass es wirklich nur Vögel zu hören gab und sonst gar nichts. Es war windstill an diesem Tag. Darum vernahm ich nicht einmal ein Rauschen in Gräsern, Blättern oder Zweigen.
Können zehn Kilometer wirklich so lang sein? Ich fürchtete, mich am Ende doch noch verfahren zu haben. Einige kleine Abzweigungen hatte ich bemerkt, aber sie führten jeweils in spitzen Winkeln zurück. Rudolf hatte mir gesagt, ich solle immer geradeaus fahren. Zwei der für Namibia typischen Windräder hatte ich gesehen, die zur Energieversorgung für Grundwasserpumpen auf Farmen genutzt werden und Europäer an Wildwestfilme erinnern. Auf einer Anhöhe rechts erblickte ich einen mehr als zwei Meter hohen runden Wasserbehälter, in den das lebenswichtige Nass über Plastikrohre gepumpt wurde. Tatsächlich, dort auf dem Rand saßen Geier! Afrika, Farm, Wildwest, Cowboys – die Bilder überschlugen sich in meinem Kopf.

Heiß war es, keine Wolke am Himmel, der wirklich strahlend blau glänzte und nicht wie zu oft in Europa mindestens leichte Schleier führte. Ich wurde durstig, hielt kurz an und fuhr dazu abseits der Piste der Natur in die Seite. Beim Trinken aus meiner Wasserflasche gluckste ich lachend. Typisch Europäer – macht automatisch Platz für den Verkehr, den es hier gar nicht gibt.

Der kurze Halt bestätigte mir die Fahrtrichtung. Von der Anhöhe konnte ich unten in der Landschaft an einem Trockenfluss ein Gebäude mit rotem Dach erkennen. Das musste Hansens Farm »Deutsche Scholle« sein. Ich fuhr zügig weiter, bis nach der letzten Biegung vor meinem Ziel zur Begrüßung das eiserne Denkmal für ein Rind in mein Blickfeld geriet.

Um den Gebäudekomplex war ein Zaun gezogen, der diesen Bereich offenbar vom ebenfalls eingezäunten Weideland abgrenzte. Das Gatter war offen. Ich erreichte einen etwa hundert Meter durchmessenden Vorhof. Der Sandboden dieser riesigen Fläche war frisch geharkt, nur wenige Fußspuren konnte ich sehen. Das Hauptgebäude wurde mit einer etwa drei Meter hohen Natursteinmauer nochmals geschützt. Ich konnte nur einen Eingang erkennen und parkte im Schatten riesiger Bäume an seiner Seite. Hinter einem geschmiedeten Tor führten Treppen hinauf zum Haus.

Als ich ausstieg, sah ich einen sehnigen Mann zu mir herunterkommen. Er trug ein helles Hemd mit kurzen Ärmeln, seine Bluejeans hatten Bügelfalten. Sofort fielen mir seine gewienerten Lederschuhe auf. Der Mann lächelte etwas steif und stellte sich mir nuschelnd vor: »Rudolf Hansen, guten Tag, Herr Stuberger. Sie hatten eine staubige Pad, kommen Sie herein.« Ich verstand ein paar Worte des dortigen Dialekts der Deutschen, in dem das Wort »Pad« für alle Arten von Straßen und Fahrwegen gebraucht wird.

Über eine hochherrschaftliche Freitreppe kamen wir zur Veranda des Farmhauses. Ein schwarzer Dobermann kam auf mich zu. Rudolf beruhigte das Tier. Es nahm meine Witterung auf und zog

sich zurück. Viel später sollte ich erfahren, dass nicht wenige deutschstämmige Farmer hierzulande heute noch scharfe Hunde halten, die auf schwarze Menschen abgerichtet worden sind.
Auf der Veranda sah ich ein prächtiges Ledersofa, riesige dazu passende Sessel, an den Wänden Trophäen afrikanischer Wildtiere. Zwei überdimensionale alte Landkarten zogen meine Blicke an. Eine stellte offenbar Hansens Großgrundbesitz dar, wie ich dem Titel »Hansenland« entnehmen konnte. In einem Glasschrank aus Teakholz wurde altdeutsches Geschirr ausgestellt, das mich an meine Kindheit erinnerte. Meine Großmutter hatte so etwas an Festtagen zum Servieren von Kaffee und Kuchen verwendet. Meine neugierigen Blicke wurden von einer sehr korrekt in konservativer Sommerbluse und eleganter Damenhose gekleideten, stark geschminkten Frau unterbrochen, die aus dem Haus zu uns trat. Das musste Rudolfs Frau Elke sein.
Sie legte den Kopf schief und strahlte mich mit ihren grellroten Lippen aufgesetzt an. Schon in dieser ersten Sekunde unserer Begegnung trat ich innerlich unweigerlich einen Schritt zurück. Nach der Begrüßung bat sie mich mit einer übertrieben förmlichen Bewegung, an einem bereits gedeckten Tisch Platz zu nehmen. Sie kündigte Kaffee und Kuchen an. Ihre Art zu sprechen wirkte auf mich nicht nur an diesem ersten Tag, sondern auch später noch jahrelang steif und gekünstelt. Sie näselte bewusst und hatte sich offensichtlich eine künstliche, gequält wirkende Intonation einstudiert. Mein erster Eindruck sollte sich später bestätigen. Sie wirkte wie eine alt werdende Frau, die ihr ganzes Leben lang beleidigt sein würde, weil sie nicht in den Hochadel hineingeboren worden war.
Meine Euphorie für Namibia wurde jetzt doch gebremst. Ich fühlte mich unwohl. Atmosphäre und Ambiente wirkten beklemmend. Weder diese Menschen noch die Einrichtung strahlten Herzlichkeit, Offenheit oder nur freundliches Willkommen aus. Mir nahm die aufgesetzte förmliche Gastfreundschaft den Wind

aus den Segeln. Plötzlich waren die Vorfreude auf mein neues Zuhause und die unbändige Neugier in sich zusammengebrochen. Äußerlich war mir selbst im Schatten der Veranda heiß, innerlich begann ich zu frösteln. Noch bevor die ersten Worte nach der Begrüßung gewechselt wurden, war ich nur noch mit Zweifeln und Bedenken angefüllt. Monate heißer Lust auf Afrika gefroren augenblicklich zu einem Kloß, der sich in meiner Kehle festsetzte.

Ich glaube, ich habe sogar stotternd geantwortet, als meine Gesprächspartner damit begannen, mich auszufragen. Nichts anderes war diese erste Begegnung mit meinen späteren Freunden als ein einseitiges Ausforschen des Besuchers durch die Farmbesitzer. Ich gab brav die erwünschten Auskünfte, riss mich zusammen, um ja nichts Falsches zu sagen. Ich ordnete mich völlig unter, fühlte mich klein und unbedeutend, unerfahren und unzivilisiert. Diese Begegnung war ein regelrechter Kulturschock für mich. Ich kam mir vor wie auf einem anderen Planeten in einer unwirklichen Zeit. Ein solches Gefühl hatte ich bis heute nie wieder und vorher auch nur ein einziges Mal in meinem Leben, nämlich als ich zum ersten Mal mit einem Flugzeug geflogen war und im kriegsgeschüttelten Iran zwei Wochen bei fremden Menschen verbringen musste, deren Sprache ich nicht verstand.

Auch diese Farm war eine andere Welt. Damit hatte ich nicht gerechnet. Wie gelähmt stellte ich keine einzige Frage, hatte schon gar nicht den Mut, das Thema anzusprechen, das mich überhaupt hierher geführt hatte. Inhalt und Dauer der Monologe und Fragen habe ich vergessen. Ich weiß nur noch, dass Rudolf nach einiger Zeit vorschlug, mit seinem offenen Geländewagen eine Besichtigungsfahrt zu machen. Ich war erleichtert!

Elke kündigte mir ein gemeinsames Abendessen an, bevor wir beiden Männer die Freitreppe hinunter in den Hof gingen. Ich folgte dem zuvor erteilten Rat, holte aus meinem kleinen Mietauto Sonnenbrille und Kopfbedeckung und lief dann hinter

Rudolf her. Erst jetzt lichtete sich der Nebel vor meinen Augen. Wie ein kleines Kind hatte ich in der Schocksituation bis dahin nur einen sehr begrenzten Ausschnitt meiner Umgebung wahrgenommen.

Jetzt erkannte ich mehrere Gebäude mit verschiedenen Eingängen, die den Hof umgaben, darunter auch eine geöffnete Dreifachgarage, vor der ein alter Geländewagen mit Ladefläche stand. Wortlos öffnete ein großer dünner Mann in blauem Arbeitsoverall die Autotür. Rudolf wies ihn an: »Uns geht hinten auf die Bakkie.«[13] Ich war überrascht. Das war kein Afrikaans, aber auch kein Deutsch. Ich verstand es nicht. Später lernte ich, dass die deutschstämmigen Farmer stolz sind auf dieses Kauderwelsch, in dem sie sich untereinander und manchmal auch mit Arbeitern verständigen.

Aus dem Verhalten Rudolfs und des Arbeiters konnte ich erraten, um was es ging. Der Mann im Overall setzte sich ans Steuer, sein Chef kletterte auf die Ladefläche des Wagens und bedeutete mir zu folgen.

Als wir oben hinter dem Fahrerhaus standen und uns an einem Gestänge auf der Ladefläche festhielten, klopfte der Farmer auf das Fahrerhausdach. Sofort wurde der Motor angelassen, wir bewegten uns in Richtung einer Piste. An einem Gatter stoppte das Auto, der Fahrer sprang heraus, öffnete das Tor, ging zu seinem Platz zurück, fuhr uns hindurch, hielt den Wagen wieder an, sprang vom Sitz, ging rasch zurück, schloss die Ausfahrt, rannte wieder zu uns, hopste ans Steuer und fuhr weiter. Mich überraschte nicht nur diese komplizierte Prozedur, die Rudolf mit dem mir damals unverständlichen Befehl »Maak hou«[14] begleitete. Das sollte unseren Fahrer antreiben. Ich verstand auch nicht, warum das Öffnen und Schließen des Tores von dem Fahrer bewerkstelligt werden musste und nicht einer von uns beiden das erledigte.

Rudolf hatte offenbar mein äußerst verwundert dreinblickendes Gesicht dazu veranlasst, bei den folgenden Gattern selbst vom

Wagen zu springen. Später wechselten wir uns ab. Ich freute mich über den in sich hineingrinsenden Fahrer, der aber versuchte, seine Freude vor seinem Boss zu verbergen.

Etwa zwei Stunden lang standen wir auf der Ladefläche, kurvten durch den Großgrundbesitz des deutschstämmigen Farmers, der mich darüber ausgiebig informierte. Etwa dreißigtausend Hektar nannte er sein Eigentum. Diese unvorstellbar riesige Fläche war durch kilometerlange Zäune in Parzellen geteilt, die als Weideland dienten. Ich erfuhr, dass die aus dem Kaiserreich eingedrungenen Deutschen auf den Gebieten, die sie sich angeeignet hatten, Grenzen und Zäune errichtet hatten, um eine Monokultur mit der Zucht von Rindern als Fleischtiere zu errichten. Die Kolonisten werden heute noch, auch in deutschen Medien und sogar in wissenschaftlicher Literatur, meistens verharmlosend als »Siedler« bezeichnet. Nirgendwo konnte ich später lesen, dass sie keine Erlaubnis hatten, in dieses Land zu kommen. In ihrem Herrenmenschen-Wahn fielen sie einfach ein, ohne sich darum zu scheren, ob sie willkommen wären. Sie hatten weder ein Visum noch erfüllten sie auch damals in der Welt geltende andere Bestimmungen für das Bereisen eines fremden Landes.

Schon auf der ersten Rundfahrt spürte ich Rudolfs schlechtes Gewissen. Er beteuerte ungefragt, seine Familie habe dieses Land gekauft. Es gebe einen Vertrag mit dem damals einflussreichen Häuptling einer namibischen Volksgruppe, durch den das bewiesen werde. Selbst am Farmhaus der Hansens wird jeder Besucher von vornherein durch ein Schild an der Außenmauer auf die behauptete Rechtmäßigkeit des Großgrundbesitzes hingewiesen. Den Originalvertrag konnte ich etwa ein Jahr später persönlich anschauen. Für mehr als zehntausend Hektar hatte die deutsche Familie 300 Pfund Sterling zahlen wollen. Das war selbst der kolonialen Besatzungsmacht zu wenig. Die Regierung des Deutschen Reiches erhöhte den Preis in einem Genehmigungsverfahren zwangsweise auf 500 Pfund.

Die clevere Kolonistenfamilie hatte sich aber schon lange vorher ein Verfahren ausgeklügelt, wie man mit legalem Anschein in Namibia zu Landbesitz ohne Geldzahlungen kommen konnte. Ungefragt hatte sie unter anderem Alkohol hierher gebracht, der in einem Geschäft feilgeboten wurde, das heute noch unter demselben Namen als Schnapsladen betrieben wird. Dort war man vor allem gegenüber einer bevorzugten Kundschaft recht kulant gewesen: den Häuptlingen der verschiedenen Völker, denen das Land gehörte. Man ließ sie selbstverständlich herzlich gerne auch auf Pump Fusel kaufen. Über eine gewisse Zeit wurde die daraus entstehende Schuld angeschrieben. Irgendwann war Zahltag. Über die Inbesitznahme des Hansenlandes durch den von Rudolf erwähnten »Vertrag« heißt es unverhohlen wörtlich in den Annalen der Familie, die von Elke zu einem Jubiläum verfasst wurden, aber nur guten Bekannten und Freunden zugänglich gemacht worden sind: »Mit einem Teil des Geldes sollte die Schuld ... abbezahlt werden und der Rest sollte als Kredit stehen bleiben.«[15] Für den sogenannten Kauf der Ländereien hatte die Familie also nicht in die Kasse greifen müssen. Übrigens ist ein solcher Vertrag nicht nur nach heutigem Rechtsverständnis aus gleich mehreren Gründen sittenwidrig und damit unwirksam. Der alkoholkrank gemachte Häuptling konnte das Land schon deswegen nicht anderen verscherbeln, weil er selbst nicht der rechtmäßige Eigentümer war. In jener Zeit gab es nämlich bei fast allen afrikanischen Völkern kein privates Recht für Grund und Boden. Das war nicht nur der kaiserlichen Reichsregierung, sondern auch den Eindringlingen bekannt gewesen.
Solche Überlegungen sollte ich aber erst sehr viel später anstellen. Bei der ersten Rundfahrt mit Rudolf nahm ich seine Erklärungen, wenn auch etwas erstaunt, für bare Münze. Er beschrieb mir stolz, wie der Farmbetrieb funktionierte. Er sei in den USA gewesen, habe sich dort mit einer die Natur schützenden Methode beschäftigt, die sich von der seiner Vorfahren abhebe, an der zu seinem

Bedauern allerdings andere »Deutsche« noch festhielten. Er hat die weißen Farmer während meines gesamten mehrjährigen Aufenthaltes immer nur als Deutsche bezeichnet, schien auch sich selbst nicht als Staatsbürger Namibias anzusehen, obwohl er im Gegensatz zu seiner Frau und sehr vielen anderen seiner Blutsbrüder nicht zusätzlich noch über einen deutschen Pass verfügen konnte.

Auch auf seinem Großgrundbesitz waren in der deutschen Kolonialzeit alle natürlich wachsenden Büsche und Bäume abgehauen worden mit dem Ziel, reines Grasland für die Rinderzucht zu haben. Die Wildtiere hatte man kurzerhand abgeschossen. So wurde ein fruchtbares wildes Land, das seine Bevölkerung ernährte, zu einem Gebiet der Monokultur, die den Besatzern fetten Gewinn aus dem Verkauf von Rindfleisch bescherte, den rechtmäßigen Eigentümern aber die Lebensgrundlage entzog. Diese und andere Folgen der eigensüchtigen Verwertung des Landes sind Rudolf bewusst. Er wurde von einer nordamerikanischen Organisation und den Grundgedanken einer sektenähnlichen deutschen Gruppierung, denen er sich angeschlossen hatte, davon überzeugt, dass er moderne Methoden anwenden müsse, um seinen Profit möglichst auch für seine Nachfahren sichern zu können.

In seiner Darstellung mir gegenüber klang das allerdings erheblich anders: Von der Entbuschung des Landes sei er abgerückt, weil der natürliche Kreislauf wiederhergestellt werden müsse, in dem auch Vögel, Insekten und größere Wildtiere wie Antilopen ihren Platz hätten. Plötzlich klopfte er auf das Fahrerhausdach und fuhr seinen Arbeiter an, ob dieser denn keine Augen im Kopf habe. Weit entfernt konnten wir Antilopen erkennen, eine größere Herde von Springböcken. Ich konnte diese Beobachtung noch gar nicht aufnehmen, da klopfte der Boss schon wieder aufs Dach und es ging weiter. Dann wurde mir erklärt, dass man in Namibia alle Gatter so hinter sich lassen müsse, wie man sie vorgefunden

habe. Also: Offene Tore bleiben so, geschlossene öffnet man zum Durchfahren, um sie hinter sich wieder zu schließen.
Grund dafür sei die Art der Bewirtschaftung nach dem Prinzip der Wechselweiden. Wenn die Rinder eine Parzelle abgefressen hätten, würden sie auf eine andere getrieben. Nur dadurch könne man garantieren, dass diese in Namibia nicht beheimateten Fleischtiere kostenlos mit ausreichender Nahrung versorgt würden. Würde ein Gatter, das man geschlossen vorgefunden hatte, nach einer Durchfahrt nicht wieder zugemacht, könne es leicht geschehen, dass eine Rinderherde unbemerkt auf eine Parzelle gelange, die nicht beweidet werden solle. Dadurch könne ein Stück Land unbrauchbar werden, das für eine andere Jahreszeit eingeplant worden sei. So könne durch Faulheit oder eine Nachlässigkeit der gesamte Jahres-Weideplan einer Rinderfarm durcheinandergebracht werden. Im Extremfall bedeute das sogar den Tod vieler Rinder, für die es in einer mageren Zeit dann keine Nahrung mehr geben würde.
Es gebe Trockenzeiten, in denen es nur sehr wenig oder gar nicht regne. Seine längste habe fünf Jahre gedauert. Nein, dann würde nicht zugefüttert, man kaufe kein Heu oder andere Nahrung. Die Rinder stürben dann oder müssten verdursten. »Das ist eben Afrika!«, grinste mich der Farmer überheblich an, »nicht so, wie man in Übersee glaubt.« Ich hatte also noch sehr viel zu lernen. Ob ich das jemals schaffen würde? Schon vor meinem ersten hautnahen Kontakt mit einem Farmer in Namibia war ich davon ausgegangen, dass mein Bild von diesem Kontinent durch romantisierende Informationen entstanden war. Die Überlegungen meines Führers nahm ich ernst und gerne an.[16] Ich war offen und bereit dazu, vermeintlich unrealistische Vorstellungen über Bord zu werfen, mich voll und ganz in dieses mein Traumland einzubringen. Das würde auch Anpassung bedeuten.
Von dem System der Wasserversorgung für die Rinder war ich begeistert.

An geeigneten Stellen hatte man Bohrungen gemacht, um auf Grundwasser zu stoßen. War das erfolgreich, wurde dort ein einfaches stählernes Windrad errichtet, das eine Pumpe betrieb, mit der die Leben spendende Flüssigkeit über meist oberirdisch verlaufende Leitungen aus Hartplastik zu einem Hochbehälter gepresst werden konnte. Von dort aus verliefen andere Leitungen zu offenen Tränken aus Metall oder Beton, in denen der Wasserstand durch einen Schwimmer geregelt wurde. Hieraus konnten die Rinder trinken. Andere Windräder versorgten auf dieselbe Weise auch das Farmhaus. Dafür waren aber zusätzliche Dieselmotoren in kleinen verschlossenen Pumpenhäusern installiert worden. Die musste man anwerfen, wenn der Wind nicht ausreichte, um die Wasserversorgung für die Menschen zu garantieren. Die Hochbehälter seien meist ganz dicht an die Farmhäuser gebaut. Man könne sie auch als Schwimmbecken nutzen, dürfe aber selbstverständlich keine Seife dabei verwenden.
Während er mir das auf dem fahrenden Geländewagen erzählte, blickte Rudolf fortwährend in die Landschaft, sah mich fast nie an. Offenbar war er ständig auf der Suche nach Tieren, die er mir zeigen könnte. Die Fahrt ging über Hügel. In den folgenden Tälern mussten immer wieder kleine Trockenbachbetten durchfahren werden. Mir ging durch den Kopf: Alle diese Pisten waren einmal von Menschen angelegt worden. Ich empfand immer größere Bewunderung für die Deutschen und begann vermeintlich zu begreifen, welche für uns heute unermessliche Kraftanstrengung es für die ersten »Siedler« gewesen sein musste, sich in diesem kargen Land sesshaft zu machen. Ja, ich begann schon am ersten Tag mit Rudolf zusammen, meine aus Europa mitgebrachten Bewertungen der Kolonialgeschichte zu korrigieren. Dieser Farmer verstand es ausgezeichnet, seinen Vorfahren ein positives Image zu geben. Aber mir war aufgefallen, dass er ständig »ich« sagte, wenn er über Arbeiten sprach, so als gebe es keine Mitarbeiter.

»Die Wasserleitungen habe ich erst vor drei Jahren fast komplett erneuert.« Tock-tock. Tock. Unser Auto stoppte wie von Geisterhand angehalten. »Schau dir das mal an.« Schon war der Farmer vom Wagen gesprungen, ging zu einer Stelle der offen liegenden Wasserleitung, sah sich etwas an und kam mit grimmigem Gesichtsausdruck zurück. »Das muss ich schon wieder reparieren.« Ich verstand die Zusammenhänge nicht. Während wir offenbar automatisch weitergefahren wurden, erklärte mir mein Führer, was ihn so geärgert hatte.

Hier lebten Bofiahne, die machten alles kaputt, die Wasserleitungen habe er schon so oft reparieren müssen, vor allem die zur Entlüftung in diesem unebenen Gelände notwendigen Ventile. Er werde wohl wieder »einen schießen« müssen, damit wenigstens für eine Weile Ruhe sei.

Ich malte mir aus, welche Tiere das wohl sein würden. Von Bohfiahnen hatte ich noch nie gehört. Meine Unkenntnis wollte ich nicht offen zeigen, darum schwieg ich. Ich wollte schließlich von Rudolf eine Farm pachten, was würde er wohl von mir denken, wenn er erführe, dass ich mich nicht einmal in der namibischen Tierwelt auskannte? Da ich mich bereits vor diesem Besuch über den Zeitraum von vielen Jahren sowohl mit Wildtieren als auch mit Namibia theoretisch umfassend beschäftigt hatte, ließ mir meine offensichtliche Bildungslücke keine Ruhe. In der folgenden Nacht nahm ich ein Tierbestimmungsbuch zur Hand, das ich aus Deutschland mitgebracht hatte. Bohfiane konnte ich nicht finden.

Heute kann ich es nicht mehr verstehen, dass ich an jenem Tag nicht auf die Lösung gekommen bin. Rudolf benutzte eingestreut in sein Deutsch immer wieder Begriffe aus dem Kauderwelsch der »Südwester«. Er meinte Paviane!

Ich konnte nicht schätzen, wie viele Kilometer Wasserleitungen, und mehr noch Zäune, auf dem Besitz verbaut worden waren. Auch Rudolf wusste darauf keine Antwort. Er erklärte mir aber, dass der

Wert einer Farm in Namibia nicht am Zustand eines Wohnhauses gemessen werde, sondern daran, ob es eine ausreichende Zahl Wasserstellen gebe und das Land in Parzellen eingezäunt sei. Ich bekam das Gefühl, mein neuer Bekannter vertraute mir bereits, als er mir offenbarte, einige Deutsche in Namibia hätten gutgläubigen Träumern aus Europa wertlose Farmen mit schönen Häusern zu einem Fantasiepreis verkaufen können. Vor allem im Süden habe so mancher neue stolze Farmbesitzer aus Europa erst gemerkt, dass es bei ihm kein Wasser zum Leben gebe, als er in seinem Haus den ersten Urlaub habe verbringen wollen.

Tock, Tock-tock. Der Boss haute wieder aufs Fahrerdach, der Wagen stoppte sofort. Erst als ich darauf hingewiesen wurde, erkannte ich weit entfernt eine andere Antilope und lernte, dass es sich um einen Oryx handelte, das namibische Wappentier. Rudolf nannte es aber deutsch Spießbock und später auch Gemsbock, eine Bezeichnung aus dem Burendialekt. Dieses auffallend gefärbte Tier gilt als besonders elegant und mutig. Weil es ohne Oberflächenwasser leben kann, wurde es in Namibia zum Symbol der Genügsamkeit und Unabhängigkeit. Selbst Löwen ziehen sich vor den langen schwertartigen Hornpaaren dieses starken Tieres oft lieber zurück. In den Staatssymbolen von Namibia beschützt ein Oryx-Paar den Schriftzug »Unity, Liberty, Justice« (Einheit, Freiheit, Gerechtigkeit).

Für mich waren alle Tiere, die Rudolf mir zeigen wollte, viel zu weit weg. Ich bemerkte sie nicht und konnte auch kaum etwas erkennen, wenn er sie mir beschrieb. Als ich ihm das sagte, meinte er, meine Augen müssten sich erst an die Weite gewöhnen, er kenne dieses Phänomen von Besuchern aus Europa. Dort seien die Menschen inzwischen auch körperlich an die engen Lebensverhältnisse angepasst. Erst zwei Jahre später konnte ich das aus eigener Erfahrung bestätigen. Ich fühlte mich stolz, ausländischen Touristen Tiere in der weiten Landschaft zeigen zu können, die sie selbst nicht bemerkt hätten.

Nachdem wir eine riesige Grasfläche durchfahren hatten, zeigte Rudolf auf weit entfernt liegende Berge, die sich steil in den Himmel erhoben. »Das sind die Odumbenu-Berge. Da ist die Grenze meines Landes, die gehören noch dazu.« Ich war sprachlos – wie konnte ein Gebirge in Privatbesitz sein? Ich erinnerte mich spontan an die 1912 von Hans Paasche veröffentlichten »Briefe des Afrikaners Lukanga Mukara«. Er ist literarischer Vorläufer der Figur des Indianers »Papalagi«, der in einem kleinen, sehr erfolgreichen Buch sein Unverständnis über unsere europäischen Vorstellungen darlegt. Nicht nachvollziehbar war ihm, dass wir Europäer glauben, wir könnten rechtmäßig Eigentümer von Boden, Wasser und Luft zu sein.
In diesen Bergen, so fuhr Rudolf fort, lebten auch Leoparden. Er habe sogar einmal ein Exemplar geschossen. Heute würde er das nicht mehr tun. Seine Rinder könnten zwar ungehindert auch in die Berge wandern, und jedes Jahr vermisse er ein paar Kälber, die vermutlich von Raubtieren gerissen wurden, aber das gehöre eben zu seinem die Natur schonenden Bewirtschaftungssystem dazu.
Ich war begeistert. Ja, so wollte ich es auch machen, genau so. Auf meiner Farm sollte der natürliche Kreislauf so wenig wie möglich gestört werden. Diese Aussicht versöhnte mich wieder mit dem Gedanken des Kampfes gegen einige Tiere. Es ist ja richtig, dachte ich mir, dass ein Leben in der Wildnis nicht nach den moralischen Grundsätzen ablaufen kann, die wir Europäer uns an den grünen Tischen in der wohlbehüteten Umgebung unserer Betonstädte ausgedacht hatten. Ich würde dennoch nicht alle meine Ansichten und Grundeinstellungen aufgeben müssen.
Die Erleichterung öffnete mich für weitere Erklärungen meines Führers. Ich genoss es von diesem Augenblick an einfach, mit einem echten Farmer auf einem offenen Geländewagen die weite Landschaft abzufahren. Schon bei der ersten gemeinsamen Rundfahrt, der viele weitere folgen sollten, empfand ich so etwas wie den Keim einer Männerfreundschaft. Wir kamen uns näher.

Nach der ersten ernüchternden Begegnung auf der Terrasse breitete sich wieder ein Hochgefühl in mir aus. Ich entspannte mich, wurde offener, begann wieder, die Natur zu genießen, und fühlte mich wie in meinen Träumen. Das war Realität hier, zum Sehen, Riechen, Schmecken, Hören und Anfassen. Die Weite verwirrte weiterhin meine Augen, hin und wieder glaubte ich Kräuter zu riechen, der Staub der Pisten setzte sich in meinen Nasenflügeln fest, meine Kehle wurde trocken. Mir kam es so vor, als seien wir schon viele Stunden unterwegs.
Auf einer Anhöhe befahl der Farmer anzuhalten und forderte mich auf, mit ihm vom Wagen zu steigen. Wir gingen zu einem Felsbrocken, drehten uns um und setzten uns. Die Überraschung war gelungen! Von hier aus konnten wir den größten Teil des Landes überblicken, das Rudolf sein Eigentum nannte. Ich war überwältigt und erhielt eine ungefähre Vorstellung davon, wie groß 30 000 Hektar sind. Hinter uns lag das Gebirge, rechts erstreckte sich eine offene Grasfläche fast bis zum Horizont, an dem eine erhöhte Piste schwach erkennbar war. Eine Staubwolke zeigte uns, dass dort in einigen Kilometern Entfernung ein Fahrzeug unterwegs war. »Das ist die Grenze von Hansenland, da ist die Staatspad, die nach Utgard[17] führt.« Ich wunderte mich insgeheim darüber, dass eine Farm in Namibia einen Namen trug, der aus der germanischen Mythologie entlehnt wurde. Direkt vor uns gingen die Blicke ungehindert bis zu einem anderen Gebirge, das den Horizont begrenzte. Das seien die Kaiser-Wilhelm-Berge, wurde mir erklärt. Zwischen ihnen und Hansenland gebe es nur eine einzige andere Farm. Ein breites trockenes Flussbett durchquerte dieses Bild auf halber Höhe. An einer mehrfach geschwungenen Biegung konnte ich Häuser erkennen. Das sei die Farm, von der wir losgefahren seien, sagte Rudolf. Der Fluss trenne sein Anwesen von dem traditionellen Stammsitz seiner Familie, Otjidarumbu genannt, das ich nun auch erkennen konnte. Das war ja das Objekt meiner Begierde! Ich konnte mich von dem Anblick kaum

lösen, die inneren Wallungen waren plötzlich wieder da, die ich so oft empfunden hatte, wenn ich von »meiner« Farm träumte. Fast trotzig sagte ich mir: Du willst dein Ziel erreichen, lass dich davon nicht ablenken durch unwichtige Kleinigkeiten, vielleicht ist ja auch alles richtig und gut, was die Hansens dir hier sagen. Du musst dich eben auch einmal anpassen in deinem Leben, sonst wird das nichts. Jetzt oder nie!

Rudolf hatte immer weiter geredet. Ich weiß nicht mehr, was.

Er deutete dann auf eine Stelle links am Horizont. Das sei die Nachbarfarm, ich könne ja die Straße dorthin erkennen. Ich sah mit meinen europäischen Augen wieder einmal nichts. Ob sich das wohl ändern würde, wie mein Lehrmeister mir schon erklärt hatte? Ich spürte, wie meine Augen zu jucken begannen, meine Nasenlöcher fühlten sich sehr trocken an.

Das war kein Film, musste ich mir immer wieder in Erinnerung rufen, nein, ich stand da mittendrin. Mit einem Mal bedauerte ich, Europa nicht viel früher den Rücken gekehrt zu haben. Hier könnte man leben wie ein freier Mensch, nicht eingezwängt in diese Betonkästen. Hier würden sich auch Gedanken und Gefühle freier entfalten. Jahrzehnte meines bisherigen Lebens erschienen mir als vergeudete Zeit. Ich wurde melancholisch, automatisch begann mein Gehirn auszurechnen, wie viele Jahre ich wahrscheinlich noch ein richtiges Leben würde genießen können, außerhalb von RAF-Drohungen und Polizeischutz in Deutschland. Die negativen Gedanken verloren sich in einer neuen Welle der Euphorie, die von mir Besitz ergriff. Ich stieß einen vernehmlichen Seufzer aus, raffte mich dazu auf, Rudolf zu folgen, der schon wieder beim Wagen stand.

Nun würden wir zum Farmhaus zurückfahren, hieß es. Als wir von dem Aussichtspunkt ins Tal hinunterfuhren, bemerkte ich hinter einem Hügel auf der linken Seite eine kleine Ansiedlung. Ein paar Ziegen liefen herum. Ich erkannte drei magere Rinder in der Ferne. Mehrere mit rostigem Wellblech gedeckte Baracken standen dort. Ein Mensch schien dazwischen herumzulaufen. Mehr konnte ich nicht erkennen. Rudolf sagte nichts. Das wunderte mich, weil er während der Fahrt über Dinge mit mir gesprochen hatte, die ich kaum hatte erkennen können. Diese Siedlung aber war doch so nah. Ich hatte nicht den Mut, danach zu fragen, weil ich spürte, dass der Farmer nicht darüber sprechen wollte.

Wir kamen zu einem der runden Wasserbehälter. An der benachbarten Tränke labten sich Ziegen. Ich sah den ersten weiteren Menschen aus der Nähe nach Rudolf, Elke und dem Fahrer unseres Wagens. Ein kleinwüchsiger junger Mann hütete die Tiere. Rudolf sagte zu ihm etwas im Burendialekt, das ich nicht verstand. Seine Stimme klang plötzlich ruppig. Das war wohl ein Befehl gewesen oder eine Beschwerde. Ich hielt meinen Mund, obwohl mir das sehr schwerfiel. Die sozialen Gegebenheiten auf einer Farm hatten wir bis jetzt noch nicht einmal andeutungsweise besprochen. Die arbeitenden Menschen wurden bis zu diesem Zeitpunkt völlig ausgeklammert.

Ich wusste durch vorbereitende Lektüre sehr wohl, dass keine einzige Farm auf der Welt von einem Ehepaar allein bewirtschaftet werden kann. Unterlagen, die deutsche Ministerien und Behörden für auswanderungswillige Bürger zur Verfügung stellten, enthielten sogar Preislisten für die gewöhnlichen Lebenshaltungskosten. Darin waren wie selbstverständlich auch Löhne für Hausangestellte in Namibia aufgeführt. Wären die dort genannten Zahlen tatsächlich Realität, so hatte ich mir schon vor der Reise ausgerechnet, könnte ein Sozialrentner aus Deutschland hier leicht mit seinem bescheidenen Auskommen in einem einstöckigen Wohnhaus mit großem Garten in europäischem Standard leben und auch noch eine Hausangestellte und einen Gärtner entlohnen.

Als alle Gatter bei dem Wasserbehälter wieder so geschlossen waren, wie wir sie vorgefunden hatten, bog unser Fahrer scharf rechts ab, durchquerte ein breites trockenes Flussbett mit tiefsandigem Boden in höherer Geschwindigkeit und konnte mit diesem Anlauf problemlos die gegenüberliegende Uferböschung erklimmen. Das war nach meinem Geschmack! Ich liebte es, Geländewagen zu fahren, und freute mich schon darauf, bald selbst am Steuer zu sitzen. Einem anderen Trockenfluss folgte der Fahrer in dem Verlauf des Bettes und wich dabei sehr geschickt tiefen Löchern im Boden aus. Ich erfuhr, dass hier Warzenschweine ihre Behausungen hätten. Ihr Wühlen habe schon oft zu schweren Schäden an Fahrzeugen geführt. Platte Reifen seien in diesem Land Alltag, man schätze sich glücklich, wenn es nicht zu Achsbrüchen oder gar Überschlägen mit Totalschaden komme.

Noch einmal fuhren wir eine Böschung hoch und erreichten jetzt einen Wald aus Akazien und wilden Büschen. »Das ist unser verwunschener Märchenwald«, erklärte mir Rudolf geheimnisvoll grinsend. Hier habe er alles so gelassen, wie die Natur es selbst erschaffen habe. Ich wartete vergeblich auf weitere Erklärungen oder eine Geschichte, die den Namen des kleinen Forstgebietes erklären würde. Nachfragen wollte ich wieder nicht, da ich das Gefühl hatte, dass es irgendetwas mit dieser Gegend auf sich hatte, worüber der Farmer nicht gerne sprechen wollte. Einige Jahre später sollte ich durch einen toten Menschen erfahren, welche Vorstellungen mit dem unheimlich wirkenden Platz verbunden waren.

Das war richtige Wildnis. Ein Blätterdach verdunkelte den Himmel, kaum ein Sonnenstrahl konnte es durchdringen. Riesige trockene Baumstämme lagen abgebrochen am Boden, schwere Äste von der Dicke menschlicher Oberschenkel beugten sich in die Fahrspur und wurden offensichtlich nicht abgesägt. Der Fahrer musste sie immer wieder umkurven. Dabei konnte er Bodenlöchern von Tierhöhlen nicht ausweichen. Er fuhr in langsamstem Schritttempo. Wir scheuchten Vögel auf, irgendetwas huschte am Boden, es knackte im Geäst. Dieser Platz unterschied sich von dem zuvor gesehenen weiten Land wie Tag und Nacht. Schon bei

Tageslicht kamen mir unweigerlich Sequenzen aus Fantasyfilmen in den Kopf. Wie musste man sich hier erst bei Nacht fühlen! Wir hatten auf den letzten hundert Metern nicht gesprochen. Das hatte meine unheimliche Stimmung noch verstärkt. Plötzlich wurde es wieder hell, wir durchquerten noch ein sehr breites trockenes Flussbett, und am anderen Ufer erkannte ich die Farmgebäude. Unsere Rundfahrt war beendet.

Annegret und »Die«

Wortlos verließen wir nach der Rundfahrt Fahrer und Auto. Das aufgesetzte Gehabe Elkes, die uns über die Freitreppe entgegenschritt, wirkte auf mich nach einigen Stunden Natur noch unpassender. Sie wehte förmlich aus dem Haus zu uns und flötete mich an, ich dürfe gerne mein Gepäck aus meinem Mietwagen holen, damit ich mich etwas frisch machen könne.

Von der Veranda ging es in einen kleinen Empfangsraum, der offensichtlich auch als Esszimmer diente. Hier gab es rundum Türen zu anderen Räumen. Zwei Schiebetüren waren geöffnet. Ich konnte im Vorübergehen in einen großen Salon blicken. Die gesamte Einrichtung war eine Mischung aus altdeutschem und englischem Kolonialstil.

Ich wurde in ein Gästezimmer geführt. An einer Seite nahm ein riesiges Doppelbett den größten Platz ein. Eine gesteppte Tagesdecke in gediegenem Design mit gedeckten Naturfarben war akkurat aufgelegt. Ich bemerkte einige Bonbons auf dem Kopfkissen, wie in einem Hotel. Gegenüber dem Bett stand ein weiß lackierter großer Kleiderschrank, daneben eine Kofferablage, an einer Stirnseite ein Schreibtisch mit Stuhl und ein schmaler Waschtisch mit Wandspiegel. Der Raum war mindestens drei Meter fünfzig hoch. Strahlend weiße Gardinen und naturfarbene schwere Vorhänge bis zum Boden, die von goldfarbenen Kordeln zusammengehalten wurden, verdeckten raumgroße Fenster. Direkt von diesem Raum zweigte ein Gästebadezimmer ab, mit Toilette, Bidet, Badewanne und Dusche. Geriffelte Fenster bildeten einen Sichtschutz. Ein großes weißes Badetuch, ein kleineres

Handtuch und zwei Waschlappen waren auf einem Hocker drapiert.
Ich musste mich kneifen. Hier, mitten in der Savanne, wo es weder eine öffentliche Wasserversorgung noch elektrischen Strom gab – das konnte doch gar nicht sein. Automatisch ging mir die Frage durch den Kopf, wie man in dieser von uns Europäern als Wildnis betrachteten Naturlandschaft einen solchen Luxus einrichten und vor allem unterhalten könne.
Mir war gesagt worden, ich hätte zwei Stunden Zeit zum Ausruhen.
Ich war aufgewühlt, konnte nicht schlafen. Rechtzeitig vor der verabredeten Zeit wechselte ich nach einer Dusche meine Kleidung. Ich führte leider keine Hosen mit Bügelfalten und auch kein weißes Hemd mit frisch gestärktem Kragen mit.
Genau so gekleidet kam aber Rudolf im Esszimmer. Der Tisch war bereits gedeckt. Im Vorübergehen konnte ich schweres Tafelsilber erkennen. Hansen forderte mich auf, mit ihm zu kommen, »auf einen Sundowner«. Von diesem Brauch der deutschstämmigen Farmer hatte ich schon gelesen. Beim Sonnenuntergang trinken sie größere oder kleinere Mengen Alkohol, um auf diese Weise den Tag zu verabschieden.
Wir gingen wieder auf die Veranda und von dort auf eine Rasenfläche, die eine Terrasse bedeckte. Im Schatten eines riesigen Eukalyptusbaumes setzten wir uns in Korbstühle an eine Stelle, von der aus wir über den Trockenfluss Bottob ins weite Land sehen konnten, das sich in immer stärker rot werdendes Licht tauchte. Erst jetzt bemerkte ich, dass dieses Farmhaus auf eine Anhöhe gebaut worden war. Wir saßen auf einer künstlich aufgeschütteten Naturterrasse, die mit einer hohen Steinmauer und einem Zaun vom tiefer liegenden Hof abgegrenzt wurde. In die Terrasse war ein etwa zwanzig Meter langer Swimmingpool eingelassen, dessen Wasser durch einen entsprechenden Bodenanstrich strahlend blau wirkte. Die Rasenfläche war penibel gestutzt

und gepflegt. Sie führte fast um das ganze Haus und war an einigen Stellen durch Zierblumen und Staudenpflanzungen unterbrochen, die von kleineren Natursteinen umgrenzt waren. Von allen Seiten spendeten riesige Bäume Schatten.
Rudolf ging ins Haus und kam mit zwei Gläsern Bier zurück. Ich konnte nicht ahnen, wie unverzichtbar für mich in den folgenden Jahren die Gewohnheit werden sollte, einen »Sundowner« zu trinken. Wir redeten nicht wirklich miteinander, sondern führten eine jener Konversationen, die nur den Sinn haben, Unsicherheit und Verlegenheit der Gesprächspartner zu überspielen. Ich lobte das Anwesen und die gesamte Anlage. Rudolf erklärte mir, dass er unglaublich viel Arbeit damit habe, das alles in dieser wilden Umgebung so zu pflegen. Ich verschluckte wieder einmal eine Frage nach Mitarbeitern. Da ich selbst mehr als fünf Jahre eine Farm in Frankreich betrieben hatte, wusste ich, dass man ein so herrschaftliches Ambiente nicht ohne zahlreiche Angestellte erhalten kann, schon gar nicht hier, in einem der trockensten Staaten der Erde.
»Rudolf, kommst du?!« Diese aus dem Haus erklingende singende Stimme mit dem dennoch äußerst bestimmenden Unterton kannte ich schon recht gut. Der Farmer bedeutete mir, ihm ins Esszimmer zu folgen. Dort erschien mir der Tisch noch prächtiger als beim ersten flüchtigen Blick. Schwere Kristallgläser an jedem Platz, silberne Serviettenringe, nobles Geschirr auf weißem Damast. Ich kam mir äußerst deplatziert vor und blieb irgendwo im Raum steif stehen. Das war wohl auch richtig, denn hier hatte alles und jeder seinen vorbestimmten Platz. Die Dame des Hauses legte ganz offensichtlich großen Wert auf Etikette.
Ich hatte bereits damit gerechnet und einen inneren Hebel umgelegt. Als Journalist musste ich viele Jahre lang formelle Essen über mich ergehen lassen, hatte auch an Staatsempfängen teilgenommen. Mir konnte hier also nichts passieren. Ich spürte es: In die-

sem Haus war es üblich, dass die Hungrigen sich erst setzen, wenn der Hausherr Platz genommen hat. Da fügte sich sogar Elke ein, die mir mit einer Geste zuvor meinen Sitzplatz angewiesen hatte. Ich stand hinter meinem Stuhl und wartete wie die Dame des Hauses, bis Rudolf sich gesetzt hatte.

Ich blickte mich um, parlierte über die Einrichtung und andere Belanglosigkeiten, während Elke hinter einer der Türen verschwand. Dort war wohl die Küche. Ich hörte auch, wie sie mit jemandem sprach. Offenbar gab es tatsächlich Hausangestellte.

Rudolf begann wortlos, einen Wein zu kredenzen. Ich dankte artig, als er mir eingeschenkt hatte. Elke kam mit einer dampfenden Platte aus der Küche. Ihr Mann blickte sie fragend an, sie sagte: »Ja, ein bisschen, es ist ja ein besonderer Tag heute.« Er füllte auch ihr Glas mit Wein.

Zügig trug die Hausherrin Schüsseln und Schalen mit Gemüse und Kartoffeln herein. »Das ist unser Kudubraten mit Preiselbeeren«, erklärte sie mir. Mir wurde zuerst aufgetan. Ich begann eine Konversation über das Zubereiten von Speisen. Als Hobbykoch fiel mir das nicht schwer. Mit diesem Thema hatte ich den richtigen Punkt getroffen. Elke schien das sehr zu gefallen. Bevor ich mit meinem Lob der verlockend duftenden Speisen zu einem Ende gekommen war, falteten meine Gastgeber plötzlich die Hände, blickten zur Decke, und Rudolf begann laut vorzubeten. Ich hob den Kopf, als das Gebet zu Ende war, schloss mich brav dem gemeinsamen »Amen« an. Seit zig Jahren hatte ich mich nicht mehr so untergeordnet und angepasst. Einerseits wurde ich angetrieben von dem Willen, mein Ziel zu erreichen, andererseits schien die Atmosphäre hier auf wundersame Weise nichts anderes zuzulassen.

Ob ich denn schon einmal Kudufleisch gegessen hätte? Das Gemüse pflanze sie selbst in ihrem Garten an, erklärte mir Elke. Es sei unglaublich viel Arbeit, in diesem trockenen Land ein Stück

zu kultivieren. Sie verwende keine Kunstdünger und keine Pestizide, alles sei naturbelassen.
Ich lobte das herrliche Abendessen aus ehrlicher Überzeugung und war froh, einen gemeinsamen Nenner gefunden zu haben. Als Elke auf Küchenarbeit zu sprechen kam, wurde ich hellhörig. Einerseits war ich inzwischen sehr gespannt, endlich etwas über die Arbeit mit Angestellten zu erfahren, zweitens interessiert mich Kochen seit vielen Jahren sehr. In einem Nebensatz erwähnte die Dame des Hauses, dass »Die« einem ja auch zur Seite stünden. Dieses Wort kehrte vielfach wieder. Ich ahnte, dass damit die Angestellten gemeint waren. In den Sätzen meiner Gesprächspartner waren »Die« einfach Die, so als ob jeder Mensch wüsste, wer damit gemeint sei, ohne jeden Zusatz. Heute bewerte ich diese auffallende Sprechweise so: Den deutschstämmigen Farmern in Namibia sind ihre Mitarbeiter nur so viel wert wie eine Sache. Sie sind keine Subjekte, sondern in der Bewertung durch meine Blutsbrüder ganz offensichtlich allenfalls eine unbestimmte Menge Etwas. Wie verräterisch Sprache doch sein kann!
Unsere Unterhaltung wurde immer wieder durch Telefonate unterbrochen. Meistens nahm Elke den Hörer des altertümlichen schwarzen Wählscheibentelefons ab und sprach dann ellenlange Monologe mit Freundinnen.
Rudolf erklärte mir die Funktionsweise des Telefons auf den »deutschen« Farmen. Weit weg von der nächsten Stadt gab es hier in der Savanne nur eine einzige Telefonleitung, die sich mehrere Farmer teilten. Wenn es klingelte, konnte man an den verschiedenen Tonfolgen, die von einer Vermittlungsstelle gesendet wurden, erkennen, ob der Anruf für einen anderen Farmer oder für das eigene Haus bestimmt war. Man vertraue darauf, dass nur derjenige abnehmen werde, dem der Anruf auch tatsächlich gelte. In Wirklichkeit jedoch, so verriet er mir, komme es immer wieder vor, dass man sich gegenseitig aushorche. Dadurch könne man

Informationen bekommen, die auch für den Farmbetrieb von Nutzen sein könnten. Betriebsspionage also, sicher auch verbunden mit einem gehörigen Schuss privater Neugier, dachte ich mir. Nein, das wollte ich nicht. Falls ich einen Telefonanschluss haben würde, sollte er nicht in dieses alte Farmersystem eingebunden sein. Heute weiß ich, dass schon die Abkoppelung von den alten Gewohnheiten bei der Kaste der eingesessenen Deutschen in namibischen Farmgebieten Misstrauen hervorruft. Das zunächst nach einem guten Vertrauensverhältnis aussehende Gemeinschaftstelefon war auch ein Teil des Systems sozialer Verhaltenskontrolle.[18] Heute haben sich viele, auch alteingesessene, deutschstämmige Farmer ausgestöpselt.
Auf elektrischen Strom verzichte er bewusst, erklärte mir der Farmer. Es gebe keinen Fernseher, keinen Computer oder andere moderne Einrichtungen. Sein Prinzip sei es, Menschen Arbeit zu verschaffen, statt auf Automatisierung zu setzen. Elke schaltete sich ein und berichtete mir, sie führe den Haushalt ebenso. In der Küche gebe es keine modernen Haushaltsgeräte, die gesamte Wäsche werde von Hand erledigt. Gebügelt werde nicht mit Strom, sondern noch mit Holzkohle-Eisen. Die würden heute noch in China produziert. Man könne sie in Windhoek neu in dem Großhandel erwerben, den die Großfamilie der Farmer auch betrieb.
Meine Neugier nach weiteren Details über die Zusammenarbeit mit Angestellten auf einer Farm in Namibia konnte ich kaum noch zügeln. Die geschilderten Prinzipien fand ich wunderbar. So wollte ich es auch machen, stimmte ich zu. Die Grundeinstellung gefalle mir. Ich sprach über meinen Abituraufsatz zum Thema »Fluch und Segen der Automation«. Mit dem Hinweis darauf, dass ich bereits in Frankreich eine Farm betrieben hätte mit dem Bestreben, weitgehend unabhängig von technischen Errungenschaften zu leben. Vor allem Schilderungen über diese Zeit und meine Berichte über zehn Jahre Erfahrung in anderen afrikani-

schen Wüstengebieten, wie der algerischen Sahara, stimmten meine späteren Pachtpartner offenbar positiv für mich.

Ich vermied während des abendlichen Gesprächs jede kritische Bemerkung über namibische Farmer und sparte das Thema Kolonialzeit und andere mögliche Konfliktpunkte aus. Wenn es unumgänglich wurde, sich dazu zu äußern, umschiffte ich die gefährlichen Klippen, ohne direkt zu lügen. Schon bald spürte ich, wie wichtig es in manchen Situationen sein kann, die Sklavensprache einzusetzen, wenn man sein Ziel erreichen will. Nach verstärktem Weingenuss wurde Elkes Ausdrucksweise natürlicher. Das bestätigte mich in meiner Vermutung, dass ihr Benehmen einstudiert war. Sehr rasch machte sie der Wein nicht nur redseliger, sondern sogar sympathischer. Rudolf begann, sich unwohl zu fühlen. Ich spürte, dass er die Tafel aufheben wollte. Das gelang ihm, als Elke und ich zu politisieren begannen. Wir stellten viele gemeinsame Ansichten fest. Sie erzählte freimütig aus ihrer Jugendzeit in Deutschland, einem Kunststudium, ihren beruflichen Anfängen. Alles habe sie aufgegeben, um mit ihrem Mann hier in Namibia zusammenleben zu können.

Schon am ersten Abend verstand ich etwas besser, warum sich diese Frau eine künstliche Welt geschaffen haben mochte. Sie wirkte verloren auf mich, aber so, als hätte sie aufgegeben, dagegen anzukämpfen, und mit ihrem Leben bereits abgeschlossen.

Auch zum Dessert bekam ich keine Hausangestellte zu Gesicht. »Denen« war es offenbar nicht erlaubt, die Küche zu verlassen. Elke berichtete mir, sie habe für ihre Küche zwei Frauen angestellt. Zusätzlich weitere für die Hausarbeiten und extra Wasch- und Bügelfrauen. Die Gartenarbeit werde von einem dafür speziell eingestellten Mann erledigt, der zwei Helfer zur Seite habe. Es sei auf den Farmen üblich, so viele Menschen mit Arbeiten für das Privatleben zu beauftragen. Ich kam mit dem Zählen gar nicht mehr mit. Nun verstand ich schon besser, wie das herrschaftliche

Hauswesen hier abseits der Zivilisation aufgebaut und betrieben werden konnte.

»Unsere Annegret ist hier die gute Seele, die hat alles gelernt. Die kann alles, Kochen, Hausarbeit und so. Die ist sehr sauber, und der kann ich auch ganz gut vertrauen. Aber jetzt habe ich in der Küche zurzeit Eusebia, die hat mir Frau Müller gegeben. Die war ganz zufrieden mit ihr und hat doch jetzt keine Verwendung mehr für sie, weil dort die Mutter gestorben ist. Da braucht sie nicht mehr so viele. Tja, die Eusebia, die probiere ich jetzt mal aus, ich weiß noch nicht, ob ich sie behalte. Eigentlich macht sie sich ganz gut, ich habe aber gehört, dass sie auch frech gewesen ist bei Müllers. Ich kann sie auch zurückgeben, haben sie gesagt. Aber dann hätte sie ja gar nichts. Also, mal sehen, ich will sie jetzt erst einmal behalten. Vielleicht schickt sie sich ja. Sie weiß ja, dass sie sonst nichts mehr hat.«

Bei diesem Monolog fiel es mir schwer, still zu bleiben und den Kloß in meinen Hals hinunterzuschlucken. Offenbar bemerkte Rudolf das: »Tja, Herr Stuberger, das ist hier Affrika (er sprach dieses Wort immer so aus, als ob man es mindestens mit zwei f schriebe). Hier gibt es andere Regeln als bei Ihnen in Europa. Die kann man nicht so behandeln wie Mitarbeiter bei Ihnen. Das ist hier etwas ganz anderes. Das geht nicht. Das werden Sie noch lernen. Ohne uns hätten Die ja nichts, das darf man ja auch nicht vergessen. Ohne uns würde doch alles hier im Land zusammenbrechen. Die können nicht planen oder organisieren. Das ist ein ganz anderer Schlag, da kommt man auch nicht ran. Die sind eben so und Die bleiben auch so.« Auf anderen »deutschen« Farmen in Namibia würden die schwarzen Arbeiter noch so brutal behandelt wie in der Kolonialzeit. Das, was ich auf Hansenfarm erfahre, sei für ihn ein vorzügliches Beispiel für menschliche Behandlung von Arbeitern.

Mir schnürte sich die Kehle zu. Das sollte vorbildlich sein? Wie musste es erst auf anderen Farmen zugehen? Dennoch stimmte ich zu, noch viel lernen zu müssen. Dabei wurde mein Mund trocken. Rudolf bat mich in den Salon.

Er setzte sich in einen mächtigen Sessel aus Antilopenleder und wies mir das tiefe schwere Sofa gegenüber an. Ich versank darin und fühlte mich unvermittelt wie bei einem Bewerbungsgespräch. Von meinem Platz aus konnte ich nicht ins Esszimmer sehen. Mir schien alles nach einer vorbestimmten Regie abzulaufen. Der weite Raum wurde halb von einem nach beiden Seiten offenen Bücherregal unterteilt. Dahinter befand sich eine Leseecke mit einem Ohrensessel und einer Stehlampe. Der gesamte Raum war mit afrikanischem Kunsthandwerk, Trophäen, Büchern und europäischem Sammelgeschirr sowie einigen Silbergegenständen geschmückt. Auf dem Boden lagen mehrere Tierfelle, meine Füße standen auf dem Rücken eines toten Zebras.

Ich fühlte mich fremd und heimelig zugleich. Rudolf holte zwei Gläser aus einem Barschrank und servierte ungefragt Whisky – für mich das Abscheulichste unter allen alkoholischen Getränken, für ihn absolut unverzichtbar am Abend, wie ich erfahren sollte. Im Esszimmer hinter mir waren jetzt offenbar mehrere Personen beschäftigt, wenn mich mein Gehör nicht täuschte. Gesprochen wurde nichts.

Nun war es Zeit, Rudolf nach einigen sozialen Dingen zu fragen. Er klärte mich über die Arbeitsverhältnisse auf seiner Farm auf, die er als besonders sozial und gerecht im Vergleich zu den anderen landwirtschaftlichen Betrieben in Namibia darstellte.

»Bei uns haben Die das Recht, sich ein Haus zu bauen und einen Garten zu haben. Die können sich sogar ein paar Haustiere halten. Die meisten sind aber zu faul.« Er habe das Entlohnungssystem modernisiert. Es gebe keine Tagelöhner mehr, nur noch in Ausnahmefällen. Fast alle habe er bei »Social Security« angemeldet, der staatlichen Unterstützungskasse in Namibia. Er gestehe Denen auch eine Frühstückspause zu. In der Farmküche werde dazu Essen und Trinken vorbereitet und gratis ausgegeben. Elke schaute in den Salon: »Das ist für viele ja das Einzige, was sie am Tag essen.« Mittags gebe es eine weitere Pause. Abends werde pünktlich Feierabend gemacht, wenn es gehe. Für Arbeit an Sonn- und Feiertagen gebe es Extrageld. Die hätten jetzt einmal im Jahr auch Urlaub. Wie es das neue Gesetz verlange. Die könnten direkt hier auf der Farm in einem Laden einkaufen, den er betreibe. »Das ist für Elke und mich eine große Belastung, dieser Schdoah.« Rudolf benutzte das Wort aus dem Südwester-Kauderwelsch für seinen kleinen Gemischtwarenhandel. Das Geschäft dürfe man keinem anderen in die Hand geben, da müssten Elke und er »die Hand drauf halten«. Er verkaufe dort auch Alkohol an Die, aber nur freitags, wenn es den Lohn gebe, der in bar ausgezahlt werde. Jeder dürfe nur eine Flasche Schnaps kaufen, sonst würden Die ihr ganzes Einkommen für den billigen Fusel ausgeben, den er aus dem Großhandel seiner Familie persönlich hierher liefere wie alle anderen Waren auch.

Wenn Die krank seien, könnten sie auch einen kostenlosen »Lift« bekommen. Mit diesem aus dem Englischen bekannten Wort bezeichnen die namibischen Farmer das Mitnehmen von Personen in ihren Autos. Das mache er auch, wenn Die gesund seien und Freizeit oder Urlaub hätten. Meistens wollten Die nur nach Windhoek in die Stadt, »um dort zu saufen und was weiß ich noch«.

Auf seiner Farm gebe es auch einige Häuser aus Stein mit Wasseranschluss, die er für Die gebaut habe. Dort wohnten die »Festen« von Denen, diejenigen, die schon lange da seien. Darüber habe auch schon das deutsche Fernsehen berichtet. Auch über Elkes Nähstube und einen Kindergarten, die sie für Deren Frauen eingerichtet habe. Außerdem hätten Die eine eigene Kirche. Dort könnten sie sonntags selbst Gottesdienst für sich halten. Die dürften sogar Besuch empfangen auf seiner Farm, das sei sonst nicht üblich. Und zur Wahl fahre er Die auch.

Dennoch sei er sich fast sicher, dass einige sogar die SWAPO wählten.
Alles in allem habe er Die gut im Griff. Aber er müsse natürlich immer mal wieder einen feuern. Das sei hier nicht so wie in Europa. Man müsse nach dem Gesetz dreimal abmahnen und dann könne man entlassen. Die müssten dann das Farmland mit ihrer Familie verlassen. Viele hätten Familie, also Kinder und einen Partner. Heiraten würden sie normalerweise nicht; das käme sehr selten vor. »Die Damara leben eben so. Man darf ja nicht mehr Kaffer oder Hottentotten zu Denen sagen.«
Diese Informationen erhielt ich nicht in einem Fluss. Ich musste sie vorsichtig fragend herauskitzeln. Dabei wechselten wir oft das Thema und sprachen meist dazwischen über Belanglosigkeiten, die ich mit höflichen Komplimenten würzte.
»Hier sind ein paar Nüsschen und Schnittchen mit Gürkchen.« Elke kam mit einem Tablett herein. Ich fühlte mich wie zu Zeiten meiner Kindheit bei meiner Großmutter. Als sie sich in einen anderen Sessel zu uns setzte, blickte sie ihren Mann fragend an, der ihr ein Glas Wein aus einer neuen Flasche einschenkte, welche er inzwischen geöffnet hatte.
»Meine Annegret, ach ja«, begann Elke. »Die ist ja nun schon so viele Jahre bei uns, die gehört schon zur Familie. Die kann auch alleine Kuchen backen, macht sogar die Soßen zum Fleisch richtig. Nein, so eine findet man so leicht nicht wieder. Die ist ein Glücksgriff. Die lebt jetzt ja auch in ihrem eigenen Haus. Die lernt sogar die anderen an und passt auch auf. Der kann ich sogar den Schlüssel geben. Die hat schon viel Glück gehabt, jetzt hier bei uns zu sein. Meine Annegret, die ist wie der Johannes für Rudolf.« Rudolf stimmte zu: »Ja, mein Kapo war schon unter meinem Vater hier.«
Ich musste mich gewaltig zurückhalten, als ich dieses Wort hörte. Als »Kapo« wurden in der Nazidiktatur diejenigen KZ-Häftlinge bezeichnet, die von SS-Schergen zur Mitarbeit in der Lagerleitung

gezwungen worden waren. Die Abkürzung für das Wort »Kameradenpolizei« bezeichnete unverhohlen den Zweck, für den diese Menschen missbraucht wurden. »Kapos« wurden meistens mit Alkohol entlohnt.

»Johannes und Erhardt sind meine Besten, dann kommt Terson, aber dem kann man nicht hundertprozentig übern Weg trauen, da bin ich mir nicht ganz so sicher. Die haben jetzt ja alle drei einen Führerschein und machen sogar Lifts für Die. Aber bei denen müssen Die zahlen und nicht zu wenig.«

Ich fragte danach, wie viele Mitarbeiter hier insgesamt beschäftigt seien. »So ungefähr fünfzig bis sechzig Stück, so genau weiß man das nie, das wechselt bei Denen ja immer«, war Rudolfs Antwort. »Tjach, mit ihren Familien sind es dann schon viel mehr als hundert Stück von Denen, die wir hier zu versorgen haben«, seufzte Elke.

Über das Vieh hatten wir doch noch gar nicht gesprochen, ging mir automatisch durch den Kopf. Ich biss mir auf meine Zunge und presste die Lippen zusammen.

Rudolf verließ den Raum, seine Frau erklärte mir, sie habe Die jetzt nach Hause geschickt. Die müssten ja morgen früh wieder raus und jetzt sei es Zeit, den Hund rauszulassen, da müssten Die sowieso weg. Rudolf mache immer eine kleine Tour mit dem Tier im Geländewagen, damit es sich auslaufen könne vor der Nacht. Auf meine Nachfrage fuhr sie fort, der Hund, das sei Rudolfs Sache, sie finde das ja nicht so gut. Der Dobermann werde tagsüber im Zwinger eingesperrt, dürfe nur in der Nacht frei herumlaufen. Dadurch sei er scharf. Das wüssten Die, darum lasse sich hier in der Nähe mit Einbruch der Dunkelheit keiner blicken. Nur ihre Annegret habe die Erlaubnis, das Tier zu füttern. »Tjach, einem muss man ja vertrauen, wenn man mal weg ist.« Annegret habe auch einen Schlüssel für das Haus.

Annegret hat sich einmal zwei Jahre später bei mir ausgeweint. Die junge Frau stammte wie die meisten Farmarbeiter in Namibia aus einer mittellosen Familie, deren Vorfahren alles verloren hatten, als die Kolonisten ins Land eingefallen waren. Den deutschen Vornamen hatte ihr Elke gegeben. Die Mitarbeiter rufen sich untereinander alle mit ihren richtigen Namen. Die deutschstämmigen Farmer bestehen aber darauf, ihre Mitarbeiter nur mit deutschen Vornamen anzusprechen, die sie ihnen zuteilen.

Annegrets richtigen Namen soll ich nicht nennen. Sie hat mit einem Mann zusammengelebt, der sie mit einem Kind sitzen gelassen hat. Sie musste sich lange Zeit auch noch um ihre arbeitsunfähige schwerkranke Mutter kümmern, die nach lebenslanger Hausarbeit auf einer Farm ausgemustert worden war. Ihr Lebenstraum ist es, wieder in einer eigenen Familie leben zu können. Die anderen Mitarbeiter halten aber Abstand zu ihr, weil sie eine Sonderstellung im Farmhaus einnimmt, was den Verdacht nährt, dass sie auch als Spionin für ihre Herrin arbeite. Um ihrem Kind eine bessere Zukunft geben zu können, hat sich die alleinerziehende Mutter dazu entschieden, das hinzunehmen. Sie liebt ihr Kind über alles. Zweimal hat sie sich während der vielen Jahre ihrer Anstellung bei Hansen in einen Mann verliebt. Beide Beziehungen gingen in die Brüche, weil die betreffenden Partner mit der aus Sicht der übrigen Mitarbeiter zwielichtig erscheinenden Rolle Annegrets nicht umgehen konnten.

Annegret hatte Vertrauen zu mir gefasst, weil sie wusste, dass ich eine andere Einstellung zu meinen Mitarbeitern hatte, als es sonst auf Farmen in Namibia üblich ist. Sie kam später sogar zu mir und ließ sich von mir im Beisein anderer Menschen tröstend in den Arm nehmen, als ihre Mutter gestorben war. Sie schluchzte und zitterte an meiner Brust wie ein kleines Kind, das sonst niemanden mehr auf der Welt hat. Annegret hat mir auch danach noch tiefe Einblicke in die oft verborgene Struktur des Verhältnisses einer Farmersfrau in Namibia zu ihren Hausangestellten gegeben.

An meinem ersten Abend auf Hansenfarm konnte ich von einem solchen Vertrauensverhältnis zu Angestellten nicht einmal träumen. Mir war alles fremd und neu. Ich hatte schließlich andere Begriffe und Vorstellungen von Mitarbeitern im Kopf, auch aus eigener Erfahrung in Deutschland und Frankreich. Selbst für fünfzig Mitarbeiter wie hier gab es keine gewerkschaftliche Interessenvertretung. Aus der Sicht von Elke und Rudolf waren die zu »Kapos« bestimmten Mitarbeiter gleichzeitig die Vertretung der gesamten Belegschaft.

Rudolf kam von seiner Rundfahrt mit dem Hund zurück. Ich erklärte, dass ich sehr müde sei, und wir wünschten uns eine gute Nacht. Ich hatte geplant, nach dem Frühstück am nächsten Tag eine Rundfahrt durch Namibia zu beginnen.

Sauerbraten

Mein Ziel kannte ich, den Weg dorthin nicht. Ich wollte Wilhelm Herbst besuchen, der als junger Mann aus Namibia »in die Heimat«[19] ausgewandert war, dort nach einem Pädagogikstudium geheiratet hatte, um einige Jahre später wieder in sein Geburtsland zurückzukehren. Er hatte eine Farm von seinem verstorbenen Onkel geerbt. Mit seiner Frau Maria lebte er inzwischen seit vielen Jahren sehr einsam zwischen Sanddünen und Gebirge, fast tausend Kilometer von Windhoek entfernt.

Immer geradeaus fahren, hatte mir Wilhelm am Telefon gesagt, dann würde ich auf das Farmschild mit dem Namen »Namin« stoßen, der eine Kombination aus den Namen für die Wüste Namib und die Minasberge sei. Auf der schnurgeraden Piste kam ich gelegentlich in Zweifel. Es ging bergab und bergauf. Von den Anhöhen aus konnte ich die Fahrtstrecke bis zum Horizont sehen, beidseitig von Zäunen begrenzt. Jetzt verstand ich, was es bedeutet: Namibia ist das Land mit den meisten Zäunen auf der Welt. Das konnte stimmen, die Reiseführer mochten recht haben. Wie viele Tausend Kilometer die deutschen Eindringlinge und deren Nachfolger, meist rassistische Buren aus dem Südafrika der Apartheid, durch ihre Sklavenarbeiter hatten errichten lassen, weiß bis heute niemand verlässlich.

An einer geeigneten Stelle nutzte ich eine Rast dazu, mir die Zaunanlage einmal aus der Nähe anzuschauen.

In regelmäßigen Abständen waren in den steinharten trockenen Sandboden Eisen- oder Holzpfähle so fest eingesetzt, dass man sie auch mit größter Anstrengung keinen Millimeter hin- oder herschaukeln konnte. Als ob sie einbetoniert waren. Später lernte ich, dass sie früher in Löcher gesetzt wurden, die von Männern mit alten Konservendosen etwa einen Meter tief in den bockelharten Wüstenboden gegraben werden mussten. Danach wurde der Aushubsand, möglichst mit Steinen vermengt, mit Wasser angefüllt und angestampft. Das ergab die unglaubliche Festigkeit. Zwischen den Pfosten waren Drähte straff gespannt. Heute werden dazu entsprechende von Hand betriebene Spannhilfen verwendet. Wie das früher bewerkstelligt wurde, weiß ich nicht. An den Spanndrähten waren kleinere Pfosten mit zusätzlichen Drähten befestigt, die aber nicht im Boden verankert waren, sondern knapp über dem Grund endeten. Dadurch hingen diese »Stopper« genannten Hölzer beweglich zwischen den Pfosten in einem Abstand von etwa zwanzig Zentimetern. Sinn dieser Konstruktion war, zu verhindern, dass flüchtende Wildtiere aus dem eigenen Farmgebiet zum Nachbarn rennen. Der Zaun wirkte wie ein vertikales Trampolin. Prallte ein Tier dagegen, gab das Drahtsystem bis zu etwa dreißig Zentimeter in Fluchtrichtung nach. Die äußerst stabil eingegrabenen Hauptpfosten mit ihren strammen Drähten bewirkten sofort einen Gegendruck, der die »Stopper« mit ihren Drähten gegen das betreffende Tier drückten. Auf diese Weise wurde es zurückkatapultiert. Da es weder Stacheldraht noch scharfe Kanten gab und das Fell der Tiere nur mit horizontal gespannten Drähten in Berührung kam, wurde eine Verletzung weitgehend verhindert. Das war vor allem für die Unversehrtheit der Tierfelle wichtig, deren Verkauf die namibischen Farmer als wichtige Nebeneinnahme zu ihrer Monokultur, der Rinderzucht, betrieben.

Mich faszinierte das Zaunsystem sehr. Ich stellte mir vor, dass es auch in Europa praktikabel sein müsste anstelle der in manchen Ländern für Rinderhaltung noch nicht verbotenen Stacheldrahtzäune und elektrischen Zaunanlagen. Sehr viel später fand ich vergleichbare Zäune in deutschen Zoos. Dort teilte man mir auf

Anfrage mit, dass man tatsächlich die namibischen Zäune kopiert hatte.
Auf Namin-Farm würde ich nur Außenzäune finden. Das gesamte Gebiet von zwanzigtausend Hektar war nämlich nicht mehr parzelliert. Wilhelm Herbst hatte seine Lebensgeschichte geschickt vermarktet, auch über das deutsche Fernsehen. Dadurch war ich vorab informiert.
Mir klopfte das Herz rascher, als ich von der Hauptpiste abbog und das Gatter zum Farmgelände hinter mir schloss, um ein paar Kilometer bis zum Rand eines Gebirges zu fahren. Das mussten die Minasberge sein. Als Liebhaber von Wüstengebieten wäre dies die ideale Lage für meine Farm, weit besser als die bei Windhoek. Je weiter weg von der städtischen Zivilisation, desto besser, schwärmte ich mir vor. Aber das würde wohl vorerst nichts werden. Dort unten im Süden war nichts zu pachten, wie mir in einem Immobilienbüro in der Hauptstadt mitgeteilt worden war. Das Naturschutzgebiet der Namibwüste gehörte dem Staat, die angrenzenden Farmen waren von einer superreichen deutschstämmigen Farmerfamilie aufgekauft worden, die in Namibia viele finanzielle Beteiligungen an großen Firmen besaß.
Sie hatte ein Gebiet von etwa einhunderttausend Hektar zusammengelegt, um ein privates Naturschutzgebiet zu errichten, in dem früher dort lebende Wildtiere wie Leoparden wieder angesiedelt werden sollten. Mit einem Aufwand von vielen Millionen Namibiadollars wollte sich ein Spross der Familie einen persönlichen Traum erfüllen und möglichst als Besitzer des größten privaten Naturschutzgebietes der Erde ins Guinness-Buch der Rekorde Eingang finden. Die geschäftstüchtige Familie hatte selbstverständlich von Anfang an großen Wert darauf gelegt, dass ihr Projekt zusätzlich Profit abwerfen würde. Heute befinden sich in dem unvorstellbar großen Privatgebiet (fast die Hälfte des Saarlandes!) die exklusivsten und teuersten Unterkünfte Namibias. Millionäre auch aus den USA lassen sich recht gern dorthin

fliegen. Hubschrauber- und Flugzeuglandeplätze sind vorhanden. Man kann zum Beispiel in einem auf Stelzen im Wüstensand stehenden Holzhaus mit offener Veranda seine Hochzeitsnacht verbringen, Privatkoch und zur absoluten Diskretion trainiertes livriertes Personal inbegriffen. Auch lockere Spiele im Schaum in einer überdimensionalen Badewanne unterm klaren Sternenhimmel sind dort möglich. Es geht das Gerücht um, dass ein frisch verheiratetes Millionärspaar sogar schon einmal für ein klebriges Bad in echtem Champagner gezahlt haben soll.
Später lernte ich den Betreiber des Areals persönlich kennen. Ich bin fest davon überzeugt, dass ihm der Naturschutz ein sehr ehrliches Anliegen war, obwohl die Millionärsunterkünfte und der daraus zu ziehende Gewinn auch in der Öffentlichkeit Zweifel daran aufkommen ließen. Er sagte mir, er investiere den Gewinn zum Schutz der Natur. Das glaubte ich ihm.
Wilhelm Herbst litt unter dieser Nachbarschaft, wie er mir schon am Telefon berichtet hatte. Schließlich wollte auch er Touristen auf seine Wüstenfarm locken, die er unter dem Gesichtspunkt des Naturschutzes betrieb. Nach der Einfahrt suchte ich auf Namin vergeblich die sonst in Namibia auf privaten Farmen üblichen Anlagen zum Sortieren und Verladen von Rindern. In der Ferne erkannte ich ein Gebäude, auf das ich zufuhr.
Als ich unter einem Baum mein Auto im Schatten vor dem Tor parkte, das den Eingang zum umzäunten Hof bildete, kam mir Herbst entgegen, an dessen Gesicht ich mich aus dem Fernsehen erinnerte. Er begrüßte mich wie einen alten Bekannten. Wir hatten vorher lange telefoniert. Der Farmer trug einen »Südwester«. Diese aus der Kolonialzeit stammende Kopfbedeckung, ein khakifarbener Militärhut, bei dem man die Krempe an einer Seite hochschlagen und anknöpfen kann, war den Kolonisten vorbehalten. Trotzig wird er im unabhängigen Namibia bei Festlichkeiten von damals versklavten Volksgruppen wie den Herero getragen. Für mich symbolisiert das einerseits die veränderten Macht-

verhältnisse im Land, andererseits wirkt es wie ein Mahnmal zur Erinnerung an vergangene Zeiten.
Ich weiß nicht, ob der Wüstenfarmer sich Gedanken über die Wirkung seiner Bekleidung auf Besucher aus Europa machte. Touristen machen sich zu Recht oft mehr oder weniger offen lustig. Sogar Namibier sehen diese Kostümierung als ein Zeichen dafür an, dass die betreffende Person immer noch dem überkommenen Gedankengut der rassistischen Kolonialzeit nachhängt.
Herbst trug kurze Hosen. Die daraus hervorlugenden »Stachelbeerbeine« des Mannes endeten in ausgelatschten Farmerschuhen aus Antilopenleder. Namibier bezeichnen die weißen Farmer als »die Knielosen«, weil deren lächerliches Beinkleid meist dieses Körperteil gerade noch bedeckt. Vielleicht wollte der Wüstenfarmer mit diesem Auftritt nur die vermeintliche Erwartung von Besuchern aus Deutschland optisch erfüllen. Das Klischee des »deutschen« Farmers in Namibia wird nämlich nicht nur in den Medien der Bundesrepublik eifrig gepflegt.
Als ich das Outfit von Farmer Herbst sah, nahm ich mir fest vor, niemals so herumzulaufen. Meine Zurückhaltung, die dieser erste persönliche Eindruck bewirkt hatte, verschwand erst, als wir uns auf der Terrasse seines vergleichsweise kleinen Farmhauses unterhielten.
Seine Lebensgeschichte war mir schon aus den Medien bekannt. Auch eine große deutsche Zeitschrift hatte sie mit Fotos illustriert gedruckt. Er erzählte mir, wie er mit seiner Frau und nur einem VW-Bus mit Pferdeanhänger als Transportmittel für die angeblich sehr kleine persönliche Habe per Schiff nach Namibia und dann über Pisten bis an diesen Platz gekommen war. Man habe zuerst einmal die Wasserversorgung instand setzen müssen und sich ein provisorisches Dach über dem Kopf errichtet. Er habe dann alle anderen Gebäude nach und nach selbst gebaut, die vorhandene übliche Parzellierung aufgehoben, das Material der abgebauten Zaunanlagen anderweitig verwendet. Seine Vorstel-

lung sei es, dass Nutztiere und Wildtiere auf einer Farm gemeinsam leben müssten. Inzwischen hätten sich viele Tiere, die zugunsten der alten Monokultur-Rinderzucht von seinen Vorfahren abgeschossen oder vertrieben worden waren, wieder angesiedelt. Es gebe sogar Raubtiere, Adler, Geier, wilde Strauße, Wüstenhunde, vor allem aber heimische Vögel und Insekten. Es sei ihm gelungen, damit zu beginnen, den natürlichen Kreislauf in einer gewissen Harmonie mit den hier lebenden Menschen wieder herzustellen. Er halte auch Pferde und versuche, sie möglichst frei lebend zu züchten. Der Verkauf dieser Tiere funktioniere nicht schlecht, auch Ziegen ließen sich gut vermarkten.

Man lebe als Selbstversorger in der Wüste. Etwa einmal pro Monat fahre er mit einem alten Lkw fast tausend Kilometer weit nach Windhoek für Behördengänge und zum Einkaufen. Man versorge sich dort mit Zucker und Mehl, Getränken, Werkzeugen sowie Baustoffen.

Herbst versuchte mir bei einem der späteren Treffen nahezubringen, wie gut die alten deutschen Zeiten doch gewesen seien. Unter der jetzigen Regierung nehme die Kriminalität rapide zu. Man könne nicht einmal mehr seinen Lkw in der Hauptstadt parken, ohne befürchten zu müssen, dass etwas gestohlen werde. Darum fahre er nur noch bewaffnet zum Einkaufen. Die »Deutschen« müssten ihre Häuser jetzt mit hohen Mauern, Stacheldraht und Alarmanlagen schützen.

Dieses Klagelied über Kriminalität kann man nur richtig einordnen, wenn man weiß, dass die Farmer es durch ihre brutale Vorgehensweise gegen selbst kleinste Vergehen von Namibiern geschafft hatten, Angst und Schrecken zu verbreiten. Allein deswegen konnten sie beim Einkaufen in Windhoek ihre Fahrzeuge offen stehen lassen, wenn sie sich mit Kumpanen zum Biertrinken trafen. Ich habe selbst erlebt, wie Wilhelm Herbst seinen prall gefüllten Geldbeutel offen im Fahrerhaus seines Lkw auf dem Armaturenbrett liegen ließ. Alle Fenster der Fahrerkabine hatte er

heruntergedreht, die Türen wurden selbstverständlich nicht verschlossen, der Zündschlüssel blieb stecken. Nach ein paar Stunden Biertrinken fand er seinen mit vielen Säcken, teurem neuen Werkzeug und verlockenden Getränkedosen auf offener Ladefläche bepackten Lkw unberührt wieder.
Diese weltweit gewiss einmaligen paradiesischen Verhältnisse haben sich seit der Unabhängigkeit Namibias, die mit einer internationalen Öffnung einherging, denen in anderen Ländern angeglichen. Für die in einem bis dahin bestehenden kolonialen Getto lebenden deutschstämmigen Farmer war das ein Schock, den sie bis heute nicht verwunden haben.
Herbst sagte mir, er plane, für Touristen Gästehäuser mit Solardächern zu bauen. Man könne herrliche Wanderungen im Gebirge und mehrtägige Rundfahrten unternehmen. Er verfüge auch über eine Lizenz, mit Besuchern ins Kerngebiet der Namibwüste zu fahren.
Der Farmer zeigte mir seine von ihm selbst gebauten Kühl- und Gefrierhäuser, in denen Fleisch und Lebensmittel gelagert wurden. Er erzeugte sich mit einem in der Nacht laut knatternden Generator elektrischen Strom, der für den Tagesverbrauch in einer langen Reihe großer Batterien gespeichert wurde. Ich war überwältigt! Wie viel Pioniergeist, Energie, Durchhaltevermögen musste in dem Mann stecken, um seine Vorstellungen aus dem Nichts heraus zu verwirklichen. Herbsts Grundgedanken gefielen mir besser als diejenigen der Familie Hansen, obwohl es dort soziale Einrichtungen wie einen Kindergarten und eine Nähstube für Frauen gab.
Ich fiel auf die selbstgefälligen Schilderungen über Namin-Farm herein. Einige Jahre später musste ich erleben, wie sich Herbsts Frau gegen ihn durchsetzte: Sie konzentrierte sich auf eine ausgesuchte Klientel von Touristen aus Deutschland, ältere Menschen, mit denen man abends bei deutschem Sauerbraten und viel Bier – nach deutschen Reinheitsgebot gebraut – über die alten deut-

schen Tugenden schwadronieren konnte. Mehr und mehr wurde auch auf Namin die Kolonialzeit verherrlicht. Ein dumpfer Nationalismus hatte Einzug gehalten. Das zur »Gästefarm« mutierte Naturschutzprojekt bot seinen Besuchern das, was immer noch in deutschen Reiseführern als erstrebenswert beschrieben wird: gemütliches Beisammensein mit »echten deutschen Farmern in Afrika«. Hinter dieser Formulierung versteckt sich ein aufdringlicher altbackener Polittourismus. Ungefragt und meist unerwünscht schimpfen die »tüchtigen deutschen Farmer« vor den Besuchern über Land und Leute in Namibia und vor allem »die Schwatten« in der Regierung, die alles falsch mache und unfähig sei. Selbstredend war unter der »deutschen Schutztruppe« alles besser. Heute gebe es keine Freiheit, man dürfe nicht mehr sagen, was man wolle, die Presse sei unterdrückt …

Schon bei den ersten Begegnungen mit solchen Farmern lag mir die Frage auf der Zunge, warum sie nicht in Deutschland lebten, wenn dort alles besser sei, sondern in dem offenbar verhassten Staat Namibia. Ich habe sie nie konkret gestellt. Eine Diskussion auch über die zu erwartenden Antworten birgt eine zu große Gefahr für Aggressionen, möglicherweise auf beiden Seiten.

Auch Wilhelm Herbst sprach ausnahmslos in der ersten Person Singular, wenn er Arbeiten schilderte. Angestellte hatte er also demnach nicht? Vorsichtig tastete ich mich an dieses für mich interessanteste Thema heran. Er gebe dort unten einigen Khoikhoinfamilien Arbeit, erklärte mir der Farmer und fuhr dann auf eine Weise fort, über seine Mitarbeiter zu sprechen, die den Eindruck entstehen ließ, diese würden keine Leistung für ihn erbringen, sondern seien lästige Anhängsel des Farmbetriebes, die man nur aus sozialem Gewissen halte. Auch dort war die unbestimmte Sammelbezeichnung »Die« geläufig, wenn man über Mitarbeiter redete.

Das Volk der Khoikhoin (übersetzt heißt das schlicht »Menschen«) wird in den mir bekannten deutschsprachigen Büchern wie von den weißen Farmern in Namibia mit dem Begriff »Nama« bezeichnet. Das früher gebräuchliche Schimpfwort der Kolonisten, »Hottentotten«, hört man nur noch hinter vorgehaltener Hand. Diese Verbalinjurie hatten sich die Eindringlinge in Anlehnung an ein Wort aus ihrem dem Niederländischen entlehnten Burendialekt ausgedacht. In »Afrikaans« bezeichnet man mit diesem verächtlich machenden Schimpfwort einen Stotterer. Da die Kolonisten häufig zu ungebildet und zu bequem waren, fremde Sprachen zu lernen, und auch deswegen dumpf an Altgewohntem festhielten, erklärten sie das komplizierte Khoekhoegowab mit den ungewohnten Schnalzlauten dummdreist zu einem Stottern. Im Gegensatz dazu gehen Sprachforscher heute davon aus, dass Khoekhoegowab die älteste Sprache der Menschheit ist. Als die Urahnen von Buren und Deutschen sich noch lediglich mit tierischen Lauten zu verständigen vermochten, hatten die Menschen hier im südwestlichen Afrika bereits die komplizierte Basis für die ersten humanitären Kulturformen gelegt: eine Sprache.

Eine Geschichte erzählte Herbst immer wieder auch in den folgenden Jahren, wenn ich mit anderen Besuchern aus Europa dort war: Er habe Denen einmal ausgediente Campinganhänger von weit her hier in die Wüste geschleppt, damit sie eine feste Unterkunft zum Wohnen hätten. Die seien aber so dumm gewesen, dass sie schon am ersten Abend in den Wohnwagen auf offenem Feuer gekocht hätten. Diese seien natürlich abgebrannt und er habe Die nur in letzter Sekunde vor dem Feuertod retten können. Heute lasse er Die darum leben, wie sie wollten – in Baracken, die sie sich aus Abfällen zusammengezimmert hätten. Nur wenige von Denen hätten von ihm selbst erbaute Steinhäuser angenommen.

Die seien einfach von ihrer Grundeinstellung zum Leben her unzuverlässig. Man müsse jeden Tag damit rechnen, dass sie morgens ohne weitere Worte ihre Sachen auf eine Eselkarre packten

und wegführen. Wenn man nicht aufpasse, könne der Betrieb von einem Tag auf den anderen alleine dastehen. Ich vermied es, darauf hinzuweisen, dass er die Farm seinen Schilderungen zufolge doch allein betreibe und sogar alle Gebäude, auch jene für seine Angestellten, mit seiner eigenen Hände Arbeit selbst gebaut habe, also kein Nachteil entstehen könne, wenn »Die abhauen«.
Ich habe zwar alte Autowracks auf der privaten Müllhalde des Farmers gefunden, die sich im Laufe der Jahrzehnte dort angesammelt hatten, aber keinen einzigen Rest eines verbrannten Wohnwagens. Vermutlich entsprang die Wohnwagengeschichte einem heißen Wüstentraum. Bestätigt wurde sie mir von keinem der Arbeiter, mit denen es mir später zu sprechen gelang.
Nur wenige der auf Farmen im Süden Namibias arbeitenden Familien der Khoikhoin können Englisch sprechen. Bildung wird ihnen immer noch bewusst vorenthalten. Ihre komplizierte und für einen Europäer nur schwer zu erlernende Muttersprache Khoekhoegowab dürfen sie nur unter sich benutzen. Auf »Gästefarmen« ruft man gelegentlich ein oder mehrere Exemplare spätabends aus ihren Baracken, damit sie zur Erheiterung der meist bierseligen Besucher ihre Schnalzlaute vorführen oder ein Liedchen präsentieren oder etwas vortanzen, das als afrikanische Tradition bezeichnet wird. Dann schickt man diese Menschen wieder weg mit dem Hinweis, Die müssten ja morgen früh wieder arbeiten. Sie wissen, dass es verboten ist, eigenständig Kontakt mit Besuchern aufzunehmen. Das kann auf vielen Farmen mindestens den Job kosten. Ihre Zurückhaltung fällt europäischen Gästen gar nicht unangenehm auf, sie halten das in der Regel für einen Ausdruck der fremden Kultur dieser Menschen. So kann die Abschottung von Touristen gegenüber der einheimischen namibischen Bevölkerung bis heute wirksam aufrechterhalten werden.
Unter dem Vorwand, Tiere fotografieren zu wollen, schlich ich mich vom Farmhaus nicht sichtbar einmal an die Behausungen

für die Mitarbeiter heran. Ein Ziegenhirte verstand etwas Englisch. Diese Kenntnisse mischten wir mit von mir erratenen Begriffen aus dem auch auf dieser Farm als Betriebssprache erlaubten Burendialekt und eindeutigen Gesten. So erfuhr ich recht zuverlässig, dass die Khoikhoin keineswegs nomadisieren wollen. Fristlose Kündigungen der Farmer seien fast immer der Grund für einen Wegzug. Die würden auch gegenüber alt gewordenen Menschen ausgesprochen, wenn deren Arbeitskraft zur weiteren Ausbeutung nicht mehr profitabel für den Farmer erscheine.

Ich wurde von einem der Arbeiter in sein Steinhaus eingelassen und konnte auch eine der selbst gezimmerten Baracken besichtigen. Innen sah es gemessen an den begrenzten Möglichkeiten auffallend gepflegt aus. Ich war unangemeldet. Dennoch war der Sandboden gefegt, die spärlichen Gegenstände waren geordnet. Nirgendwo sah ich Abfall oder Schmutz.

Im Vergleich zu den Wohnverhältnissen der Farmerfamilie waren die der Arbeiter erbärmlich. Dabei war mir bei Herbsts im Gegensatz zu Hansenfarm ein Zugang zum Allerheiligsten nicht einmal möglich. Ich konnte nur die Veranda und einen für Touristen hergerichteten Raum sehen, der als Wohnzimmer vorgestellt wurde. Durch eine Hausangestellte habe ich später erfahren, dass es noch ein anderes Wohnzimmer gab, dessen Türen aber vor der Öffentlichkeit verschlossen blieben. Man wollte offenbar Gästen den falschen Eindruck vermitteln, sie seien bei Frühstück und Abendessen Teil der Farmerfamilie.

Das Vorzeige-Wohnzimmer für Touristen war mit schweren altdeutschen Holzmöbeln ausgestattet. Schon auf der Veranda hatte ich mich über einen imposanten antiken Ohrensessel und große Bücherregale gewundert. Drinnen nahm ein imposanter Eichentisch den meisten Platz ein, an dem zehn gepolsterte Holzstühle Platz fanden. Eine klassische Anrichte mit wertvollem deutschen Porzellan, ein fast raumhoher Glasschrank mit Tafelsilber und

Kristall, mehrere offene Regale mit einer Sammlung antiker deutscher Bierkrüge und ein mächtiger, gut gefüllter Bücherschrank vervollständigten den Eindruck eines deutschen Wohnzimmers aus dem vorigen Jahrhundert. Spitzendeckchen, Nippes und einige historische Devotionalien aus der Kolonialzeit ergänzten den Eindruck. Es überraschte mich nicht, dazu passende schwere Ölgemälde zu finden. Sicher hing über dem Bett ein röhrender Hirsch, malte ich mir aus und dachte voller bitterer Ironie: Wie viel Platz so ein Pferdeanhänger doch haben muss, wenn man ihn geschickt packt …

Die Dame des Hauses hatte sich zurückgezogen, während ich mich mit dem Farmer unterhielt. Nun stellte sie sich zum Abendessen vor. Ich erlebte das mir schon von Hansenfarm bekannte Spiel: Maria Herbst trug Platten und Schüsseln aus der Küche, in der offenbar auch andere Personen arbeiteten. »Wir haben heute Abend einen schönen Sauerbraten aus Kudufleisch mit Gemüse aus meinem Garten. Auch die Kräuter ziehe ich hier selbst.«

Es schmeckte vorzüglich. Ich konnte keinen Unterschied zu einem gutbürgerlichen Gasthof auf dem deutschen Land feststellen. Sollte ich vor der Leistung Achtung empfinden? Eigentlich hatte ich mit afrikanischen Speisen gerechnet wie in anderen Staaten dieses Kontinents und hätte dies auch bevorzugt.

Als Nachtisch gab es Vanillepudding aus der Tüte des bekanntesten deutschen Herstellers mit heißer Schokoladensoße. Die gastfreundlichen Farmer konnten nicht wissen, dass ich seit meiner Kindheit diese Puddings verabscheue. Aber ich zwang mich zu einem freundlichen Lächeln und aß den deutschen Pudding. Das folgende Angebot nahm ich gerne an: deutschen Apfelschnaps.

Ich erfuhr, dass die Zutaten für die deutschen Speisen von einem Großhandel in Windhoek bis hierher in die Wüste gekarrt werden mussten, der, wie ich bereits ahnte, der Kolonialfamilie Hansen gehörte. Dann hörte ich die auch bereits von deutschen Medien

verbreitete Geschichte von einem verletzten Pavian, der immer bis zur Veranda kam, um davor Orangen von einem Baum zu stehlen. Herbsts hätten ihn gewähren lassen. Das Tier habe ihnen diese Fürsorge nie vergessen. Noch heute begleite der inzwischen zum Leittier einer Horde gewordene Affenmann den Farmer, wenn er mit Besuchern durch die Berge wandere oder eine Rundfahrt im offenen Geländewagen zur Tierbeobachtung durchführe. Das Tier grüße dann von den entfernten Bergkämmen und sorge dafür, dass sich kein Mitglied seiner Gruppe den ängstlichen Besuchern zu sehr nähere. – Meine Augen konnten sich offenbar doch nicht an die namibische Weite gewöhnen: Ich habe dieses wundersame Tier auch bei mehreren folgenden Wanderungen über einige Jahre hinweg niemals zu Gesicht bekommen.
Mit Wüstenlatein ist es wie mit den entsprechenden Anglergeschichten: Die ständige Wiederholung macht sie glaubwürdiger. Schließlich geben auch die größten Skeptiker ihre Zweifel auf.
In nächtlicher Runde traute ich mich, das Thema anzusprechen, das mich hierher geführt hatte: Fragen nach dem Zusammenleben auf einer Farm, Grundlagen und Ausgestaltung der Arbeitsverhältnisse und deren soziale Komponenten. Schließlich gab es schon seit einigen Jahren in Namibia Gesetze dazu, die denen in Europa ähnlich waren.
Davon hielt man, wie erwartet, auch hier wenig. Mein Hinweis darauf bewirkte einen langen Monolog über die Unwissenheit namibischer Politiker und der Regierung bezüglich der Möglichkeiten auf Farmen. So weit entfernt von einer Stadt habe ein Farmer nicht nur die Aufgabe, Arbeit zu geben. Er trage auch für die sozialen Verhältnisse die alleinige Verantwortung, sei am Ort sowohl erste juristische Instanz für Streitfragen als auch Ordnungsmacht. Nicht zuletzt müsse er die bei ihm arbeitenden Menschen erst einmal »erziehen«.
Auf einen solchen Gedanken wäre ich als Europäer nie gekommen: erwachsene Menschen aus einem mir fremden Kulturkreis

wie Kinder erziehen zu sollen. Naiv, wie ich war, hatte ich mich darauf eingestellt gehabt, von den Jahrhunderte vor mir in diesem kargen Land lebenden Menschen und dem Erfahrungsschatz ihrer Ahnen profitieren zu können.

In alten Büchern kann man zwar nachlesen, dass die Kolonisten sich auch zu Richtern aufgespielt hatten und Strafen bis zur Tötung verhängten – ohne Verhandlung, versteht sich. Ich war viele Jahre als Justizjournalist bei den Obersten Bundesgerichten in Deutschland tätig gewesen. Ob die dadurch erlangten Kenntnisse ausreichen würden, über meine künftigen Mitarbeiter zu Gericht zu sitzen?

Ich gab mein Laienwissen darüber preis, dass es in Namibia doch traditionelle Rechtsstrukturen gebe, wie ich gelesen hätte. Danach könne zum Beispiel ein König der Wambo kraft Gesetzes nach einer öffentlichen Verhandlung erstinstanzlich entscheiden.

Die Erwähnung der Wambo allein verursachte sichtbaren Unwillen bei meinen Gesprächspartnern. Ich bemerkte das und nahm mir vor, bei künftigen Gesprächen mit Farmern die Erwähnung dieses namibischen Volkes, das mehr als die Hälfte der Bevölkerung stellt, bis auf Weiteres zu unterlassen. Ich wusste, dass die Wambo durch ihren entbehrungsreichen Freiheitskampf, der auch von den Vereinten Nationen kräftig unterstützt worden war, die Unabhängigkeit des Staates bewirkt hatten. Darum schienen die weißen Farmer sie immer noch abzulehnen.

»Das gilt hier bei uns alles nicht«, meinte der Farmer. Man müsse sich selbst helfen, die Regierung erhöhe nur die Steuern, damit sich Minister und deren Familien selbst bedienen könnten. Es gebe sogar schon Kontrollen »deutscher Farmen« bis dort im tiefen Süden. Ein Beamter sei doch tatsächlich bis Namin gefahren, weil er erfahren hatte, dass dort Touristenhäuschen gebaut werden sollen. Dann habe er etwas gefaselt von Vorschriften für die Ausstattung der Sanitärräume für Gäste und schließlich sogar noch verlangt, dass bestimmte Maße eingehalten werden müss-

ten. In der Regierung seien Die ja jetzt auch, und Die hätten doch keine Ahnung.
Ich schlich mich nach einer folgenden Flasche Rotwein noch einmal, diesmal aber vorsichtiger, an mein Thema heran und erhielt doch noch einige Hinweise. Geld werde nur bar und wöchentlich ausgezahlt. Es gebe eine unterschiedliche Entlohnung nach einem willkürlichen und nicht kontrollierbaren Verteilungssystem, das der Farmer bestimme und ändere, wie er wolle. Sein Gutdünken werde davon beeinflusst, wie anpassungsbereit ein Arbeiter sei. Glücklicherweise gebe es in Namibia noch keine Gewerkschaft für die Farmarbeiter. (Das hat sich inzwischen geändert.)
Der Lohn werde so ausgerechnet, dass man den Platz zum Wohnen, den Müll zum Bau von Baracken, das selbst aus einem Wasserloch zu den Behausungen zu schleppende Trinkwasser, die vorgeschriebene Arbeitskleidung und genau abgemessene, vorbestimmte Rationen von Wildfleisch in die Kalkulation mit einbeziehe. Das wenige noch verbleibende Bargeld gäben die Arbeiter fast völlig zum Einkauf von Lebensmitteln aus, die der Farmer mit seinem Lkw hierher bringe.
Wilhelm Herbst schilderte all dies mit Formulierungen, die sein Entlohnungssystem als eine Form patriarchalischer Gerechtigkeit erscheinen ließen und nicht als das, was es wirklich ist: Lohnsklaverei. Mitbestimmung, gar Selbstbestimmung für freie Menschen, die Khoikhoin zweifellos nicht erst seit Schaffung der Menschenrechtscharta sind, schienen dem Farmer völlig absurde Vorstellungen.
Ich nahm mir vor, vieles anders zu machen als künftiger moderner Farmer in Namibia, der ohne geschichtliche Vorbelastung aus Europa hierher ziehen würde. Ich träumte während der Nachthitze in meinem schmucken Gästezimmer von gemeinsamem Leben mit meinen Mitarbeitern und malte mir aus, wie dankbar und glücklich diese Menschen sein würden, wenn ich erst hier wäre. Ja, ich wollte mich anpassen an die Lebensverhältnisse hier.

Das bisher gesehene Farmerleben erschien mir allerdings eher pervers als normal.
Nach einigen Stunden (vielleicht waren es aber immer nur Minutenwellen, in denen ich weggesackt war, nur um mich danach mit schwerem Kopf in der Hitze hin und her zu wälzen – der Wein hatte seine Wirkung in Kombination mit Bier und Schnaps nicht verfehlt) quälte ich mich aus dem Bett, weil es hell zu werden begann. Ich nahm eine Wechseldusche, heiß, kalt, heiß, kalt … Langsam schwand meine selbst verschuldete Benommenheit ein wenig.
Das heiße Wasser wurde hier auf einfache und wirksame Art erzeugt: Auf dem Dach waren schwarze Rohre verlegt, in denen Wasser aus einem Hochbehälter tagsüber von der Sonne aufgeheizt wurde. Wenn es nachts nicht kalt war, reichte die gespeicherte Wärme morgens noch zum Duschen. Im Winter betrieb man einen zwischen die Dachleitungen und den Zulauf ins Haus geschalteten Außenofen, der das Wasser in einem aus einem alten Benzinfass gefertigten Kessel durch brennendes Holz erwärmte.
Ich wollte hier weg! Darum gab ich mich unter Hinweis auf einen schönen gemütlichen und feuchten Abend etwas wortkarg, beeilte mich mit dem Frühstück und verabschiedete mich, überschwänglich für die herzliche Gastfreundschaft dankend, nachdem ich meinen Besuch wie gewünscht bezahlt hatte.
Die Sonne begann schon die Luft aufzuheizen, als ich wieder auf die Hauptpiste kam, die mich dorthin führen sollte, wo ich hoffentlich endlich mit Namibiern ins Gespräch kommen würde, die keine kolonialen Wurzeln haben: Lüderitzbucht.

Diamanten

Die einsame stundenlange Fahrt durch die Wüste bis an den Atlantik ließ mich die negativen Erlebnisse auf Namin vergessen.
An einer Bahnlinie, die von Lüderitz aus ins Landesinnere führte, sah ich am linken Straßenrand ein auffallendes Schild: »Grasplatz«. Dort musste ich für ein Foto anhalten! Ich konnte es nicht fassen: Da stand von Wüste umgeben ein kleiner Bahnhof in deutschem Baustil mit diesem Namen. Weit und breit kein Gras, nur Sand. Hier also hatte alles begonnen, erinnerte ich mich. In Büchern hatte ich es gelesen.
Ich suchte vergeblich nach einem Denkmal für Zacharias Lewalla. Dieser Bahnarbeiter hatte in der deutschen Kolonialzeit dort den ersten Diamanten gefunden. Dennoch habe ich bis heute nirgendwo in Namibia auch nur eine Gedenktafel für diesen Mann gesehen. Er war von seinem deutschen Chef, dem Bahnmeister August Stauch, betrogen und hintergangen worden. Der log Lewalla an, der Stein sei nicht sehr viel wert, und speiste ihn mit Kleidung und einem Pferd als »Geschenk« ab, das ihn mundtot machen sollte. Die Gaunerei gelang. Stauch musste zwei andere Kolonisten einweihen, um sich so schnell wie möglich die Schürfrechte in dieser Region sichern zu können, weil er dafür allein nicht genügend Geld hatte. Hastig gründete er mit Bahnmeister Weidtmann und seinem Vorgesetzten, Oberingenieur Sönke Nissen, das erste deutsche Diamantensyndikat.
Der Diamantenfund Zacharias Lewallas führte zu einem Boom, der ohne Übertreibung mit dem amerikanischen Goldrausch vergli-

chen werden kann. Der Abbau dieser Edelsteine bildet bis heute die Basis für den großen Reichtum Namibias, obwohl inzwischen fast alle Fundstellen nahezu vollkommen ausgebeutet worden sind. Das bewerkstelligten zunächst die deutschen Eindringlinge. Dabei ist das Wort Ausbeutung nicht nur im schürftechnischen Sinn zu verstehen. Das Land wurde vom deutschen Kaiserreich regelrecht ausgebeutet; später machte der weltweit operierende Konzern De Beers dort weiter, wo die Deutschen aufgehört hatten. Der Konzernname entstammt dem der niederländischen Kolonialfamilie De Beers, die nach Südafrika eingedrungen war. Nach dem Sieg im Unabhängigkeitskampf hat die erste Regierung des freien Namibia weitsichtig gehandelt. Da fast die Hälfte der De-Beers-Aktien verschiedenen Großunternehmen in den USA gehört, hätte eine Enteignung des größten Ausbeuters namibischer Bodenschätze ganz sicher zu einem Krieg gegen das gerade unabhängig gewordene Land geführt. Um das zu vermeiden, bildete man nach jahrelangen zähen Verhandlungen eine neue Firma, die bis heute das Monopol auf den Diamantenabbau innehat: Namdeb. Der Name ist eine Kombination aus den Worten Namibia und De Beers, die jeweils 50 Prozent der Anteile besitzen. Auf der offiziellen Website des halbstaatlichen Unternehmens ist endlich auch ein Foto zu Ehren Zacharias Lewallas veröffentlicht worden.
Ich blieb noch eine Weile auf der versandeten Treppe des Bahnhofsgebäudes sitzen, um mich einerseits am Anblick der herrlichen Wüste zu laben, die mich umgab, und mich andererseits innerlich auf Lüderitzbucht vorzubereiten. Dort hatte die deutsche Kolonialzeit begonnen.
Ich war überrascht, nicht das Wasser des Atlantik, sondern schwarzgraue Felsen zu sehen, als ich mich der Hafenstadt näherte. Dort wurde die Natur unheimlich, gespenstisch, abweisend für Menschen. Zufällig waren auch noch ein paar dunkle Wolken aufgezogen. Das verstärkte den Trübsinn, den die Gegend in mir hervorrief. Ich war froh, bald Häuser zu sehen, fand rasch mein Hotel und ent-

schied mich für einen Rundgang zu Fuß durch die altdeutsch anmutende Stadt, zuerst in Richtung Hafen. Dort war in einer deutschen Buchhandlung ein Informationsbüro für Touristen eingerichtet. Ich buchte für das Wochenende eine Busfahrt nach Kolmannskop, der im Sand versinkenden alten deutschen Stadt vor den Toren von Lüderitz, die in allen Reiseführern beschrieben wird.

Der kleine Hafen erschien mir auch im Sonnenlicht trübe. Ich schlenderte durch die Straßen und amüsierte mich klammheimlich über das hinterwäldlerische Deutschtum, das mir überall begegnete. Schmucke Häuschen, saubere Vorgärten mit kleinen Zäunen, kleine kurz geschorene Rasenflächen und akkurat angelegte Blumenbeete, hier und dort sogar Gartenzwerge. Die Häuser trugen zum großen Teil deutsche Namen. Die Straßen hatte man nach dem Ende der Kolonialzeit noch nicht umbenannt, auch wenn einige die Verantwortlichen für deutsche Verbrechen an namibischen Menschen ehrten und Politiker verherrlichten, die sich für die Besetzung dieses Landes starkgemacht hatten.

Beim Herumschlendern kam ich in die Ringstraße. Plötzlich wähnte ich mich in einem alten Schwarz-Weiß-Film. An einem Haus stand in großen deutschen Lettern »Männer-Turnverein«. Ob dort wohl immer noch bauchige Herren in blau-weißen quer gestreiften Anzügen ihre Leiber ertüchtigten? Ich konnte meine Neugier nicht zügeln und ging zum Eingang.

Als ich klingelte, öffnete sich die Tür sofort. Der Mann sah gar nicht nach Turnvater Jahn aus: Ein breitschultriger Koloss in schwarzem Muskelshirt musterte mich von oben herab. Tätowierungen mit runenartigen Symbolen schmückten seine kräftigen Oberarme. Aus dem Hintergrund hörte ich laute militärisch klingende Kommandos. Ich konnte gerade noch das Foto jenes in der ganzen Welt berüchtigten österreichischen Anstreichers mit seinem rechteckigen Oberlippenbärtchen und der unverwechselbaren Schrägfrisur erkennen, der unter den Heilrufen der deutschen Bevölkerung zu

einem der größten Verbrecher der Menschheitsgeschichte geworden war, da wurde mir die Tür vor der Nase zugeworfen.
Als ich den Schock überwunden hatte, der mich angesichts von Hakenkreuz und Hitlerfratze überfallen hatte, überkam mich dennoch ein wohliges Gefühl. Ich hatte soeben etwas entdeckt, das vor allem die Nachfahren der deutschen Eindringlinge in Namibia leugneten und versteckten. In Lüderitzbucht und dem anderen deutschtümelnden Dorf am Südatlantik, Swakopmund, treffen sich auch ausländische Neonazis mit ihren Gesinnungskumpanen aus den Reihen unverbesserlicher »Südwester«. Man brauchte nicht viel Fantasie, sich vorzustellen, was dort hinter verrammelten Türen getrieben wurde. Warum hatten sich die unbelehrbaren Leugner der deutschen Kriegsverbrechen dieses Land als Trainingsplatz ausgesucht?
In der alten deutschen Kolonie »Südwest« hatten die ersten Probeläufe für die späteren Vernichtungsfeldzüge der Nazis gegen Juden, Kommunisten, Schwarze, Homosexuelle und andere den Rassenideologen missliebige Menschen stattgefunden. Hier hatten die Besatzer mindestens sieben Konzentrationslager (KZ) errichtet, in denen sie Männer, Frauen und Kinder verhungern und verdursten ließen oder bis zum Schwächetod für mörderische Arbeiten einsetzten.
Auch dort in Lüderitzbucht hatte einmal ein KZ gestanden. Es soll das am meisten gefürchtete Vernichtungslager in Namibia gewesen sein. Die Deutschen hatten es auf der dem Land vorgelagerten Haifischinsel wahrscheinlich 1905 platziert.[20] Niemand konnte von dort lebend fliehen. Auf einer Parlamentssitzung nach der Unabhängigkeit Namibias beklagte sich die deutschstämmige Abgeordnete Michaela Hübschle darüber, dass es in Lüderitzbucht zwar ein Monument zu Ehren des Gründers der deutschen Kolonie, für den Bremer Tabakhändler Adolf Lüderitz, gebe, aber kein Mahnmal, das an die mehr als zweitausend Namibier erinnere, die dort von 1905 bis 1907 im KZ ums Leben gebracht worden seien.[21]

Warum unternahm die namibische Regierung nichts gegen den Nazikult, der im »Männer-Turnverein« betrieben wurde? War das überhaupt bekannt? Hatte ich ein Geheimnis gelüftet? Wie weit schützten die Nachkommen der deutschen Eindringlinge die Hitler-Verehrer? Welcher Nationalität waren die Haudegen unterm Hakenkreuz, die hier offenbar trainierten? Auf diese Fragen habe ich bis heute keine Antworten gefunden.

Ich war aufgewühlt. Mit Deutschtümelei in diesem Land hatte ich gerechnet, aber nicht mit Verherrlichung von Völkermord. Ich hatte mit unbelehrbaren Anhängern der Kolonialzeit gerechnet, aber nicht mit einem Trainingslager für unverbesserliche Nazis. Ich wollte den Platz finden, an dem das deutsche KZ gestanden hatte.

Durch die Vogelsangstraße, die an den ebenfalls aus Bremen stammenden Kolonialisten Heinrich Vogelsang erinnern sollte, der Adolf Lüderitz beim Aufbau der deutschen Okkupation geholfen hatte, kam ich zur Hafenstraße. Nach dem Überqueren einer Bahnlinie zweigte bald die Inselstraße nach rechts ab. Von dort konnte ich grau und eintönig wirkende Verladeeinrichtungen und Lagerhäuser sehen. Es wirkte zynisch auf mich, dass die einzige Straße auf der KZ-Insel den Betriebsleiter der Kolonialeisenbahn, Emil Kreplin, ehrte. Für sein Projekt hatten Hunderte eingesperrte Namibier ihr Leben lassen müssen.

Was wohl dort unten rechts gestanden haben mochte, wo sich jetzt der Jachtclub der Reichen erstreckte? Am alten Leuchtturm war ein Campingplatz eingerichtet, links und rechts jeweils eine Kirche, weiter oben ein kleines Krankenhaus. Nichts erinnerte an das von Deutschen errichtete KZ. Aber es hatte dort gestanden, das war gewiss. Später fand ich einige Dokumente, welche die Zustände darin belegten. Der deutsche Missionar Emil Laaf schrieb am 5. Oktober 1905 nach einem Besuch des KZs erschreckt an seine Rheinische Missionsgesellschaft: *»Eine große Zahl der Leute ist krank, meist an Skorbut, und es sterben wöchent-*

Rheinische Missions-Gesellschaft. 18

Abschriften (Auszüge) Vertraulich!

Missionar Laaf, dd. Lüderitzbucht, 5. Oktober 06 : praes. 5.XI.06.

Set einigen Wochen sind fast sämtliche gefangene Hottentotten hier, ca. 1700 Seelen. Da habe ich Arbeit in Hülle und Fülle, zumal ich mit den Heiden (die Zahl weiss ich noch nicht genau) Taufunterricht begonnen habe. Eine grosse Anzahl der Leute ist krank , meist an Skorbut , und es sterben wöchentlich 15-20 . Samuel Izaak+, der mein Dolmetscher ist, sagte mir unlängst , dass seit dem 4. März , an welchem Tage er sich den Deutschen gestellt hatte, 517 von seinen Leuten gestorben seien. Heute ist diese Zahl noch grösser. Von den Herero sterben ebenso viele, sodass man im ganzen durchschnittlich wöchentlich 50 rechnen kann. Wann wird dieser Jammer ein Ende nehmen ? Die Leute werden ganz gut versorgt, so - wohl mit Kleidung als auch mit Proviant, letzteren können sie nicht alle essen. Aber das Klima ist zu ungünstig , und wenn die Regierung die Leute nicht verpflanzt, wird es später eine grosse Not mit ein - geborenen Arbeitern geben , der sich anderorten jetzt schon recht fühlbar macht. Schon aus diesem Grunde sollte eine Aenderung getroffen werden, von rein humanen Rücksichten ganz zu schweigen.

+ der Unterkapitän der Witbooi.

Miss. Laaf, dd. Lüderitzbucht,20. Dezember 06 : praes. 5.II.07.

Das Sterben unter den Naman ist noch erschrekkend gross. Es kommen öfter Tage vor, an denen 18 Personen sterben . Heute sagte Samuel Izaak zu Br. Nyhof :"Dat volk is gedaan." -- Wenn es so weiter geht, wird es nicht lange dauern , bis das Volk vollständig ausgestorben ist. Weihnachten wollen wir,soweit es in unsern Kräften steht, den Leuten hier und drüben eine kleine Freude bereiten.

Präses Fenchel ,dd. Keetmanshoop, 26. Dezember 06 :

Dann erzählte ich ihm (Oberst v. Deimling) von den Zuständen auf der Haifischinsel und fragte ihn, ob er denn nicht die Hunderte von Frauen und Kindern , die dort unnötiger Weise hinsterben, an einen andern Ort bringen könne. Er sagte : "Der Gedanke ist mir noch gar nicht gekommen,dass dort eigentlich mehr Frauen ale Männer sind. Gewiss, da werde ich sofort Schritte tun." -- Er fragte auch nach der Stimmung der Führer Samuel und Kornelius . Ich konnte ihm nur mitteilen, dass sie sehr niedergeschlagen, ja verbittert seien über ihr Los. -- "Umsomehr werde ich vorsichtig sein müssen ,die Leute loszulassen. Ich will jetzt sämtliche Herero von der Haifischinsel wegnehmen, wenn's geht,auch alle Hottentotten-Frauen und -Kinder, die dort keine Männer resp. Eltern haben." ,erwiderte er. -- "Wissen Sie wohin mit den Leuten, können Sie

die

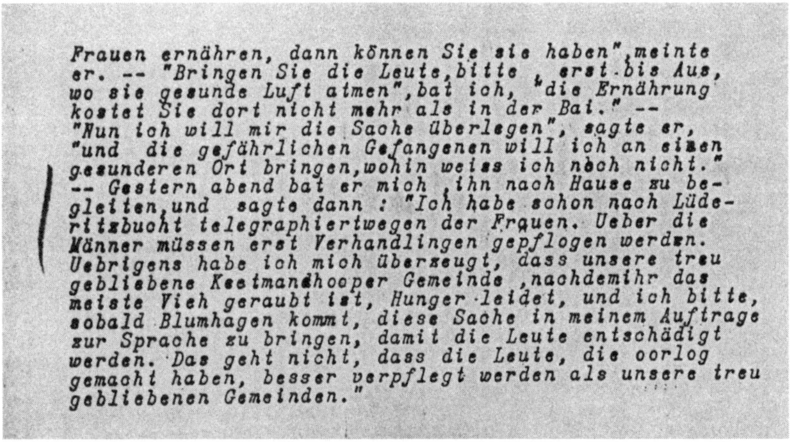

Frauen ernähren, dann können Sie sie haben", meinte er. -- "Bringen Sie die Leute, bitte , erst bis Aus, wo sie gesunde Luft atmen", bat ich, "die Ernährung kostet Sie dort nicht mehr als in der Bai." -- "Nun ich will mir die Sache überlegen", sagte er, "und die gefährlichen Gefangenen will ich an einen gesunderen Ort bringen, wohin weiss ich noch nicht." -- Gestern abend bat er mich , ihn nach Hause zu begleiten, und sagte dann : "Ich habe schon nach Lüderitzbucht telegraphiertwegen der Frauen. Ueber die Männer müssen erst Verhandlingen gepflogen werden. Uebrigens habe ich mich überzeugt, dass unsere treu gebliebene Keetmanshooper Gemeinde ,nachdemihr das meiste Vieh geraubt ist, Hunger leidet, und ich bitte, sobald Blumhagen kommt, diese Sache in meinem Auftrage zur Sprache zu bringen, damit die Leute entschädigt werden. Das geht nicht, dass die Leute, die oorlog gemacht haben, besser verpflegt werden als unsere treu gebliebenen Gemeinden."

lich 15–20. Samuel Izaak, der mein Dolmetscher ist, sagte mir unlängst, daß seit dem 4. März, an welchem Tage er sich den Deutschen gestellt hatte, 517 von seinen Leuten gestorben seien. Heute ist diese Zahl noch größer. Von den Herero sterben ebenso viele, sodaß man im ganzen durchschnittlich wöchentlich 50 rechnen kann. Wann wird dieser Jammer ein Ende nehmen? Die Leute werden ganz gut versorgt, sowohl mit Kleidung als auch mit Proviant, letzteren können sie nicht alle essen. Aber das Klima ist zu ungünstig …[22]

Selbst ein Major der sogenannten Schutztruppe konnte es aus religiöser Überzeugung nicht unterlassen, sich über die Zustände in dem deutschen KZ schriftlich in Berlin zu beschweren: »*Ich habe am 8. April befohlen, dass Hottentotten der Haifisch-Insel nach Burenkamp bei Lüderitzbucht zu verbringen, soweit Sicherheit besteht. Flucht dort zu verhindern. Hauptmann von Zülow, Kommandant Lüderitzbucht, meldet Befehl in Ausführung. Samuel Izaak mit Frauen, Kindern bereits in Burenkamp. Ausreichende Bewachung gewährleistet. Kettengefangene interniert. Veranlassung zur Maßregel ist Meldung von Zülow's, daß von 245 Männern nur periodisch 25 arbeitsfähig alle übrigen sich nur noch an Stöcken fortbewegen, sodaß weiterer Verbleib auf Haifisch-Insel Hottentotten*

K.A.II 751

12 APR 1907

Telegramm.

Windhuk, den 10. April 1907. 4 Uhr 35 pm.

Ankunft: 2 " 18 "

Der K. Oberstleutnant

an

Schutztruppe - Berlin.

Entzifferung.

No: 461. Ich habe 8. April befohlen, dass Hottentotten der Haifisch-Insel nach Burenkamp bei Lüderitzbucht zu verbringen, soweit Sicherheit besteht. Flucht dort zu verhindern. Hauptmann von Zülow Kommandant Lüderitzbucht, meldet Befehl in Ausführung.

Samuel Izaak mit Frauen, Kindern bereits im Burenkamp. Ausreichende Bewachung gewährleistet. Kettengefangene interniert. Veranlassung zur Massregel ist Meldung von Zülow's, dass von 245 Männern nur periodisch 25 arbeitsfähig alle übrigen sich nur noch an Stökken fortbewegen, sodass weiterer Verbleib auf Haifisch-Insel Hottentotten einem langsamen aber sicheren Tode entgegenführt. Von September 06 sind von 1795 Eingeborenen 1032 auf Haifisch-Insel gestorben. Für solche Henkerdienste, mit welchen ich auch meine Offiziere

nicht

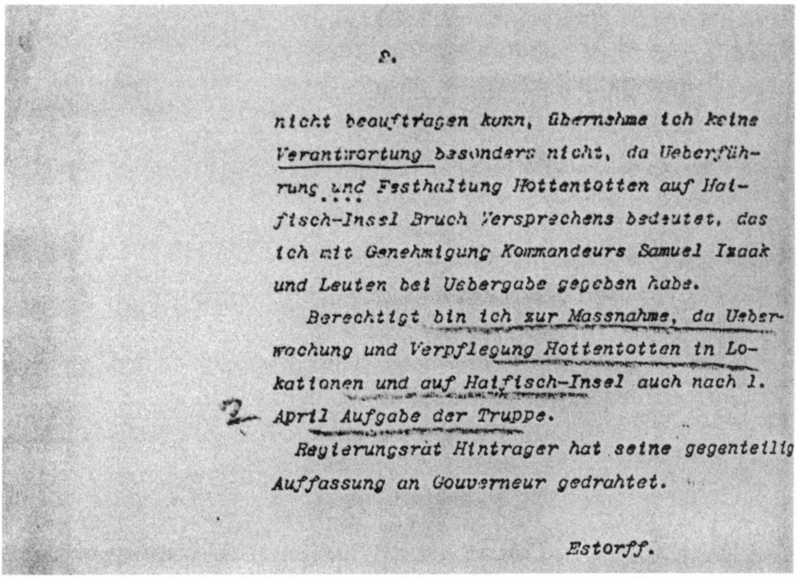

2.

nicht beauftragen kann, übernehme ich keine Verantwortung besonders nicht, da Ueberführung und Festhaltung Hottentotten auf Haifisch-Insel Bruch Versprechens bedeutet, das ich mit Genehmigung Kommandeurs Samuel Izaak und Leuten bei Uebergabe gegeben habe.

Berechtigt bin ich zur Massnahme, da Ueberwachung und Verpflegung Hottentotten in Lokationen und auf Haifisch-Insel auch nach 1. April Aufgabe der Truppe.

Regierungsrat Hintrager hat seine gegenteilig Auffassung an Gouverneur gedrahtet.

Estorff.

einem langsamen aber sicheren Tod entgegenführt. Von September 06 sind von 1795 Eingeborenen 1032 auf Haifisch-Inseln gestorben. Für solche Henkersdienste, mit welchen ich auch meine Offiziere nicht beauftragen kann, übernehme ich keine Verantwortung, besonders nicht, da Ueberführung und Festhaltung Hottentotten auf Haifisch-Insel Bruch Versprechens bedeutet, das ich mit Genehmigung Kommandeurs Samuel Izaak und Leuten bei Uebergabe gegeben habe.«[23]

Von diesen Dokumenten ahnte ich noch nichts bei meinem ersten Besuch in dieser historisch schrecklich befrachteten Stadt am Atlantik.

Am nächsten Morgen schlenderte ich ins Zentrum in ein Café, genoss ein deutsches Sonntagsfrühstück mit Roggenbrot, Fleischwurst, Edamerkäse, guter Butter und einem halbweich gekochten Ei. Ein Espresso wäre mir lieber gewesen als dieser Milchkaffee, aber hier war alles deutsch, auch die Bedienung schien der alten Zeit entsprungen.

Ausw. Amt. Kol.-Abt.
J.N. 017799 Eing. 10. APR. 1907
K.A.II 747

12 APR 1907

87

Telegramm.

Windhuk, den 10. April 1907. 10 Uhr 10 Vm.
Ankunft: 5 " 37 Nm.

Der K. stellvertretende Gouverneur
an Auswärtiges Amt.

Nr. 89.

v. Estorff hat gestern Befehl erteilt, die Gefangenen der Haifischinsel nach Burencamp zu verbringen, soweit Sicherheit besteht, dass Flucht von dort zu verhindern ist. v. Estorff geht hierbei von Annahme aus, dass Kommandeur allein für Gefangene auf Haifischinsel verantwortlich und erklärt, Verantwortung für grosse Sterblichkeit unter Gefangenen nicht zu übernehmen, zumal Samuel Izaak-Leute unter Bruch von ihm gegebenen Versprechen nach Insel verbracht und festgehalten worden. Ich habe mich dafür erklärt, dass Gefangene bis zur völligen Beruhigung des Landes auf der Insel verbleiben, da ausserhalb der Insel bei aller Vorsicht Entfliehen nicht zu verhindern, und da die Flucht jedes einzelnen der sehr erbitterten Gefangenen erneute Unruhen und Feindseligkeiten verursachen kann. Erbitte Entscheidung.

Hintrager.

Ich ging zur Haltestelle für den Bus, der mich nach Kolmannskuppe fahren sollte. Nach etwa zehn Kilometern bogen wir rechts ab, überquerten die Bahnlinie und hielten vor einem alten Bahnhofsgebäude. In der Wartehalle war ein Museum eingerichtet, das die Zeit des Diamantenrausches aus der Sicht der Kolonisten darstellte. Auch hier fand sich kein ehrender Hinweis auf Zacharias Lewalla. Bei der anschließenden Führung wurde sogar der Name des Khoikhoin verschwiegen, nach dem der Ort benannt ist: Coleman. Colemans Kuppe wurde einfach »eingedeutscht«, zu »Kollmannskopp« verfälscht, auch »Kolmannskuppe« genannt.
Der gesamte Ort gilt als Museum und ist bei Fotografen wegen seiner morbiden Atmosphäre international beliebt. Um Besucher anzulocken, platzierten die deutschstämmigen privaten Betreiber des Ausstellungsplatzes hier und dort einen alten Schuh im Wüstensand. Besonders attraktiv finden knipsende Touristen eine am Hang in den Sand gestellte weiße Emailbadewanne.
Erster Anlaufpunkt der Führung war eine Kegelbahn unter dem früheren Tanz- und Theatersaal. Das Gebäude war vom Sand befreit und geputzt worden, verblichene Anstriche hatte man so erneuert, dass sie natürlich gealtert aussahen. Der Saal wird auch heute noch für deutschtümelnde Treffen und Propagandaveranstaltungen genutzt.
Die altbackenes Deutsch sprechende Führerin sagte mit stolz geschwellter Brust ohne rot zu werden, alles das sei von tüchtigen Deutschen mitten in der Wüste aus dem Sand gestampft worden. Man habe hier alles gehabt, was für einen Deutschen zum Leben unverzichtbar zu sein scheint: Skatrunden, Theatergruppen, herrschaftliche Steinhäuser im deutschen Baustil, Schule, Dienstgebäude, Elektrizitätswerk und ein Krankenhaus, in dem die erste Röntgenstation auf der gesamten südlichen Erdhalbkugel eingerichtet worden sei, ein Schwimmbad und eine Eisfabrik. Das Trinkwasser sei aus Südafrika hierher transportiert worden. Kol-

mannskuppe sei die reichste Stadt Afrikas gewesen. Offenbar war sich unsere mit Eifer erzählende deutsche Frau der lächerlichen Wirkung nicht bewusst, als sie stolz berichtete, man habe hier fünfzig Vereine gehabt. – Es haben hier nämlich nur dreihundert Deutsche gelebt … Und die sollen das alles allein aufgebaut haben?

Man findet in deutschen Reiseinformationen zu Lüderitz kein Wort über die vielen Wambo-Arbeiter, welche die »deutsche« Stadt in Wirklichkeit errichtet haben. Eine englische Website für Touristen drückt sich ehrlicher aus: »Despite the wealth of 300 Germans, 800 Oshiwambo labourers did not share in the riches. Clearly the racist colonial government, who orchestrated a genocide against the Herero of eastern Namibia, were not interested in sharing the wealth with the indigenous people of the region.« (»Am Reichtum der 300 Deutschen wurden die 800 Wambo nicht beteiligt. Zweifellos war die rassistische Kolonialregierung, die einen Völkermord gegen die Herero in Ostnamibia inszenierte, nicht daran interessiert, den Reichtum mit den ursprünglichen Bewohnern der Region zu teilen.«)

Als die Führung in der Geisterstadt beendet war, machte ich mich auf die Suche nach Details, die mir mehr Auskünfte hätten geben können, als dort offiziell zugelassen wurde. Ich wurde von mehreren Augenpaaren verfolgt, weil ich auch Wege ging, die zwar nicht abgesperrt waren, aber nicht zum offiziellen Rundgang gehörten. Ich kroch in einige halb eingesandete Räume. In einem Haus fiel mir eine ungewöhnliche verblichene Wandmalerei auf, die eine leicht bekleidete »Miss Kolmannskuppe« darstellte, wie sich aus einer Inschrift ergab. Später habe ich an Biertischen in Lüderitzer Kneipen gehört, dass dort der Puff der Kolonisten gewesen sei. Das Vorhandensein eines solchen Etablissements erstaunte mich angesichts des Überangebots an jungen Frauen, von dem damals reichlich und kostenlos – und oft auch mit Gewalt – Gebrauch gemacht wurde, wie aus Dokumenten her-

vorgeht, die ich später einsehen konnte. Manchmal wollte man offenbar die Hautfarbe wechseln.
Am folgenden Tag verließ ich Lüderitzbucht, den Geburtsort der deutschen Unterdrückung einheimischer Menschen in Namibia, in sehr gedämpfter Stimmung, übernachtete noch einmal in Windhoek, bevor ich für die letzte Planung meines endgültigen Umzugs nach Namibia noch einmal nach Europa flog.[24] Die Gefühle, die mich am Tag der wirklichen Auswanderung bewegten, werde ich nie vergessen. Was da in einem Menschen vorgeht, kann nur jemand nachvollziehen, der Ähnliches erlebt hat. Ich konnte im Flugzeug keine Sekunde lang schlafen und zitterte der Landung entgegen.

Ein Geschenk zum Einstand

Wieder zogen die braunen Felder am kleinen Fenster vorbei. In wenigen Minuten sollte ich in Namibia, »zu Hause«, landen.

Wie gern hätte ich mich zur Passkontrolle in die Schlange der »Namibian Residents« eingereiht. Noch war es ein Traum. Doch dieses Mal hatte ich nur einen einfachen Flug gebucht, ein Zurück war nicht vorgesehen. Wie komfortabel war ich ausgewandert, in einem bequemen Sessel während des ganzen langen Fluges mit Essen und Trinken versorgt. Auf Rollen zog ich mein etwas groß geratenes Handgepäck hinter mir her, mit der anderen Hand trug ich eine Reisetasche, an einem Schulterriemen schleppte ich einen Aktenkoffer aus Aluminium mit Papieren und Dokumenten. Eine große Summe Bargeld und meinen Reisepass hatte ich in einer Innentasche meiner Jacke verstaut. Äußerlich unterschied ich mich kaum von den anderen Fluggästen, überwiegend Touristen. Mein ins Flugzeug geschummeltes Übergepäck konnte glücklicherweise ohne Beanstandung und sogar ohne Aufpreis passieren.

An jenem Tag musste ich noch einmal mit den ausländischen Besuchern in einer Reihe warten, bis mein Pass den Einreisestempel erhielt. Durch eine große Glaswand, welche die Halle unterteilte, suchte ich mit Blicken auf der anderen Seite meine neuen Freunde in Namibia, die sich dazu bereit erklärt hatten, mir am Flughafen mein eigenes Auto mit namibischem Kennzeichen zu übergeben[25], damit ich gleich beim ersten Mal eigenständig zu meinem neuen Zuhause fahren könnte. Sie selbst wollten in

ihrem Fahrzeug fahren. So sollte ich die Gelegenheit haben, mich schon während der Fahrt gefühlsmäßig auf die neue Heimat einzustellen.
Dort sah ich Rudolf. Er winkte mir mit strahlendem Gesicht zu. Hinter ihm stand seine Frau Elke. Ich winkte heftig zurück und wurde noch ungeduldiger. Während ich warten musste, sprachen meine beiden Abholer mit anderen Weißen. Sie waren bekannt wie bunte Hunde in diesem Land. Ihre Familie gehörte zu den ersten, die aus Deutschland in den Südwesten Afrikas eingedrungen waren.
Von einem Fuß auf den anderen tretend, stand ich endlich vor dem Passbeamten. Mir war nicht ganz wohl bei der Einreisekontrolle, weil ich ja nur ein One-Way-Ticket vorzeigen konnte. Ich gab an, drei Monate lang als Tourist und zum Besuch von Freunden in Namibia bleiben zu wollen. Meine Absicht, einzuwandern, ging die Beamten zunächst einmal nichts an. In einem Vierteljahr würde ich es schon schaffen, eine Genehmigung für den ständigen Aufenthalt und eine Arbeitserlaubnis zu bekommen, dachte ich.
Ich erhielt das Visum und passierte die Kontrolle. In der Gepäckausgabe war mein Koffer einer der letzten, die auf dem Rollband hereinbefördert wurden. Dann fragte ich einen Flughafenangestellten nach den Transportkäfigen mit meinen Hunden. Er führte mich in eine Halle hinter den Rollbändern. Dort standen sie! Der freundliche Mann besorgte noch zwei Gepäckwagen und begleitete mich. Ich eilte mit ihm durch die Zollkontrolle in der Hoffnung, nicht aufgehalten zu werden – und hatte Glück. Die Schiebetür öffnete sich und ich sah sofort ganz links, etwas abseits der anderen Menschen, die Besucher abholten, Rudolf und Elke winken. Rasch ging ich auf sie zu, wir umarmten uns. Ich fühlte mich wie ein Heimkehrer und nicht wie ein Neuling. Ein paar Glückstränen konnte ich nicht unterdrücken. Selbst dem sonst sehr kühlen Rudolf stand das Wasser in den Augen.

Wir verließen das Flughafengebäude. Ein Farmarbeiter der Hansens half mir beim Verladen meiner vielen Gepäckstücke einschließlich der Boxen mit den noch völlig benommenen Hunden auf die geschlossene Ladefläche meines Geländewagens. Ich sog die wohltuend heiße Luft ein, atmete tief aus. Die Palmen vor dem Parkplatz und die Wassersprenger für das Gras verdeutlichten mir, dass gerade in jenem Augenblick ein Traum Wirklichkeit wurde. Auch wenn ich noch nicht alle dafür notwendigen Papiere hatte, war ich mir sicher, soeben eingewandert zu sein.

Ohne zu zögern, setzte ich mich sofort auf der rechten Fahrzeugseite ans Steuer. Mit dem Linksverkehr fühlte ich mich bereits vertraut und nahm das als weiteres Zeichen dafür, dass ich wirklich in dem Land meiner Träume angekommen war. Die Fahrt zunächst über eine der wenigen asphaltierten Hauptstraßen des Landes und dann länger über Pisten bis hin zu meinem Farmgebäude verging wie im Flug. Mir kam es vor, als sei ich diese Strecke schon jahrelang täglich gefahren. Wahrscheinlich hatte ich sie in Träumen schon oft bewältigt, ohne mich daran zu erinnern. Ich folgte dem Mercedes meiner Freunde, die ihre Farm links liegen ließen und lediglich kurz stoppten, um mir zu bedeuten, dass ich vor ihnen weiterfahren sollte. Wir durchquerten problemlos das Trockenflussbett, das unsere beiden Gelände trennte. Dem schloss sich der »verwunschene Märchenwald« an, danach folgte die Piste, von der ein noch kleinerer Fahrweg nach links zu meiner Farm abzweigte. Mein Herz schlug rascher, als ich das Einfahrtstor erkannte.

Ich wollte anhalten, aber schon wurde eine Hälfte des riesigen Gatters von einem Arbeiter geöffnet, der mir mit einer ausladenden Handbewegung, die in eine tiefe Verbeugung überging, bedeutete, ich sei willkommen. Das war zu viel. Ich bekam zum ersten Mal das Gefühl, hier nicht Gast, sondern Chef zu sein. Das war alles von meinen Freunden für meine Ankunft organisiert worden. Ich war sprachlos.

Mein Auto parkte ich irgendwo auf dem riesigen Innenhof, der von Gras überwuchert war. Eine Fahrspur zum Haupteingang des Farmhauses war frei gemacht. Hinter mir waren meine Freunde eingefahren. Sie stiegen lächelnd aus ihrem Auto, gingen auf mich zu, schüttelten mir beide Hände: »Herzlichen Willkommen in Otjidarumbu!«

Habe ich mich dafür damals bedankt? Alles verschwamm vor meinen Augen.

»Komm hinein, Ulf, hier wartet noch die Überraschung auf dich, die wir dir in unserem Brief angekündigt haben.« Elke lud mich ein, ihr zum Kücheneingang des alten Farmhauses zu folgen. Sie öffnete die über zwei Meter hohe Holztür. Ich blickte in den kahlen Raum. In dessen Mitte stand ein kleiner Holztisch, dessen Platte eine blütenweiße Decke verbarg. Darauf ein weißer Teller mit einer Torte. Hinter dem Tisch hielt eine kleine magere Frau ihre Hände vor dem Schoß gefaltet, mich verlegen anlächelnd und den Blick verschämt zu Boden richtend. Sie trug ein einfaches Kleid unter einer spitzengesäumten weißen Servierschürze. Es fehlte nur noch ein weißes Häubchen, dann wäre die Verkleidung als Hausmädchen aus einer großbürgerlichen deutschen Familie im vorigen Jahrhundert perfekt gewesen. Das ging mir aber in jenem Moment nicht durch den Kopf.

Der Kuchen rührte mich. Elke aber schien er nicht erwähnenswert: »Ich habe mir gedacht, ich gebe sie dir jetzt erst einmal für den Anfang, du hast ja noch keine. Sie ist gut von mir erzogen. Sie kann schon ziemlich alles, nicht wahr, Roswitha? Ich brauche sie jetzt erst mal nicht, ich habe ja meine Annegret. Ihr Mann, will ich mal sagen, also … sie sind nicht verheiratet, bei Denen ist das ja oft ganz anders, aber die leben eben unter einem Dach zusammen, also der Toni arbeitet bei mir im Garten. Ich glaube, die stehlen nicht, na ja, soweit man das eben sagen kann, also ich habe mir gedacht, du kannst sie ja mal ausprobieren. Sie heißt Roswitha. Wie viel du ihr gibst, musst du dann selbst wissen. Sie spricht auch deutsch, du kannst ja kein Afrikaans, leider.«

Elke sprach von der dünnen schwarzen Frau in der Verkleidung als Serviermädchen! Sie war die Überraschung, nicht der Kuchen! Später erfuhr ich, dass Roswitha die Süßigkeit gemeinsam mit ihrer »Missis« für mich gebacken hatte.

Elke fuhr fort: »Jetzt lassen wir dich erst mal allein, du bist sicher auch müde nach dem Flug und der Aufregung. Ich habe dir erst einmal ein paar Sachen hier in die Küche gestellt, und im Bad findest du dann Seife. Ein Bettgestell und so habe ich dir auch bringen lassen, damit du erst einmal etwas hast. Das sind alles Sachen von der Ou-Missis.[26] Die kannst du erst einmal hier lassen und mir dann zurückgeben, wenn du eigene hast.« Sie zeigte mir ein paar Gegenstände und ließ mich allein mit meiner neuen Angestellten.

Ich musste meine Gedanken ordnen. Also wen oder was sollte ich ausprobieren und wen oder was sollte ich zurückgeben? Diese Überraschung war wirklich gelungen. Ich schäme mich heute bodenlos dafür, dass ich gegen diese Behandlung einer jungen Frau als Sklavin nicht protestiert habe. Ich war gefangen in dem Taumel, endlich meinen Traum von Afrika erfüllen zu können, und wohl auch schon erfolgreich geimpft durch die vorbereitenden Männergespräche zwischen Rudolf und mir vor allem bei der ersten Rundfahrt, die er mit mir auf seiner Farm unternommen hatte, bevor er sich für eine Verpachtung von Otjidarumbu an mich entschieden hatte.

Ich freute mich darüber, eine Hausangestellte zu haben. Das ist eben Afrika, zitierte ich in meinen Gedanken Rudolf, da kann man keine europäischen Grundsätze gelten lassen. Gerade hatte ich erlebt, was das in der täglichen Praxis auf einer Farm bedeutete, die immer noch im Besitz einer deutschstämmigen Familie war. Ich war bereit und fest entschlossen, mich anzupassen, meine Einstellungen zu ändern. Schließlich würde ich Roswitha ja auch Geld bezahlen für ihre Arbeit. In Namibia war das eben einfach billiger als in Europa, weil dort die Lebenshaltungskosten viel niedriger waren. Außerdem, so hatte mich Rudolf schon aufgeklärt, brauchten Die ja nicht viel zum Leben.

So schnell kann man vom Amboss zum Hammer werden, ging mir durch den Kopf in Erinnerung an einen Spruch meines Vaters, der sich vom Bergarbeiter im Ruhrgebiet zum Rechtsschutzsekretär beim Deutschen Gewerkschaftsbund hochgearbeitet und die Macht seiner neuen Position gelegentlich mit diesem Satz begründet hatte. Jetzt war ich auch oben, sogar noch eine Stufe höher als er. Das hatte er sich doch immer gewünscht.

Mit sozialen Überlegungen hielt ich mich nicht lange auf. Da ich nicht wusste, welche Aufgabe ich meiner Haushälterin geben sollte, schickte ich sie nach Hause. »Wann muss Die morgen komm', Mista?« Ich freute mich darüber, ihr in meiner Muttersprache antworten zu können. Da Elke mir schon gesagt hatte, dass eine Hausangestellte Frühstück für die Farmerfamilie richten musste, ich aber nicht wusste, wie viel Zeit meine neue dafür benötigen würde, bestellte ich sie sicherheitshalber für fünf Uhr morgens; spätestens um sieben wollte ich am nächsten Tag in der Hauptstadt die ersten Einkäufe tätigen. Die Fahrt auf der mehr als siebzig Kilometer langen Piste würde sicher etwa eine Stunde dauern, und um acht Uhr, so dachte ich, würden die ersten Läden gewiss geöffnet sein.

»Gut, Mista, dann bis morg'n, Die kommt fünf für die Friehstick.«

Die gebrochene Sprechweise zitiere ich hier trotz einiger Bedenken an einigen Stellen nur aus einem Grund so wörtlich: Sie belegt, wie die deutschstämmigen Farmer, ihren Vorfahren folgend, bis heute noch darauf beharren, dass ihre Angestellten möglichst nur den Burendialekt Afrikaans sprechen. Wenn es unumgänglich ist, dass Farmarbeiter Deutsch lernen, dann auf jeden Fall nur ein mit Afrikaans vermischtes Babydeutsch, in das man

Begriffe aus dem eigenen altbackenen Kauderwelsch mischt, das Besuchern stolz als »Südwestersprache« verhökert wird. Durch die wörtlichen Zitate der von schwarzen Farmarbeitern gesprochenen Sätze will ich sie nicht erniedrigen oder beleidigen. Zu spät habe ich bemerkt, wie gern sie eine Sprache richtig lernen würden, verständlicherweise in erster Linie Englisch, die Staatssprache ihres Landes. Die deutschstämmigen Farmer, die ich kennenlernen durfte, verhindern das bewusst.

Ich hatte also meine erste Angestellte.

Da ich das Haus und seine Umgebung von zwei früheren Besuchen her kannte, hielt ich mich dort nicht lange auf. Nach einer Dusche fuhr ich, ohne mir eine Siesta zu gönnen, dann doch sofort nach Windhoek. Ich hatte das Ziel, bereits am Abend mit dem fürs Leben Notwendigsten ausgestattet zu sein. Außerdem wollte ich eine weitere Summe Bargeld sofort zur sicheren Bank bringen und nicht unnötig lange mit mir herumtragen. Zeit genug hatte ich noch an jenem ersten Tag.

Cowboys

Die Hunde waren inzwischen wieder völlig bei Sinnen. Auf ärztlichen Rat gab ich ihnen kein Futter, sondern bot nur Wasser an, das sie gierig schlabberten. Sie begannen, sich auf dem eingezäunten Innenhof zu orientieren, verloren aber rasch die Lust und legten sich irgendwo in den Schatten. Ich konnte sie beruhigt allein lassen.

Das erhabene Gefühl werde ich nie vergessen, mit dem ich in meinen Geländewagen stieg, um zum ersten Mal von der eigenen Farm nach Windhoek zu fahren. Ich sah Touristen in ihren gemieteten Autos sich unsicher im Linksverkehr bewegen. Dank meiner inzwischen nicht schlechten Ortskenntnisse hatte ich rasch das Nötigste eingekauft, gönnte mir eine kleine Auszeit in einem Café und hielt vor der ersten Heimfahrt an einem Schnapsladen, um mir Bier fürs Abendessen mitzunehmen.

Meine Hunde begrüßten mich bei der Rückkehr, als wohnten wir schon viele Jahre dort. Ich ließ das Dreckwasser die verrosteten Leitungen spülen und nahm eine Dusche. Auf den Stufen der Veranda sitzend trank ich ein Bier und blickte zum ersten Mal in Richtung der untergehenden Sonne. Der Abendspaziergang mit den Hunden führte mich auf einer Piste eine kleine Anhöhe hoch, von der ich stolz meine neue alte Farm zu meinen Füßen liegend bewundern konnte. Rechts begann die Sonne allmählich unterzugehen. So viel ehrliche Romantik kann man sich in Europa nicht vorstellen. Sie übertrifft alle Träume und selbst die kitschigsten Filme und Fotos. Der rote Ball versank hinter einer einzigen hohen Fächerpalme am Horizont, die zur Nachbarfarm gehörte. Danach färbte sich der Himmel zuerst rosa, dann knallrot und fast violett. Der Sonnenuntergang war sehr schnell vorüber. Und ich hatte keinen »Sundowner« in der Hand gehalten! Völlig erschöpft fiel ich ins Bett.

Zweimal wachte ich nachts wegen ungewohnter Geräusche auf. Schakale riefen heulend von irgendwoher, und ein lang gezogener Klageruf störte meine Ruhe. Ich konnte ihn nicht einordnen, dachte mir aber in dem Moment, ich würde mich auch daran gewöhnen müssen, dass ganz in der Nähe Raubtiere ihre Beute töteten.

Die Sonne zwängte sich morgens durch die Palmwedel vor meinem Schlafzimmer. Es wurde schon früh sehr warm. Plötzlich hörte ich äußerst befremdliche Geräusche und sprang in meine Kleidung, um nachzusehen, was da los war. Ich vermutete, dass irgendwo draußen sehr viele Tiere, in Aufregung gesetzt, herumrasten. Auch in der einsamen Savanne schien es Stresssituationen zu geben.

Ich rannte zum Hoftor und blickte über das Gatter zur angrenzenden trockenen Weide, auf der eine kleine Piste hügelan führte. Da war nichts zu sehen. Die Geräusche kamen aber genau aus jener Richtung. Ich öffnete das Tor, überquerte die Zufahrtspiste, die hier Weideland und Hof voneinander trennte, und wollte gerade ein Gatter öffnen, als ich sah, wie sich mir eine große Staubwolke näherte. Ich blieb in sicherem Abstand zu dem drohenden Unheil hinter dem Zaun stehen.

Vor der Staubwolke bewegten sich zwei abgesonderte Tiere. Ich konnte erkennen, dass es Pferde mit Reitern waren, die sich näherten. Sie wurden verfolgt! Ich machte mich darauf gefasst, rasch das Gatter für die Fliehenden zu öffnen, und wollte versuchen, es sofort hinter ihnen zu schließen, um sie dadurch von ihren Verfolgern zu trennen, die ich in dem Staub nicht erkennen konnte. Ich nahm meinen ganzen Mut zusammen. Das war die einzige Möglichkeit, die Reiter aus der offensichtlich lebensgefährlichen Lage zu retten. Den Verschluss des Gatters hatte ich schon geöffnet. Mit einer Hand hielt ich den Torrahmen, die andere drückte gegen den Pfosten. Ich müsste es schaffen, in einem Sekundenbruchteil den Ausweg frei zu machen und dann sofort wieder zu versperren. Ich hoffte, dass allein die optische Wirkung des Gatters die Verfolger zum Stillstand bringen würde. Ich würde keine Zeit haben, es zu verschließen, und meine Kraft würde ganz sicher nicht dazu reichen, die wilde Horde aufzuhalten.

Noch zehn Meter. Jetzt! Ich riss das Tor auf.

Im selben Augenblick stoben die beiden Reiter im rechten Winkel nach links und legten einen Sliding Stop hin, wie ich ihn bisher nur in Westernfilmen und auf Wettbewerben gesehen hatte. Sie trugen keine Cowboyhüte und keine Bluejeans. Sie lachten mich zähnebleckend an und riefen mir »Guten Morgen, Mista!« zu.

Inzwischen waren an den Rändern der Staubwolke weitere Reiter aufgetaucht, und an deren Spitze erkannte ich Rinder. Das waren also tatsächlich Cowboys! Ich konnte es nicht fassen, rieb mir die Augen. Nein, ich schlief nicht mehr. Direkt vor meinem Haus hatte sich diese Szene abgespielt. Alle Reiter trugen blaue Arbeitsanzüge, die in Europa für Mechaniker in Werkstätten üblich sind. Das zerstörte mein Klischeebild ebenso wie die fehlenden Westernstiefel. Auch Sporen sah ich nicht. Einer der Männer stieg von seinem Pferd und machte sich an der Betontränke zu schaffen.

Ich beobachtete noch eine Zeit lang die Arbeit der Gruppe. Auf meine Frage in deutscher Sprache erklärte mir Terson, den ich als Chauffeur von der ersten Rundfahrt mit Rudolf erkannt hatte, man habe frühmorgens die Rinderherde aus den Bergen hierher getrieben, um die Weide zu wechseln, weil es dort nichts mehr zu fressen gebe. Zwei Tage lang hätten die reitenden Arbeiter die Rinder in den Schluchten und Tälern zusammengesucht. Nun würden sie hier in einem vergatterten Bereich getränkt, der »Mista« werde bald kommen, dann wolle man sie zählen. Danach könnten die Tiere wieder frei herumlaufen.

Ein Cowboyfilm würde also zu meinem Alltag gehören. Damit hatte ich nicht gerechnet. Rudolf hatte mir zwar erklärt, dass er seine Rinderzucht so weit wie möglich ohne Maschinen betreibe. Ich hatte mir aber keine Gedanken darüber gemacht, dass berittene Männer dazu gehörten.

Noch immer aufgeregt ging ich zu meinem Haus zurück. Da stand schon jemand in der Küche. Nun fiel mir ein, dass ich schließlich eine Hausangestellte hatte. »Morro, Mista. Die Friestick is fettich!«, begrüßte mich Roswitha.

Auf dem geliehenen Küchentisch war für mich weiß gedeckt. Marmelade, Honig, hausgemachte Butter, Käse, Wurst, Müsli, Cornflakes, Milch, Orangensaft, frisches Brot. Es roch nach Kaffee. Ein Traum! Da kommst du aus dem Bett und Menschen lachen dich an. Alles ist bereits vorbereitet, besser als in einem Hotel, du musst dich nicht einmal am Buffet selbst bedienen. Ich setzte mich an den Tisch. Meine Kaffeetasse füllte sich wie von Zauberhand.

Roswitha ließ mich diskret allein. Dieses Verhalten erinnerte mich daran, dass die Hausangestellten auf den Farmen dazu »erzogen« worden waren. Das wollte ich ändern. Bei mir würden alle gemeinsam frühstücken können. Das würde auch eine Gelegenheit sein, die Arbeiten des Tages zu besprechen. Erst einmal wollte ich mich anpassen und keine Veränderungen durchführen. Möglicherweise könnte das Roswitha verunsichern. Ich wusste noch gar nichts über die Kultur ihres Volkes. Darum war zurückhaltender Respekt angebracht.

Roswithas richtigen Namen habe ich nie erfahren. Jeder redete sie so an, auch ihre Bekannten und Freunde, die ich kennenlernte. Vielleicht hieß sie tatsächlich so? Ich müsste mir angewöhnen, wie von Zauberhand verpflegt zu werden. Diesen Luxus würde ich mir gerne gönnen. Schließlich verschaffte das einer jungen Frau einen Job, rechtfertigte ich mich. Wenn es in Europa weniger Haushaltsgeräte gäbe, wäre die Arbeitslosigkeit nicht so groß, auch ungelernte Frauen hätten ihr Einkommen …

Ich wollte Rudolfs Prinzip folgen: So wenige Maschinen wie möglich, um so viele Stellen zu schaffen, wie es nur ging. Sicher könnte mir Roswitha dabei helfen, Mitarbeiter zu finden.
Normalerweise duschte ich vor dem Frühstück. Aber auf einer Farm in Namibia war eben alles anders. Nichts schien mehr so zu sein, wie wir es in Europa als normal empfinden. Wieder und wieder hämmerte ich mir ein: Du musst dich anpassen. Ich wollte auch vor mir selbst nicht eurozentristisch erscheinen. Ich konnte die Bürger aus der ehemaligen DDR sehr gut verstehen, die sich über die »Besserwessis« ärgerten. Nein, ich wollte es anders angehen. Schließlich war ich hier der Neue, nicht Roswitha. Ich würde ihren Gewohnheiten einfach folgen, so könnte ich am besten lernen, mich in meiner neuen Heimat nicht falsch zu benehmen. Außerdem hatten Hansens versprochen, alle auftauchenden Fragen mit mir zu klären. Welches Glück ich hatte! Ich war nicht auf mich allein gestellt wie die ersten »Siedler«, sondern hatte erfahrene Nachbarn, die offensichtlich schon in kurzer Zeit zu Freunden geworden waren. Der sonst so unterkühlt und etwas gefühllos wirkende Rudolf hatte mir doch tatsächlich bei einer Rundfahrt das Du angeboten! Elke hatte sich am selben Abend, mir mit abgespreiztem kleinen Finger ein Weinglas entgegenhaltend, angeschlossen.
Roswitha klopfte an die Küchentür. Ich bat sie herein. Erst jetzt fiel mir auf, dass sie wie Annegret auf Hansenfarm als Bedienung verkleidet war. Sie wollte wissen, wie ich meine Frühstückseier haben möchte. Konnte ich ihr jetzt etwa sagen, dass ich morgens gar keine esse? »Spiegelei, bitte.«
Sofort begann sie zu braten, nachdem sie ihre Schürze gewechselt hatte. Der provisorische Gasofen machte ihr keine Probleme. Wahrscheinlich hat sie bei sich zu Hause einen ähnlichen, dachte ich.
Das morgendliche Cowboy-Abenteuer und das opulente Mahl hatten mich ermattet. Mein Tagesrhythmus war ohnehin durcheinandergeraten.

Das Bellen der Hunde erinnerte mich daran, dass ich nicht allein hierher geflogen war. Ich suchte einige Dosen Hundefutter zusammen und wollte sie öffnen. »Das kann Die machen«, unterbrach mich Roswitha. »Ist die Kost für die Hunde, Mista? Wasser hat Die die Hunde schon gegeben.« Mir fiel auf, dass meine neue Hausangestellte für sich selbst die Anredeform benutzte, die ich bei den meisten Farmern gehört hatte, dieses hässliche und unpersönliche »Die«.
Ich ging zu meinen Hunden vor die Tür und begrüßte sie mit einem kleinen Spiel, warf ein wenig Stöckchen und streichelte sie. Roswitha kam mit den Futternäpfen, die ich am Vortag in Windhoek erstanden und ihr gegeben hatte. Nun musste ich aber duschen!
Im Schlafzimmer würde ich bis zum Eintreffen meines Überseecontainers aus dem Koffer leben und in dem provisorischen Stahlrohrbettgestell auf einer Matratze der »Ou-Missis« schlafen, die mir Elke geliehen hatte. Einen Schlafsack hatte ich schon beim ersten Besuch mitgebracht. Wie überrascht war ich, festzustellen, dass meine Schlafstatt bereits aufgeräumt und glatt gestrichen war. Das musste Roswitha gemacht haben, während ich beim Frühstück gesessen hatte.
Gebrauchte Kleidung legte ich nach dem Duschen einfach auf den Boden im Bad, weil ich keine andere Möglichkeit hatte, Schmutzwäsche zu versorgen.
Inzwischen war die Küche aufgeräumt. Das Geschirr war gespült und ordentlich in einem provisorischen offenen Regal gestapelt. Sogar die Hundenäpfe waren gereinigt, Roswitha war gerade dabei, sie mit frischem Wasser zu füllen und vor die Tür auf die Küchenveranda zu stellen. Das Farmhaus hatte zwei überdachte Terrassen, eine mit Zugang von Schlafzimmer und Wohnzimmer, zur anderen gingen Türen von der Küche und meinem späteren Büro. So bot das Gebäude den ganzen Tag über die Möglichkeit, an frischer Luft, aber im Schatten zu sitzen.

Offenbar musste ich mich um die alltäglichen Dinge im Haushalt nicht mehr kümmern. Das würde mir ungeahnt viel Zeit für andere Dinge geben. Damit hatte ich nicht gerechnet. Also konnte ich sofort wieder nach Windhoek fahren, um weitere Einkäufe zu erledigen, Möbel vor allem für die Küche zu bestellen; denn aus Europa würde nur meine Schlafzimmereinrichtung kommen. Ich hatte mir vor einigen Jahren Schränke und Betten aus massivem Kiefernholz, einen rückenfreundlichen Rost und eine wunderbare Matratze aus Naturlatex gegönnt. So einen gesunden Komfort konnte ich in Namibia nicht kaufen.
Inzwischen wusste ich, dass ich nur bis fünf Uhr nachmittags in der Stadt offene Türen finden würde. Mit neuem kühlem Bier versorgt kam ich zurück. Dieses Mal würde ich den »Sundowner« korrekt genießen. Roswitha saß mit müden Augen in der Küche. Sie wollte das Abendessen zubereiten. Ich genoss mein erstes riesiges T-Bone-Steak mit Brot, Salat und »Damatie Soß«, wie meine Haushälterin Ketchup nannte. Ums Abspülen hatte ich mich nicht mehr zu kümmern, also konnte ich beruhigt draußen im Innenhof auf den Sonnenuntergang warten, in die weite Savanne bis zu den fernen Bergen blickend.
Roswitha kam zu mir und fragte, ob sie nach Hause gehen könne. Vögel zwitscherten sich langsam in den Schlaf, als ich doch noch einen Spaziergang mit den Hunden unternahm, bevor ich zu Bett ging.
Am nächsten Morgen weckten mich Sonnenstrahlen. Ich blinzelte aus dem Schlafzimmerfenster in die Fächerpalme. Dort kletterte etwas Buntes den Stamm herauf und verschwand in den Blattstielen. Noch einmal. Und noch einmal. Ich rieb mir die Augen. Das waren doch nicht etwa Papageien! Jeden Tag entdeckte ich neue Tiere, fühlte mich immer mehr wie in einem Traumzoo. Wie würden meine Gäste wohl schauen, wenn sie vor ihren Zimmern Papageien beobachteten. Palmen und Papageien sind für uns Europäer schließlich die Symbole schlechthin für Urlaub und Fremde.

Man konnte sich rasch daran gewöhnen: Das Frühstück war gerichtet. Nach dem Duschen bemerkte ich, dass meine Schuhe gewienert worden waren. Am Nachmittag entdeckte ich bereits gebrauchte Unterwäsche gewaschen und gebügelt akkurat gefaltet auf meinem Bett. Das war mir peinlich. Roswitha hatte meine Slips gewaschen? – Ich rief Elke an.
»Wie geht es dir denn hier bei uns? Wir wollten dich erst einmal in Ruhe lassen, damit du dich etwas einleben kannst … Du weißt ja, dass du jederzeit hier herüberkommen kannst oder anrufen, wenn es ein Problem gibt oder du eine Frage hast.«
Im folgenden Gespräch stellte sich heraus, dass die Angestellten von Hansenfarm bereits über den »neuen Mista« sprachen. Roswitha hatte berichtet, dass man bei mir hart und lange arbeiten müsse. Das verstand ich nicht. Elke meinte, das sei ganz gut so, vor allem am Anfang. Da dürfe man nichts durchgehen lassen und müsse die Zügel straff halten. Später könne man ja immer noch locker lassen. Das funktioniere mit Denen besser als umgekehrt. Sie und ihr Mann freuten sich darüber, dass ihre Angestellten auf diese Weise über mich sprächen. Ehrlich gesagt, hätten sie befürchtet, ich könnte zu weich sein und ihnen die Arbeitsatmosphäre verderben.
Ich wollte erst einmal nicht widersprechen. Wie konnte ich in Erfahrung bringen, warum man aus meiner Sicht so schlecht über mich sprach, schon nach wenigen Tagen? Ich versuchte, mich an das immer heikle Thema der Behandlung von Mitarbeitern wieder einmal heranzutasten.
Wie viel Lohn ich Roswitha eigentlich zu zahlen hätte, fragte ich Elke und setzte hinzu, ich wollte schließlich nicht »die Preise verderben«.
»Das musst du ganz alleine wissen, das liegt ganz an dir.«
»Aber ich habe keine Ahnung, was denkst du denn?«
»Nein, das ist deine Sache.«
»Gut, ich denke mir, dass vielleicht dreihundert Mark erst einmal gut sind, oder?«

»Tjach ... Ulf«, stotterte Elke plötzlich, »nein ... nein, das geht nicht, das ist viel zu viel, nein, nein, das musst du nicht machen, nein.«
Überrascht erfuhr ich, dass die beste Hausangestellte auf Hansenfarm zu jener Zeit (zwei Jahre vor der Einführung des Euro) 900 Namibiadollars brutto pro Monat erhielt, umgerechnet etwa 98 DM. Ich malte mir aus, mit welchem Hungerlohn einfache Arbeiter wohl auskommen mussten. Später habe ich bei Besuchen auf anderen Farmen, wo es möglich war, nach den Löhnen gefragt, die dort gezahlt wurden, und musste feststellen, dass es nicht selten sogar noch weniger war. Es gibt keine Statistik in Namibia über Farmarbeiterlöhne. Die Gewerkschaft für diese Branche teilte aber noch im Jahr 2007 mit, dass sich die Situation nicht geändert habe und auf den meisten von Weißen geführten Farmen Lohnsklaverei betrieben werde.
In dem Telefonat mit Elke erfuhr ich, dass Roswitha bei mir um fünf Uhr zu arbeiten begonnen, keine Pause gemacht hatte, nicht nach Hause gegangen war und, als sie nichts mehr zu tun fand, bis zum Abend in der Küche auf mich gewartet hatte. Sie hatte nichts gegessen und nur Wasser aus dem Außenreservoir mit den Händen getrunken, das zur Versorgung der Rinder diente. So war es ihr nun schon einige Tage bei mir ergangen.
Ich erfuhr, dass die Farmarbeiter ohne Frühstück zur Arbeit erschienen. Roswitha habe auch zu Hause nichts zu essen, weil sie ja noch keinen Lohn habe. Nachbarn hätten ihr etwas geliehen. Selbstverständlich gehöre es zur Aufgabe einer Hausfrau, die Wäsche zu waschen, zu bügeln, die Schuhe zu putzen. Ja, ja, auch die Unterwäsche.
»Da musst du dir nichts bei denken, das sind Die so gewohnt. Nein, nein, das ist normal, daran musst du dich noch gewöhnen.«
Ich schloss das Gespräch mit dem Hinweis darauf, dass ich sicher noch viel zu lernen hätte und demnächst öfter anrufen wollte, um mich vor eigenen Entscheidungen danach zu erkundigen, was dort so üblich sei.

Ich atmete tief durch. Sofort ging ich in die Küche, um mit Roswitha zu besprechen, wie ihre Arbeitszeit und Bezahlung geregelt werden sollte. Ich gab ihr einen Vorschuss, damit sie sich etwas zu essen kaufen könne; denn heute sei ja »schdoah« auf Hansenfarm. Elke werde den kleinen Laden öffnen. Darauf warteten immer alle Menschen ungeduldig. Es gab dafür eigentlich bestimmte Öffnungszeiten, die aber fast nie eingehalten wurden, weil »die Missis bei die Arbeit« sei. Niemand beschwerte sich, wenn gewartet werden musste. Alle glaubten, dass Elke mit ernsthaften und wichtigen Dingen beschäftigt sei, die letztlich immer auch dem Wohl aller Menschen dort dienten. Später stellte ich fest, dass die Farmerin manchmal Stunden dauernde Telefonschwätzchen mit Freundinnen und Bekannten abhielt, statt den Laden zu öffnen.
Roswitha nahm die Geldscheine ehrfurchtsvoll an und machte einen Knicks: »Danke auch, Mista, bitte Mista.« Ich erklärte ihr, sie müsse nicht den ganzen Tag hier bleiben. Wir vereinbarten eine feste Arbeitszeit von acht Stunden mit einer Frühstücks- und einer Mittagspause. Wieder ein Knicks. Das würde ich ihr auch noch abgewöhnen, dachte ich trotzig in Erinnerung an das Telefonat mit Elke. Von ihr hatte ich erfahren, dass »Die« morgens einen mit Wasser angerührten Maismehlbrei in der Frühstückspause zu sich nähmen. Elke berichtete mir stolz, bei ihnen werde dieses sogenannte Frühstück für alle Arbeitenden von ihrer Küchenhilfe zubereitet. Das sei nicht üblich auf den Farmen, sondern ein besonders sozialer Zug der Hansens. Manchmal, wenn sie zu viel Milch habe, die umzukippen drohe, dürfe die Küchenhilfe den Brei mit Milch anrühren. Und sogar Marmeladenbrot gebe sie ab und zu heraus. Das mögen Die besonders gern. Die äßen unglaubliche Mengen an Zucker. Zum Trinken lasse sie einen schwarzen Tee zubereiten, »aber nicht den guten, da musst du den billigen kaufen, den es bei uns im Großhandel ja gibt«.

Ich fragte Roswitha, ob sie in ihrer Frühstückspause gerne Maismehlbrei mit Milch und Tee haben wolle. Sie stimmte begeistert zu. Ich teilte ihr mit, dass sie sich das jeden Tag in ihrer Arbeitszeit selbst zubereiten solle, ich würde in Windhoek entsprechend für sie einkaufen.
So kamen wir beide langsam in Tritt.
Wir luden später die Cowboys zum Frühstück ein, wenn sie bei uns zu tun hatten. Immer gab es Milch und denselben Tee, den ich Gästen anbot. Auf Wunsch Marmeladenbrote. Diese äußerst bescheidenen Sonderleistungen sprachen sich rasch herum. Rudolf berichtete mir, dass seine Arbeiter plötzlich sehr gerne in der Nähe meiner Farm arbeiteten. Das hinge sicher damit zusammen, dass auch sie froh darüber seien, dass das Stammhaus seiner Familie wieder belebt sei. Denn seine Mitarbeiter fühlten sich wie zugehörig zu seiner Familie. Die würden ihr Leben für die Hansens opfern, da sei er sich ganz sicher.
Rudolf wusste lange Zeit nicht, dass seine Cowboys nur wegen Milch und Marmelade in unserer Nähe arbeiten wollten.

Erhardt

Ja, und das ist unser Erhardt, nicht wahr, Erhardt!« So stellte Missis Elke ihren liebsten Mitarbeiter gerne vor. Der fast 50-jährige Mann kannte seine Herkunft nicht. Er hatte keinen Halt in einer Familie, war durch keine Tradition geprägt. Auf Hansenfarm hatte er eine herausgehobene Stellung erhalten. Der Mister und die Missis erzählten die immer gleiche rührselige Geschichte. Erhardt sei ein Findelkind. Wie gutherzig seien doch ihre Eltern gewesen, als sie diese arme Kreatur fast verhungert, irgendwo wie ein Bündel in Lumpen eingewickelt, gefunden und sich sofort dazu entschieden hatten, sie aufzunehmen. So habe das schwarzhäutige Kind einen Namen bekommen und sei »Erhardt« geworden. Erzogen worden sei es auch in deutscher Sprache von einer inzwischen nicht mehr lebenden alten Hererofrau. So weit ist die christliche Nächstenliebe offenbar doch nicht gegangen, dass man den angeblichen Findling inmitten weißer Herrenmenschen großziehen wollte. Alles musste eine Grenze haben, und die wurde durch die Hautfarbe gesetzt. Die willfährige alte Frau folgte den Anordnungen ihrer Herrschaft und päppelte den Kleinen auf. Es entstand der Plan, ihn zu einem Spion der Farmer zu erziehen. Würde das gelingen, hätte man »Die alle« unter Kontrolle, auch wenn das Ziel viele Jahre entfernt liegen würde. Aber was bedeutete schon Zeit so weit entfernt von Europa mitten in der südwestafrikanischen Steppe, wenn das Ziel so verlockend war.

Erhardt durfte alles das lernen, was er als späterer Spion brauchen würde, aber kein bisschen mehr! Er musste die Kultur seiner Herrschaft zwar verstehen und sich darin einfühlen können. Er sollte aber keinen Gefallen am Lebensstil der Weißen finden. Wichtig war, dass er niemals neidisch werden durfte. Die Erziehung des angeblichen Findelkindes würde sich wie ein Drahtseilakt gestalten. Er hätte abstürzen können. Daran wollte aber niemand denken. Man vertraute ganz auf die eigene Macht, die notfalls ausgeübt werden könnte, um das Projekt abzubrechen. Der Plan gelang. Erhardt wurde für die von ihm vergötterte »Ou-Missis« der brauchbarste Spion, den sich ein deutschstämmiger Farmer erträumen konnte, und darum auch an die Nachfolger weitergereicht.

Ich habe begründeten Anlass für den Verdacht, dass Erhardt nicht in dem geschönten Sinn aufgenommen wurde. Darum schrieb ich »angebliches Findelkind«. Einfache Recherchen ergaben, dass Erhardt das unerwünschte Ergebnis einer Liaison zwischen einem deutschstämmigen Farmer und einer schwarzen Angestellten gewesen sein könnte. Zur Zeit der Besetzung Namibias durch deutsche Kolonialtruppen blieb es verständlicherweise nicht aus, dass die über viele Jahre in der Einöde lebenden Männer ihre sexuellen Gelüste mittels schwarzer Frauen befriedigten.[27] Das war leicht. Kleinste Geschenke konnten hungernde Schönheiten dazu verführen, einem weißen Herrn unter dessen Gürtellinie zu Willen zu sein. Bei Charakterstarken wurde von den weißen Eindringlingen nicht selten Druck, gelegentlich auch Gewalt eingesetzt.[28] In manchen Annalen verschiedener Archive kann man Belege dafür finden, dass solche Vergewaltigungen auch Kinder hervorbrachten. Einige weiße Erzeuger erinnerten sich nach ihren Schandtaten dennoch rudimentär an ihr Christentum und versuchten, die unerwünschten Bälger zu vertuschen und zu verstecken, statt sie zu ermorden oder umbringen zu lassen.

Eine nicht selten genutzte Praxis war es, die Mischlingskinder an eine befreundete Farm abzugeben, wo sie in einer Arbeiterfamilie verborgen wurden, die durch bescheidene Zahlungen oder andere Vergünstigungen leicht zu lebenslangem Stillschweigen gebracht werden konnten. Voraussetzung war allerdings, dass sich

bei solchen Kindern äußerlich mehr die Gene der schwarzen Mutter als die des weißen Vaters durchgesetzt hatten.
Auch außerhalb von Archiven findet man in Namibia massenhaft lebende Beweise für die sexuelle Vermischung von weißen Rassisten mit schwarzen Frauen. Die Zahl der im deutschen Sprachgebrauch häufig als Bastarde verunglimpften Mischlinge wurde so groß, dass sie nicht mehr verborgen werden konnten. Sie entwickelten Solidarität und eine Art trotzigen Widerstand. Der äußerte sich schließlich dadurch, dass sie sich in eine schon bestehende, aus Mischlingen und Buren gebildete, eigenständige Volksgruppe einfügten, die sich provozierend Baster nannte. Heute sind sie als eigenständige Ethnie anerkannt und haben in Rehobot südlich von Windhoek ihre eigene Hauptstadt begründet.
Die Rehoboter Baster wurden von den weißen Farmern als Underdogs angesehen und behandelt. Sie wurden herablassend als fleißige Handwerker bezeichnet. Im politischen Leben des Staates eiferten sie ihren weißen Herren nach. Sie hatten keine eigene Tradition, Kultur oder Sprache wie die anderen Völker Namibias und übernahmen das Bimbo-Holländisch, das die weißen Eindringliche als einziges erlaubtes Verständigungsmittel eingeführt hatten, Afrikaans genannt. Sie wählten mit größter Mehrheit die Partei der Weißen und fühlten sich gegenüber der Mehrheit der Schwarzen, auf die sie herabsahen, als bessere Menschen. Umgekehrt beobachtete die Bevölkerungsmehrheit in Namibia die Baster mit kritischer Zurückhaltung.
Möglicherweise war Erhardt ein Mischlingskind, aufgewachsen bei einer alten Hererofrau im Dienst der deutschstämmigen Herrschaft. Die von ihm erwarteten Dienste erfüllte er durch die Jahrzehnte seines Lebens willfährig, ohne sich über Alternativen Gedanken zu machen. Es verstand sich, dass Erhardt, der sich nicht selbst gehören durfte, sondern seiner Herrschaft, vielen Besuchern als Beispiel für die angeblich gottesfürchtige Menschlichkeit der Farmer vorgeführt wurde. Das galt vor allem für Besu-

cher »aus Übersee«, wie viele Farmer ihrem Nationalstolz widersprechend Deutschland bezeichneten.
Erhardt war immer etwas besser gekleidet als die anderen Arbeiter auf der Farm. Das hatte zwei Gründe. Erstens sollte man seine Sonderstellung erkennen. Zweitens musste er ständig auf dem Sprung sein, seine Herrschaft zu begleiten. Das galt auch nachts. Bei aller behaupteten christlichen Nächstenliebe hatten die Farmer Erhardt keine ordentliche Schulbildung gewährt oder gar ein Studium. Einen Führerschein durfte er machen – auf eigene Kosten, versteht sich. Dadurch hatte man einen billigen Privatchauffeur, der nach etwas aussah und jederzeit verfügbar war ohne Rücksicht auf Arbeitszeiten, Freizeit oder Urlaub. Erhardt war später sogar erlaubt worden, sich für private Zwecke ein eigenes Auto zuzulegen. Damit das möglich wurde, gaben ihm die Herrschaften einen Kredit für eine fast schrottreife Karre, die er sich gemeinsam mit Freunden in seiner Freizeit betriebsfertig basteln durfte. Man ermunterte ihn, für die anderen Arbeiter Transportdienste durchzuführen. Dabei konnte er sie dann aushorchen und seinen Herrschaften Bericht erstatten.
Erhardt wusste inzwischen seinen Vorteil auszunutzen und scheute sich nicht, horrende Summen von seinen Kollegen zu verlangen, wenn die ihn im Notfall um einen Transport zum Beispiel zur etwa siebzig Kilometer entfernten staatlichen Klinik baten. Erhardt gab auch Kredit an seine Kollegen. Er hatte gut aufgepasst, wie seine Herrschaft das mit ihm gemacht hatte. Das behauptete Findelkind lebte von dort an nicht nur in fast körperlicher Abhängigkeit von Mister und Missis, er hatte sich unter den anderen Arbeitern ein eigenes Abhängigkeitsnetz aufgebaut. So gab er den Druck von oben weiter. Das machte vieles einfacher. Vor allem für die Farmerfamilie.
Gab es einmal Probleme, brauchte man nur auf Erhardt entsprechenden finanziellen Druck auszuüben, der sich dann wie von selbst ausbreitete und für scheinheilige Ruhe sorgte, ohne dass

man seine eigenen Stimmbänder beanspruchen musste. Dieses System durchschauten die Farmarbeiter nicht. Die dazu notwendige Bildung wurde ihnen rigoros vorenthalten.
Erhardt wohnte in einem besseren Haus als die anderen. Als sich einmal vor vielen Jahren ein Fernsehteam bei Hansenfarm angekündigt hatte, ließ der Mister rasch ein paar sehr einfache Steinbauten hochziehen, die man zum Beweis der Fürsorglichkeit der gesamten deutschstämmigen Farmerschaft vorführen wollte. Zum Teil bis in die Nacht mussten auf üblicher Lohnsklavenbasis bezahlte Arbeiter werken. Man hatte einen Baster als Baustellenleitung beauftragt. Die neuen Häuser bekamen ein Blechdach über einen etwa sechzehn Quadratmeter kleinen Raum für eine Großfamilie, in dem an einer Wand Wasser- und Abwasserinstallationen eingefügt wurden, und einen Quadratmeter als Sanitärzelle. Das deutsche Fernsehteam berichtete naiv und unkritisch wie geplant positiv über diese Unterbringung und andere vermeintlich soziale Aktivitäten der Farmerfamilie. Der Film wird seit Jahren wiederholt gesendet. Seitdem ist in die Vorzeigebauten kein Cent mehr investiert worden, es sind keine weiteren mehr dazugekommen.
Da die Farmarbeiter so wenig Geld verdienten, dass sie sich zusätzlich zu lebensnotwendigen Artikeln so gut wie nichts mehr kaufen konnten, waren die Installationen durch ständigen Gebrauch ohne die notwendigen Unterhaltungsaufwendungen in einem erbärmlichen Zustand, das Gebäude Erhardts und eines anderen Vorarbeiters ausgenommen.
Der Farmarbeiter mit der Lizenz zum Aushorchen durfte sich in Windhoek in einem Abzockergeschäft Billigmöbel bestellen. Dort drängte man Kunden aus den ärmsten Gesellschaftsschichten zur Unterzeichnung von Verträgen über eine besonders infame Form der Ratenzahlung. Sie verpflichteten sich zu monatlichen Zahlungen für zum Beispiel ein Sofa auf Pappe-Pressholz-Basis, die pünktlich eingehen mussten. Wurden sie nicht eingehalten, fiel die

Ware sofort und ohne Anrechnung bereits geleisteter Zahlungen an den Verkäufer zurück, der sie dann auch abholen ließ und an einen anderen Interessenten zu denselben Bedingungen verkaufte. Auf diese Weise kam es vor, dass solche Ramschwaren jahrelang von einer Baracke zur anderen zogen und mehrfach Profite abwarfen. Das sparte dem Unternehmer zusätzlich Transportkosten.
Viele Käufer konnten nicht einmal die Fahrt mit Erhardts Autotaxi nach Windhoek bezahlen, wo sie ihre Raten persönlich in bar entrichten mussten. Als Nebenerwerb betätigte sich Erhardt mit Duldung seiner Herrschaft auch noch als Möbelmakler. Er hatte die wichtigsten Charaktereigenschaften seiner weißen Herrschaft lernen dürfen. Darauf waren Mister und Missis übrigens unverhohlen stolz. Sie hielten ihren Spion für sehr clever und rechneten sich das als Erfolg ihrer »Erziehung« an.
Selbst als erwachsener Mann und Familienoberhaupt mit Frau und Kindern wurde er von seiner Herrschaft behandelt wie ein Kind. Missis Elke: »Die Erziehung hört bei Denen nie auf, das muss immer weitergehen.« Sie hatte Erhardt dazu gebracht, ihre eigenen Vorstellungen über Dressur von Pferden zu imitieren. Das Farmerehepaar glaubte ernsthaft, dass Erhardt wegen ihrer »Erziehung« und daraus folgender eigener Überzeugung handelte, wenn er arbeitete. Die Farmer hatten wie alle ihre Gesinnungsgenossen in Namibia eine unüberwindbare nicht nur kulturelle Barriere zwischen sich und ihren Mitarbeitern aufgebaut, scheuten den direkten Kontakt oder Austausch wie die Pest. Dadurch hatten sie sich in ein gesellschaftliches Getto manövriert, das es ihnen unmöglich machte, über den selbst errichteten Zaun zu schauen. Sie wussten nicht, was wirklich in ihren Arbeitern vorging, hatten keinen Zugang zu deren Einstellungen und fällten immer wieder Entscheidungen auf der Basis falscher Informationen – trotz der Einsetzung eines vermeintlich leibtreuen Spions.
Erhardt passte sich den Wunschvorstellungen seiner Brötchengeber perfekt an. Da er nicht mit ihnen gemeinsam leben durfte,

waren ihm seine Halbblutsbrüder näher. Er taktierte und lancierte geschickt zwischen den Grenzen und verstand es, aus allem seinen Vorteil auf beiden Seiten zu ziehen. Gegen Entgelt oder Gewährung anderer Vorteile wurde er durchaus auch einmal als Doppelagent tätig. Das wusste seine Missis nicht, davor verschloss sie die Augen.

Erhardt durfte einmal mit seiner Herrschaft in deren »Heimat« fliegen, nach Deutschland. Mister Rudolf wollte dort seine im südwestlichen Afrika gezüchteten Pferde vorführen und sich einen neuen Absatzmarkt eröffnen. Als weißer Farmer aus Afrika war er unter den Reiterfreunden und Pferdezüchtern einer Veranstaltung in Norddeutschland der Exot schlechthin. Mit eigenem »Boy«[29] konnte er sich zusätzlich von den anderen Teilnehmern abheben. Diese Funktion sollte Erhardt ausfüllen, auch wenn das einige Kosten für dessen Flug, Unterbringung und Ernährung verursachen würde.

Seine Erlebnisse musste Erhardt seitdem immer wieder vor allem Besuchern aus Europa so erzählen, wie es Mister und Missis gerne hörten. Und das ging so:

»Im Flugzeug ist Erhardt auf einem richtigen Sessel wie im Wohnzimmer der Missis gesessen. Dann hat Erhardt gesehen, dass die anderen weißen Menschen Essen und Getränke serviert bekommen haben. Erhardt ist sofort aufgestanden und hat die Missis gefragt, wie Erhardt sie servieren kann. Aber der Mister hat gesagt, Erhardt muss nicht servieren, hier kann Erhardt selbst essen und trinken. Dann hat die Missis gesagt, Erhardt kann bestellen, was Erhardt haben will. Erhardt hat dann alles bestellt und eine weiße Frau ist gekommen mit einem großen Tablett. Sie hat Erhardt alles Trinken und ganz viel zu essen gebracht, Fleisch auch und Geflügel, Gemüse und alles dreimal, und dann ist Erhardts Bauch ganz voll gewesen. Der Mister hat gesagt, da gibt es auch ein Klo. Da ist Erhardt dann hingegangen. Aber da war so viel mit gut riechendem Wasser in kleinen Flaschen und solche Sachen für weiße Menschen. Erhardt hat nicht gewusst, was er da drin machen soll, und dann war die Tür zu. Nach einer Stunde ist der Mister gekommen und hat die Tür aufgemacht und Erhardt war wieder frei. Der gute Mister weiß alles und kann immer helfen. Selbst im Flugzeug …«

Auf diese Art setzte Erhardt seine Erzählung fort mit Geschichten über den Besuch im Drehrestaurant eines deutschen Fernsehturms, bei dem ihm schwindelig geworden sei und er gedacht habe, dass er Alkohol getrunken habe. In einem Zimmer, wo er wohnen durfte, habe er selbstverständlich am frühen Morgen sofort alles putzen wollen, aber der Mister habe ihm gesagt, das müsse er nicht.

Die Zuhörer schmunzelten und lachten bei seinen Geschichten und freuten sich über die Menschlichkeit der Farmer und erkannten die Schwierigkeit, einen schwarzen Menschen in die europäische Hochkultur einzufügen. Damit wurden die kolonialen Vorurteile auf humoristische Art verfestigt und der Glaube europäischer Besucher an Rassengleichheit erschüttert. Genau das war erwünscht, wenn Erhardt aufgefordert wurde, seine Geschichten wie gelernt zu erzählen.

Sprach man mit dem Erzähler persönlich in seinem eigenen Umfeld und ohne Anwesenheit seiner Herrschaft, hörte sich das ganz anders an. Er träumte davon, auch so leben zu dürfen wie weiße Menschen, erkannte die Ungerechtigkeit und stellte sich viele Fragen dazu, warum die Weißen in Afrika sich so anders verhalten als die in Europa, wo man ihn wie einen ganz normalen Menschen behandelt hat. Solche Gedanken behielt er aber für sich, weil er sich den herrschenden Machtverhältnissen in Namibia glaubte beugen zu müssen. Lebenslang.

Damit wird Erhardt recht behalten. Er ist heute etwa fünfzig Jahre alt, hat eine Frau und drei Kinder, lebt in einem Steinhaus mit Dach und fließendem Wasser in zwei Zimmern mit Kochecke. Obwohl er sein ganzes Leben lang weißen Herrschaften derselben

deutschstämmigen Farmerfamilie diente, wird er aufs Altenteil abgeschoben werden, wenn seine Kraft nicht mehr auszunutzen ist. Dann muss er umziehen zu »unserem kleinen Dörfchen für die alten Menschen«, wie die Missis es nennt. Das ist der Platz, an dem man die durch lebenslange Arbeit schwer krank gewordenen siechen Menschen bis zu ihrem Tod vegetieren lässt. Dort gibt es keine Steinhäuser mehr. Der Platz liegt in einer fernen Ecke des Farmgeländes, außer Sichtweite der weißen Herrschaft und auch vor Besuchern gut versteckt, direkt bei einem im Winter eiskalten Flussbett. Die Bewohner haben kein fließendes Wasser in ihren Baracken, investiert wird hier nichts mehr, die Alten sollen sich selbst versorgen, bekommen nur noch ein Taschengeld, das sie vor dem Hungertod bewahren kann. Selbst wenn ein schwarzer Arbeiter oder eine Frau ihr gesamtes Leben, ihre gesamte Kraft und Gesundheit dem Luxus der weißen Herrschaft ohne jedes Aufmucken geopfert haben, gibt man ihnen nicht einmal ein kleines eigenes Stück Land, das ihnen gehört und auf dem sie sich selbst versorgen könnten. Die Farmer fühlen sich sehr sozial, weil sie es einigen hervorgehobenen Mitarbeitern erlauben, wenige Ziegen, Kühe und Esel zu halten oder ein Gärtchen anzulegen. Zugegeben: Selbst das ist in Namibia nicht üblich.
Von den zigtausend Hektar, welche die Vorfahren des dort wohnenden Farmers den einheimischen Menschen abgegaunert haben, will er nicht einmal ein paar Ar an alt und krank gewordene Mitarbeiter freiwillig zurückgeben. Das würde seinen eigenen Betrieb in keiner Weise behindern und sogar seinen Großgrundbesitz kaum schmälern. Er will aber auf Biegen und Brechen verhindern, dass Gelüste nach Besitz eigenen Landes gefördert werden. Kampflos wird auch Erhardt keinen eigenen Quadratmeter des Grundbesitzes seiner Vorväter zurückbekommen. Auch er wird aller Voraussicht nach in einer der verborgenen Baracken verrecken müssen und neben dem Müllplatz der Farm unter die Erde kommen. Dazu später mehr.

Damara

Die meisten Möbel waren bestellt, Werkzeuge für die Farm hatte ich eingekauft. Es wurde Zeit, sich nach weiteren Mitarbeitern umzusehen. Zuerst müsste der gesamte Innenhof von Gestrüpp, Gras und einigem Müll gereinigt werden, der sich in den letzten zwanzig Jahren auf Otjidarumbu angesammelt hatte. Danach sollte ein Garten angelegt werden. Ich wollte in einem Restaurant für meine Gäste nur selbst gezogenes Gemüse und biologisches Fleisch verwerten.

Alle Angestellten auf Hansenfarm waren Damara, auch Roswitha. Bevor ich weitere Mitarbeiter einstellte, wollte ich mich mit der Geschichte, Kultur und den Traditionen dieses Volkes beschäftigen. In Deutschland hatte ich nur wenige Bemerkungen in einigen Büchern gefunden. Selbst in namibischen Buchhandlungen fand ich so gut wie nichts, ausgenommen eines Kapitels in dem bereits 1928 veröffentlichten Buch »The Native Tribes of South West Africa«. Einer der Autoren war Pastor Heinrich Vedder, eine schillernde Persönlichkeit. Er hatte die »Rheinische Missionsgesellschaft« mit begründet, die das südwestliche Afrika auf das Eindringen der Kolonisten vorbereitet hatte. Andererseits beschäftigte er sich später im Gegensatz zu den Besatzern intensiv mit Sprache und Kultur der verschiedenen namibischen Völker. Seine Forschungen betrieb er aber nicht frei, sondern im Rahmen des Kolonialinteresses. So hatte er einmal geschrieben, es sei gefährlich, den »Eingeborenen« Zugang zu Bildung zu geben. Das wäre so, als ob der »weiße Mann« sich selbst eine Rasierklinge an den Hals setzte.

Bei der einheimischen Bevölkerung war Vedder dennoch beliebt, da er aus ihrer Sicht den rassistischen Kolonisten beizubringen versuchte, dass ihre Lohnsklaven Menschen mit einer eigenen Kultur waren.

Die Damara nannten sich Nu-khoin (»schwarze Leute«). Diese Bezeichnung wird heute nicht mehr verwendet. Die Nachfahren der ersten Nu-khoin in Namibia, deren Herkunft ungewiss ist, nennen sich selbst Damara. Ihre Sprache ist dem Khoekhoegorab ähnlich. Sie waren möglicherweise ursprünglich wandernde Sammler und Jäger. Als andere Völker aus Afrika in ihr Gebiet einwanderten, die sich niederlassen wollten, entstanden Konflikte. Die Damara jagten in Unkenntnis von Haustieren auch die Rinder der Herero, wie sie es von ihrem Wild gewohnt waren. Darum galten sie als Diebe. Dieses Vorurteil hat sich bis heute gehalten. In der Kolonialzeit wurden die Damara in ein Reservat gezwängt, das »Damaraland« (Teile der Regionen Erongo und Kunene). Leider wird diese Bezeichnung bis heute auch in der Literatur fortgeführt, obwohl nach der Unabhängigkeit Namibias die Reservate aufgelöst wurden und das Land in andere Verwaltungsgebiete eingeteilt worden war. Die Nachfahren der deutschen Kolonisten weigern sich beharrlich, sich der Neuordnung anzupassen, und halten an den alten Begriffen für die rassistische Aufteilung des Staatsgebietes fest. Da die Deutschstämmigen auch den Tourismus des Landes in der Hand haben, halten sich die falschen Namen sogar in Reiseführern und wissenschaftlicher Literatur und werden auch von deutschen Medien gedankenlos wiedergegeben.

Die Damara sind schon vor der Kolonialzeit von anderen afrikanischen Völkern, die eingewandert waren, landlos gemacht worden. Ihre ursprünglichen Gebiete wurden später von Deutschen eingenommen oder mit Scheinverträgen ohne gesetzliche Grundlage angeeignet. Seitdem müssen sie sich auf Farmen als Lohnsklaven verdingen. Daran hat sich bis heute kaum etwas geändert.

Das Volk hat durch eine über viele Generationen andauernde Ausbeutung und kulturelle Unterdrückung seine Identität weitgehend verloren.
Ihre Subsistenzwirtschaft konnten die Damara nicht mehr ausüben. Ohne Landbesitz ist Selbstversorgung nicht möglich. In Khoekhoegowab gibt es kein abstraktes Wort für »Arbeit«, wie ich in einem Gespräch mit Roswitha erfuhr. Man habe viele verschiedene Begriffe für konkrete Arbeiten wie »Hütte bauen«, »Essen zubereiten« oder »Gartenarbeit«. Heute verwende ihr Volk ein neu gebildetes Wort für den Oberbegriff »Arbeit«. Es ist dasselbe Wort wie für fremdbestimmte Arbeit oder Arbeit für andere Menschen, nämlich Weiße.
Farmer im Nordwesten Namibias erzählten mir bei einem Besuch ihrer Gästelodge, wie schwierig es gewesen sei, Damara »zum Arbeiten zu bringen«. Dieses Volk sei von Natur aus faul und unwillig. Das wurde mir auch von Elke so beschrieben, die hinter vorgehaltener Hand meinte, eigentlich gehörten ihre Mitarbeiter bis auf wenige Ausnahmen zur Gruppe der Bergdamara, die man auch »Drecksdamara« nenne. Man müsse ständig neue Anreize für sie schaffen, damit sie überhaupt Arbeiten verrichteten. Später las ich in einem Buch einen Ausspruch des »Chief Native Commissioner of Mashonoland« aus dem Jahr 1903, der mich an Elkes Worte erinnerte: »Was kann als Anreiz für einen Eingeborenen dienen, ihn zum Arbeiten zu bewegen? Man schaffe für ihn so viele Bedürfnisse wie nur möglich und bewege ihn somit, immer mehr Methoden der Zivilisation anzunehmen.«
Mit der Einführung von Steuern und Geld hatten die Kolonisten der Selbstversorgung der einheimischen Bevölkerung Namibias den Todesstoß versetzt. Ohne Geld konnte man nicht mehr leben, war also gezwungen, Arbeit für Weiße zu verrichten. Als Zwangsmittel zur Durchsetzung des monetären Systems waren Prügel und andere Strafen eingeführt worden.

Rudolf sagte mir einmal bei einem »Sundowner«, auf Hansenfarm werde nicht mehr geprügelt, aber auf anderen von Deutschstämmigen geführten Farmen durchaus, auch in direkter Nachbarschaft. Das konnte ich durch Berichte unserer Mitarbeiter bestätigt finden, deren Familienangehörige auf Nachbarfarmen arbeiten mussten.
Auf meiner Farm wollte ich ein modernes Mitarbeitersystem einrichten, das auch Platz für Mitsprache und Eigenverantwortung lassen sollte. Mir war klar, dass es vielleicht schwer sein würde, das mit Damara zu praktizieren, die über Generationen an Unterdrückung und Ausbeutung gewöhnt worden waren, um sie ihrer Selbstständigkeit zu berauben. Der Gutmensch in mir zwang mich dazu, alle Warnungen Hansens in den Wind zu schlagen. Mein Umgang mit Roswitha schien mir recht zu geben.
Meine Haushälterin konnte viele Dinge selbstständig organisieren und entscheiden. Am liebsten wäre es mir gewesen, sie hätte so bald wie möglich den Haushalt auch in eigener finanzieller Verantwortung führen können. Dazu kam es jedoch nie. Ich musste einige Monate nach meiner Ankunft schon feststellen, dass in mir der Verdacht aufkeimte, sie nehme aus der Küche Esswaren und vielleicht sogar einige Gegenstände mit zu sich nach Hause, stehle also. Ich wollte einmal sehen, wie sie lebte, und so schob ich meine Bedenken, die Privatsphäre ihrer Familie zu stören, beiseite.
Ihr kleinwüchsiger Mann arbeitete in Hansens Garten. Er galt als Trinker. Elke hatte mir erzählt, dass er manchmal nach dem Wochenende mit einem blauen Auge oder anderen Blessuren zur Arbeit erschien, die ihm seine Frau zugefügt habe. So eine Furie konnte meine dünne Haushälterin sein? Roswitha hatte mir versichert, sie versuche, mit ihrem Mann ein geordnetes Leben zu führen. Ihr Traum sei es, ein eigenes Haus mit einem Grundstock von Möbeln zu haben.
Als ich ihre Unterkunft sah, verstand ich.

Die bei meiner Farm liegende Barackensiedlung hatten Hansens zunächst für mich tabuisiert. Ich wusste, dass sie an einem Sonntag nicht zu Hause sein würden, und nutzte die Gelegenheit dazu, um meine Neugier zu befriedigen. Gleichzeitig wollte ich Roswithas Lebensverhältnisse kennenlernen und mich vielleicht nach weiteren Mitarbeitern umsehen.

Die Anlage der Baracken wirkte aus der Entfernung wie ein kleines Dorf mit einem Platz in der Mitte. Je näher ich kam, desto mehr krampfte sich in mir etwas zusammen. Es stank schon in einiger Entfernung nach Exkrementen. Es gab keine Gärten bei den Baracken. Ein paar streunende Hunde liefen im Müll zwischen nackten Kleinkindern herum. Im Schatten einer Bretterwand saß ein altes Paar und starrte in die Landschaft. Man hatte mich offenbar kommen sehen. Aus einer Baracke kam mir Roswitha entgegen.

Das sollte meine Haushälterin sein? Ich erkannte sie kaum wieder – in Lumpen und barfuß, mit Haaren, die wild von ihrem Kopf abstanden. Ich grüßte sie und fragte, ob ich einmal sehen könne, wie sie lebe. Es sei doch Sonntag und ich wollte sie besuchen. Ich gab ihr eine Flasche Orangensaft, die ich als kleines Präsent mitgebracht hatte. Sie freute sich offensichtlich sehr und lachte mich an.

Ihre Baracke war in einem erbärmlichen Zustand. Jeder Tierschutzverein in Deutschland hätte sich mit Erfolg dafür eingesetzt, feststellen zu lassen, dass diese Unterkunft selbst gegen Normen für die Haltung von Schweinen verstößt. Ich zählte insgeheim acht Menschen auf einer Grundfläche von etwa sechs Quadratmetern. Die zum Teil geborstenen Holzwände aus alten Planken ließen Sonnenstrahlen ins Dunkel fallen. In der Mitte des Raumes zogen Rauchschwaden aus ein paar Holzstücken, darauf stand ein Topf, in dem etwas Undefinierbares vor sich hinkochte. Die Menschen dünsteten so penetrant aus, dass ich Roswitha bat, mit mir vor die Tür zu gehen, die aus einem alten verrosteten Stück Wellblech gefertigt war.

Ich sagte meiner Haushälterin, dass ich nach weiteren Mitarbeitern suchen wollte. Sie entgegnete mir, am Montag werde ihr Mann mit Rudolf darüber sprechen, sie werde mich dann informieren.
Der Schock über den Unterschied zwischen meiner nur aus einem provisorischen Bettgestell und der kahlen Küche mit nur zwei Stühlen und einem alten wackeligen Tisch bestehenden Einrichtung und der Baracke, in der Roswitha leben musste, steckte mir wochenlang in den Gliedern. Ich konnte an diesem Wochenende kaum eine Stunde lang über etwas anderes nachdenken. Roswitha hatte mir noch gesagt, dass es bei ihr kein fließendes Wasser gebe. Man hole sich das aus einem Hahn, der von Rudolf in der Mitte des Dörfchens eingerichtet worden sei, aber nicht jeden Tag funktioniere. Ich fand heraus, dass es eine Abzweigung von der Wasserleitung zur Rindertränke gab, die zu den Baracken geleitet worden war.
Und ich benutzte den Hochbehälter als Schwimmbecken, aus dem Roswitha und die anderen Bewohner der Ansiedlung ihr Trinkwasser entnehmen mussten!
Ich nahm mir vor, so bald wie möglich dafür zu sorgen, dass bei meiner Farm menschenwürdige einfache Steinhäuschen gebaut würden mit Toiletten und Duschen. Das teilte ich Roswitha nach dem Wochenende mit, die mir nachmittags die Namen von drei Männern nannte, die nach Hansens Ansicht bei mir arbeiten sollten.
In einem Telefonat mit Rudolf erfuhr ich, dass er mir »einen der Besten abtreten« wolle, für die anderen beiden künftigen Arbeiter habe er keine Verwendung mehr. Am nächsten Tag lernte ich sie kennen. Sie kamen pünktlich zu derselben Zeit nach Otjidarumbu, wie die Arbeit auf Hansenfarm begann. Ich erklärte ihnen die ersten Arbeiten: Entfernen von Wildwuchs und Vorbereiten einer Nutzgartenanlage. Sie sollten mir auch bei der Einrichtung meines Hauses helfen, wenn die Möbel geliefert würden.

Die drei Männer gehörten wie Roswitha zum Volk der Damara und sprachen mich mit »Mista« an. Das wollte ich später einmal ändern.
Die Arbeitszeiten hatte ich den Gewohnheiten bei Hansens angepasst, um keine Verwirrung zu stiften. Auch die übrigen Bedingungen entsprachen denen meiner Nachbarn mit einigen kleinen, aber aus meiner Sicht wesentlichen Unterschieden. Das Frühstück sollte von Roswitha täglich nicht nur mit Maisbrei und Milch, sondern zusätzlich auch mit Brotschnitten vorbereitet werden. Meine Hausfrau buk inzwischen Brot für uns. Ich aß dasselbe wie meine Mitarbeiter. Alle Personen auf meiner Farm sollten aus demselben Geschirr essen. Auf Hansenfarm gab es für die Angestellten Blechnäpfe und Plastikbecher. Auf mich wirkte das wie Gefängnisgeschirr. Ich entschied mich für grüne Arbeitskleidung statt der üblichen blauen und stellte auf meine Kosten später günstige Bluejeans und Hemden zur Verfügung. Zusätzlich zum Lohn, dessen geringe Höhe ich an Hansens Gepflogenheiten anpasste, bot ich an, auf Bestellung Lebensmittel aus Windhoek mitzubringen, die man in den Läden der Farmer nicht kaufen konnte. Von Rudolf war mir im Pachtvertrag zugesichert worden, Wildfleisch zu liefern, das er oder sein Jäger schossen. Dieses Kontingent wollte ich jedes Mal mit den Arbeitern teilen. Auf der Nachbarfarm gab es in unregelmäßigen, von Rudolf willkürlich festgelegten Abständen ebenfalls kostenlos Wildfleisch für die Angestellten. Das wurde nach persönlicher Auswahl durch den Boss im Hinblick auf Menge und Qualität je nach Position in der dort unter den Arbeitern aufgebauten Hierarchie verteilt. Nach jeder Jagd bekamen erst einmal die Farmer und deren Hunde die besten Stücke, der Rest wurde den Angestellten gegeben.
Ich stellte einen Arbeitsvertrag in englischer Sprache auf, in dem auch Arbeits- und Urlaubszeiten festgehalten waren. Bis auf den jämmerlichen Lohn, den ich zahlte, entsprachen die Bedingungen in etwa denen in Europa. Jede einzelne Person meldete ich sofort

bei der staatlichen Sozialversicherung an. Deren sehr geringe Kosten trugen die Angestellten und ich jeweils zur Hälfte, wie es das Gesetz vorsah.
Roswitha zeigte sich täglich lernbegieriger. Ich begann, mit ihr ein paar Worte Englisch zu sprechen. Sie hatte vorher nie die Gelegenheit erhalten, die Staatssprache zu lernen. Ihre kleine Tochter sollte einmal eine bessere Ausbildung bekommen, meinte sie. Und sie verriet mir, dass sie jetzt keine Kinder mehr haben werde, sie habe in der Klinik »zugemacht«, weil ihr Mann sie oft nicht in Ruhe lasse, wenn er betrunken sei. Ich hielt mich zurück mit Fragen nach ihrem Privatleben.
In der einzigen Buchhandlung in Windhoek, die nicht unter »deutscher Leitung« stand, fand ich eines der wichtigsten Bücher für meine Zeit als Farmer: »Namibian Guide to Modern Living«. Es enthält Informationen über den Staatsaufbau und die Funktionsweise der Verwaltung mit wichtigen Adressen und Ansprechpartnern. Außerdem ist es eine Art Knigge für einen zeitgemäßen Alltag in einem afrikanischen Land mit zusätzlichen Hilfen zur Planung persönlicher Finanzen, Hinweisen für die Sicherheit in Haushalt und Verkehr, Regeln für Etikette am Arbeitsplatz und bei Einladungen und nicht zuletzt Tipps für die Verbesserung der hygienischen Gegebenheiten und zur Krankheitsvorsorge. Hier waren die wichtigsten Dinge für einen modernen Alltag zusammengefasst, ohne eurozentristisch zu wirken.
Leider konnte Roswitha dieses englische Buch nicht lesen, das ich allen sprachkundigen Mitarbeitern kaufte. Von Zeit zu Zeit besprach ich mit ihr das eine und andere Kapitel, und sie war begeistert, so viel lernen zu können. Ich stellte ihr in Aussicht, sie alle Dinge erlernen zu lassen, die Annegret auf Hansenfarm sich angeeignet hatte. Die Hausfrau von Elke galt allen anderen zum Teil neidischen Frauen in der Gegend als Vorbild. Roswitha freute sich darauf. Ich sagte, mein Plan sei es, dass sie in zwei Jahren

»erste Frau« auf Otjidarumbu sein sollte und weitere Haushaltshilfen oder Mitarbeiterinnen für das Gästehaus selbstständig anlernen könne.
Auch den neuen Arbeitern entwarf ich einen Zukunftsplan. Ich erklärte, viele Dinge mit ihnen gemeinsam erledigen und sie so weit wie möglich an meinem gesamten Projekt beteiligen zu wollen, das ich ihnen detailliert schilderte. Sie arbeiteten wie die Berserker, auch in der prallen Mittagssonne, fast bis zum Umfallen. In kurzer Zeit waren der zugewachsene Hof und Garten frei, wir begannen damit, die Anlage der Beete festzulegen und Bewässerungsgräben auszuheben.
Aus einem der Wasserbehälter wurde eine Leitung abgezweigt, am anderen Ende im Garten ein Wasserhahn montiert. In kleinen offenen Gräben wurde das Wasser zu den tiefer gesetzten Beeten geleitet. Der Wasserlauf in kleinen Bächen wurde durch zwei Schaufeln Erde verschlossen oder freigegeben. Durch dieses System, das mir Elke erklärt hatte, erhalten die Pflanzen kein Spritzwasser, dessen Tropfen die Blätter unter der starken Sonne Namibias verbrennen können. Eine volle Arbeitskraft würde damit beschäftig werden müssen, zu wässern und zu hacken, gegebenenfalls Unkraut zu jäten.
Da viele weitere Arbeiten zu erledigen waren, wurden wir rasch zehn Personen auf meiner Farm, außer mir zunächst nur Damara.
Die Renovierung des Gästehauses hatte sich verzögert, weil Hansens immer wieder andere Ausreden dafür fanden, unserer vertraglichen Vereinbarung nicht nachzukommen. Einmal hieß es, zum letzten Mal sollten Verwandte aus Deutschland in dem Altmöbellager übernachten. Ein anderes Mal war Rudolf in Südafrika unterwegs. Dann wieder soll die »Ou-Missis« so bettlägerig gewesen sein, dass man ihr die Entscheidung nicht habe zumuten wollen, sich von dem Sperrmüll zu trennen, der das ganze Haus blockierte.

Schließlich kam es aber doch noch so weit. Rudolf erschien plötzlich unangekündigt mit einem Lkw und ein paar Arbeitern und stand herum, um Anweisungen zu erteilen, wo welches Stück Altmöbel hingestellt werden solle. Die intakten Stücke verluden sie auf den Lkw, um sie nach Windhoek zu verfrachten. Den Rest bauten sie auf meinem Hof vor dem Gästehaus auf. Als sie fertig waren, teilte mir mein Vertragspartner mit, er wolle den Schrott an seine und meine Angestellten verkaufen.
Am nächsten Tag war es so weit und ich beobachtete, wie die Habenichtse ihren letzten Cent für ein zerbrochenes Bettgestell, eine durchgelegene Matratze oder einen Stuhl mit nur noch drei Beinen ausgaben. Elke kassierte munter und erklärte mir offenbar ohne schlechtes Gewissen: »Die müssen lernen, dass alles Geld kostet, was man haben will. Das ist ja nicht viel, was wir verlangen. So lernen Die etwas. Das kostet uns ja nur Zeit, tjach, und die Arbeit. Und es ist für Rudolf ja auch wirklich nicht einfach, sich von diesen schönen Dingen zu trennen. In jedem Stück steckt ja seine Familiengeschichte.«
Ich habe nicht gefragt, wie viel Geld Elke in einer Blechdose mit nach Hause nehmen konnte, wusste aber, dass dieselben Scheine und Münzen schon einmal dort im Safe gelegen hatten, bevor sie als Sklavenlohn dienten. Geldkreislauf nennt man das wohl.
Auch Roswitha erstand eine Matratze und eine vergammelte Kommode.
Die Renovierungsarbeiten wurden von Rudolfs Arbeitern durchgeführt, das Material dazu hatte ich zu kaufen. So war es vereinbart worden. Ich hatte die Arbeiten zu leiten und zu beaufsichtigen. Durch die monatelange Verzögerung würde mir eine gesamte Feriensaison mit Gästen entgehen. Das bedeutete ein Jahr ohne Einnahmen aus touristischen Aktivitäten. Über eine Verringerung der Pacht wollte Rudolf nicht mit sich sprechen lassen.
Die Renovierungsarbeiten brachten für mich wichtige neue Erfahrungen in der Zusammenarbeit mit Damara. Ich vermittel-

te den Hansenfarm-Leiharbeitern meine geringen Kenntnisse in Elektrotechnik und Plattenlegen und profitierte im Gegenzug durch Informationen über die Gepflogenheiten auf einer Farm in Namibia. Wir entwickelten in der gleichberechtigten Zusammenarbeit ein gutes Vertrauensverhältnis zueinander. Das brachte mir auch Einblicke in die Lebensweise junger Arbeiter Namibias. Wir tauschten Witze aus, soweit das angesichts der verschiedenen kulturellen Wurzeln möglich war, und informierten uns gegenseitig über Wünsche und Träume.

Durch einige Arbeiter erfuhr ich 1999, dass bald Parlamentswahlen in Namibia abgehalten würden. Rudolf hatte mir darüber berichtet, seine Farmerkollegen würden starken Druck auf ihre Arbeiter ausüben, damit diese die Partei der Weißen wählten. Bei ihm gebe es so etwas nicht. Er habe da seine eigene Methode entwickelt, die weit erfolgreicher sei. Er habe vor allem seine Vorarbeiter sogar in Einzelgesprächen auf die Wahlen vorbereitet und allen Mitarbeitern sowie deren Familienangehörigen zugesagt, sie mit seinen Fahrzeugen zu dem etwa dreißig Kilometer entfernten Wahllokal zu fahren. Kostenlos, versteht sich. Und Bier sollte es auch geben, wenn seine konservative Partei, die deutschstämmige DTA (»Demokratische Turnhallen-Allianz«), an Stimmen zulegen würde.

In der Phase des Wahlkampfes gab es politische Diskussionen auf den Farmen der Umgebung über die amtierende Regierung der SWAPO (South West African Peoples Organisation), über die ich zum Teil von unseren Mitarbeitern unterrichtet wurde. Tabu waren alle Fragen zur Landreform, hieß es. Darüber dürfe man in Anwesenheit von Farmern nicht sprechen, wenn man seinen Job behalten wolle. Das Thema und die Frage der Einführung von Mindestlöhnen für Farmarbeiter interessierte aber die Damara am meisten.

Meine Kollegen vertrauten mir an, dass zwei am Wahltag mit Rudolf fahren würden, aber ein SWAPO-T-Shirt tragen wollten,

auch wenn es für sie dann kein Bier geben werde. Man müsse endlich auch jemanden von der Farmarbeitergewerkschaft nach Hansenfarm holen, um an Ort und Stelle über die Arbeitsverhältnisse zu sprechen. Zwar seien für einige wenige Arbeiter vor vielen Jahren Steinhäuser gebaut worden, aber es gebe dort immer noch keinen elektrischen Strom. Die Häuser seien zudem sehr renovierungsbedürftig, Hansens gäben keinen Cent dafür her, sondern meinten, das sei Verantwortung und Aufgabe der Mieter. Die Löhne reichten kaum zum Leben aus. Es bleibe kein Geld für Hausrenovierungen übrig. Johannes, der von Rudolf an die Spitze in der Hierarchie seiner Arbeiter gesetzt worden war, sagte mir, er sei jetzt fünfzig Jahre alt. Er habe schon bei den Eltern des Farmers gearbeitet. Er sei froh, wenn er hier bis zu seinem Ende bleiben könne. Darum wolle er DTA wählen und auch sonst bloß nicht auffallen. Er verdiene 1500 Namibiadollars (N$) pro Monat brutto. Das entspricht etwa 150 Euro. Davon ziehe ihm Rudolf jeden Monat einen großen Betrag ab, weil ihm der Farmer einen Kredit gegeben habe, damit er sich ein Schrottauto habe kaufen können. Das habe er gemeinsam mit Freunden fahrbereit gemacht. Da die Schulden verzinst würden, käme er von ihnen wohl niemals in seinem Leben los. Er führe Taxifahrten für seine Kollegen durch. Das verschaffe ihm ein kleines Nebeneinkommen.
Auch Terson und Erhardt hatten sich mit solchen Autokäufen bei Rudolf hoch verschuldet. Da seine drei besten Arbeiter Fahrzeuge hatten, konnte er seitdem Bitten anderer Angestellter nach Mitfahrgelegenheiten unter Hinweis auf die nebenberuflichen Taxifahrer abschlagen. So profitierte er auf zweifache Weise. In Namibia gibt es unvorstellbar große Entfernungen zwischen Arbeitsplätzen auf Farmen und der nächsten menschlichen Siedlung. Farmarbeiter sind darum gezwungen, auf dem Boden des Großgrundbesitzers zu leben und sich dort in den Farmläden zu versorgen.

Ich erfuhr von den Vorarbeitern auf Hansenfarm, mit denen ich mein Gästehaus renovierte, in unserer monatelangen Zusammenarbeit mehr, als Rudolf wahrscheinlich lieb war. Ich hatte den Eindruck, er vertraute auf die Verschwiegenheit dieser Mitarbeiter, die bei ihm hoch verschuldet waren. Deren Vertrauen habe ich nicht enttäuscht.
Für Johannes und Terson hielt ich kleine Kurse in Elektrotechnik, Wasserinstallation und Fliesenlegerarbeiten ab. Sie waren begeistert bei der Sache und lernten begierig, so wie trockene Schwämme Wasser aufsaugen. Für solche Arbeiten holte Rudolf Handwerker von weit her mit deren eigenen Gehilfen. Ich hatte den Eindruck, er wollte lieber in den sauren Apfel höherer Kosten beißen, als seinen Mitarbeitern Kenntnisse zu vermitteln. Bildung und erweiterte technische Befähigungen sind große Gefahren für Farmer nach Art der deutschen Kolonisten in Namibia. Wer mehr weiß und mehr kann, findet andere, besser bezahlte Arbeiten. Nur dumm gehaltene Menschen sind darauf angewiesen, sich der Lohnsklaverei unterzuordnen.
Das Wechseln einer Farmarbeitsstelle war nicht einfach. Von Rudolf wurde mir später bestätigt, was seine Vorarbeiter mir erzählt hatten. Wenn ein Mann eine Farm verließ, wurde das sofort so weit wie möglich in der Kaste der Farmer verbreitet. Bewarb sich ein fremder Arbeiter, musste er zuerst angeben, von welcher Farm er kam. Dort rief dann der neue Farmer an. Erfuhr er, dass der Arbeiter sich der Lohnsklaverei nicht untergeordnet hatte, wies er ihn ab. So blieb manchem Arbeiter, der wechseln wollte, oft nichts anderes übrig, als reumütig zu seinem vorherigen Herrn zurückzukehren, um mit seiner Familie zu überleben. Dort erhielt er dann einen Lohn, der um einige Stufen niedriger war als zum Zeitpunkt seines Weggangs. Dieses Strafsystem wirkte verdeckt und perfekt. Es gab nur sehr wenige Farmarbeiter, die sich einen Wechsel der Arbeitsstelle zutrauten. Oft ordneten sich Generationen von Arbeitern ein und derselben Farmerfamilie unter.

Rudolf und Elke haben in mehreren Interviews mit deutschen Medien einige Einrichtungen auf ihrer Farm als Ausdruck ihrer außergewöhnlich sozialen Einstellung dargestellt. Das ist möglicherweise deswegen unkritisch in die Berichterstattung übernommen worden, weil die betreffenden Journalisten weder die Zeit noch die Möglichkeit hatten, in engeren Kontakt mit Farmarbeitern zu kommen. Das wurde von Rudolf und Elke bei jedem Pressebesuch geschickt verhindert. Die Zeitschriften- und Fernsehvertreter wurden durch Einladungen zum Essen, zu Rundfahrten mit Wildtierbeobachtung und mit langen Geschichten über die ersten »Siedler« im Land davon abgehalten. Zusätzlich hatte man Angestellten und deren Familien vorher strikt jeden direkten Kontakt zu den Besuchern untersagt. Die beugten sich dem Druck. Dieses Verhalten wiederum erschien den Journalisten als eine kulturell bedingte Zurückhaltung, die möglicherweise durch Sprachbarrieren verstärkt wurde. Den Medienbesuchern wurden nur vorher gedrillte Vorzeigefamilien präsentiert, die anschließend auf irgendeine Weise für ihr Stillhalten belohnt wurden.

Die Steinhäuser für Farmarbeiter waren nicht von Rudolf gebaut worden, wie er mir erzählt hatte. Sie entstanden durch Arbeit der späteren Bewohner, die dafür ihre Freizeit hatten opfern müssen. Für manche Arbeiten bestellten Hansens Rehoboter Baster.

Die Damara-Arbeiter zeigten mir, wie stark sie sich nach Eigenverantwortung sehnten. Es gab viele Gespräche, vor allem in unseren gemeinsamen Essenspausen, die mich sehr nachdenklich stimmten. Immer wenn es dazu kam, über unsere unterschiedlichen Kulturen und Traditionen zu sprechen, verstummten Terson, Johannes und Erhardt. Heute weiß ich, dass die Damara ursprünglich ein Lautsprachenvolk sind. Durch den Raub ihres Landes und die Prozesse ihrer Versklavung über viele Generationen bis hin zur heutigen Lohnsklaverei schwand die Notwendigkeit für die mündliche Überlieferung von Geschichte, Kultur und

Traditionen, ja sogar der ehemals eigenständigen Sprache, die sich möglicherweise immer mehr dem Khoikhoigewab angepasst hat. So wurden die Damara ein Volk ohne eigene Kultur und Traditionen. Man hatte ihnen nicht nur ihr Land, sondern auch die Basis eigenständiger kultureller Existenz weggenommen.
Die wenigen Damara, die sich nicht als Farmarbeiter verdingen müssen, haben eine göttergleiche Stellung bei den anderen. Der international berühmte Leichtathlet Frankie Fredericks gehört dazu. Er gewann nicht nur viele Medaillen bei Olympischen Spielen, sondern vertritt Namibia im Internationalen Olympischen Komitee. Der erste Premierminister Namibias war Hage Geingob. Er hatte gemeinsam mit dem ersten Präsidenten Sam Nujoma für die Unabhängigkeit gekämpft. Den Sänger und Gitarristen Jackson Kaujeua verehrten meine Mitarbeiter ebenso wie den Fußballspieler Collin Benjamin, der vom Hamburger Sportverein verpflichtet worden war.
Unsere gemeinsam besprochenen Ziele wurden erreicht: Die Renovierung des Gästehauses konnte ohne auswärtige Hilfe bewerkstelligt werden. Gleichzeitig hatten einige Arbeiter neue technische Kenntnisse erworben, die ihnen später im Leben geholfen haben. Außerdem hatten wir einen guten zwischenmenschlichen Kontakt aufgebaut, der mir als Neuling in Namibia mindestens ebenso viel wert war wie die Gespräche mit anderen Farmern.
Es hatte sich herumgesprochen, dass auf meiner Farm ein anderer Umgangston herrschte als anderswo. Außerdem aßen und tranken wir immer gemeinsam und dasselbe. Nach Feierabend gönnten wir uns gemeinsam ein kühles Bier aus der Dose und saßen oft noch etwas beisammen. Dann berichtete ich aus Deutschland. Meine Zuhörer schienen mir nicht zu glauben, wie ich über Umwege erfuhr. Sie meinten zum Beispiel, es könne nicht wahr sein, dass weiße Menschen als Diebe ins Gefängnis kämen. Für die Damara-Farmarbeiter war Diebstahl wie eine Eigen-

schaft, die nur zu schwarzen Menschen gehört. Sie schienen selbst darunter zu leiden wie unter einer Krankheit. Auch die Existenz von Körperverletzung, Raub, Sexualverbrechen und Mord in Deutschland nahmen sie mir nicht ab. Das war ja die »Heimat« der Farmer, ihrer Herren. Das konnte nicht sein. Schließlich gebe es in Namibia auch keine Weißen, die sich ungesetzlich oder unmoralisch verhielten.

Rudolf und Elke hatten mir oft gesagt, der kleine Gemischtwarenladen, den sie in einem der Nebengebäude ihres Privatanwesens unterhielten, sei nur eine Belastung, weiter nichts. Sie hielten ihn allein aus sozialer Verantwortung für ihre Mitarbeiter und deren Familien aufrecht. Mir erschien es als willkommene Gelegenheit, meine Kenntnisse über namibische Menschen zu vertiefen, wenn ich dort hinter der Theke stehen würde. Darum hatte ich mehrfach angeboten, das zu erlernen und gegebenenfalls einmal zu übernehmen.

An einem Tag war es so weit. Ich durfte mithelfen. Elke und Rudolf hatten strenge Regeln für den Ablauf aller Handlungen für den Tag, an dem es »Schdoah« gab (aus dem englischen Wort »store« ins Südwester-Kauderwelsch übernommen).

Es gab zwar eine feste Öffnungszeit, die wurde aber von den Farmern fast nie eingehalten, wie schon berichtet. Vor allem Elke ließ die Arbeiter oft stundenlang warten. Einige mussten weite Wege zu Fuß zurücklegen, um einkaufen zu können. Sie waren auf sogenannten Posten des riesigen Großgrundbesitzes eingesetzt. Das sind Baracken, die mehrere Kilometer vom Farmhaus entfernt aufgestellt worden waren. Nicht selten hatten sie wegen verspäteter Ladenöffnung in der Dunkelheit ihren Einkauf zurückzuschleppen und mussten selbstverständlich am folgenden Morgen pünktlich früh zur Arbeit erscheinen.

Die in Hörweite des Farmerhauses lebenden Menschen waren begünstigt. Sie konnten in ihren Behausungen warten. Zur Ladenöffnung wurde nämlich mit einer Eisenstange gegen eine an

einem Baum aufgehängte ausgediente leere Gasflasche aus Stahl geschlagen. Das nannte Elke »läuten«.
Bevor die Tür des Raumes geöffnet wurde, zeigte die Farmerin mir ihre Schätze. Auf mich wirkte der Laden zunächst sehr romantisch, erinnerte mich an einen »Tante-Emma-Laden« in der deutschen Nachkriegszeit, den ich aus meiner frühen Kindheit in Erinnerung behalten hatte. In einem Regal hinter der Theke, auf der zur Dekoration eine alte mechanische Registrierkasse stand, wurden einige Waren gestapelt: ein paar Dosen Sardinen, Packungen mit Zucker und Mehl, Tütensuppen, kleine Packungen mit chemischen Aromastoffen, die man mit Wasser zu Getränken mit künstlichem Fruchtgeschmack mischen konnte, ausgediente Knöpfe in einer alten offenen Pappschachtel, Arbeitskleidung, ein kleiner Ballen mit Stoff, Trockenhefe, Maismehl, Speiseöl in Dosen, ein paar Süßigkeiten, Reis und Nudeln, Tee, Kaffeeersatz, Trockenmilch, Bleistifte, Nähfaden und Nadeln und so weiter. Alles lag unsystematisch herum, hatte aber einen Platz, den ich niemals verändern dürfe, belehrte mich Elke. Unter dem Tresen, unsichtbar für die Kunden, lagen die wertvollen Dinge wie Taschenlampenbatterien und kleine »Flachmänner« mit einem aus Zucker hergestellten Fusel.
Elke sortierte in eine Schublade etwas mitgebrachtes Wechselgeld. Sie wies mich an, die Lade bei jedem Zahlvorgang zu öffnen und sofort wieder zu verschließen. Niemand dürfe sehen, wie viel Geld dort vorhanden sei. Das sei ganz wichtig! Der Schnaps dürfe nur an bestimmte Menschen ausgegeben werden, an welche, das werde mir noch genau gesagt. Hinter der Theke habe niemand etwas zu suchen. Wer gekauft habe, müsse den Raum sofort verlassen.
Auf dem Boden standen einige alte Fässer mit Maismehl. Es werde nicht gewogen, sondern mit einem Scheffel geschätzt. »Nie zu viel geben, das spricht sich sonst schnell herum und wir sind dann leer!« Ein paar Stufen tiefer ging es seitlich hinter der Theke in

einen Lagerraum. Dort wurden Zehnkilopackungen mit Zucker und Vorräte aufbewahrt.
Ich war sehr aufgeregt, als Elke nach draußen schrie: »Aufmachen!« Sofort stürmte eine Gruppe von Kunden in den unbeleuchteten Laden, es wurde noch dunkler. Die Farmerin hatte mich angewiesen, Waren auszugeben, sie wolle kassieren. Die meisten Menschen lachten freundlich mit mir. Viele beherrschten nur ihre Muttersprache oder den auf Farmen vorgeschriebenen Burendialekt. Oft konnten die Armen nicht begreifen, dass ich ihre Wünsche nicht verstand, Elke half mir beim Übersetzen.
Manche Kunden gingen sofort nach ihrem Einkauf nach Hause, um zu kochen. Andere lümmelten noch ein wenig vor dem Laden herum. Offenbar war der Tag auch Anlass, Neuigkeiten auszutauschen und miteinander zu plaudern. Wer Schnaps erworben hatte, versteckte ihn unter der Kleidung oder in einem mitgebrachten Transportbehältnis. Einige gingen in Abstand unter einen Baum und tranken sofort den Flachmann aus. Nach kurzer Zeit herrschte draußen eine ausgelassene Stimmung.
Elke behielt die Zügel in der Hand. Mit sehr bestimmender lauter Stimme gab sie ständig Anweisungen, erteilte Befehle. Man müsse so stehen und nicht so. Es sei nicht erlaubt, sich dorthin zu setzen. Beim nächsten Mal müsse man sich besser ankleiden, sonst gebe es nichts. Sie korrigierte sogar Hand- und Körperhaltungen einiger Menschen.
Unter der Theke zog sie hin und wieder eine zerfledderte Kladde hervor, in die sie etwas notierte. Später erfuhr ich, dass es das Schuldbuch war. Manche Kunden durften anschreiben lassen, andere nicht. Wenn es im Laden zu laut für Elke wurde, schlug sie mit der Kladde auf die Theke. Einige Frauen hatten ihre Babys mitgebracht. Manche betüterte Elke, andere ignorierte sie. Mir fiel auf, dass viele sehr junge Frauen mit Babys kamen. Es gab auch alte Menschen mit Ehrfurcht gebietenden Falten. Einige Hände zitterten stark, wenn sie Waren annahmen.

Die Atmosphäre begeisterte mich. Ich bewunderte Elke, wie sie mit dem Chaos fertig geworden war, und atmete erleichtert auf, als die Tür des Ladens geschlossen wurde. Jetzt wusste ich, dass es viel Arbeit sein musste, dieses Geschäft zu unterhalten. Mein Interesse daran war noch gestiegen. Ich hatte kein System feststellen können und mir Gedanken über Veränderungen gemacht, die aus meiner Sicht sowohl den Kunden als auch den Betreibern des Ladens dienen könnten.

Meine Rückfragen ergaben, dass die Preise für die Waren sich je nach Einkaufspreis änderten. Dennoch gab es eine Kalkulation. Man wollte mindestens fünf Prozent Gewinn erwirtschaften. Dieses Ziel sei aber in der letzten Zeit nicht erreicht worden. Für die Kleinstkredite, die beim Einkauf gewährt wurden, werde Zins berechnet. Dadurch sollten die Damara »lernen, mit Geld umzugehen«. Das könnten sie nicht. Der Lohn werde jede Woche im Laden bar ausgezahlt. Er werde von vielen Arbeitern sofort ausgegeben. Viele wollten dafür Alkohol haben.

Oft seien es die Frauen, die sinnvolle Nahrungsmittel erwarben. Manche könnten sogar eine ganze Woche ihr Essen einplanen. Das treffe aber nicht für Fleisch zu. Wenn es Fleisch gebe, müsse man damit rechnen, dass noch in derselben Nacht die gesamte Menge von den Damara vertilgt werde.

Das kann ich bestätigen. Meine Mitarbeiter freuten sich jedes Mal, wenn ich Fleisch ausgeben konnte. Da ihre Wohnungen in Sicht- und Hörweite meines Farmhauses lagen, konnte ich feststellen, dass am selben Abend bis tief in die Nacht Partystimmung herrschte. Ich führte viele erfolglose Gespräche mit den Damara-Arbeitern, um sie zu einer besseren Planung ihrer Lebensmittelvorräte zu bewegen. Mich ärgerte es sehr, dass sogar recht große Portionen an Fleisch immer wieder sofort verzehrt wurden. Meine Kritik an diesem Verhalten stieß auf völliges Unverständnis.

Heute tut es mir leid, meinen Angestellten wahrscheinlich gelegentlich die Freude an Fleischtagen beeinträchtigt zu haben. Mir ist leider erst nach etwa einem Jahr klar geworden, wie einfach es für mich gewesen wäre, die Ursache für dieses scheinbar planlose Verhalten zu erkennen. Die Farmangestellten haben keine Möglichkeit, Fleisch gekühlt aufzubewahren. Die einzige praktikable Konservierungsmethode besteht darin, Fleisch in Streifen zu schneiden und es an der Sonne zu trocknen. Frisches Fleisch schmeckt aber auch Damara besser als trockenes. Wie kann man seine Essensvorräte für einen Zeitraum von einer Woche und mehr planen, wenn es keinen Strom und keine Kühlschränke gibt?

Ähnlich einfach erkläre ich heute andere Vorwürfe, die Farmer oft ihren Mitarbeitern machen. Zum Beispiel behaupten sie: »Schwarze stinken!« Dieser ungeheuerliche Vorwurf soll die Kulturlosigkeit der Arbeiter belegen und ist gleichzeitig Rechtfertigung dafür, dass sie nicht wie Menschen behandelt werden, sondern oft wie Tiere oder sogar schlechter.

So sagte mir ein sonst recht aufgeschlossener Farmer in Namibia, auch seine Arbeiter dürften bei Autofahrten nicht im Fahrerhaus sitzen, sondern nur auf der offenen Ladefläche seines Geländewagens. Gegen seinen Hund als Beifahrer hatte er nichts auszusetzen. Diese Transportweise ist überall bei Farmern im ganzen Land verbreitet. Er halte den »Gestank« seiner Mitarbeiter einfach nicht aus, ihm werde schlecht davon.

Auch ich habe mich zunächst so verhalten. Ich musste meinen Mitarbeitern gar nichts sagen. Sie waren offensichtlich gewohnt, selbst bei Regen, am kalten Morgen, in der Nacht oder sogar bei starken Sandwinden hinten auf der Ladefläche kauern zu müssen. Auch kranke alte Frauen mühten sich unter Schubsen und Drücken von Familienangehörigen auf die Ladefläche meines Geländewagens. Manche brachten Decken zu ihrem Schutz mit, wenn sie welche besaßen.

Obwohl neben mir drei Sitzplätze auf der Beifahrerbank frei waren, habe ich mich etwa ein Jahr lang den Gepflogenheiten der

Farmer in Namibia angepasst. Ich konnte frisch geduscht und durch eine Klimaanlage vorm Schwitzen geschützt zu Einkäufen nach Windhoek fahren, während meine Arbeiter lachend und froh über den kostenlosen »Lift« hinter mir auf der Ladefläche versuchten, sich gegen die beißende Sonne und auf den Pisten hochgewirbelten Staub zu schützen. Wie die anderen Farmer stieg auch ich nicht einmal aus, um die Ladeklappe herunterzulassen, wenn ich meine menschliche Fracht zum Beispiel an der Zentralklinik in Windhoek ablieferte. Ich genoss es, im angenehm temperierten Fahrerhaus bei laufendem Motor sitzen zu bleiben und im Rückspiegel zu beobachten, wie meine Mitarbeiter so schnell wie möglich von der Ladefläche sprangen. Rasch verschlossen sie sorgfältig die Riegel der Ladeklappe und winkten mir zu, dass ich weiterfahren könne. Ich konnte später mein Auto in einer schattigen Tiefgarage parken, um meine wichtigen Termine in der Innenstadt wahrzunehmen.

»So sind sie eben, die Drecksdamara!« Diesen Ausspruch von Elke hatte ich mir gut gemerkt. Bestätigten sie nicht durch ihr eigenes Verhalten nur dessen Richtigkeit? Oft rochen sie auch während der Arbeit streng nach ranzigem Fett und Holzkohlenrauch. »Das kriegt man aus denen nicht raus, wir haben ja schon Seife im Schdoah gehabt, aber die kauft keiner«, war ein anderer Spruch der Nachbarfarmerin.

Im Farmladen wurde scharfes Waschpulver in kleinen Pappkartons angeboten. Das bezeichneten alle als Seife. Dieses Mittel mussten die Arbeiter für alle möglichen Arten der Reinigung verwenden. Es diente ihnen zum Geschirrwaschen, zur Kleiderreinigung, zum Putzen und zum Händewaschen. Ich hätte mich mit diesem Zeug nicht waschen wollen. »Die haben ja kein Geld für was anderes, wir müssen immer nur das Billigste holen«, klärte Elke mich auf, als wir über den Warenbestand im Laden sprachen.

Ich wollte die Betreuung des kleinen Geschäfts gerne überneh-

men, bat aber darum, das Angebot verändern zu dürfen. Nach einigen Debatten wurde mir das erlaubt.
Mich veranlasste das, mit einigen meiner Angestellten, zwei Frauen und einem Mann, nach Windhoek zum Einkaufen zu fahren. Sie sollten mir dabei helfen, zu entscheiden, welche Artikel von Damara gerne gekauft würden. Sie sagten mir, was sie alles im Laden vermissten. Sie erklärten mir, es gebe dort ja kaum etwas. Darum seien auch sie gezwungen, die schlechten Produkte zu kaufen.
Der gemeinsame Einkauf wurde zu einem der schönsten Erlebnisse, die ich in dem Großhandel hatte, den mir Rudolf und Elke als Einkaufsquelle zugewiesen hatten. Besitzer waren Angehörige der Familie Hansen, auch Rudolf und Elke hielten beträchtliche Geschäftsanteile an diesem Unternehmen, das gute Gewinne abwarf, die den Farmern als Nebeneinnahme dienten.
Der Geldkreislauf auf einer Farm in Namibia, die »unter deutscher Leitung« stand, wurde mir immer klarer: Die ausgezahlten Hungerlöhne landeten zu einem nicht unbeträchtlichen Teil wieder in der Kasse des Farmladens. Die dort angebotenen Artikel wurden von Hansens sogar noch im eigenen Großhandel gekauft. Dafür wurde nicht nur der normale Händlerrabatt, sondern auch noch ein zusätzlicher Nachlass für Mitinhaber eingeräumt. Dennoch wurden die Artikel im eigenen Farmladen mit einem Aufschlag zu dem normalen Einkaufspreis verkauft, auf den mindestens fünf Prozent zusätzlicher Gewinn aufgeschlagen wurde. Für sogenannte Luxusartikel wie Süßwaren, Corned Beef in Dosen oder Seife wurde ein höherer Gewinn einkalkuliert. Rudolf bemerkte einmal mein schlechtes Gewissen, das mich plagte, und begründete sein Geschäftsgebaren mit dem Satz: »Wir tragen ja schließlich auch die Transportkosten für die Waren von Windhoek bis hierher und stellen das Geschäft zur Verfügung.« Er verschwieg, dass niemals Einkaufsfahrten für seinen Laden gemacht wurden. Immer hatte er auch andere Dinge in Windhoek zu erle-

digen, hätte also ohnehin dieselbe Strecke fahren müssen. Das galt für ihn und besonders für Elke, weil sie zu dem Familienhandel als Miteigentümer gelegentlich zu Gesprächen und Kontrollen ihres Betriebes fahren mussten. Sie übergaben dann einem Großhandelsmitarbeiter ihre Liste, der ihr Fahrzeug entsprechend füllte. Die Rechnungen des Großhandels an die Farm habe ich nie gesehen. Bar bezahlt wurde nie, wenn ich dabei war. Auch meine eigenen späteren Einkäufe für den Laden sollte ich immer nur per Lieferschein tätigen. »Auf keinen Fall bar bezahlen«, wurde mir gesagt.

Der Gewinn, den der Großhandel offiziell abwarf, floss, wie in allen Unternehmen üblich, den Eigentümern zu. So war ein System aufgebaut worden, durch das man die Arbeitskraft der Farmarbeiter gleich mehrfach ausbeuten konnte. Zusätzlich entstand der Effekt, die Ladengeschäfte als soziale Leistung darstellen zu können.

Als meine Farmarbeiter erstmals sahen, was es in dem Großhandel alles gab, staunten sie nicht so, wie ich es erwartet hatte. Im Gegenteil: Sie vermissten einige Artikel, die sie sich wünschten. Ihre Kenntnisse über handelsübliche Warenangebote hatten sie sich bei früheren Besuchen in Windhoek in normalen Geschäften angeeignet. Die meisten Namibier kaufen in einer sehr preiswerten südafrikanischen Supermarktkette ein, die dort und in weiteren großen Städten des Landes betrieben wird. Als wir später einmal gemeinsam dorthin gingen, war ich derjenige, der sich überrascht zeigte. Im Gegensatz zu dem Großhandel der Farmer gab es hier nahezu alle Produkte, die man auch in Europa kennt, wenn auch nicht immer in derselben Qualität, aber preiswerter als im Hansen-Großhandel.

Wir peppten den Farmladen weiter auf. Die Waren wurden ansehnlich und nach Gruppen geordnet im Regal schön aufgestapelt, davor stand ein für jeden Kunden gut lesbares Preisschild in englischer Sprache. In dem tiefer liegenden Raum bewahrten wir Kartons mit Vorräten auf. Ging ein Artikel im Regal zur Neige, füllten wir aus dem Lager auf. Wurde auch dort der Bestand knapp, kauften wir nach. So konnte gewährleistet werden, dass alle Waren zuverlässig vorgehalten wurden. Preiserhöhungen konnten wir am Tresen rechtzeitig ankündigen, da wir im Großhandel erfuhren, wenn die Preise angehoben wurden, aber selbst noch aus unserem Lager zu dem alten, niedrigeren Preis verkaufen konnten. Das hat mir Rudolf später untersagt. Er bestand darauf, die Preise auch für günstiger eingekaufte Lagerware dann zu erhöhen, wenn sie im Großhandel für künftige Einkäufe hoch gesetzt wurden. So entstand eine weitere Verdienstmöglichkeit für den Farmer. Es kümmerte ihn nicht, dass solches Verhalten nicht nur in Deutschland, sondern auch in Namibia gesetzeswidrig ist.

Das Prinzip der Vorhaltung von Waren lehnte vor allem Elke ab. Sie kam damit nicht klar, weil eine Kontrolle der vorhandenen Vorräte notwendig war und Einkaufsfahrten auch dann erforderlich wurden, wenn es möglicherweise nichts anderes für die Farmer in Windhoek zu tun gab. Man wollte aber keine Fahrten nur für den Laden durchführen.

Wie eine Palastrevolution wirkte es, als ich ankündigte, auch Frischwaren einzukaufen, vor allem Obst und Gemüse. »Das werden Die niemals kaufen, das musst du noch lernen, Ulf. Damara wollen immer nur Fleisch, Fleisch und noch mal Fleisch. Die pflanzen ja auch nichts an.« Nach einigen Debatten erlaubte man mir dennoch, einen Versuch zu machen.

Bananen, Orangen, Äpfel, Kartoffeln, Bohnen, Karotten und sogar die an den Hungerlöhnen gemessen unverschämt teuren Ananas waren am ersten Tag nicht nur ausverkauft, es gab enttäuschte Gesichter vor der Ladentheke von den vielen Damara, deren Nachfrage wir nicht bedienen konnten! Ich hatte gegenüber den Farmern einen kleinen Sieg errungen.

Am nächsten Öffnungstag waren meine mit einer Schablone

So zugewuchert sah die Farm bei der Ankunft aus. Rechts erkennt man den verroste-
en Hochbehälter für die Wasserversorgung auf dem Dach eines Nebengebäudes.

Dieses wilde Zebra erschien plötzlich bei den Eseln. Manchmal sprang es über die
äune und wurde tagelang nicht gesehen, kam aber immer wieder.

3 Der Autor mit drei Hunden auf dem Innenhof seines Farmhauses. Links der Eingang zur Küche; rechts ist das System der Wasserheizung erkennbar.

4 Einige der auf einer 2000 Hektar großen Weide frei lebenden Esel mit dem Autor.

Der Farmgarten dien-
e der Selbstversorgung
nd dem Restaurant.

6 Die meisten Fahrstraßen in Namibia sind Staub- und Sandpisten.

Dieser romantisch
irkende Seerosenteich
ersorgte die Farm sowie
le Mitarbeiter und
äste mit Wasser von
uter Qualität.

8 Ein aufregender Tag für alle Menschen auf der Farm: Ein riesiger Truck bringt Steine zum Bau von Häusern für die Angestellten. Der Großgrundbesitzer verhinderte den Bau in letzter Sekunde.

9 Europäer bezeichnen das als Hütte, für Afrikaner ist es ein Zimmer. Dieses diente Touristen zur Veranschaulichung der Lebensweise von Wambo, der Bevölkerungsmehrheit Namibias.

10 So weit wie möglich wurde gemeinsam gearbeitet. Der Autor ist ganz rechts in der Gruppe zu sehen, die das Dach für ein »Wambo-Zimmer« aufsetzt.

1 Nicht nur zur
chau für Touristen
vurde auf der Farm,
lie inmitten einer
avanne weitab der
Zivilisation liegt, täg-
ich Brot gebacken.

2 Das Ergebnis
ässt einem heute
ıoch das Wasser im
Mund zusammenlau-
en: Knackig-frische
rötchen aus dem
isentopf vom offe-
en Holzfeuer.

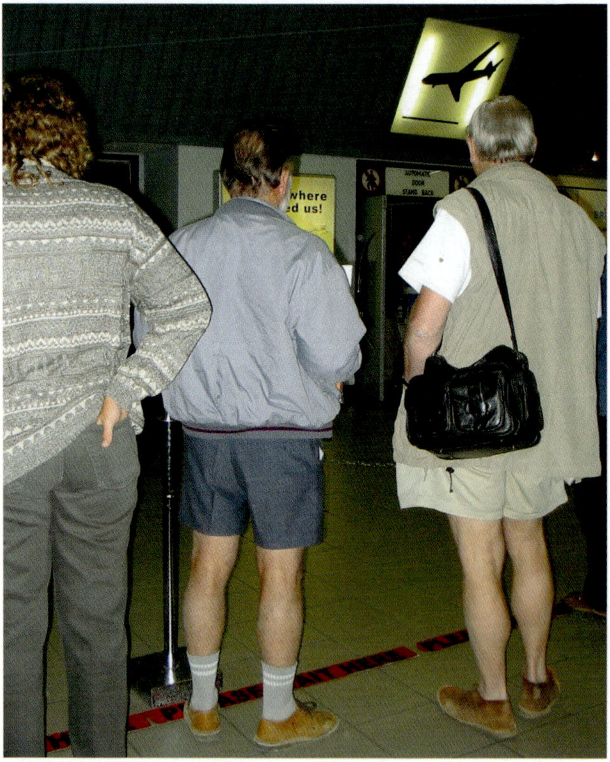

13 Auf dem Farmgelände lebten auch viele Webervögel, die sich solche Nestsiedlungen bauen – ein positives Beispiel für friedliches Zusammenleben, das viele weiße Farmer sich nicht zu eigen machen.

14 Eine große Enttäuschung für den Autor bei der Ankunft am Flughafen von Windhoek: Statt farbenprächtiger afrikanischer Kleidung präsentierten sich ihm nackte »Stachelbeerbeine«, die aus den kurzen Hosen von Farmern wuchsen.

15 Während sich die oft unterernährten Arbeiter von ihrem Hungerlohn nicht einmal jeden Tag Mehl für ihren Brei kaufen können, genießen die meisten Großgrundbesitzer sehr oft bestes Fleisch vom Grill.

16 In der Küche der Farm verteilen weibliche Angetellte die Keule einer Kudu-Antilope zum Verteilen für alle auf der Farm wohnenden und arbeitenden Menschen.

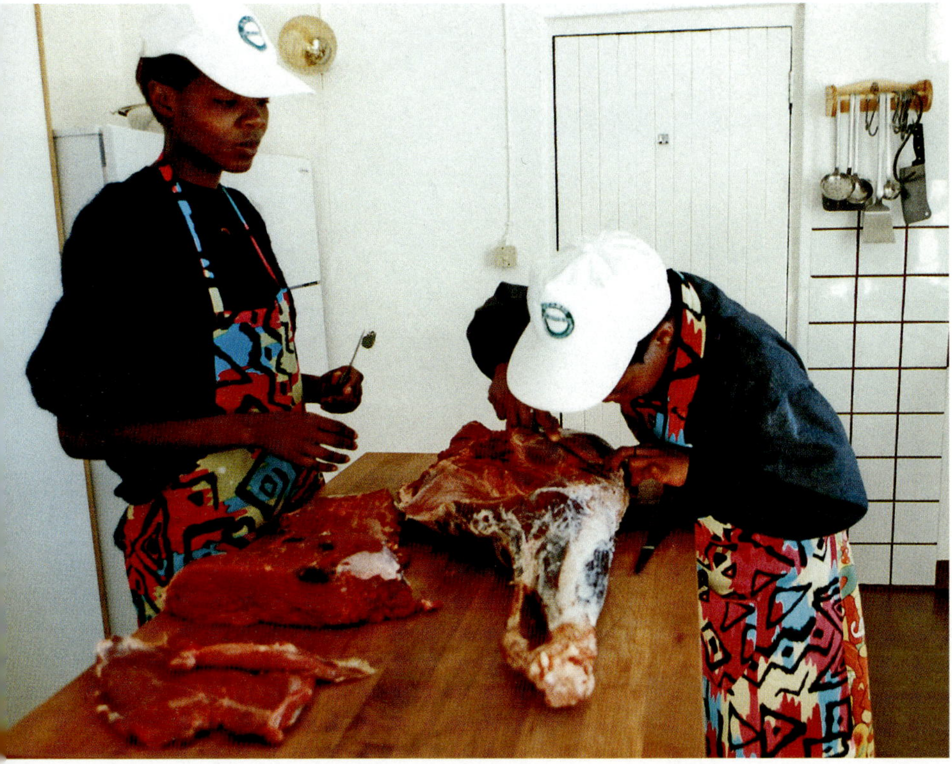

17 Der Autor (rechts) mit einem Besucher aus Frankreich. Vom offenen Geländewagen aus ließen sich bei einer Rundfahrt auf der Farm viele Wildtiere beobachten.

18 Das Gelände der Farm war so riesig, dass man mit dem offenen Geländewagen über eine Woche hinweg täglich dreistündige Rundfahrten machen konnte, ohne dieselben Pisten zu fahren.

mühsam schön geschriebenen Preisschilder für viele Artikel im Ladenregal einfach mit einem Kugelschreiber handschriftlich überschmiert. Die Preise waren wieder einmal erhöht worden. Das war wohl eine Retourkutsche von Rudolf. Ich konnte mich nur sehr schwer beherrschen, dagegen nicht auf die Barrikaden zu gehen.

Dennoch gab es von dort an frisches Gemüse und frisches Obst, die nicht im familieneigenen Großhandel der Farmer gekauft werden konnten. Weil die Nachfrage stieg, kaufte ich auf eigenes Risiko parfümierte Seifen und kleine Portionen günstiges Toilettenwasser ein. Es folgten Dosen mit den international bekannten Cooldrinks, die ebenfalls reißenden Absatz fanden, obwohl der Laden keinen Kühlschrank hatte. Meinen Plan, dort ein Kühlgerät zu installieren, konnte ich nicht mehr verwirklichen.

Mit verschiedenen vorgeschobenen Argumenten wurde ich langsam aus dem Geschäft gedrängt. Unausgesprochen wurde sogar der Verdacht verbreitet, ich bevorzugte meine eigenen Angestellten. Ich hatte nämlich eingeführt, dass mir im Laden Farmarbeiter oder deren Familienangehörige helfen durften – gegen Bezahlung, versteht sich.

Auf meiner Farm richtete ich daraufhin einen eigenen internen Laden ein, den ich ausschließlich für meine Mitarbeiter öffnete. Ich wollte Auseinandersetzungen mit den Nachbarfarmen vermeiden, die es ganz sicher gegeben hätte. Der modernisierte Warenbestand im Laden von Hansenfarm hatte sich herumgesprochen, und es kamen immer mehr Kunden auch von anderen Farmen dorthin, die zum Teil mehr als eine Stunde Weg zu Fuß gehen mussten. Die Versorgung mit Obst und Gemüse stellten Hansens ein.

Meine Mitarbeiter konnten bei mir regelrechte Bestellungen aufgeben oder mit mir nach Windhoek fahren, um sich dort selbst zu versorgen. Wir verabredeten einen Treffpunkt in der Hauptstadt und eine Zeit für die Rückfahrt. Ich transportierte selbstverständlich alle Einkaufstaschen unkontrolliert, was sonst nicht üblich ist. Ich wusste durch vertrauliche Gespräche, dass die Farmarbeiter vor allem Kondome und die Frauen hygienische Artikel und Kosmetika vermissten. Bis heute frage ich mich, ob die »deutschen« Farmer in Namibia sich ihrer Verantwortung auch im Hinblick auf die Verbreitung von Aids bewusst sind! In den Städten bietet der namibische Staat in Kliniken und öffentlichen Toiletten kostenlos Kondome zum Mitnehmen an. Wie sollen weit entfernt auf Farmen lebende Menschen sich und ihre Familien schützen, wenn sie kein Geld haben für eine Fahrt dorthin und in den Farmläden keine kostenlosen Kondome ausliegen?

Nun fehlte auf Otjidarumbu noch fließendes Wasser für die Arbeiter. Da sie leider zumindest vorläufig in Baracken wohnen mussten, installierten wir im künftigen Gästehaus zuerst Duschen, die unsere Angestellten gerne und oft benutzten. Ein Wunder war geschehen: Die Damara aus unserer Farm rochen angenehm.

Kein Wunder, dachte ich mir. Wenn diese Menschen in ihren Häusern nicht nur fließendes Wasser, sondern auch eine normale Küche hätten, würde ihnen auch kein Geruch nach Feuerrauch mehr anhaften. Selbstverständlich fuhren meine Mitarbeiter inzwischen vorne mit mir im Fahrerhaus. Wenn mehr Personen nach Windhoek wollten, als ich Plätze im Geländewagen hatte, nahm ich einen inzwischen gekauften VW-Bus.

Wie oft begegneten wir anderen Farmern, deren Arbeiter wie gewohnt in Wind und Wetter auf der Ladefläche kauerten, während ihr Hund stolz auf dem Beifahrersitz in der klimatisierten Kabine saß!

Einige alte Damara-Frauen, die nicht mehr arbeiteten, hatten sich bei Hansenfarm neben ihrer Baracke einen kleinen Garten zur Selbstversorgung eingerichtet. Zum Unterhalt benötigt man im trockenen regenarmen Namibia sehr viel Zeit. Farmarbeiter können sich das nicht leisten. Ich förderte meine Mitarbeiter, sich einen Garten anzulegen. Dazu konnten sie aus unserem Restaurantgarten Setzlinge mitnehmen. Gemeinsam legten wir während der Arbeitszeit bei ihren Baracken kleine Gärten an. Ich kaufte für die Herstellung von Abzweigungen der Rinder-Wasserleitung zu ihren Beeten die entsprechenden Installationsartikel. Bald hatten meine Farmarbeiter eigene Gärten. Sie freuten sich darüber, Zierblumen und Gemüse selbst anpflanzen zu können. Von wegen »Damara essen nur Fleisch …«, dachte ich mir. An den Wochenenden bemerkte ich immer mehr Familienbesuche bei meinen Arbeitern. Wären die Behausungen nicht so erbärmlich gewesen, hätten mich die Bilder an die Sonntagsatmosphäre in deutschen Kleingärten erinnert.

Das Halten von Tieren durfte ich für meine Mitarbeiter nicht frei bestimmen. Ich musste mich nach unserem Pachtvertrag Rudolfs System anpassen. Der erlaubte einige Ziegen und Rinder und bezeichnete das als besondere soziale Großzügigkeit, weil das auf den meisten anderen Farmen »unter deutscher Leitung« nicht gestattet sei. Ich fand es nur selbstverständlich, Damara auf ihrem eigenen Grund und Boden, der ihnen von Kolonisten weggenommen worden war, die Haltung von Tieren zu gewähren.

Nach Rudolfs Anweisung war es Arbeitern nicht erlaubt, dieselbe gute Rinderrasse zu halten wie er. Nur unkontrollierte Kreuzungen mit schlechter Fleisch- und Milchleistung waren gestattet. Ähnliche Einschränkungen gab es auch für Ziegen. Weiden durften die Arbeitertiere niemals gemeinsam mit denen der Farmer. Nur solche kargen Böden waren dafür ausgesucht, die sich nicht als Weideland für den Farmer rentierten. Dementsprechend abgemagert sahen die Tiere der Arbeiter aus.

An einem Wochenende habe ich einen grauenhaften Vorgang beobachten müssen. Ein alter Mann aus der Barackensiedlung meiner Arbeiter holte mit zwei Eseln und einem alten Karren Brennholz. Die beiden Tiere ächzten unter der schweren Last in der prallen Sonne. Einer der Esel schien seine letzte Kraft in den Dienst des alten Mannes zu stellen. Als das bescheidene Fuhrwerk am Ziel stehen blieb, spannte der Mann den erschöpften Esel aus. Drei andere Damara-Arbeiter kamen zu Hilfe. Vor den Augen des Eselpartners aus dem Fuhrwerk, der noch nicht ausgespannt war, töteten sie den alten Esel. Sie benutzten dazu Steine und Hacken, die sie ihm immer wieder auf den Kopf schlugen. Obwohl das Tier am Boden liegend noch körperliche Reaktionen von sich gab, schnitten sie ihm den Bauch auf, weideten es aus und zerlegten den Körper, dessen Knochen und Fleisch sie sich teilten. Der Zugpartner des so brutal getöteten Tieres stand immer noch daneben in der prallen Sonne, angeschirrt.

Dieses dramatische Ereignis ließ mich wochenlang nicht ruhig schlafen. Als ich mit Hansens darüber sprach, sagten sie mir: »Tja, Ulf, das sind eben die Damara, die haben keine Gefühle. Das musst du noch lernen. Die sind nicht wie wir. Das haben wir dir immer gesagt. Damara sind und bleiben eben Kaffer. Aber das darf man ja nicht mehr sagen. Jetzt hast du es selbst gesehen.«

Meine Schwäche wurde in den folgenden Wochen von Nachbarfarmern dazu ausgenutzt, mich mehr und mehr auf ihre Seite zu bringen. Ich übernahm unbewusst viele Vorurteile und beeilte mich, Rudolf dazu zu bewegen, den Damara auf unseren beiden Farmen die Haltung von Eseln zu verbieten. Er allein konnte das nach unserem Pachtvertrag entscheiden, ich nicht.

Rudolf erzählte mir, die Haltung von Eseln durch Damara sei ihm ohnehin schon viele Jahre ein Dorn im Auge. Elke dagegen vertrat die Ansicht, das sei traditionell wichtig für Damara. Sie hatte sich bis zu meiner Bitte an Rudolf immer durchsetzen können. Nun musste sie nachgeben. Rudolf befahl allen Damara, die Esel zu verkaufen, und verbot die Haltung und Zucht dieser Tiere auf seinen Farmen.

So habe ich wesentlich dazu beigetragen, dass den Damara-Arbeitern dort auch noch die letzte Möglichkeit eigenständigen Transports genommen wurde. Eselskarren sind nämlich ein Luxus für die Lohnsklaven und ihre einzige Chance, auch größere Entfernungen unabhängig vom Farmer zurücklegen zu können. Walter Herbst hatte mir bei meinem Besuch im Süden bereits sein Leid geklagt, dass unzufriedene Arbeiter sich mit ihren Eselskarren aus dem Staub machen könnten.

Im Norden Namibias habe ich noch viele Damara mit Eselskarren getroffen. Auf den Pisten sah ich, wie sie ihre Tiere mit Stockhieben antrieben, auch beim Anspannen wurden oft Schläge eingesetzt.

Als Liebhaber von Eseln[30] freute ich mich sehr, bei den Wambo in Namibia ein völlig anders Verhalten erleben zu dürfen. Dort werden Esel als die wichtigsten Partner beim Überleben angesehen und sehr gepflegt.

Das äußerst brutal wirkende Verhalten von Damara gegenüber Tieren kann ich mir heute besser erklären als zu meiner Zeit als Farmer in Namibia. Einerseits sind Damara sehr wahrscheinlich Jäger und Sammler gewesen. Ihre Gebiete wurden ihnen weggenommen, sie hatten nie die Möglichkeit, eine Entwicklung zum sesshaften, selbstbestimmten Leben durchzumachen. Ihren Hunger mussten diese Menschen auch durch Töten von Tieren stillen. Da sie bis heute keine möglichst schonenden Methoden zum Schlachten entwickeln konnten, weil das eine ihnen vorenthaltene technische Ausrüstung erfordert hätte, für die sie kein Geld hatten, bleibt ihnen nichts anderes übrig, als sich der Hilfsmittel zu bedienen, die sie gerade finden. Auch Ziegen werden vor dem Schächten nicht betäubt, wie ich später erleben konnte. Meine Mitarbeiter nahmen alles mögliche Getier mit nach Hause, um es zu verzehren. Dazu gehörten Stachelschweine und Wüstenspringhasen ebenso wie alle greifbaren Vögel inklusive Papageien. Besonders schwer traf es mich, zu erleben, dass sie uralte riesige Schildkröten einfach auf den Rücken legten und mit Steinen fixierten, um sie so in der prallen Sonne krepieren zu lassen. Nach einem oder mehreren Tagen brachen sie die Panzer auf. Schildkrötenfleisch gilt als ganz besondere Delikatesse bei Damara. In unserer Restaurantküche zeigten wir den Mitarbeitern dieses Volkes, wie man Gemüse gemeinsam mit Fleisch zu herrlichen Mahlzeiten zubereiten kann. Ich freute mich darüber, dass nach etwa zwei Jahren einige unserer Damara-Mitarbeiter zu Hause begannen, gemischte Eintöpfe zu kochen. Das Verbot der Eselhaltung habe ich bis heute nicht bereut. Als Ausgleich bot ich kostenlose Transportmöglichkeiten an. Ihre individuelle Flexibilität allerdings, und damit ein großes Stück Eigenständigkeit, habe ich auch unseren Damara-Mitarbeitern genommen.

Ballermänner

Anfängerpech, dachte ich. Wieder einmal waren die reifsten Früchte und der zarteste Salat aus unserem Garten gestohlen worden. Der Zaun war unverletzt, die Schlösser der beiden Tore nicht beschädigt, die Spuren am Boden verrieten die Diebe: Paviane.

Ich hatte alles versucht, unsere Nahrungskonkurrenten zu überlisten. Rudolf belehrte mich Greenhorn: »Die Mistviecher sind unsere größten Feinde nach den Terroristen.[31] Aber wir hier sind schlauer und bekämpfen beide erfolgreich.« Man müsse sich den Anführer herausgreifen, das gelte für Affen und Terroristen. »Aber jetzt sprechen wir mal über die Affen.« Paviangruppen würden vom kräftigsten Männchen angeführt. Man müsse sie beobachten und herausfinden, wer das sei. Dann lege man sich irgendwo auf die Lauer und schieße den Anführer ab. Die führerlose Horde müsse sich dann für ein paar Wochen mit sich selbst beschäftigen. Es werde Kämpfe und Beißereien untereinander geben. In dieser Zeit scheuten die Paviane menschliches Gebiet, also auch den Garten. Sobald sie einen neuen Leitaffen hätten, müsse man den wieder abschießen. So könne man immer ein paar Wochen lang ungestört seine Siesta machen. Das System funktioniere sehr gut.

»Ich mag ja gar keine Affen schießen, aber das muss sein«, beteuerte der Farmer, als er meine offensichtliche Verwunderung bemerkte. Er lieh mir zwei Gewehre aus seinem Bestand. Dazu ging er mit mir an seinen Waffenschrank im Esszimmer, der prall gefüllt war mit Schusswaffen jeglicher Art. Pistolen und Revolver,

Kleinkalibergewehre und riesige schwere Schießprügel, die ich nur aus alten Westernfilmen kannte. Dazu ganze Schubladen voll Munition. Mein ungläubiges Gesicht kommentierte er mit den Worten: »Hier muss man mit allem rechnen, wilde Tiere in jeder Größe, du weißt schon.« Ich konnte mir denken, dass er auch die zweibeinigen damit meinte.
Wie gelähmt streifte ich meine Bedenken ab und folgte meinem Lehrmeister willig mit zwei Gewehren auf die Veranda. Er reichte mir zuerst ein leichtes: »Das brauchst du nur für kleine Tiere, damit kannst du dir auch mal ein paar Perlhühner oder Tauben schießen. Versuch mal, siehst du die Taube da oben im Baum?«
Ich legte an, schoss wie auf einer Kirmes, traf und der tote Vogel fiel zu Boden. »Entschuldigung«, entfuhr es mir. »Mensch, du bist ja gut, das war schwer zu treffen, zeig mir's noch mal.« Ich fühlte mich sehr geschmeichelt. Solches Lob für einen Neuling aus dem Mund eines eingefleischten Farmers und Profis.
Dann sollte ich beweisen, auch mit der »richtigen Wumme« umgehen zu können, das sei so etwas wie ein »Elefantentöter«. Da zufällig keiner dieser Dickhäuter in Schussweite herumlief, forderte mich Mister Rudolf auf, den Stamm eines Baumes am anderen Ufer des Trockenflusses anzuzielen. Aber ich müsse vorsichtig sein, es sei Mittagspause, da liefen »Die auch immer da herum«. Er brüllte auf Afrikaans eine Warnung zum Fluss und dann zu mir gewandt: »Los, schieß!« Ich folgte ihm und traf. Holzfetzen splitterten da drüben irgendwo. »Wunderbar! Du bist richtig gut!« Ich fühlte mich wie ein Westernheld, aber wirklich. Die beiden Ballermänner verwahrte ich mit Munition in meinem Waffenschrank direkt neben dem Bett im Schlafzimmer.
Elke war manchmal offen zu mir, wenn sie sicher sein konnte, keine Zuhörer zu haben. Sie wollte kontrollieren, ob ich meine Waffen mit Munition auch ständig griffbereit beim Bett hätte. Dabei sagte sie, man sei jetzt in der Nachbarschaft beruhigt, denn ich sei mit meiner Farm schließlich eine Art Außenposten für die ande-

ren deutschstämmigen Farmer, da sie sehr nahe an einer öffentlichen Schotterpiste liege. Ich solle doch auch Mitglied in ihrem »Club« werden.
Darum habe ich mich in den vielen Jahren gedrückt. Heute bereue ich es ein wenig. Dort hätte ich sicher manches Interessante erfahren. Dieser »Club« von Nachbarn dient offiziell dazu, dass man sich gegenseitig hilft, zum Beispiel beim Ausbruch eines Buschfeuers. Darum hat man sich Funkgeräte für eine gemeinsame Lizenz zugelegt. Es wird ständig Wache geschoben, Tag und Nacht. Der »Diensthabende« muss sich morgens bei allen anderen melden und abends abmelden, wenn er schlafen geht, aber auch dann immer parat sein. Mir war diese Gruppe suspekt. Elke erklärte mir, dieser Zusammenschluss sei während des Freiheitskampfes in Namibia von den weißen Farmern gegen »die Terroristen« gebildet worden, aber heute dürfe man ja nicht mehr Terrorist sagen, seitdem »Die« an der Regierung seien.
Manche Farmer bewegen sich auch heute noch oft schwer bewaffnet durchs Land. Sie tragen allerdings Handfeuerwaffen nicht mehr offen am Gürtel wie früher. Ein paar Mal wollte ich testen, wie Besucher der Lodge wohl reagierten, wenn ich mit einer Schusswaffe unterm Arm eine Rundfahrt im offenen Safariwagen machte. Manche fühlten sich wie im Wilden Westen, fragten danach, ob es in Namibia so viel Waffenfreiheit wie in den USA gebe. Andere fühlten sich durch das Mitführen eines Gewehres in einen abenteuerlichen Film versetzt. Ich selbst fühlte mich eher wie in einem Zirkus. Für Menschen gefährliche Tiere gibt es auf den Farmen nämlich nicht. Sie sind davon alle »freigeschossen« worden. Nur sehr wenige Leoparden und Geparde bewegen sich noch hier und da. Auch die flüchten vor uns Zweibeinern. Es ist kaum möglich, sie Touristen zu zeigen.
Gut gefüllte Waffenschränke findet man auch auf den Farmen, die keine Jagd auf Wild als Quelle für Fleisch betreiben. Neue Waffengesetze in Namibia sollten das unterbinden, sind aber bislang

nur schwer durchzusetzen. Ich kenne keine einzige Waffenhandlung in diesem Land, deren Besitzer nicht Nachfahre einer Kolonialfamilie ist. Dort erhält man einen Waffenschein, der inzwischen vorgeschrieben ist.
Als ich in einem Einkaufszentrum in der Hauptstadt einen Waffenhändler aufsuchte, um mich danach zu erkundigen, wie ich in den Besitz von Schusswaffen kommen könnte, erlebte ich eine Überraschung. Der Laden war mehrfach elektronisch gesichert und abschreckend hermetisch abgeriegelt. Gitter, Schlösser, automatische Summer, Türöffner, Kameras überall. Ganz außen befand sich eine schlichte Klingel. Als ich die betätigte, sprang sofort die Tür auf und ich hatte, selbst mit Kartons beladen und einem Mantel bekleidet, problemlos freien Zutritt. Die Kamera hatte mich als Weißen identifiziert, wie der Besitzer mir auf Anfrage freimütig erklärte.
Nein, das sei kein Problem, auch wenn ich gerade erst aus Deutschland komme und eine Farm nur gepachtet hätte. Er empfehle mir in jedem Fall schwere Kaliber, meinte er, ohne danach zu fragen, wo ich wohnte und welches Wild dort lebte. Denn »auf einer deutschen Farm weiß man ja nie …« Die notwendigen Papiere könne er mir rasch und unkompliziert beschaffen, auch Munition in größerer Menge sei kein Problem, hier gebe es »für uns« immer genug für alle Fälle.
Ungläubig staunend verließ ich das Geschäft und schwor mir, niemals eine Waffe zu kaufen. Aus Trotz schon nicht.

Der innere Herrenmensch

Begonnen hat meine Wandlung vom sozial engagierten Newcomer in Namibia zum gewöhnlichen Herrenmenschen germanischer Abstammung nicht nach dem grauenhaften Eselschlachten.

In Unterlagen für auswanderungswillige Deutsche hatte ich gelesen, die Löhne für namibische Hausangestellte seien so niedrig, dass sie von jedem Deutschen bezahlt werden könnten. Durch Fernsehreportagen und Zeitschriftentexte, Bücher und persönliche Gespräche mit deutschstämmigen Farmern bei früheren Reisen wusste ich, dass vor allem auf den Farmen Hungerlöhne üblich sind.

Diesen Gewohnheiten passte ich mich gerne an. Mein schlechtes Gewissen beruhigte ich mit dem Argument der Farmer, die Mitarbeiter in Haus und Hof hätten sonst keine Arbeit und kein Geld. Außerdem sei die Leistung der Namibier bei Weitem nicht zu vergleichen mit der von Europäern. Dementsprechend niedrig dürften die Löhne sein.

Elke beschwerte sich bei einem gemeinsamen Abendessen wieder einmal über »Faulheit« ihrer Hausangestellten. Die Damara würde man nie dazu bringen können, tüchtig und folgsam zu sein. Es sei oft mehr Arbeit, sie anzuleiten, als die Arbeiten selbst zu machen. Es sei eine Plage mit ihnen.

Ihr Mann entgegnete darauf: »Ach, wir müssen ja auch sehen, Die sind sehr preisgünstig, da kann man einfach keine europäischen Maßstäbe anlegen.«

Rudolf fühlte sich offenbar sozial bei diesem Satz. Ich hatte den

Eindruck, er wollte damit großes menschliches Verständnis für die Arbeiter dokumentieren. Ich nahm diesen Gedanken auf und beruhigte immer wieder mein gelegentlich aufkeimendes schlechtes Gewissen über das auch von mir praktizierte Hungerlohn-System.

Roswitha hatte mich schon am ersten Morgen in meiner neuen Farm mit einem gedeckten Frühstückstisch verwöhnt. In Erinnerung an die hochherrschaftlichen Gepflogenheiten bei Hansens freute ich mich darüber, ähnlich komfortable Lebensverhältnisse genießen zu können. Das Frühstück bestellte ich jede Woche opulenter. Auf der Tafel für mich fehlte bald nichts mehr im Angebot, obwohl ich nur einen kleinen Teil zu mir nehmen konnte. Immer gab es eine gebügelte Tischdecke. Besteck und Geschirr benutzte ich im Übermaß. Ich brauchte den Abwasch schließlich nicht zu machen.

Mein Bett verließ ich morgens ohne Rücksicht auf Unordnung. Meine gebrauchte Kleidung fiel zu Boden, wo ich sie auszog. Jeden Tag trug ich komplett frische Wäsche, gebügelte Hemden inbegriffen. Im Bad erwarteten mich frische Handtücher, griffbereit drapiert. Gebrauchte Handtücher landeten auf dem Boden. Das Toilettenpapier war wie in einem guten Hotel jeden Morgen am Ende der Rolle eingefaltet worden.

Während ich am Frühstückstisch saß, hatte Roswitha Schlafzimmer und Bad zu reinigen und in Ordnung zu bringen. Den Tisch verließ ich wie ein Schwein seinen Trog. Ich hatte ja eine Hausangestellte, die inzwischen eine zusätzliche Hilfskraft an ihrer Seite anleitete. Die putzte täglich meine Schuhe, während ich mein täglich frisch gebackenes Brot mit deutscher Wurst aß. Der Rest des Brotlaibs war für das Frühstück der Angestellten bestimmt. Das war und blieb ein großer Unterschied zu den anderen Farmen in der Umgebung.

Wollte ich nach Windhoek fahren, musste mein Auto vorher gewaschen werden. Zwei Arbeiter hatte ich dazu angeleitet. Sie putzten auch die Luftdüsen im Fahrerraum mit Ohrstäbchen. Für besondere Anlässe wie das Abholen von Touristen am Flughafen mussten die Außenwände der Reifen mit einem speziellen Mittel geschwärzt werden. Die Unsinnigkeit solcher Tätigkeiten fiel mir damals nicht auf, weil ich den Gewohnheiten der anderen Farmer blind folgte. Auf den Pisten bis zur Innenstadt oder zum Flughafen verstaubten die Autos und sahen beim Eintreffen am Ziel nicht viel besser aus als vor dem Waschen und Reinigen. Dann ließ ich den Wagen in einer Tiefgarage der Hauptstadt eben einfach noch einmal waschen. Das war ja alles so »preisgünstig«. Und schließlich brachte ich dadurch armen Menschen Arbeit und Brot. Wie herrlich es doch sein kann, Luxus zu genießen!

Die Gartenarbeit ging mehr und mehr in andere Hände über. Bald stand ich nur noch im Schatten einer Akazie am Zaun, um zu kontrollieren oder Anweisungen zu geben, während meine beiden Arbeiter sich in der prallen Sonne die Seele aus dem Leib schwitzten. Die armen Teufel hatten so wenigstens ihr Auskommen und brauchten nicht wie viele andere Arbeitslose an den Straßenecken in Windhoek herumzulungern, machte ich mir vor. Während die Mitarbeiter in ihren Baracken noch nicht einmal Kaltwasser hatten, wurden Privat- und Gästehaus meiner Farm mit fließendem heißem Wasser für die Duschen versorgt. Das funktionierte ohne Strom und ohne Gas, nur mit menschlicher Arbeitskraft. Mich faszinierte das von den Farmern in der Kolonialzeit erfundene System: In den Häusern gab es Wasser- und Abwasserleitungen wie in Europa. Gebrauchtes Wasser wurde in Erdrohren ein Stück weit weg vom Haus in eine geschlossene Sickergrube geleitet. Dort landeten auch Exkremente und Abwässer der Toilettenspülungen. Die Gruben mussten je nach Größe in jährlichen Abständen von Hand geleert werden. Man hatte ja Arbeiter, die das erledigten.

Das Wasser für Gäste- und Farmhaus wurde mit einem Windrad aus dem Grund in der Nähe des Trockenflusses über eine Entfernung von etwa dreihundert Metern in einen geschlossenen, fassförmigen großen Wasserspeicher aus Kunststoff gepumpt, der zur Erzeugung von Wasserdruck höher aufgestellt war. Aus diesem zweigten die Versorgungsleitungen für die Häuser ab. Einige Rohre führten zu alten Benzinfässern, die an einer Außenwand des betreffenden Hauses so eingemauert waren, dass man unter ihnen ein offenes Holzfeuer entfachen konnte. Auf diese Art wurde fließendes Heißwasser für die Duschen und die Küchen erzeugt. Gasboiler oder eine elektrische Wasserheizung gab es nicht. Rudolf begründete das Beibehalten des fast hundert Jahre alten Systems so: »Warum sollen wir dafür Gas kaufen? Die sind doch billiger, und so geben wir Denen Arbeit.«

Zum Heizen des Wasserfasses musste Brennholz gesammelt werden. Auch darum kümmerte ich mich nicht. Wie im Selbstlauf kontrollierten meine Angestellten den Holzvorrat. Sie informierten mich, wenn er zur Neige ging. Dann setzte ich mich in den Geländewagen mit offener Ladefläche, zwei Arbeiter sprangen auf und wir fuhren auf unserer Farm in den Busch. Rudolf hatte mir bestimmte Stellen zum Holzsammeln zugewiesen. Die Arbeiterfamilien brauchten ebenfalls Holz, um sich Essen kochen zu können. Sie durften das nur an anderen Plätzen sammeln, die von uns Farmern bereits abgesucht waren. Für den Luxus heißer Duschen gebührte uns besseres Holz als das, welches wir den Arbeitern als lebensnotwendiges Feuerholz zubilligten. Schließlich war das unser Land. Ich zahlte meine Pacht ja auch dafür.

Holzholen liebte ich sehr. Ich fuhr unter einen Schatten spendenden Baum, meine Arbeiter sprangen von der Ladefläche und machten sich auf den Weg. Ich wusste nicht, was sie trieben, aber Rudolf hatte mir eine Zeitvorgabe für diese und andere Tätigkeiten verraten, damit ich von Denen als Neuling nicht betrogen werden könne. Meine Arbeiter waren überrascht, als ich ihnen schon beim ersten Mal sagen konnte, die Ladefläche müsse in drei Stunden gut voll sein.

Wie oft habe ich je nach Wetterlage bei offenen Seitenfenstern in erfrischendem Windhauch im Fahrerhaus meines Wagens auf dem Liegesitz gedöst, ein Buch gelesen oder klassische Musik gehört, wenn die Arbeiter beim Holzholen waren. Gibt es etwas Herrlicheres im Leben? War es nicht wie im Paradies hier in Namibia? Wenn es mich danach gelüstete, trank ich ein kühles Bierchen. Selbstverständlich war mein Geländewagen mit einer elektrischen Kühlbox ausgerüstet. Alkohol beim Fahren auf privatem Grund und Boden spielte keine Rolle. Ich fuhr ja viele Kilometer auf meinen Pisten nur über Farmland. Da hatte die Polizei nichts zu suchen, die ohnehin zu weit weg war. »Hier im Busch gelten andere Gesetze als dort draußen«, hatten mir Farmer immer wieder gesagt.
Nach der angewiesenen Zeit kamen meine beiden Arbeiter zum Auto zurück. Wenn ich döste, warteten sie in angemessenem Abstand darauf, dass ich aufwachen würde. Dann zeigten sie mir auf der Ladefläche stehend die Plätze, an denen sie mein Brennholz für die heißen Duschen gestapelt hatten. Ich fuhr sie dort hin, sie sprangen ab und luden den Wagen voll, kletterten auf das Holz und wir bretterten über die Piste zurück nach Hause. Wehe, wenn nicht gut geladen war und Holz herunterfiel. Dafür trugen die Arbeiter und nicht ich als Fahrer die Verantwortung.
Meist kamen wir zum Haus zurück, wenn es schon Mittagszeit war. Abgeladen werden musste dennoch. Schließlich gab es für den Nachmittag andere Arbeiten zu erledigen. Wenn es zu lange dauerte, das Holz zu sammeln, mussten die Arbeiter eben auf die Mittagspause verzichten.
Jeden Morgen vor meinem Aufwachen hatte ein Arbeiter so frühzeitig das Feuer unter dem Wasserfass zu entzünden, dass ich eine heiße Dusche nehmen konnte. Dieser für ein Leben in der Trockensavanne unvorstellbare Luxus war mir sehr wichtig. Das wussten die Arbeiter. Wenn der morgendliche Heizer sich so krank fühlte, dass er nicht pünktlich erscheinen konnte, schickte

er einen Familienangehörigen zum Feuermachen oder einen Kollegen.
Es kam immer wieder vor, dass der Wind nicht ausreichte, um die Pumpe zu betreiben, mit der das Grundwasser zur Farm befördert wurde. Dann musste ein Dieselmotor angeworfen werden, der eine andere Pumpe antrieb. Einen elektrischen Starter mit Batterie dazu hatte sich Rudolf wie die meisten Farmer gespart. Das konnten Die ja machen.
Als richtiger namibischer Farmer habe ich meine Arbeiter dabei gelegentlich unangemeldet kontrolliert. Man wusste ja nie, ob da nicht von Denen etwa Diesel zum Verkauf an andere abgezweigt wurde. Dabei konnte ich sehen, welche Körperkraft erforderlich war, den Dieselmotor mit einer Handkurbel anzuwerfen. Ich habe das mehrfach selbst versucht, auch gemeinsam mit kräftigen Freunden aus Deutschland, die mich besuchten. Wir wunderten uns sehr darüber, dass meine dünnen Arbeiter das zuwege brachten. Wir haben es auch zu zweit kein einziges Mal geschafft.
Wenn ich heute daran denke, dass für meine heiße Dusche auch im Winter morgens in der Dunkelheit zwei Arbeiter rechtzeitig aus ihren Schlafstätten kriechen mussten, sich ungewaschen und ohne etwas zu essen zuerst mit dem Dieselmotor abzumühen hatten, um dann Feuer zu entfachen, fühle ich mich immer noch schlecht. Zu jener Zeit hatte ich mein europäisches Gewissen schon wirkungsvoll mit den von anderen Farmern übernommenen, vorgeschobenen Argumenten unterdrückt. Durch meine heiße Dusche hatte jemand Arbeit und Brot, war das nicht ein herrliches Gefühl? Mit allem, was ich genoss, schaffte ich gleichzeitig etwas Sinnvolles. Jeder Luxus, der mir zuteil wurde, war sozusagen Ergebnis der täglichen guten Tat eines Pfadfinders!
Den inneren Schweinehund, den wir in Europa nur zu gut kennen, wenn wir eine ungeliebte Arbeit zu erledigen haben, gab es nicht mehr. Er war überwunden worden von dem inneren Herrenmenschen, den ich offenbar in mir getragen hatte, ohne es zu wissen.

Herde und Kühlschränke, sogar Gefriertruhen auf meiner Farm betrieb ich mit Gas. Dazu mussten mannshohe Flaschen aus Windhoek herangekarrt werden. Diese Arbeit hasste ich. Dabei hatte ich kaum etwas dafür zu tun.

Meine Arbeiter mussten den Gasvorrat in den Flaschen kontrollieren. Ich hatte sie angewiesen, jede leere sofort gegen eine volle auszutauschen. Wenn wir eine Anzahl leerer Flaschen hatten, musste ich darüber informiert werden. Am Tag vor meiner Versorgungsfahrt mussten sie an einer bestimmten Stelle zum Verladen vorbereitet werden. Frühmorgens, bevor ich vom Frühstückstisch aus meinem Haus kam, hatten die schweren Behälter fachgerecht auf meinem Geländewagen verzurrt zu sein.

Mit dieser nicht ungefährlichen Fracht fuhr ich auf Pisten bis in die Hauptstadt. Ein Arbeiter hatte siebzig Kilometer lang auf der Ladefläche zu stehen und darauf zu achten, dass die Verzurrung sich nicht löste. Klapperte es zu laut hinter mir, stoppte ich unwillig, und der Arbeiter zog die Haltebänder wieder fest. Beim Großhandel für Gas wechselte er die leeren gegen volle Behälter aus, während ich im klimatisierten Büro die Rechnung bezahlte. Diese schweißtreibende Arbeit war dennoch bei meinen Arbeitern recht beliebt, weil sie dadurch nach Windhoek kamen. Während meines ersten Jahres als Farmer in Namibia gewährte ich dort nämlich Freizeit, wenn ich Erledigungen machte oder mich in ein Café setzte.

Manche Farmer ließen ihre Arbeiter in Windhoek als Aufpasser bei den Autos. Das sparte Gebühren in bewachten Parkhäusern oder Trinkgeld für einen der in Windhoek ständig herumlaufenden Arbeitslosen, die sich ein paar Dollars als Wächter verdienten.

Später habe ich die Praxis geändert. Zwar ließ ich die Gasflaschen immer noch aufladen, verbot es aber, auf der Ladefläche mitzufahren. Man konnte nie sicher sein, ob die Behälter tatsächlich völlig leer geworden waren. Bei einem Unfall kann eine Gasflasche zu einer Bombe werden.

Alle gefährlichen Arbeiten auf Farmen werden von Angestellten erledigt. Das galt bei mir zum Beispiel dann, wenn es darum ging, nur mithilfe einer einfachen langen Leiter, die an die Hauswand gelehnt wurde, Streicharbeiten zu erledigen, unter das Dach zu klettern, um nach elektrischen Leitungen zu sehen, oder schwere Steine zu schleppen, die zur Dekoration des Innenhofes benötigt wurden.

Mit dem Geländewagen haben wir tagelang in der Umgebung große Natursteine geholt. Die höchstmögliche Zuladung von etwa einer Tonne für mein Auto habe ich immer gut ausgenutzt. Wir sind etwa zwei Wochen lang fast täglich gefahren. Vorher hatten Arbeiter mit bloßen Händen die Steine im Gelände zu suchen, an den Rand der nächsten Piste zu schleppen und dort in Haufen aufzuschichten. Wie ich es von den anderen Farmern abgeschaut hatte, saß ich beim Aufladen im klimatisierten Fahrerhaus bei laufendem Motor, während ich die Arbeiter draußen kontrollierte, die in praller Sonne bei ungefähr vierzig Grad im Schatten zu arbeiten hatten.

Rassenschranken habe ich auch im ersten Jahr als Farmer in Namibia nicht aufgebaut. Den Luxus, billige Dienstboten, Arbeiter und Haushälterinnen zu haben, genoss ich dennoch sehr. Ich zahlte dieselben Hungerlöhne wie die anderen Farmer, ignorierte die Forderungen nach einem einigermaßen menschenwürdigen Mindestlohn und nahm alle Leistungen meiner Arbeiter bald wie selbstverständlich hin.

Rasenmähen war für mich schon vor Namibia immer ein Graus gewesen! Endlich konnte ich eine große grüne Fläche genießen, ohne mich plagen zu müssen. Mit den Leistungen der Mitarbeiter wurde ich immer unzufriedener. Meine Anforderungen an sie stiegen von Woche zu Woche, weil ich sah, dass auf den Nachbarfarmen viel mehr aus Denen herausgeholt wurde. Ich hatte den zunehmenden Einruck, dass meine europäische Gutmütigkeit ausgenutzt wurde. Ich empfand bald als zutreffend, was

Rudolf und Elke mir eingebläut hatten: »Wenn man Die nicht ständig kontrolliert, gerät alles aus den Fugen. – Wenn man Denen einen kleinen Finger gibt, reißen sie uns den Arm ab. – Wenn man nicht ständig auf der Hut ist, hat man bald nichts mehr. – Die brauchen eine strenge Hand, das ist eben so.«

Meine Hand wurde zunehmend strenger. Ich kontrollierte alle Arbeiten mehr als zu Beginn, begegnete den Mitarbeitern mit größerem Misstrauen und verfügte strengere Regeln für den Alltag. Bald war ich nur noch damit beschäftigt, mich als Chef aufzuführen, und spürte, was meine Nachbarfarmer damit gemeint hatten, als sie mir sagten, es sei oft leichter, eine Arbeit selbst zu erledigen, als Die zu beaufsichtigen. Ich machte mir selbst Stress. Meine Anspannung wirkte sich auf das gesamte Arbeitsklima aus. Ich hatte einen Kreislauf in Gang gebracht, der den Herrenmenschen in mir stärker und stärker wirken ließ: Schärfere Gangart bewirkte größeren Widerwillen der Mitarbeiter, bestärkte Vorurteile und veranlasste zu noch strengerem Auftreten. Fast wäre auch auf meiner Farm die sonst übliche vollständige Trennung von Schwarz und Weiß verwirklicht worden.

Ich schob mehr und mehr Verantwortung auf meine Mitarbeiter ab. Fehler waren niemals auf mich zurückzuführen. Immer gab ich die Schuld den anderen. Gelegentlich griff ich in Arbeitsabläufe ein wie die anderen Farmer, übernahm Tätigkeiten sehr kurzfristig, um den Mitarbeitern auf diese drastische Art deutlich zu machen: Ich bin schneller und besser als ihr!

Meine Ungeduld wuchs mehr und mehr. Ich fühlte mich fast täglich weniger wohl und litt persönlich an den selbst verursachten Misserfolgen.

Die Angst, etwas falsch zu machen, wuchs bei meinen Mitarbeitern. Dementsprechend schwand ihr Engagement.

Neue Kräfte

Etwa nach einem Jahr als Farmer in Namibia hatte der normale europäische Anstand in mir damit begonnen, sich gegen den inneren Herrenmenschen aufzulehnen, der sich wie der sprichwörtliche innere Schweinehund in mir breitgemacht hatte. Ich erleichterte nach und nach einige Arbeitsbedingungen und gewährte kleine, eher unbedeutende Vergünstigungen wie Fahrten im Fahrerhaus statt auf der offenen Ladefläche. Für meinen Wandel vom »richtigen namibischen Farmer« zurück zu einem möglichst anständigen Deutschen hat es keinen spektakulären Anlass gegeben. Er vollzog sich langsam. Ich erinnere mich ungefähr an den Beginn dieses Prozesses, der mit dem folgenden Erlebnis einsetzte.

Eines Morgens saß ich beim Frühstück, und Roswitha kam aufgeregt ins Zimmer: »Mista, da ist die Mista, Mista. Die Mista, die für die Mista aufpasst.« Der Burendialekt mit seiner äußerst bescheidenen Struktur kennt nur das weibliche grammatikalische Geschlecht. Die Meldung von Roswitha bedeutete: Draußen ist der Mann, der Rudolf Hansen vertritt. Rudolf war in Urlaub gefahren und hatte, wie schon in den Jahren davor, einen Mann aus Deutschland darum gebeten, ihn zu vertreten.

Schon wurde die Küchentür aufgestoßen und im Gegenlicht zur aufgehenden Sonne füllte eine große Gestalt den Rahmen aus. Ich blinzelte und konnte bald ein Militärhemd mit deutscher Flagge am Ärmel erkennen, das in eine khakifarbene Kolonialhose gesteckt war. Auf dem Kopf trug der generalsmäßig auftretende Besucher einen »Südwester«-Hut. Ich überlegte, ob ich

strammstehen, mit den Hacken klappen und Meldung machen sollte.
Das also war der Möchtegerngroßgrundbesitzer aus Deutschland, von dem mir Rudolf berichtet hatte. Dieser alte Mann liebte es, seinen Urlaub als Farmvertreter in Namibia zu verbringen. Ein paar Wochen durfte er über den Rahmen deutscher Gesetze hinaus Arbeiter schinden. Ich hatte erfahren, dass sich alle Mitarbeiter auf Hansenfarm vor ihm fürchteten. Einige behaupteten, er sei nicht nur strenger als Rudolf, es gebe gelegentlich sogar »etwas hinter die Ohren«. Andererseits erkaufe er sich das Wohlwollen der Vorarbeiter mit Schnaps.
Ich wollte keinen Konflikt provozieren und vereinbarte mit dem deutschen Ferienfarmer die Zeiten, an denen wir den Laden öffnen würden. Dabei ließ er später sein gewaltiges Befehlsorgan erschallen, das den Rest an heimeliger »Tante-Emma-Atmosphäre« in dem Kramladen zerstörte. Ich hielt mich für die Zeit, in der Rudolf nicht auf seiner Farm war, von dort fern.
Über das Verhalten von Rudolfs Stellvertreter informierten mich Mitarbeiter von Hansenfarm nach ihrem Feierabend bei Besuchen auf unserer Farm fast täglich. Der Ferienfarmer erfüllte nur die ihm erteilten Weisungen, wie er mir einmal im kleinen Laden sagte. Das verdeutlichte mir: Hansens hatten mir eine geschönte Fassade vorgegaukelt. Hinter Rudolfs und Elkes vermeintlich sozialverträglichem Verhalten steckten offensichtlich ganz gegenteilige Überlegungen. Auch Hansens, so drängte sich mir auf, verfestigten die ihnen unüberbrückbar erscheinende Kluft zwischen schwarzen und weißen Menschen, die ich bei vielen Besuchen auf anderen Farmen immer wieder feststellen konnte.[32]
Das Verhalten des aus Deutschland angereisten Möchtegernfarmers in Militärkleidung mit deutscher Flagge auf einem Ärmel wird wohl ein Anlass für meine Rückbesinnung gewesen sein. Genau weiß ich es nicht. Durch seine radikalnationalistische äußere Erscheinung und das abstoßende Herrenmenschengeha-

be den Arbeitern und ihren Familien gegenüber wurde ich wahrscheinlich unbewusst daran erinnert, dass ich mich verändert hatte, und auch daran, welche Wertvorstellungen mich in Europa geleitet hatten.

Ich begann mehr und mehr, darüber nachzudenken, ob ich nicht selbst in den Sog geraten war, dem der Ferienfarmer aus Deutschland offensichtlich nachgab. Hatte nicht auch mich der Stachel des kolonialen Luxus gelockt? War ich nicht wie automatisch auf einen Weg geschlittert, den ich in Deutschland noch rigoros abgelehnt hatte? Verlor ich ein Stück meiner grundsätzlichen Einstellungen, gar meiner Persönlichkeit?

Es war mir kaum möglich, diese Selbstzweifel mit anderen Menschen zu besprechen. Freunde und Bekannte in Europa konnten kein Gespür dafür haben, wie es einem ergehen kann, wenn man als Farmer in Namibia in den Rechtfertigungsstrudel gerät, den die Blutsbrüder dort für sich und ihre Umwelt aufgebaut haben. Ich hatte mich aber mit den Lebensumständen, in denen auch unsere schwarzen Mitarbeiter ihr Dasein fristen mussten, nicht abgefunden. Bei Einkaufsfahrten zum Landwirtschaftshandel in Windhoek hatte ich immer wieder die Gelegenheit, andere Farmer zu beobachten und mit ihnen zu sprechen. Dabei wurde deutlich, dass die Verhältnisse auf Hansenfarm keineswegs eine Ausnahme darstellten. Ich habe kein einziges Mal einen weißen Farmer gemeinsam mit einem schwarzen Mitarbeiter im Fahrerhaus sitzen sehen. Bei den mehreren Hundert Begegnungen mit meinen »Kollegen« standen oder hockten wie selbstverständlich die schwarzen Menschen immer auf der offenen Ladefläche der Geländewagen, auch wenn ein Beifahrersitz unbesetzt war. Immer standen die weißen Herren herum und erteilten lautstark und herrisch Anweisungen an ihre Untergebenen, die von ihnen gekaufte Güter aufzuladen hatten.

Nachdenklich hatte mich auch der Besuch eines Farmers in Richtung der Grenze zu Botswana, etwa zweihundert Kilometer von meiner Farm entfernt, gestimmt, wo ich Maultiere kaufte. Ich saß im Wohnzimmer des weißen Herren, um den Kaufvertrag auszuhandeln und die Maultiere zu bezahlen (nur in bar, versteht sich), und erlebte, wie dort die schwarzen Angestellten behandelt wurden – noch schlechter als auf Hansenfarm. Ähnlich erging es mir beim Kauf von Eseln auf der Farm eines Deutschstämmigen in der Umgebung des Waterbergs im zentralen Namibia. Auch dort herrschten zwischen dem weißen Herrn und seinen schwarzen Untergebenen ausschließlich Umgangsformen, die man als Befehl und Gehorsam bezeichnen kann. Bei diesen und vielen anderen Besuchen von Farmen unter deutschstämmiger Führung war meinen Blutsbrüdern bekannt, dass ich aus Deutschland eingewandert war. Ich spürte jedes Mal deutlich ihren Rechtfertigungsdruck mir gegenüber in Bezug auf die offensichtlich praktizierten Rassenunterschiede. Später konnte ich lesen, dass Ethnologen dieses Verhalten als »psychologische Apartheid« bezeichnen.[33]

Der Ferienfarmer aus Deutschland hatte keine Probleme damit, die für Europäer unvorstellbaren Lebensumstände als unverrückbar hinzunehmen, unter welchen Farmarbeiter in Namibia zu hausen hatten. Er folgte den Erwartungen seines Auftraggebers gerne und offensichtlich blindlings. Das war für mich ein weiterer Anstoß dazu, meine eigene Entwicklung noch selbstkritischer unter die Lupe zu nehmen. Glücklicherweise hatte ich nur einige wenige fast schlaflose Nächte mit Grübeleien hinter mich zu bringen, saß in diesen Tagen viele Stunden mit einem »Sundowner«-Bier sinnend, in die herrliche Landschaft schauend, herum, bis ich mich dazu entschied, den zunächst unbemerkt von mir eingeschlagenen Weg zu verlassen.

Was würde mich daran hindern können, meine in einer deutschen Schule gelernten Grundsätze von Gleichheit aller Menschen ohne Rassenunterschiede auch hier praktisch umzusetzen? Schlimmstenfalls hätte ich Konflikte mit Hansens und anderen

Farmern durchzustehen. Ich fasste den Entschluss, mich dieser Herausforderung zu stellen. Mir war es wichtiger, morgens guten Gewissens mein Spiegelbild anschauen zu können, als einen höchst zweifelhaften sozialen Frieden künstlich zu erhalten, der ohnehin nur unter den Weißen bestand, die von mir ganz offensichtlich erwarteten, sich ihrer Front gegen schwarze Namibier kumpelhaft anzuschließen.

Ich wusste das namibische Gesetz hinter mir, erinnerte mich auch an viele Urteile des Bundesverfassungsgerichts, des Europäischen Gerichtshofes und die Menschenrechtscharta. Glücklich darüber, mein Abgleiten auf eine schiefe Bahn noch rechtzeitig erkannt zu haben, hielt ich mein Bierglas in Richtung der glühend rot untergehenden Sonne und fasste den Entschluss, ab dem nächsten Morgen Änderungen einzuführen. Ein großer Elan beflügelte mich, in der folgenden Nacht kreisten neue Pläne in meinem Kopf. Ich hatte innerlich den Absprung geschafft.

Zuerst brach ich ein Tabu der Farmer in meiner Region und stellte Mitarbeiter aus dem Owambo an, deren Bewerbungen sich unter den vielen fanden, die jede Woche eingingen. Die Wambo stellen die absolute Mehrheit der Bevölkerung Namibias, sie haben die Unabhängigkeit des Staates erkämpft. Das haben ihnen die Nachfahren der deutschen Kolonisten nie verziehen. Weil sich Wambo nicht so leicht unterordneten wie einige andere Volksgruppen und außerdem sehr engagiert waren, für alle Farmarbeiter des Landes eine kräftige gewerkschaftliche Interessenvertretung aufzubauen, wurden sie nur äußerst selten auf Farmen eingestellt. Mir war das im ersten Jahr nach meiner Auswanderung gar nicht aufgefallen. Erst als ich festgestellt hatte, dass bei Gesprächen mit weißen Farmern jedes Mal dann Unmut zu spüren war, wenn ich unbefangen Wambo erwähnte, hatte ich begonnen, mir Gedanken über diese Auffälligkeit zu machen. Auch Rudolfs und Elkes politisch negative Bemerkungen über Wambo hatten mir gezeigt, dass Wambo als Mitarbeiter auf Farmen unbe-

liebt waren. Diese offensichtlichen Vorbehalte wollte ich nicht mehr mittragen.
Bald hatten wir mehrere Farmarbeiter und Bedienungen im Restaurant, die aus dem Owambo kamen. Ethnische Probleme traten nicht auf. Die Neuen konnten sich mit ihren Kollegen auch in deren Muttersprache verständigen. Ich entschied, dem Staatswesen Namibias entsprechend, als Umgangssprache Englisch einzuführen. Mit denjenigen Mitarbeitern, die das nicht gelernt hatten, sprach ich weiterhin ein einfaches Deutsch, vermittelte dabei gleichzeitig bescheidene Englischkenntnisse.
Wir entwickelten ein ehrgeiziges Projekt. Zuerst wollten wir die hygienischen Lebensbedingungen für die Mitarbeiter verbessern. Dazu sollten alle Arbeiterbaracken wenigstens mit fließendem Kaltwasser ausgerüstet werden. Ich kaufte in Windhoek Rohrleitungen und anderes Sanitärzubehör, auch Waschbecken und Toilettenschüsseln.
Während der Arbeitszeit richteten drei unserer Beschäftigten mit Rudolfs vorheriger Zustimmung eine Sickergrube ein. Wasserleitungen wurden zu den Baracken gelegt und Abwasserleitungen davon weg geführt. Wir kauften in Windhoek in einem Großhandel für Farmer Holz für neue Wände und Wellblech für die Dächer der Wohnungen, installierten kleine Fenster und Türen. Für die Anlage von Gärten stellte ich Zaundraht zur Verfügung, ebenso Pfosten und Werkzeuge. Samen und Setzlinge gab es bei uns kostenlos.
Das Angebot wurde begeistert angenommen. Ich gewährte zinslose Kleinkredite zur Anschaffung von Möbeln. Vor allem Betten waren meiner Meinung nach dringend erforderlich. Viele Menschen in den Baracken auf den Farmen müssen auf dem blanken Erdboden schlafen, auch Kinder, Alte und Kranke. Ein mit mir befreundeter Arzt aus Deutschland hatte einmal in seinem Urlaub eine kostenlose Visite für die Menschen der Barackensiedlung von Hansenfarm abgehalten. Als Ergebnis seiner Untersuchungen

teilte er mir mit, dass viele Kinder an Infektionen litten, bei einigen gebe es Haarausfall, Probleme mit den Augen, Pilzerkrankungen. Die unhygienischen Verhältnisse seien die Hauptursache dafür. Frisches Trinkwasser und die Möglichkeit, sich ordentlich zu waschen, sowie saubere Toiletten würden schon viel helfen. Alte Menschen litten meist unter auffallend starker Abnutzung von Gelenken und Knochen, vermutlich durch zu anstrengende, ungesunde Arbeit über viele Jahre unter menschenunwürdigen Bedingungen. Fast alle Menschen, auch schwangere Frauen, seien unterernährt. Bei vielen habe er den Verdacht auf starke Depressionen, die zum Teil von Alkoholismus begleitet würden.

Ich wollte meinen Teil dazu beitragen, das Leid in meinem Verantwortungsbereich wenigstens nicht zu vergrößern. Zur Überbrückung stellte ich Feldbetten zur Verfügung, die zur Ausstattung von Safarizelten gekauft worden waren, mit denen wir Reisen für Touristen durchführen wollten. Urlauber aus Deutschland, die ich schon von früheren Reisen nach Algerien oder Marokko kannte, bat ich, gebrauchte Kleidung und Schuhe mitzubringen, vor allem für Kinder. Das wurde begeistert aufgenommen. Einige Besucher spielten mit dem Gedanken, ein Unterstützungsprojekt für namibische Farmarbeiterfamilien ins Leben zu rufen. Sie wollten Kleidung und Schuhe sammeln und zu uns schicken, statt sie in Deutschland zu Altkleidersammlungen zu geben. Wir erklärten uns dazu bereit, die Waren vom Flughafen abzuholen, zu lagern und möglichst gerecht an Bedürftige zu verteilen.

Das wurde auch auf Hansenfarm praktiziert, mit einem kleinen Unterschied. Elke nahm sämtliche mitgebrachte Kleidung in ihre Obhut und sammelte sie in einem Nebengebäude. Erst wenn sie einmal Zeit und Lust dazu hatte, also keine Kaffeekränzchen mit anderen Farmersfrauen in Windhoek oder anderswo stattfanden, sah sie sich die Spenden an. Moderne Kleidung sortierte sie aus, vor allem, wenn sie die Größe ihrer Töchter hatte. »Nein, das geht nicht, das ist zu kurz«, hörte ich sie einmal sagen und: »Das ist aber zu modisch« oder: »Das ist ja noch viel zu gut.« Dieser Auswahl entsprechend waren vor allem die Frauen auf Hansenfarm gekleidet.

Bei uns gab es diese Zensur nicht, im Gegenteil. Einige Frauen unter den Urlaubern ließen Kosmetika, Körperpflegemittel und Hygieneartikel für unsere Mitarbeiterinnen als Abschiedsgeschenke da. Männer verschenkten Batterien, Taschenmesser, Rasierapparate und Safarihosen an unsere jungen Arbeiter. Bald gab es auch optisch einen Unterschied zwischen den Arbeitern auf meiner Farm und denen aus der Umgebung.

Die Barackensiedlung verwandelte sich in ein kleines Hüttendorf. Vor allem Duschen und Toiletten in den Behausungen bewirkten, dass die Bedienungen in unserem kleinen Restaurant, aber auch die Gartenarbeiter angenehm dufteten, wenn sie zur Arbeit erschienen. Da sie öfter als andere nach Windhoek fahren konnten und ich sie ausdrücklich dazu ermunterte, mit den Gästen der Lodge zu sprechen, änderte sich auch das Verhalten der Mitarbeiter. Sie ordneten sich nicht mehr so leicht unter, begannen mit mir offen zu diskutieren. Ich freute mich, wenn wir nicht einer Meinung waren, ohne das zu zeigen.

Ein großer Plan sollte verwirklicht werden. Alle Mitarbeiter auf Otjidarumbu sollten kleine bescheidene Steinhäuser erhalten. Dazu musste ich als Pächter die Genehmigung der Hansens einholen. Das sei allein Rudolfs Sache, meinte Elke. Mit ihm besprach ich über Wochen hinweg dieses Projekt, dem er letztendlich zustimmte. Wir einigten uns auf Größe, Ausstattung und Standort der Häuschen, legten die Wasser- und Abwasserleitungen fest.

Gemeinsam mit den Arbeiterfamilien besprach ich die Verwirklichung im vorgegebenen Rahmen. Sie konnten ihre Wünsche äußern. In Namibia sind für solche Bauten keine staatlichen Genehmigungen erforderlich. Auch ein Architekt musste nicht

beauftragt werden. Meine Handzeichnungen reichten völlig aus. Ich erteilte einem aus der Region Rehobot stammenden Maurer den Auftrag, die Häuschen zu bauen, und bestellte bei Baumärkten in Windhoek das erforderliche Material. Wir wollten mit guten industriell gefertigten Steinen und nicht mit Lehmziegeln bauen.
Die Lieferung der Steine und des Zements für die ersten beiden Häuschen wurde ein Abenteuer. Aus Windhoek kam ein riesiger Tieflader mit Anhänger und Ladekran. Vor dem Tag der Lieferung hatte es geregnet. Die sonst trockenen Bachbetten in unserer Umgebung hatten sich zum Teil in reißende Flüsse verwandelt. Der Fahrer kannte die Gegend und hatte eine andere als die übliche Route gewählt, um die tiefsten Furten zu vermeiden. Fast alle Mitarbeiter warteten mit mir gespannt am Ufer des Flusses, den er auf jeden Fall überqueren musste.
Bald hörten wir das Dröhnen eines Lkw-Motors. Oben auf der Böschung an der gegenüberliegenden Uferseite tauchte die Schnauze des amerikanischen Trucks auf, der seine lange Ladung hinter sich herzog. Es qualmte mächtig aus dem hoch gesetzten Auspuffrohr über dem Fahrerhaus. Der Sattelzug mit Anhänger stoppte kurz vor dem fließenden Wasser. Der Fahrer sprang in den Sand, blickte kurz zu uns herüber, winkte und rief etwas im Burendialekt. Ich grüßte ihn auf Englisch. Daraufhin wiederholte er seine Frage. Er wollte wissen, ob man dort durchfahren könne. Da er meine Antwort nicht verstand, setzte ich mich ans Steuer meines hochrädrigen Geländewagens und fuhr durch die Fluten zu ihm. Das hatte ich bereits mehrfach vorher an dieser Stelle tun müssen.
Als ich den Lkw-Fahrer erreichte, sagte ich ihm, er habe gesehen, wie tief es sei, der Boden sei an zwei Stellen sehr sandig, sonst aber noch einigermaßen fest. Ob er durchfahren könne, müsse er selbst entscheiden. Er könne mein Auto ja noch einmal beobachten, während ich zurückfahren würde.
Gesagt, getan.

Meinen Wagen parkte ich seitlich im Gebüsch außerhalb der Spur, die der Lkw wahrscheinlich benötigen würde. Auf der anderen Seite hielt der Trucker seinen Arm in die Luft, zeigte seine rechte Faust mit hoch gestrecktem Daumen. Dann hüpfte er an seinen Arbeitsplatz.

Der Motor des Lastzuges dröhnte auf, Rauch stieg in die Luft. Wir hielten alle den Atem an. Auch auf der gegenüberliegenden Seite hatten sich Menschen angesammelt, die inzwischen an vielen Stellen auf der Uferböschung saßen und standen. Frauen hielten ihre Kinder an den Händen fest, einige Jungen tanzten und johlten, schienen den Lkw-Fahrer anfeuern zu wollen.

Der Zug setzte sich mit einem neuen lauten Gebrüll rasch in Bewegung, das Fahrerhaus versank im fließenden Wasser, der Rauch aus dem Auspuffrohr färbte sich dunkler. Der Auflieger senkte sich in den Fluss. Das Tempo blieb gleichmäßig, der Motor heulte. Der Anhänger wurde nachgezogen, als das Fahrerhaus fast schon das andere Ufer erreicht hatte. Für einen Moment fuhr der gesamte Zug bis über alle Radkästen im Wasser. Das war der schwierigste Moment, wie ich wusste. Ich fotografierte, was das Zeug hielt, mehr konnte ich ohnehin nicht tun.

Mit einem erleichtert wirkenden Dröhnen, das mir wie das Freudengebrüll eines Elefanten erschien, brach das Fahrerhaus aus dem Wasser hervor, kletterte gleichmäßig die Böschung hoch, die gesamte Last zügig hinter sich. Großer Jubel auf beiden Seiten des Flusses brach los. Der Lastzug quälte sich aus den Fluten. Dabei flossen Unmengen Wasser an beiden Seiten über die Böschung zurück.

Die Frauen trällerten ihre traditionellen Freudenjodler in die Luft, die Jungen schrien sich die Seele aus dem Leib und hüpften und stießen dabei ihre Arme mit geballten Fäusten schräg nach oben in die Luft. Ich hielt dem Fahrer gemeinsam mit unseren Arbeitern anerkennend meinen erhobenen Daumen entgegen.

Der sprang bei laufendem Motor von seinem Arbeitsplatz und kam lässig auf uns zu, fragte mich, wo er die Fracht abladen solle.

Ich bat ihn, mir zu folgen, und fuhr zu meiner Farm. Auf der von Menschen voll besetzten Ladefläche meines Geländewagens gab es erregte Diskussionen. Meine vier Beifahrer neben mir besprachen das Manöver des Lkw-Fahrers fachmännisch und wiederholten die waghalsige Passage des Flusses mit Händen und Armen imitierend.
Die Lieferung der Steine für unsere Angestelltenhäuser war durch die Wetterentwicklung zu einem spektakulären Ereignis für die gesamte Region geworden. Ich erinnerte mich in jenem Augenblick daran, dass der Lkw mit meinem Möbelcontainer aus Deutschland etwa fünfzig Meter vor dem Farmhaus im Schlamm stecken geblieben war. Etwa sechs Stunden lang hatten alle Arbeiter und Helfer, die zufällig vorbeigekommen waren, arbeiten müssen, damit der letzte Rest einer mehr als zehntausend Kilometer langen Reise bewältigt werden konnte.
Der Fahrer für unsere Steine wollte keine Zeit versäumen, weil er fürchtete, die Flüsse würden noch weiter zulaufen und ihm den Rückweg versperren. Er begann sofort damit, die zu großen Quadern auf Holzpaletten verpackten Steine allein mit einem Kran abzuladen.
»Mista, Telefon!«, rief mich Roswitha. Rudolf war am Apparat. Ich dürfe die Steine nicht abladen lassen, es gebe eine Änderung, er werde mit mir darüber sprechen, die Häuser dürften nicht gebaut werden. Elke sei dagegen.
Ich konnte es nicht fassen!
Wie von der Tarantel gestochen, raste ich zu dem Lkw-Fahrer und forderte ihn auf, das Abladen sofort zu beenden, die schon abgesetzten Steinpakete wieder aufzuladen und zurückzufahren. Der Eigentümer der Farm habe es verboten, den Rest werde ich mit seiner Firma klären.
Der Trucker schien mir weder verärgert noch sehr überrascht. Er stutzte kurz, sah mich an und begann, die Ladung wieder aufzunehmen.

Ich gab ihm ein großzügiges Trinkgeld, und er verschwand mit seinem Aufsehen erregenden Gefährt so rasch wie möglich.
Ich kochte vor Wut.
In einem weiteren Telefonat mit Rudolf stellte sich heraus, dass er mit seiner Frau telefoniert hatte, als der Truck bei ihm vorbeifuhr. Er berichtete ihr, was er sah. Sie machte in Swakopmund Urlaub. Ihre Reaktion hatte dazu geführt, dass er mir das Abladen der Steine untersagen musste. Sie bestand darauf, sich mit mir persönlich noch einmal die Stelle genau anzuschauen, an der ich die Häuser für unsere Mitarbeiter bauen lassen wollte. In mir krampfte sich alles zusammen. Ich spürte, dass dieses Erlebnis Folgen haben würde.
Zwei Wochen später kamen Elke und Rudolf zu meiner Farm. Wir gingen zu den Stellen, die zum Bau der Mitarbeiterhäuser vorbereitet worden waren. Rudolf kannte den Platz und hatte zugestimmt.
»Nein, tjach, das ist ja viel zu nah, nein, nein, das geht nicht, Ulf, das geht gar nicht, nein, nein!« Ich verstand nur Bahnhof. Die Baustellen waren doch mit Rudolf besprochen worden. »Ja, Ulf, da hat Elke recht, das ist wirklich zu nah, da müssen wir etwas ändern«, stammelte Elkes Ehemann zu meiner Überraschung.
»Wie bitte? Was ist zu nah? Ich verstehe das nicht«, wandte ich ein. Mein Magen begann zu rebellieren, ich begann zu zittern vor Wut.
»Tjach, ach das ist eben zu nah, das geht hier nicht in Namibia, das musst du noch lernen, Ulf, nein, das ist einfach zu nah, das ist ja auch Ou-Missis Haus gewesen und wir wollen hier einmal wohnen, nein, das geht nicht. Auf keinen Fall«, wiederholte sich Elke.
Nun verstand ich! Die Häuser der namibischen Farmarbeiter würden nicht in gebührendem Abstand zum Heiligtum der deutschen Eindringlinge stehen, die sich hier auf fremdem Grund und Boden festgesetzt hatten.
Auf meine Frage, wo denn bitte die Häuser stehen sollten, antwortete Rudolf:

»Wir haben das gemeinsam besprochen, Ulf. Dort hinten. Gehen wir einmal hin.«
Elke führte mich noch weiter vom Farmhaus weg, als die alten Baracken standen, die wir inzwischen notdürftig renoviert hatten. Sie wies auf einen Platz am Ufer des Trockenflusses unter Bäumen und zeichnete die Stellen in der Luft an, an denen die Häuser stehen sollten.
»O.k., ich habe verstanden. Ich werde keine Häuser für unsere Mitarbeiter bauen. Schluss. Fertig.« Normalerweise reagiere ich nicht so rigoros und eingeschnappt. Inzwischen kannte ich aber die Gegend, die Geschichte des Platzes, die Natur und die hier lebenden Farmarbeiter so gut, dass ich sofort erkannte, an welchem Platz ich die Häuschen bauen sollte. Es war der Schlafplatz der Pavianherde!
Den Arbeiterfamilien sollte zugemutet werden, gemeinsam mit Affen zu wohnen und sich unzweifelhaft bevorstehenden Revierkämpfen mit den aggressiven Tieren auszusetzen. Diese rassistische Unverschämtheit konnte und wollte ich nicht akzeptieren.
»Ulf, vielleicht überlegst du es dir ja noch einmal. Deine mitgebrachten Wambo hätten hier ja auch einen schattigen Platz«, versuchte Rudolf einzulenken.
»Nein, erledigt, vorbei, ich werde andere Lösungen finden. Das war's. Für mich ist das Thema beendet.« Ich beschloss die Diskussion rigoros und wir gingen schweigend unserer Wege.
Das war der Anfang vom Ende unserer Freundschaft.
Von diesem Tag an wohnten diejenigen meiner Mitarbeiter, welche noch keinen Platz in einer der bescheiden renovierten Baracken gefunden hatten, sondern sich noch mit den alten unhygienischen Zuständen abfinden mussten, bei mir im Farmhaus in überzähligen Räumen und in Zimmern der Lodge, die nicht gebucht waren. Die Betreffenden freuten sich riesig über meine Entscheidung. Nur Wambo nahmen das Angebot an, die Damara

hatten ausnahmslos Familienangehörige, die auf Hansenfarm arbeiteten. Sie befürchteten, dass eine Art Sippenhaftung für Verhalten praktiziert werden könnte, das gegen die Vorstellungen von Elke und Rudolf verstoßen würde.

In der Umgebung sprach sich rasch herum, dass der »Mista aus Deutschland« gemeinsam mit Schwarzen unter einem Dach wohnte. Gerüchte wurden geschürt, Geschichten verbreitet. Mir war das gleichgültig. Ich verhielt mich weiterhin korrekt, gesetzestreu und menschlich, mehr nicht.

Wir frühstückten von diesem Zeitpunkt an alle zusammen. Wir aßen gemeinsam zu Abend, tranken zum Feierabend hin und wieder ein Bier. Ich interessierte mich für die musikalischen Vorlieben meiner Mitarbeiter. Sie hörten sich nach Feierabend mit Begeisterung Arien von Pavarotti und andere Opernmusik bei mir an. Wir genossen Jazzmusik, sprachen über die Entwicklung dieses Stils aus der amerikanischen Geschichte und seine Wurzeln. Wir diskutierten nach Feierabend die Weltpolitik, tauschten Kenntnisse über verschiedene Kulturen und Gewohnheiten aus. Ich erfuhr so viel über Namibier, wie ich mir nicht erträumt hätte. Meine Gesprächspartner zeigten sich überrascht bis ungläubig, wenn ich ihnen Selbstverständlichkeiten aus Deutschland berichtete.

Deutschland sehen die namibischen Farmarbeiter als das Heimatland ihrer Herren an. Sie seien keine Namibier, schließlich höre man immer wieder von ihnen, dass Deutschland ihre »Heimat« sei. Auch wenn sie in Namibia geboren seien, hätten viele zwei Pässe. Wenn es in Namibia Probleme gebe, würden die Farmer ihr Land nicht verteidigen, sondern einfach zurück in ihre »Heimat« gehen. Sie wüssten, dass die meisten auch viel Geld nach Deutschland gebracht hätten, das sie in Namibia verdient hatten. Man habe davon gehört, dass sie sogar große Häuser in Deutschland besaßen, die sie an andere Menschen gegen Geld vermieteten.

Bis heute glauben mir schwarze Namibier, die Deutschland nicht persönlich besuchen konnten, nicht, dass weiße Europäer schmutzige Arbeiten verrichten, arbeitslos sein können, kriminell werden und von weißen Richtern zu Gefängnisstrafen verurteilt werden.
Durch die zeitlich und inhaltlich immer intensiver werdenden Gespräche, die wir führten, spürte ich, wie die von weißen Farmern behütete Kluft mehr und mehr überwindbar erschien. Dass diese Kluft bestand, entsprach nicht nur meiner persönlichen Erfahrung, sondern wurde von wissenschaftlichen Untersuchungen als repräsentativ bestätigt.[34] Von diesem Moment an spürte ich große Zurückhaltung, wenn ich Hansens begegnete, und hatte das Gefühl, kein »richtiger Farmer« mehr zu sein.

Heiße Nadel

Langeweile ist für Europäer in den Tropen oft ein Problem. Das hatte ich in den Ratschlägen und Hinweisen für Auswanderer gelesen, die von der Bundesregierung herausgegeben werden. Auch in Kolonialliteratur über Namibia ist das festgehalten worden. Wenn nahezu alle täglichen Arbeiten von Dienstboten und Hausangestellten verrichtet werden, konzentriert man sich auf Kontrollen und Anweisungen. Das füllt einen normalen Arbeitstag nicht zufriedenstellend aus. Darin liegt ein Grund dafür, dass ich mir als Farmer in Namibia immer wieder neue Aufgaben für die Angestellten ausgedacht habe und immer unzufriedener mit ihren Leistungen wurde. Besonders dann, wenn es weder elektrischen Strom noch Fernsehen weitab der nächsten Stadt gibt, wie bei Hansens und auf meiner Farm, wird Langeweile manchmal zu einem das koloniale Luxusleben störenden Faktor. Farmersfrauen leiden nach Untersuchungen am meisten darunter.

Aus diesem Grund entstanden Farmersfrauenvereine. Man traf sich zu Kaffeekränzchen, zum Tratsch und in Hobbyzirkeln. Bald galt es als schick, sich in einem sogenannten Sozialprojekt zu engagieren. Damit wurden zwei Fliegen mit einer Klappe geschlagen. Die Langeweile wurde bekämpft. Gleichzeitig entstand die Möglichkeit, seinen Lebensstil auch nach außen hin in ein besseres Licht zu rücken. Wie schon erwähnt, wurden solche Aktivitäten auch von Hansens nur zu gerne vorgezeigt, wenn ausländische Besucher kamen, vor allem Medienvertreter.

Hansenfarm war stolz auf einen eigenen Kindergarten. In einem Holzhäuschen mit umzäuntem kleinem Hof war der vor etlichen

Jahren von Elke initiiert worden. Sie hatte Mitarbeiter und deren Frauen das kleine, aus nur einem Zimmer bestehende Gebäude aufbauen und einrichten lassen. Eine der Frauen wurde von Elke zur Kindergärtnerin erklärt. Sie hatte weder eine Ausbildung dazu, noch war beabsichtigt, sie diesen Beruf in Windhoek lernen zu lassen. Es ging ja nicht darum, wirklich einen Kindergarten zum Wohl der weit abseits der nächsten Stadt wohnenden Familien anbieten zu können.
Stolz hatte Elke mir ihr Projekt vorgestellt. Einige Mütter und ihre Kinder mussten an einem vorher abgesprochenen Tag im Häuschen und auf dem kleinen Platz im Hof für mich Kindergarten spielen. Außerhalb der Vorführtage habe ich dort keinen Betrieb gesehen. Der Raum war so niedrig, dass selbst ich mich bücken musste. Stolz wies Elke mich mehrfach auf einen kleinen Holzofen hin, der in der Ecke stand:
»Wenn es einmal kalt ist, sollen die Kleinen hier nicht frieren müssen. Dort kann Die dann auch Essen machen, so haben die Kleinen wenigstens einmal am Tag eine warme Mahlzeit. Wir geben dafür auch Maismehl her.«
Mit »Die« war die junge Frau gemeint, die an diesem Tag die Kindergärtnerin spielen sollte. Als ich später Elke fragte, warum der Kindergarten nicht regelmäßig betrieben wurde, antwortete sie mir:
»Tjach, weißt Du, Ulf, man muss ja in Afrika alles selbst machen. Die tun ja nichts von sich aus. Ich habe da zurzeit einige Probleme mit den Frauen. Die wollen den Kindergarten nicht mehr bezahlen. Aber das geht ja nicht. Das müssen Die noch lernen, es gibt nichts kostenlos auf der Welt!«
Als ich Roswitha auf das Thema ansprach, die auch ein Kind in diesen Hort schicken wollte, erklärte sie mir die Umstände, unter denen Elkes Projekt betrieben wurde. Die von der Farmerin zur Kindergärtnerin erklärte Damara-Frau sollte einen Hungerlohn erhalten, der noch unter dem der Hausangestellten auf unterster

Stufe angesiedelt war. Bezahlt werden sollte sie aber von den Frauen, die ihre Kinder dort abgeben wollten. Da die meisten Mütter keine Arbeit hatten oder ihre Männer als Farmarbeiter nur so wenig verdienten, dass sie gerade davon leben konnten, hatten sie keine Möglichkeit, ihre Kinder anzumelden.

Elke hatte den Kindergarten geschickt mit einem weiteren Projekt gekoppelt. Diejenigen Frauen, die ihre Kleinen in den Kindergarten geben wollten, sollten in dieser Zeit in einer Nähstube arbeiten.

Aus Deutschland hatte sich Elke ein paar ausrangierte Nähmaschinen erbettelt. Die Spender waren in dem Glauben, damit arme Frauen in Afrika zu unterstützen. Die Maschinen gab die Farmersfrau aber nicht an die Empfängerinnen weiter. Sie hielt sie in einem Häuschen nahe den Baracken der Mitarbeiter unter Verschluss.

Bei meinem Besuch in der Nähstube saßen vorher bestellte Frauen an Nähmaschinen oder stickten von Hand Dekorationen in Stoffe. Dort würden Artikel entstehen, die man an Touristen verkaufen wolle, erklärte mir Elke. Ich bewunderte die Arbeiten der Frauen jeden Alters. Sie waren sehr geschickt. Ich konnte mir sehr gut vorstellen, die Produkte ihrer Arbeit auch auf meiner Farm Urlaubern zum Kauf anzubieten, und wollte mich an diesem Projekt gerne beteiligen. Elke nahm das Angebot nicht an, sondern hielt mich hin:

»Nun ja, das müssen wir dann einmal sehen, Ulf. So schnell geht das nicht. Das ist nicht so einfach, wie du denkst, das kostet viel Zeit und Arbeit, auch Geld, denn Die machen ja nichts alleine. Da musst du ständig hinterher sein. Sonst kommt da nichts bei raus …«

Auch Roswitha hatte eine Weile für Elke genäht und gestickt. Sie wie die anderen Frauen merkten bald, dass sie keinerlei Vorteile dadurch hatten. Sie sollten zunächst einmal kostenlos arbeiten. Wenn fertige Artikel verkauft worden waren, wurden den Frauen

kleine Entgelte in einer Kladde gutgeschrieben. Von diesem formellen Guthaben zog Elke die Materialkosten ab, die sie vorgestreckt hatte, für Stoffe, Nähfaden, Nadeln. Auch die von deutschen Spendern kostenlos erhaltenen Nähmaschinen und Kosten für deren Transport wurden von dem fiktiven Lohn abgezogen. Von dem in der Kladde verbliebenen Rest wurde noch Geld für die Kindergärtnerin und die Gebühr für den Kindergarten abgezogen. Falls danach noch etwas übrig bleiben sollte, wurde das gegen Einkäufe im Farmladen verrechnet.
Es erübrigt sich, zu erwähnen, dass Stoffe, Garne und Nadeln im familieneigenen Großhandel zu Sonderkonditionen besorgt und in der Nähstube mit dem für alle anderen Waren üblichen Aufschlag in Rechnung gestellt wurden.
Da Elke sich keiner geregelten Zeit unterordnen wollte, aber darauf bestand, dass die Frauen nur unter ihrer persönlichen Kontrolle Zugang zu den geschenkten Nähmaschinen und dem Material haben durften, war es nur sehr sporadisch für die Frauen möglich, Näharbeiten zu machen. Oft ordnete die Farmerin an, dass binnen einer Stunde oder weniger die arbeitenden Frauen alles andere stehen und liegen lassen mussten, um sich zu Näharbeiten einzufinden.
»Die sollen lernen, dass man nichts umsonst kriegt«, war ein oft wiederholter Spruch Elkes, wenn sie über die »Erziehung« ihrer Arbeiterinnen sprach.
Roswitha sagte mir, ihr Kind solle einmal eine gute Ausbildung haben, um sich eine bessere Zukunft gestalten zu können. Weil der Kindergarten nicht funktioniere, habe sie sich entschlossen, bei dem nächsten Projekt der »Missis« mitzumachen.
Elke und Rudolf waren Mitglieder in einer sektenähnlichen Kirchengemeinde. Ich kann mich an deren Namen nicht mehr erinnern. Sie sprachen mit mir nur sehr kurz darüber, erwähnten das wie eine Selbstverständlichkeit. Ich wollte in jenem Moment nicht unhöflich sein und habe nicht nachgefragt, seit wann sie Mitglied

in dieser Gruppe waren, wie es dazu kam oder was sie dazu bewogen hatte. Ich folgte damit meiner grundsätzlichen Lebenseinstellung, der zufolge Religion die Privatsache jedes Einzelnen ist. Die betreffende Gruppierung lehnte sich an die weltweit umstrittenen Lehren Rudolf Steiners an, wie mir erklärt worden war. Es dauerte nicht lange nach diesen Erläuterungen, da kamen Besucher der sogenannten Waldorfbewegung aus Deutschland zu Elke. Gemeinsam mit anderen Farmersfrauen wollte sie in Windhoek eine neue Schule gründen, in der Steiners Ideologie gehuldigt wird.

Nach Gesprächen mit den Vertretern des namibischen Bildungsministeriums hatten sich die künftigen Gründer der Waldorfschule dazu verpflichten müssen, auch Kinder aufzunehmen, die nicht aus deutschstämmigen Farmerfamilien stammten. Darum suchte man einen Weg, wie man diese Bedingung möglichst kostengünstig erfüllen könnte.

Roswitha wurde erklärt, ihr Kind sei sehr intelligent und habe es verdient, diese Schule zu besuchen. Da sie aber ebenso wie Elkes leitende Hausfrau nicht genügend Geld für die teure Schule habe, wolle Elke in Deutschland Spender finden, die eine finanzielle Patenschaft für die beiden Kinder übernähmen. Elke sprach auch mich an.

Trotz meiner Bedenken gegen die nach berechtigter Ansicht einiger Kritiker rassistische Lehre Steiners[35] stimmte ich zunächst zu, den Schulbesuch von Roswithas Kind zu alimentieren.

Nach einiger Zeit wurde ich von den Gründern der namibischen Waldorfschule darum gebeten, eine schriftliche Verpflichtungserklärung abzugeben. Als ich den Inhalt las, musste ich mich setzen. Der monatlich verlangte Geldbetrag war höher als der für eine Privatschule in Deutschland! Nachdem ich mich von dem Schreck erholt hatte, entschied ich mich dazu, die Summe möglicherweise gemeinsam mit französischen Freunden aufzubringen. Als ich ihnen das Projekt offerierte, erhielt ich von den mir als sehr

sozial bekannten Franzosen nur Absagen. Die Steiner-Bewegung wolle man nicht unterstützen, in Frankreich gelte sie als eine Sekte.
Das war mir neu. Ich erinnerte mich lediglich, dass sogar ein Bundesinnenminister aus einer Waldorfschule stammte und weitere sehr bekannte Personen Anhänger der Steiner-Bewegung waren. Was konnte daran unseriös sein?
Ich setzte mich direkt mit den in Windhoek tätigen Organisatoren in Verbindung und bat um Auskünfte über die finanzielle Seite des Vorhabens. Insbesondere interessierte mich die Verteilung der eingenommenen Spendengelder für Farmarbeiterkinder.
Nur sehr zögerlich war man bereit, mir überhaupt Auskünfte zu geben. Über Geld wollte man zunächst gar nicht sprechen. Erst durch wiederholte Hinweise darauf, dass man mich schließlich um Geld gebeten habe, wurde mir mündlich eröffnet, dass die größte Summe der Einnahme aus den Spenden für arme Farmarbeiterkinder zur Entlohnung der Lehrer an dieser Privatschule verwendet werden sollte. Als ich erfuhr, dass Roswitha selbst für den Transport ihres Kindes von der Farm nach Windhoek sorgen müsse, wurde ich ärgerlich.
Roswitha teilte mir wie erwartet mit, das könne sie nicht. Elke habe ihr erklärt, dass ihre Tochter darum in Windhoek in der Schule leben müsse, sie werde nur in den Ferien nach Hause kommen. Auch für diese Transporte habe Roswitha selbst zu sorgen. Meine arme Hausfrau hatte sich so sehr in den Kopf gesetzt, ihrem Kind eine bessere Ausbildung zu geben, dass sie sich überreden ließ. Ich musste ihr mitteilen, dass weder ich noch meine Freunde bereit seien, die Waldorfschule in Windhoek zu unterstützen. Den Besuch einer staatlichen Schule würde ich selbstverständlich bezahlen und zusätzlich die dazu notwendigen Unterbringungs- und Transportkosten. Roswitha lehnte das ab.
Ich weiß bis heute nicht, wie es Elke gelungen ist, ihre und meine Hausfrau davon zu überzeugen, ihre Kinder in die Waldorfschu-

le zu schicken. Zur Einweihung bin ich eingeladen worden. Es wurde ein Tag, der mich sehr traurig stimmte.
Die kleine Schule war schwer zu finden, man hatte sie mitten in ein Wohngebiet der Hauptstadt platziert, das von Weißen besiedelt war. Die umliegenden Straßen waren am Eröffnungstag zugeparkt wie in einer europäischen Großstadt. Ich fand ein freies Plätzchen ein paar Hundert Meter vom Eingang entfernt, der mit Papiergirlanden dekoriert war. Hinter einem Gatter mit Stacheldrahtzaun führte ein Kiesweg zu einem einstöckigen Flachbau. Menschen in formeller Kleidung hielten Sektgläser in den Händen, unter ihnen offensichtlich auch Vertreter des Staates. Roswitha stand mit einigen anderen Farmarbeitereltern abseits. Sie wirkte wie verloren, hielt ihre Tochter an der Hand. Ich ging zu ihr. Sie wusste nicht genau, was hier vorging, nur, dass die Schule eröffnet werden sollte. Man habe ihr gesagt, es gebe kostenlos zu essen und zu trinken.
Ein Vertreter des Bildungsministeriums hielt eine Rede. Der künftige Schulleiter schloss sich ihm an. Die neuen Schülerinnen und Schüler mussten auf Bänken zuhören, unter ihnen nur wenige Arbeiterkinder. Einige sangen ein auswendig gelerntes Lied, andere wurden aufgefordert, einen Tanz mit Stoffbändern vorzuführen.
Anschließend wurde das Buffet eröffnet. Die geladenen Gäste bedienten sich, und die Augen der Farmarbeitereltern leuchteten. Unsicher nahmen sie sich erst vom Essen, als ihre Farmer sie dazu aufgefordert hatten, behielten ihre Herrschaften aber immer aus den Augenwinkeln im Blick.
Ich wurde gemeinsam mit anderen Farmern durch die Schulräume geführt. Man erklärte uns, es gebe keinen Lehrplan, keine Zeugnisse, keine Noten. Als studiertem Lehrer aus Deutschland ging mir durch den Kopf, dass es gewiss leicht sein würde, hier zu arbeiten, wenn man keiner Kontrolle unterlag. Ohne Lehrplan einfach draufloszulehren – ein Traum für jeden Lehrer, der einen

solchen Job machen will, vor allem hier in Namibia, wo die Lebenshaltungskosten selbst im Luxus von Stadtvillen mit Hausangestellten, Garten und Swimmingpool nur einen Bruchteil von denen betragen, die in Europa für eine einfache Mietwohnung in der Großstadt aufzubringen sind. Die mir auf Drängen genannten Entlohnungen für die Lehrer entsprachen dagegen denen in Europa.
Ich bat darum, die Räume sehen zu dürfen, in denen die Farmarbeiterkinder leben würden. Die Kinder der Weißen wurden täglich von ihren Eltern zur Schule gebracht und wieder abgeholt. Nur die schwarzen Kinder sollten hier in einem Heim wohnen. Ich hatte nicht verstanden, warum die Schule nicht naturnah auf einer großen Farm außerhalb der Hauptstadt eingerichtet worden war. Die Waldorfschulen in Europa befinden sich nach meinen Kenntnissen gerade nicht in den Zentren der Großstädte. Eine Farmschule hätte den Arbeiterkindern die Möglichkeit gegeben, ohne Zusatzkosten am Unterricht teilnehmen zu können. Die Innenstadtlage begünstigte aber diejenigen Kinder, die ohnehin schon durch bessere soziale Verhältnisse bevorzugt waren: die der Weißen.
In drei kleinen Räumen waren am Boden Decken ausgelegt. Darauf sollten die Farmarbeiterkinder schlafen. Eine Frau hatte man angestellt, auf sie aufzupassen und ihnen Essen zu bereiten. Eine kleine Küche war dazu eingerichtet worden. Bei der Führung bemerkten die Verantwortlichen der neuen Schule offenbar mein ungläubiges Gesicht. Man erklärte eilfertig, die Einrichtung für die Farmarbeiterkinder sei natürlich noch nicht vollständig, da sei noch einiges zu tun.
Etwa ein halbes Jahr später berichtete mir Roswitha, dass es ihrer Tochter in dem kleinen Wohnheim an der Schule nicht gut gehe. Sie habe an Gewicht verloren. Die Aufpasserin sei sehr streng. Nach der Schule dürfe kein Kind das Gelände verlassen. Die Arbeiterkinder hätten immer noch keine Betten, ihre Eltern

müssten Seife und Handtücher für sie kaufen und mitbringen. Ihre Tochter habe sich über das Essen beschwert. Jeden Tag gebe es nur Maisbrei, selten einmal etwas Fleisch.

Für solche unangemessenen Leistungen hätte ich mit meinen Freunden monatlich so viel Geld zahlen sollen! Ich sah meine Entscheidung gegen eine Finanzierung dieser Schule im Nachhinein gerechtfertigt und hoffte, dass sich die Zustände bald bessern würden. Mir fielen die Werturteile Rudolf Steiners über schwarze Menschen ein:

»Beim Neger ist daher das Hinterhirn besonders ausgebildet ... Er hat, wie man sagt, ein starkes Triebleben, Instinktleben ... Die weiße Rasse ist die zukünftige, ist die am Geiste schaffende Rasse.«

In einem Band zur Unterrichtsvorbereitung für Lehrer an Waldorfschulen heißt es dementsprechend:

»Wir Europäer stehen allem messend, beurteilend gegenüber und sind darum fähig, alles nüchtern als Dinge zu werten und unseren Zwecken dienstbar zu machen. Für den Neger gibt es diese Trennung zwischen Ich und der Welt nicht.«

Ob der »Neger« vom namibischen Bildungsministerium, den man pflichtgemäß um eine Eröffnungsrede gebeten hatte, wohl wusste, wie unterschiedlich der Ideologe der Waldorfschulbewegung die weiße und die schwarze Menschenrasse beurteilt hat? Ob Roswitha und die anderen Farmarbeitereltern sich Gedanken darüber gemacht hatten, dass diese Grundsätze in dieser Schule gelten?

Mehr traurig als wütend fuhr ich nach Hause.

Ein Diebstahl

In einem Industriegebiet von Windhoek sollte ich kurze Zeit nach der Einweihung der Waldorfschule Waren abholen. Der deutschstämmige Besitzer des Geschäfts hatte mich aufgefordert, mit meinem offenen Geländewagen hinter das Hauptgebäude an eine Rampe zu fahren. Seine Mitarbeiter würden mein Auto beladen.

Während sie damit beschäftigt waren, nahm ich meine Aktentasche mit Papieren, Scheckbuch und Geld, um die Zeit zum Bezahlen zu nutzen. Das war rasch erledigt. Als ich zum Fahrzeug zurückkehrte, sah ich, dass es noch eine Weile dauern würde, alles aufzuladen, legte meine Tasche auf den Beifahrersitz und ging zurück ins Geschäft, um mich ein wenig umzusehen. Bald wurde mein Bummel durch einen Angestellten unterbrochen: »Wir sind fertig, Sir, Sie können fahren.«

Ich kehrte zum Auto auf den Hinterhof zurück. Gerade, als ich um die Ecke eines Gebäudes bog, konnte ich erkennen, wie zwei Personen vom Fahrerhaus meines Wagens wegrannten. Blitzschnell registrierte ich: Einer hatte meine Tasche unterm Arm! Ich eilte hinterher und rief dabei: »Halt, Diebe!« Schneller als ich reagieren konnte, sprangen Arbeiter von der Rampe und verfolgten die beiden jungen Männer. Der Geschäftsführer tauchte wie aus dem Nichts neben mir auf und beruhigte mich: »Die kriegen die!« Ich jammerte über den Verlust sämtlicher Personalpapiere, einschließlich Pass, Aufenthaltsgenehmigung und Arbeitsberechtigung für Namibia, Führerschein, deutschem und französischem Personalausweis, Scheckbuch, Bargeld und so weiter.

Nach einigen Minuten kamen die Angestellten des Geschäfts atemlos mit erhobenen Armen zurück, zogen bedauernd ihre Schultern hoch. Die Diebe waren entkommen. Wie ein Windrad drehten sich meine Gedanken um die verlorenen Dokumente. Wie viel Zeit, Arbeit und Geld es kosten würde, diese alle wieder zu beschaffen! Da war das Geld fast Nebensache. Die Schecks musste ich sofort telefonisch sperren lassen. Ich wollte zum Handy greifen – natürlich! Auch das war gestohlen worden. Also bat ich darum, im Geschäft telefonieren zu dürfen, schloss dieses Mal das Fahrzeug ab und ging mit dem Ladenbesitzer ins Gebäude zurück.

Auf dem Weg klagte er: »Das wird immer schlimmer hier in Namibia! Die neue Regierung unternimmt nichts gegen Kriminelle. Die stehlen, rauben und brechen ein, wie sie wollen. Das hat es früher nicht gegeben. Da herrschte Ordnung, und man konnte sich sicher fühlen. Heute müssen wir Alarmanlagen einrichten und uns hinter Stacheldraht in unseren Privathäusern verbarrikadieren …«

Früher war alles besser – dieser Spruch kam mir bekannt vor. Ich hatte solche dumpfen Assoziationen nicht, sondern ärgerte mich über mich selbst. Wie konnte ich nur so dumm sein, alle Papiere ins unverschlossene Auto zu legen! In mehr als zwanzig Jahren Fahrten durch Afrika und andere Kontinente war mir das nicht passiert. Überall hatte ich sogar beim Tanken das Auto abgeschlossen, wenn ich von der Säule zum Bezahlen ging, und alle Fahrer auf meinen Reisen dazu verdonnert, sich ebenso strikt zu verhalten. Recht war mir geschehen. Das war die Strafe für meine Nachlässigkeit. Ich biss mir auf die Zunge vor Wut auf mich selbst, weil ich in Namibia mit seiner vergleichsweise unbedeutenden Kriminalität so nachlässig geworden war. Auch dieses Land war kein Paradies, sondern sehr irdisch. Wenn man sich daran erinnerte, dass die Schere zwischen Reichen und Armen in keinem anderen Land der Erde so weit auseinanderklaffte wie in

Namibia, musste man froh sein, dass es nur so wenig Kriminalität gab.

Dennoch wollte ich nicht nur meine Bank, sondern auch die Polizei benachrichtigen. Davon hielt mich der Geschäftsinhaber ab: »Lassen Sie das, das hat keinen Wert. Die arbeiten doch alle zusammen. Die nehmen nicht einmal Ihre Anzeige auf. Die sagen nur ja, ja am Telefon und damit hat es sich. Die Polizei hier bei uns ist doch jetzt schwarz, tiefschwarz. Einem Weißen wird nicht geholfen. So ist es eben. Früher war das anders.«

Ich wies darauf hin, dass ich zur Wiederbeschaffung meiner Personaldokumente ganz sicher eine Diebstahlsanzeige bei der Polizei würde vorweisen müssen.

»Ach was, das ist hier bei uns ganz anders. Die deutsche Botschaft kennt doch die Verhältnisse in diesem Land. Die glaubt Ihnen. Die will auch keine Polizei.«

Ich ließ mich breitschlagen, ließ bei der Bank meine Schecks sperren und brachte die Warenladung zur Farm. Auf der Fahrt kreisten meine Gedanken immer weiter um die verlorenen Papiere. Zusätzlich zum Ärger über mein Verhalten und der zunehmenden Wut auf die dreisten Diebe bauten sich vor mir schwarze Wolken bürokratischer Hürdenläufe zwischen Deutschland und Namibia auf, abgesehen vom Verlust einer nicht unbedeutenden Summe von Bargeld. Da es bereits nachmittags war, wollte ich sofort am nächsten Morgen die deutsche Botschaft anrufen.

Dort reagierte man, wie ich erwartet hatte, und nicht, wie mir der deutschstämmige Geschäftsinhaber weismachen wollte: »Sie müssen den Verlust erst einmal bei der Polizei melden, damit wir etwas in der Hand haben.« Also doch! Nach der Mittagszeit wollte ich nach Windhoek zurückfahren, um das zu erledigen.

Das Klingeln des Telefons riss mich aus meiner Siesta, die ich wach vor mich hingrübelnd verbrachte. Ein mir unbekannter deutsch sprechender Mann war in der Leitung.

»Guten Tag, Herr Stuberger. Ihnen ist doch gestern in Windhoek

eine braune Aktentasche gestohlen worden und ein Handy. Ich rufe deswegen an.«
»Ja, richtig. Aber woher wissen Sie das? Sind Sie von der Botschaft?«
»Nein, nein, das tut erst mal nichts zur Sache.«
»Woher wissen Sie denn davon?«
»Also, ich kann Ihnen einen Beweis dafür bringen, dass ich wirklich gut informiert bin. Sie sind in Oberhausen geboren …«
Der ominöse Anrufer hielt mir persönliche Daten vor, die kaum jemand wissen konnte. Ich war sprachlos.
»Ja, also, ich kann Ihnen die Personaldokumente wiederbeschaffen, wenn Sie das wollen. Das Bargeld, Handy und die Tasche sind natürlich für immer weg, das ist ja klar. Wollen Sie das?«
Na, und ob! Was aber steckte dahinter?
Der hilfsbereite Mann stellte sich als ein früherer Polizeibeamter vor, aus der Zeit, als »alles noch besser« gewesen sei. Jetzt könne man der Polizei nicht vertrauen und die Kriminalität wachse immer weiter in Namibia. Darum habe er sich darauf spezialisiert, gestohlene Sachen wiederzubeschaffen. Er sei also so etwas wie ein sehr privater Privatdetektiv. Natürlich müsse er dazu Kontakte zur Unterwelt pflegen, wenn er erfolgreich sein wolle. Er arbeite auch mit Versicherungen zusammen. Für die Wiederbeschaffung meiner Dokumente müsse er mir verständlicherweise eine kleine Arbeitsgebühr berechnen. Denn er sei ja kein Polizeibeamter mehr in diesem Staat unter dieser neuen Regierung …
So lief der Hase also!
Mir war es lieber, das Risiko einzugehen, Grauzonenkriminalität zu unterstützen, als alle meine Papiere umständlich wiederbeschaffen zu müssen. Der verlangte Preis dafür hielt sich im Rahmen dessen, was ich wahrscheinlich hätte ausgeben müssen, um Ersatzdokumente zu erhalten. Finanziell gesehen würde mein Schaden nicht größer sein, als wenn ich den legalen und korrekten Weg gehen würde. Ich stimmte zu und wir vereinbar-

ten ein Treffen in zwei Tagen – in einem öffentlichen Café, versteht sich.
Auf meine Frage antwortete mir der hilfsbereite Expolizist, nein wir müssten kein Erkennungszeichen vereinbaren, er kenne mein Gesicht aus meinen Personaldokumenten. Übrigens könne ich mich darauf verlassen, dass er meine private Sphäre respektieren und keine Daten weitergeben werde.
Ich nahm mir fest vor, jetzt über nichts anderes mehr nachzudenken als über meine Papiere. Ich würde dem Mann unvoreingenommen begegnen müssen, durfte ihn nicht verärgern. Konnte ich nicht einfach froh darüber sein, so viel Glück im Unglück zu haben?
Mit dennoch mulmigem Gefühl betrat ich am verabredeten Tag zur vereinbarten Uhrzeit die Einkaufspassage in Windhoek, in der das Café lag, wo wir uns treffen wollten. Ich setzte mich an eines der kleinen runden Tischchen, bestellte einen Kaffee und wartete. Was wäre, wenn sich aus diesem Treffen weitere Verwicklungen ergeben würden? Verhielt ich mich gesetzwidrig? Könnte man mir deswegen meine Aufenthaltserlaubnis entziehen? Vielleicht war alles nur ein Lockvogelspiel? Möglicherweise wollte mich jemand auf die Probe stellen? Warum hatte ich nur keinen Rechtsanwalt kontaktiert und ihn darum gebeten, sich ebenfalls hier einzufinden und alles von einem anderen Tisch aus zu beobachten? Hätte ich nicht besser die Polizei über den ominösen Anruf informieren sollen? Vielleicht wäre es besser, wenn ich wieder ginge? Sicher beobachtete mich der Expolizist schon. Ob es jener Mann dort drüben war? Oder dieser am Nachbartisch?
»Guten Tag, Herr Stuberger.«
Die ganz anders als am Telefon klingende Stimme eines kleinen dicken Mannes schreckte mich aus meinen Gedanken hoch.
»Wir können sofort zur Sache kommen. Ich habe hier Ihre Dokumente. Sehen Sie nach, ob alles zusammen ist oder ob Sie etwas vermissen.«

Er legte die Papiere auf den Tisch. Ich vermisste nichts, griff wie in Trance in meine Tasche und schob meinem Gegenüber einen Umschlag hin, der das telefonisch besprochene Bargeld enthielt. Er nahm ihn, steckte ihn unkontrolliert in seine Brusttasche.
»Danke. Wenn es wieder einmal ein Problem gibt, werde ich Ihnen wieder helfen. Machen Sie's gut.«
Schon war der geheimnisvolle Privatdetektiv verschwunden.
Ich atmete erleichtert auf. War es denn zu fassen? Ich hatte alle meine Papiere wieder, es war nur kurze Zeit seit dem Diebstahl vergangen. Wie nur konnte der Mann mich schon ein paar Stunden nach dem Vorfall anrufen? In welchem Verhältnis stand er wohl zu den Dieben? Arbeitete er vielleicht mit ihnen zusammen? Davon war ich nach einigen Überlegungen fest überzeugt. Also hatte ich durch mein Verhalten die Kriminalität in Namibia gefördert. Dennoch war ich heilfroh, wenigstens meine Dokumente wiederzuhaben, und wollte nicht mehr über meine Zweifel nachdenken, die ich erfolgreich verdrängte.
In späteren Gesprächen zeigten sich mehrere deutschstämmige Farmer nicht sehr überrascht. Einer sagte mir ganz offen: »Hier regeln wir auch solche Dinge immer noch unter uns. Die neue Polizei taugt doch nichts.«
Welch ein Irrtum!
Leider musste ich mehrfach erleben, wie professionell und unvoreingenommen die Polizei in Namibia ihr Handwerk erledigt. Selbst die Kriminalpolizei konnte sich mit europäischen Kollegen vergleichen, wenn man dabei ihre weit dürftigere technische Ausrüstung berücksichtigt.

Tod

Aufgeregt kam ein Mitarbeiter abends in die Restaurantküche, gerade als wir dabei waren, die Soße für einen Kudubraten fertigzustellen, der unsere Gäste erfreuen sollte.

»Hier im Wäldchen (das war der ›verwunschene Märchenwald‹) haben sie eine Leiche gefunden. Eine alte Frau hängt an einem Baum!«

Geschockt, wussten wir zuerst nicht, wie wir reagieren sollten. Unser Mitarbeiter berichtete, seit mehr als einer Woche vermisse Annegret, die Hausfrau von Hansenfarm, ihre Mutter. Die alte Frau sei schon vor einem Jahr einmal nicht auffindbar gewesen. Damals habe man sie weitab der Farm auf einem Weg gefunden und wieder zu ihrer Tochter zurückgebracht. Wie alle Farmarbeiter sei sie auf das sogenannte Altenteil abgeschoben worden, als sie nicht mehr kräftig genug gewesen sei, weiter zu arbeiten. Mehrfach habe die vergrämte Frau vor anderen Farmarbeiterfamilien vorher erklärt, wenn sie es nicht mehr aushalte, werde sie in die Natur gehen, dahin, wo sie hergekommen sei.

Das Altenteil war die von mir bereits bei Rundfahrten mit Rudolf entdeckte Barackensiedlung weitab der Privatgebäude von Hansenfarm und außer Sichtweite auch der Farmarbeiterbehausungen. Hier mussten die alten Menschen leben, die man nicht mehr brauchen konnte. Hansens gaben ihnen monatlich ein klein wenig Geld, das sie Rente nannten. Es reichte kaum dazu aus, sich die zum Überleben notwendigen Grundnahrungsmittel im Farmladen einzukaufen. Großzügigerweise verlangten die Farmer keine Miete für die Baracken und gestatteten den Alten, auf

diesem Platz auch einige Ziegen zu halten und Gemüse anzubauen. Seit der Unabhängigkeit Namibias erhielten diese bedauernswerten Menschen zusätzlich eine Staatsrente, die jedem Bürger zusteht, vergleichbar mit der deutschen Sozialrente. Arbeiter, deren Kraft nicht mehr ausreichte, vegetierten an diesem Platz bis zu ihrem Tod dahin. Sie vertrauten weiter ihrer Herrschaft. Der Farmer verwaltete ihre Unterlagen für die Staatspension, die er jeden Monat mit einer Vollmacht für alle Alten bei einem Postamt in Windhoek abholte. Das Geld wurde als Guthaben in die Schubladenkladde für den Farmladen geschrieben.
Auf dem Weg von Hansens zu meiner Farm hatten die Hunde mehrfach angeschlagen. Einige Menschen hatten sich über einen dort umherwabernden strengen Geruch dennoch nicht gewundert. Immer wieder kam es an solchen von der Zivilisation abgelegenen Orten in der Savanne vor, dass ein Tier verendete. Der Kadaver verweste dann und wurde irgendwann einmal durch aasfressende Tiere wie Schakale und Insekten in den natürlichen Kreislauf überführt. Niemand war auf den Gedanken gekommen, dass dieses Mal der Geruch von einem leblosen Menschen verbreitet worden war.
Unseren Gästen sagten wir selbstverständlich nichts. Allen Mitarbeitern fiel es ebenso wie mir sehr schwer, weiterhin deren Abendessen zuzubereiten und mit einem Lächeln zu servieren. Essen konnten wir selbst an diesem Abend nichts. Ich genehmigte allen Mitarbeitern und mir nach der Arbeit einen Schnaps.
In einem Telefonat mit Rudolf erfuhr ich, dass auch er und Elke nicht mehr wussten. Sie hätten Johannes damit beauftragt, gemeinsam mit einem anderen Farmarbeiter die Stelle zu suchen, an der man die Leiche vermutete. Es habe viele Stunden gedauert, die Frau im Gebüsch zu finden. Ihr toter Körper sei bekleidet und unbeschädigt an einem Baum hängend gefunden worden. Rudolf erklärte mir, dass Schakale sich so vor Menschen fürchten, dass sie bekleidete Tote nicht anrührten. Zum Abschluss des Gesprächs

bat er mich eindringlich, den zu meiner Farm gehörenden Platz aufzusuchen, bevor am nächsten Morgen die Polizei eintreffen würde, die man informiert habe. Er wolle unbedingt ein Foto von der Leiche haben. Das schien ihm so wichtig, dass er offensichtlich in diesem Augenblick vergaß, dass unsere Beziehung nicht mehr sehr freundschaftlich war.

Von den Vorgängen war ich immer noch so geschockt, dass ich ohne weiteres Nachdenken zustimmte. Ich war mir im Unklaren darüber, welche Pflichten ich als Farmer in solchen Fällen hatte, und wollte den Polizeibeamten auf jeden Fall zur Verfügung stehen. Ich rief beim diensthabenden Officer an. Wir vereinbarten für den nächsten Morgen ein Zusammentreffen bei meinem Farmhaus. Ich sollte die Beamten dann zu der Stelle führen, an der die Leiche hing.

Die folgende Nacht war für mich den Umständen entsprechend unruhig und kurz. Ich bestand darauf, bei Tagesanbruch allein zu der Fundstelle zu fahren, die mir von Rudolf genau beschrieben worden war. Mein Auto parkte ich auf der Privatpiste innerhalb meines Farmgeländes an einer Abzweigung. Dann schlug ich mich durchs Gebüsch, nach einem hohen Baum Ausschau haltend. Nach etwa fünfzig Metern stand ich davor!

Die alte Frau hing am Hals aufgeknüpft in vollständiger Bekleidung mit einem friedlich wirkenden Gesicht nur wenige Zentimeter über dem Erdboden. Sie schien ihn fast zu berühren. Ich fotografierte und entfernte mich rasch von diesem schrecklichen Anblick. Es war mir unmöglich, meine Tränen zu unterdrücken. Ich setzte mich ins Fahrerhaus, um mich zu sammeln. Was hatte ich da gerade getan! War es nicht ein Frevel, die Leiche zu fotografieren? Mir drehte sich alles im Kopf. Gleichzeitig spürte ich ein eigenartiges Gefühl, das mir Kraft zu geben schien. Das hatte ich in anderen sehr schwierigen Situationen auf meinen Reisen schon mehrfach erlebt: Wenn es sehr gefährlich geworden war, konnte ich sozusagen nach einem kurzen Schock meine eigenen

Gefühle abschalten und mich darauf konzentrieren, Notwendiges zu organisieren, anderen Menschen beizustehen, zu helfen. So war es bei einem schweren Unfall in der Sahara gewesen, an dem ich nicht beteiligt gewesen war. Schwer verletzte und tote Menschen hatten herumgelegen. Meine Mitarbeiter und Reisegäste waren durch den Schock wie gelähmt. Ich hatte die Fähigkeit, herumzurennen und zu helfen, wo das noch möglich war. Ähnlich war es mir am Rand des iranisch-irakischen Krieges in einer Wüste im Süden des Iran ergangen und in anderen Situationen. Ich hatte daraus den Schluss gezogen, die Verantwortung dafür zu haben, anderen Menschen beizustehen, die nicht mehr agieren konnten. Mein eigener Katzenjammer kam gewöhnlich erst einen Tag später. Dann habe ich mich zurückgezogen und die Erlebnisse oft durch Schreiben verarbeitet.

Jetzt war also wieder so ein Tag. Ich erlaubte mir, noch einige Minuten zu weinen und mich dann zu beruhigen, atmete tief durch und ließ den Motor an, um bei meiner Farm auf die Polizei zu warten.

Es dauerte nicht lange, da fuhr ein Auto von Hansenfarm vor. Johannes und Erhardt brachten Annegret. Ihre Augen zeugten von einer durchweinten Nacht.

»Sie will unbedingt ihre Mutter noch einmal sehen und dabei sein, wenn die Polizei sie holt«, erklärte mir Johannes.

Ich versuchte erfolglos, sie davon abzuhalten. Annegret bestand darauf und bat mich, mit ihr zu gehen. Wir setzten uns in meine Küche und tranken schweigend Wasser, auf die Polizei wartend.

Das Röhren eines Achtzylinder-Chevrolet-Geländewagens schreckte uns aus dieser Andacht auf. Einer unserer Mitarbeiter hatte auf der Hauptpiste gewartet, um der Polizei den Weg zum Gebäude zu weisen. Er öffnete das Gatter, um das Fahrzeug hereinzulassen. Wir gingen hinaus. Ich erklärte kurz die mir bekannten Umstände und stellte Annegret als die Tochter der Toten vor. Gemeinsam fuhren wir zu dem Wäldchen, in dem die alte Frau die letzten

Minuten ihres von Arbeit geprägten Lebens verbracht hatte. Inzwischen folgten uns zwei weitere mächtige Geländewagen mit Beamten.

Als ich denen die Fundstelle bezeichnet hatte, gingen sie zielstrebig, mit Fotoapparat und anderen Utensilien ausgerüstet, zu dem betreffenden Baum. Zwei hatten eine Bahre in den Händen. Wir warteten in einigem Abstand. Man sah Blitzlichter aufleuchten. Dann kam ein Beamter zu mir: »Haben Sie ein scharfes Messer?« Ich konnte nicht aushelfen. Mit einer Feuerzeugflamme wurde der Strick durchtrennt, mit dem die alte Frau sich erhängt hatte. Einer der Beamten sagte mir, man habe keinerlei Hinweise auf Fremdeinwirkung gefunden. Leichenschau und eine Obduktion würden Gewissheit bringen. Die Tote werde nach Windhoek ins Leichenhaus transportiert. Man werde mich anrufen, wenn der Körper zur Bestattung freigegeben sei.

Annegret empfing die Beileidsbekundungen der Beamten, stand an meiner Seite. Als ihre tote Mutter an uns vorbeigetragen wurde, stoppten die Beamten. Annegret hielt sich an mir fest, zog mich fast zur Bahre, nahm schluchzend ein letztes Mal das Gesicht ihrer Mutter in beide Hände und brach weinend zusammen.

Die Beamten entfernten sich zügig, während ich Elkes Hausfrau in meinen Armen hielt, die am ganzen Körper zitterte und sich schluchzend fortwährend bei mir bedankte. Ich konnte keinen Trost spenden in diesem Moment, fühlte mich einfach nur hilflos. Ich dachte, das Einzige, was ich tun könnte, wäre, einfach nur da zu sein. Alle Worte, die ich Annegret dennoch in die Ohren plapperte, konnten nichts bewirken. Vielleicht würde sie sich an das eine oder andere später erinnern: »Wenn du irgendein Problem hast, komm zu mir. Ich werde dir helfen, so gut ich kann …«

Nach einer Weile wurde Annegret offenbar bewusst, dass sie sich vor den anderen Farmarbeitern in die Arme eines weißen Farmers

gelehnt hatte. Sie löste sich von mir und ging zu ihren Kollegen, mit denen sie nach Hause fuhr, zur Hansenfarm.
»Hast du das Foto?«
Das war die erste Frage, die Rudolf mir stellte, als er mich anrief, nachdem die Polizei weggefahren war. Diese Reaktion kam mir sehr eigenartig vor. Ich bejahte. Eine Woche später bat er mich um einen Abzug, den ich ihm gab. Und die Negative gab ich ihm dazu; ich wollte mich von meiner Untat reinigen.
Elke meinte einen Tag später: »Ach, jetzt gibt es dann ja bald wieder einen freien Tag bei uns für die Beerdigung. Dabei kriegen Die doch schon so viele Feiertage von ihrer neuen Regierung!« Ich hatte mir bis dahin keine Gedanken über Tod und Begräbnis auf einer Farm in Namibia gemacht und fragte meine Nachbarin danach.
»Tjach, das ist ja so, Die gehen eben einfach in die Natur zurück. Die sind eben so, das machen Die oft so. Ja, ja, wir haben hier einen Friedhof für Die eingerichtet. Beim Heiraten und beim Tod sind Die ja christlich. Das haben unsere Missionare Die gelehrt. Ach, wenn die nicht gewesen wären, Die würden ja noch im Busch leben, ganz im Busch, wie früher. Da wäre gar keine Kultur, gar nichts. Aber bei der Beerdigung wollen Die unter sich sein, da haben wir nichts zu suchen.«
Die Polizei informierte mich am Tag nach dem Abtransport der Leiche, dass sie zur Beerdigung freigegeben sei.
»Ulf, da brauchst du dich nicht zu kümmern, das machen Die alles selbst. Die bestellen einen Pastor und machen dann alles selbst hier. Das wird ein Hallo und Theater! Da kommen Die alle von weit her, das wird voll hier bei uns.«
Rudolfs Erklärungen nahm ich an.
Am Tag der Beerdigung begann die von Elke respektlos als »Hallo und Theater« bezeichnete Beerdigung. Schon frühmorgens fuhren viele Menschen in Sonntagskleidung auf Eselskarren, mit kleinen Autos oder alten klapprigen Geländewagen bei uns vor-

bei nach Hansenfarm. Andere gingen zu Fuß. Ich hatte meinen Mitarbeitern einen freien Tag gegeben, damit sie an der Beisetzung teilnehmen konnten, und hielt mich selbst streng zurück, dem Rat von Elke und Rudolf folgend.
Neugier trieb mich dennoch dazu, einen Blick auf die Zeremonie zu werfen. Ich hatte mich bei meinen Mitarbeitern danach erkundigt, wo der Farmfriedhof lag. Ihre Beschreibung war sehr ungenau für mich. Unter dem Vorwand, nach einem Platz für späteres Holzsammeln zu suchen, fuhr ich in diese Richtung. Von einem kleinen Hügel aus, wo ich unter einem Baum parkte, konnte ich erkennen, wie eine lange Schlange Menschen hinter einem Sarg herzog, der aus Annegrets Haus getragen worden war. Den Friedhof konnte ich nicht erkennen, weil er meinen Blicken durch eine Anhöhe verborgen blieb.
Einige Zeit später fragte ich Elke danach, wo der Friedhof genau sei, ich wolle ihn gerne besichtigen. Ich sei auch daran interessiert, dadurch einige Daten über die Vorgänger meiner Farm zu erfahren, die sicher auf deren Grabsteinen vermerkt seien. Es sei außerdem interessant zu sehen, wo ich selbst später einmal beerdigt werden würde.
»Nein, nein, Ulf, unsere Familie liegt doch in Windhoek. Hier ist nur der Friedhof für Die. Das kann man doch nicht vermischen, nein!«
Ich wäre nie auf den Gedanken gekommen, dass die Rassentrennung über den Tod hinaus durchgeführt worden war und immer noch praktiziert wurde. Meine Neugier auf beide Friedhöfe war noch größer geworden. Bei einem Besuch in der Hauptstadt fand ich einen der für Farmerfamilien reservierten Gottesäcker. Prächtige Grabsteine und Inschriften mit kolonialistischen Texten waren zu sehen, wie ich erwartet hatte.
Als Elke und Rudolf einmal nicht zu Hause waren, entschied ich mich, auch den Farmfriedhof zu besuchen. Ich fuhr über Hansens Innenhof. Auf einem kleinen Hügel stand das mir schon lange

bekannte Monument für ein Rind. Ich weiß nicht, was mich dazu veranlasst hat, jenes Mal nicht daran vorbeizufahren, sondern zu stoppen und näher zu treten.

Das war kein Monument, das war ein Grab! Wie für Menschen. Eine Rabatte war auf einem kleinen Hügel angelegt. Darauf befand sich ein Platz für eine Kerze, wie Wachsreste erkennen ließen. Ein Gedenkstein erinnerte an einen Zuchtbullen. Er trug dessen Namen, Geburts- und Todestag und einen kurzen Bibelspruch. Rechts und links von dem Monument gab es zwei weitere Tiergräber.

Nun ja, Rudolf war schließlich einmal in den USA gewesen, dachte ich mir. Vielleicht hatte er von dort die eigentümliche Sitte mitgebracht, Lieblingstiere so zu beerdigen wie Menschen.

Ich fuhr in Gedanken versunken weiter. Da wurden die Lieblingstiere der Familie direkt im innersten Bereich des privaten Farmhauses beigesetzt, die Angehörigen der Farmerfamilie auf den Kolonialfriedhof in die Hauptstadt gebracht, die Arbeiter hatten ihren eigenen Friedhof. Der würde sicher ärmlicher aussehen als der für die Zuchttiere des Farmers.

Ich bog, weiter sinnierend, von der Hauptpiste ab in Richtung des Arbeiterfriedhofs. Dann sah ich einen niedrigen Zaun. Das musste der Platz sein. Respektvoll hielt ich an und stieg aus dem Auto. Die letzten Meter wollte ich zu Fuß zurücklegen. Möglicherweise wäre ja jemand bei dem frischen Grab. Ich wollte nicht mit Motorenlärm und Abgasgeruch stören.

Als ich den Zaun fast erreicht hatte, erschrak ich. Das war nicht der Friedhof, das war der Müllplatz! Hinter dem Zaun öffnete sich eine etwa fünf Meter tiefe Grube, in der Plastiksäcke, alte Autoreifen, Getränkedosen und anderer Unrat lagen. Der Weg führte an dem Müllplatz vorbei. Ich konnte schon den Friedhof erkennen. Mir wurde schlecht.

Das durfte doch wohl nicht wahr sein! Der Friedhof für die Farmarbeiter war nahe zum Müllplatz eingerichtet worden! Nun war

mir klar, warum Elke und Rudolf so ein Geheimnis um die Beerdigung gemacht hatten. Inzwischen hatte ich nämlich durch Farmarbeiter erfahren, dass man keineswegs unter sich bleiben wollte. Im Gegenteil, wurde mir gesagt, vor allem Annegret hätte sich sehr gefreut, wenn ich zur Beerdigung gekommen wäre. Aber die Arbeiterfamilien hätten sich schon daran gewöhnt, dass zu den Beerdigungen ihrer Angehörigen niemals ein Farmer erscheine. Darum sei es für sie selbstverständlich gewesen, dass ich ebenso wie Elke und Rudolf nicht gekommen sei.
Ich wäre auch zum Müllplatz gekommen!
Für mich wurde der Ausflug zum Arbeiterfriedhof ein weiterer Tag, an dem ich vor dem Einschlafen dringend einen Schnaps brauchte. Bis heute habe ich das Erlebnis nicht verkraftet. Mit Rudolf und Elke habe ich seit jenem Tag nicht mehr viel gesprochen.
Ich brauchte Urlaub. Den wollte ich verbringen wie die meisten anderen deutschstämmigen Farmer, wenn sie nicht »in die Heimat« flogen, nämlich am Südatlantik, der Westküste Namibias.

Swakopmund

Der weltgereiste Journalist Peter Scholl-Latour hat das von deutschen Eindringlingen am Meer errichtete Dorf Swakopmund im Jahr 2001 als »schwarz-weiß-rotes Disneyland«[36] bezeichnet. Diesem Werturteil konnte ich nur zustimmen. So wie meinem berühmten Kollegen ist auch mir klar, viele deutsche Touristen zu schockieren, wenn ich über die morbide Atmosphäre dort am Atlantik schreibe. Ich konnte hinter die Blenden dieser »Spielzeugkulisse« (Scholl-Latour) blicken.

Beim ersten Aufenthalt dort schlief ich in einer Pension, deren Inhaber zu Rudolfs Familienclan gehören. Die meisten Nachfahren der deutschen Eindringlinge haben in Swakopmund ein Haus oder wenigstens eine Ferienwohnung. Eine alte Frau empfing mich mit versteinerter Miene, von Freundlichkeit keine Spur. Sie machte auf mich einen verbitterten Eindruck, hatte es finanziell offenbar nicht nötig, Geld mit Touristen zu verdienen. Sie wusste nicht, dass ich von Rudolf eine Farm gepachtet hatte, hielt mich für einen Urlauber aus Deutschland. Mit eiserner Hand führte sie ihre altmodische, etwas heruntergekommene Herberge. Am Frühstückstisch musste eine junge Frau in weißem Spitzenschürzchen devot wie vor hundert Jahren bedienen. Die Chefin ließ es sich nicht nehmen, jeden Gast einzeln mit politischer Propaganda gegen die Regierung zu belästigen, bevor sie ihn auf einen Rundgang zu den deutschen Kolonialmonumenten schickte.

Ich ließ das widerspruchslos über mich ergehen und machte mir meine eigenen Gedanken über die unhygienischen Sanitäreinrichtungen, die hier Besuchern zugemutet wurden.

Ich schlenderte ziellos durch die Straßen und ließ die irreal wirkenden Fachwerkfassaden der meisten Häuser auf mich wirken. Die Straßennamen schockierten mich. Hier wurde nicht nur die Zeit des Deutschen Reiches verherrlicht. Sogar der Name von Ernst Heinrich Göring wurde geehrt, der erste »kaiserliche Kommissar« für die deutsche Kolonie und Vater des als Nazi-Kriegsverbrecher zum Tode verurteilten Hermann Göring, der einmal gesagt hatte: »Ich habe kein Gewissen, mein Gewissen heißt Adolf Hitler.«
In vielen Ladengeschäften sah ich Aufkleber mit der alten deutschen Reichskriegsflagge (ohne Hakenkreuz). Auch Autos fuhren mit diesem denkwürdigen Symbol deutscher Aggression herum. In einem Laden, der in allen Reiseführern als Kuriosum empfohlen wird, bot der deutschstämmige Inhaber nicht nur zahlreiche afrikanische Masken, Trommeln und Schmuckstücke an.
Den Eingang zu dem Geschäft fand ich an einer Straßenecke. Die Tür war ein paar Stufen höher als das Straßenniveau gesetzt. Der Zutritt wurde durch ein martialisches Stahlgitter versperrt. Jeder Kunde musste davor eine Klingel betätigen. Ich konnte im Dämmer des Geschäfts einen alten Mann hinter einem Regal erkennen, der mich beäugte. Offenbar erregte meine äußere Erscheinung keinen Verdacht auf was auch immer. Ein Summer wurde betätigt, das Gitter sprang auf. Ich öffnete die Stahltür und erklomm die Stufen, musste eine weitere Tür passieren, die ebenfalls wie von Geisterhand freigegeben worden war. Dann stand ich in einem sehr engen Flur, in dem Regale bis an die Decke mit vergilbten Landkarten und alten Büchern vollgestopft waren. Um mich herum wirkte ein Durcheinander von verschiedenen Devotionalien aus der Kolonialzeit, vermischt mit afrikanischen Gegenständen, unheimlich. Bei näherem Hinsehen entpuppte sich die muffige Unordnung als Versuch einer Präsentation von Dokumenten und Gegenständen. Der alte Mann blieb hinter einem ebenfalls von Regalen umgebenen Tisch versteckt, zwischen denen er mich argwöhnisch beobachtete.

Wahllos griff ich hier nach einem Buch, blätterte dort in bräunlichen Ansichtskarten, nahm hin und wieder einen Orden in die Hand. Tatsächlich fand ich die alte Proklamation Hitlers, die Scholl-Latour in seinem Buch »Afrikanische Totenklage« erwähnt, und auch die Neuauflage des »Protokolls der Weisen von Zion«, jenes schauderhaften antisemitischen Pamphlets, mit dem eine »jüdische Weltverschwörung« behauptet wird, die den Nazis als Begründung zur Ermordung der Juden diente.
Nun konnte ich mir vorstellen, dass die hinter vorgehaltener Hand verbreiteten Berichte über Deutschstämmige, die sich in Swakopmund jedes Jahr am 20. April treffen sollen, um Hitlers Geburtstag zu feiern[37], der Wahrheit entsprachen.
Ich verließ den schaurigen Laden eilig. Meine Ekelschwelle war überschritten. Ich brauchte frische Luft, die ich mir bei einem nachdenklichen Spaziergang auf der von Palmen umsäumten Promenade genehmigte. Ich setzte mich auf eine kleine Mauer, blickte ins offene Meer und versuchte, meine Gedanken zu ordnen. Wie konnte es geschehen, dass dieser Ort immer noch so viele Touristen anzog und damit die hier noch lebenden Nachfahren der deutschen Eindringlinge ständig finanziell unterstützte. Warum hatte die Regierung hier noch nicht aufgeräumt …
Einige Jahre später wurden endlich die Straßennamen in Swakopmund geändert. Monatelang vor der auch vom namibischen Präsidenten Sam Nujoma besuchten Zeremonie druckte die deutschsprachige Zeitung Namibias erschreckende Pamphlete von Ewiggestrigen als Leserbriefe ab, mit denen die weitere Verherrlichung der Kolonialzeit eingefordert und gleichzeitig die amtierende Regierung verunglimpft wurde. Die meisten deutschstämmigen Ladenbesitzer des morbiden Dorfes weigerten sich, von der Verherrlichung der Unterdrücker zu lassen. Sie stellten in ihre Schaufenster provozierend in altdeutschen Lettern gedruckte Schilder mit den alten Straßennamen.

Sam Nujoma hielt zur Umbenennung der Straßen in Swakopmund eine seiner intelligenten Ansprachen, mit denen er bereits zuvor geifernde Deutschtümler in Namibia zur Ordnung gerufen hatte, die sich immer wieder darüber beschwerten, dass unter der »deutschen Schutzmacht« das Leben besser geordnet gewesen sei. Nujoma wies darauf hin, seine Regierung sei lediglich einem deutschen Beispiel gefolgt. Schließlich seien nach dem Zusammenschluss der beiden deutschen Staaten die Straßennamen in der ehemaligen DDR geändert worden …

Dieser eine Satz hatte die Anhänger der »deutschen Ordnung« zum Schweigen gebracht.

Bei meinem ersten Besuch war von dieser Auseinandersetzung noch nichts zu spüren gewesen. Beim Fleischer bot man deutsche Leberwurst an, in einer Schuhmanufaktur, die jene unsäglichen Farmerlatschen aus Kuduleder produzierte, die ich schon so oft bewundern durfte, wurden bei einer Besichtigung die Touristen mit politischen Reden geplagt. In jedem Laden, den ich betrat, konnte ich nicht bummeln oder verweilen, ohne mir Propaganda gegen die Regierung anhören zu müssen.

Ein Tag in dieser aufdringlichen Atmosphäre reichte mir völlig. Einen Besuch des Kolonialmuseums und der einschlägigen Bibliothek wollte ich mir nicht antun. Ich hatte genug und wollte am nächsten Morgen wieder nach Hause fahren. Zum Abendessen hatte ich einen Einzeltisch in einem Fischrestaurant reserviert.

Dort sprach man selbstverständlich deutsch. Ein alter schwarzer Ober trug wie seine Kollegen ein Schild, das nur seinen Vornamen auswies. Er lächelte fortwährend und gab witzelnde Standardsätze von sich. Mir tat der Mann leid.

Vom Essen hatte ich nach der Lektüre mehrerer Reiseführer eine höhere Qualität erwartet. Das Restaurant wurde als bestes seiner Art am Ort gepriesen. Tatsächlich enthielt die Speisekarte eine verlockende Vielfalt verschiedener Sorten Fisch. Alle wurden aber ausnahmslos auf alte deutsche Art zubereitet: paniert in Öl ausgebacken und mit Zitronenscheiben garniert.

Da ich früher als geplant abreiste, hatte ich auf der Strecke nach Windhoek eine Nacht in einer Lodge reserviert, die etwas abseits der Hauptstrecke gelegen war. Dort wollte ich mich von Swakopmund etwas erholen.

Nach dem deutschen Frühstück verließ ich den Ort und passierte die Rössing-Mine. Hier wurde Uran abgebaut, das man ins Ausland verkaufte. Die Arbeitsbedingungen in der Mine waren entsprechend gefährlich. Das Unternehmen bot als Anreiz gute Wohnungen mit relativem Komfort und viele andere Vergünstigungen an, die dafür sorgten, dass es trotz der bekannten Gesundheitsgefahren immer eine ausreichende Zahl von Arbeitswilligen gab. Zur Aufbesserung des schlechten Images von Rössing hatte die Firma einige Stiftungen gegründet, sponserte auch das Kolonialmuseum.

Bald bog ich auf eine Piste ab, die mich zu der gebuchten Lodge führen sollte.

Mein Auto war noch nicht geparkt, als schon eine Frau in ihren besten Jahren auf mich zuwehte. Ich war enttäuscht. Sie begrüßte mich auf Deutsch mit starkem österreichischem Slang. Das wollte ich gerade nicht haben nach Swakopmund! Hinzu kam, dass sie mir ungefragt ein kumpelhaftes »Du« aufdrängte, obwohl wir uns noch niemals gesehen hatten.

Ich fügte mich in mein Schicksal, weil die Anlage der Lodge trotzdem Entspannung signalisierte. Die Gästehäuser sahen von außen sehr schön aus, das blaue Wasser in einem kleinen Pool lud mich zum Erfrischen ein. Das beeindruckende Grasdach des Haupthauses versprach Schatten.

Der erste Eindruck täuschte mich nicht. Als mich die aufdringliche Besitzerin in Ruhe gelassen hatte, konnte ich mich eine Stunde in dem riesigen Bett meines kühlen Zimmers aufs Ohr legen. Danach freute ich mich auf ein gewiss dem afrikanischen Ambiente angemessenes Abendessen.

An der Bar genehmigte ich mir davor ein Bier. Es hatten nur vier andere Gäste gebucht. Ein Deutscher warnte mich unnötigerweise vor der Dame des Hauses, die auf Männerfang sei. Sie sei mit ihrem Mann, einem kleinen Sohn und ihrer alten Mutter aus Österreich eingewandert. Die Ehe sei rasch in die Brüche gegangen, sie habe über diesen Weg die Lodge bekommen und werde zusätzlich von ihrem Exmann alimentiert.
Ich wechselte rasch das Thema, da ich grundsätzlich nicht an Unterhosenschnüffelei interessiert bin. Wir sprachen über unverfänglichere Dinge wie die Tierwelt, als die Österreicherin sich ungebeten zu uns setzte, mir ihren Zigarettenrauch ins Gesicht blies, um dabei jene Geschichte zu wiederholen, die mir der Gast soeben geschildert hatte. Dabei jammerte und schimpfte sie über ihren Exmann und beklagte sich bitterlich, ewig alle Arbeiten alleine machen zu müssen. Ich sehnte mich nach dem Beginn des Abendessens.
Endlich war es so weit. Die Gäste nahmen an einem gemeinsamen großen Tisch Platz. Aus der Küche tauchte eine resolute alte Frau in Kriegsbemalung auf. Sie scharwenzelte mindestens ebenso aufdringlich wie ihre Tochter um die Gäste herum und erklärte in ihrem selbst einem Süddeutschen wie mir kaum verständlichen Dialekt das Menü. Ich verstand etwas wie »Bowiddell« und »Buachtln« und ahnte, dass hier in der Wüste Knödel mit Pflaumenmus serviert würden – ein Gericht, das ich hasse.
Auch in dieser Lodge durften die Mitarbeiter keinen Kontakt mit den Gästen aufnehmen oder gar servieren. Der etwa zehnjährige Junge der Österreicherin sprang zwischen den Gästen herum und spielte Bedienung. Er gab ein makabres Bild ab in einem militärischen Kampfanzug mit Springerstiefeln, dessen Farben denen der ehemaligen Rassistenarmee entsprachen, die Namibia von Südafrika aus unter die Knute genommen hatte. Später sah ich, wie dieser eingebildete Knirps schon Befehle an Angestellte erteilen durfte.

Selbstbedienung am warmen Buffet ließ mir die Möglichkeit, meinen Hunger zu stillen, ohne die österreichischen Speisen anrühren zu müssen. Ich blieb beim Bier und verzichtete auf österreichischen Wein, hatte mich mit dem Reinfall meiner Wahl einer Zwischenübernachtung abgefunden. Das Essen wollte ich an der Bar mit einem Schnaps abschließen.
Kaum saß ich auf einem Hocker, pustete mir ein grellrot bemalter Mund schon wieder Rauch ins Gesicht. Ich konnte nicht verifizieren, was den süßlichen Geruch verursachte, der von der Dame hinter dem Tresen ausging, Küche oder Parfümflakon.
»Bitte einen Schnaps. Ich bin müde und möchte mich bald zur Ruhe legen.«
Die Augen der Dame leuchteten. Ich beschloss, die Zimmertür zweimal abzuschließen, obwohl ich mich äußerlich nicht für sehr begehrenswert halte. Aber in der Wüste frisst der Teufel Fliegen, und ich wollte jede nächtliche Ruhestörung im Keim ersticken.
Die Tiraden von Farmern gegen die namibische Regierung war ich fast schon gewohnt, auch von denen, die zusätzlich eine Gästelodge für Touristen betrieben. Dennoch konnte ich mich nicht auf meinen Digestiv konzentrieren. Meine Gesprächspartnerin wies mich eindringlich auf ein Gedicht hin, das sie an einer Wand neben meinem Hocker ausgehängt hatte. In ungelenken Versen und brutalen Worten wurde dort der hoffentlich qualvolle Tod des umstrittenen Präsidenten von Simbabwe gefordert.
Schnell noch einen Schnaps darauf und nichts wie weg! Konnte man denn nirgendwo in einem Touristenbetrieb in Namibia politischer Propaganda entkommen, von den staatlichen Restcamps und einigen wenigen großen Hotels in der Hauptstadt abgesehen?
In der Nacht nahm ich mir vor, meinen nächsten Besuch in Swakopmund besser vorzubereiten, zu versuchen, aus den negativen Erfahrungen Positives zu ziehen und mich an diesem Ort nach weiteren Hinweisen auf die Kolonialzeit umzusehen.

Es sollte einige Monate dauern, bis ich mich wieder an den Atlantik wagte. Ich hatte meinen Aufenthalt bewusst in einem alten deutschen Militärlazarett gebucht, das zu einem Altersheim umfunktioniert worden war. So wusste ich, was mich erwarten würde, und war sehr gespannt. Ich hatte mich bei der telefonischen Anmeldung als namibischer Farmer zu erkennen gegeben, der auch im Tourismus arbeite.

Der freundliche Geschäftsführer des Unternehmens begrüßte mich professionell, zeigte mir das Stammhaus. Die Gästezimmer trugen noch die originalen weißen Emailschilder, auf denen in schwarzen deutschen Lettern die Namen von Kolonialoffizieren standen, die dieses Lazarett geleitet hatten. Der Innenhof erwies sich als überraschend ruhig für die Lage in der Stadtmitte. Allerdings übertünchte ein penetranter Geruch die frische Atlantikbrise, der von einer benachbarten Brauerei herüberwaberte, welche – von mir sehr geschätztes – Bier »nach deutschem Reinheitsgebot« herstellte. Der Hof wurde von weiteren Gebäuden umrahmt, an zwei Seiten Flachbauten, an der hinteren Stirnseite stand ein dreistöckiges Haus. Dort seien weitere Gästezimmer, wurde mir erklärt, in den Flachbauten, deren Fassaden deutsche Städtenamen trugen, seien die Zimmer für die Alten. Ich sah hin und wieder eine gebrechliche Frau am Stock zwischen den Rabatten herumhinken. Ob es wohl erfolgreich sein würde, dieses Ambiente auch Touristen anzubieten?

Das Altersheim durfte sich aus unerfindlichen Gründen auch Hotel nennen. Ein Restaurant gab es nicht, das Frühstück wurde den Gästen gemeinsam mit den ständigen Bewohnern in einem Saal serviert, dessen Einrichtung und Atmosphäre mich sofort an meine Reisen in die ehemalige DDR in den Siebzigerjahren erinnerte. Der Wandschmuck unterschied sich allerdings sehr. Aquarelle von Kolonialkünstlern erinnerten an die »guten alten Zeiten«.

Dementsprechend war der Service. Ein krummer alter Diener

kam an den Tisch und fragte in Deutsch gebetsmühlenhaft nach: »Kaffee oder Tee?« Und dann: »Gekochtes Ei, Spiegelei oder Rührei?« – »Wie viele Minuten, vier oder fünf oder sechs?« – »Wurst ist da vorne.«

Auf Platten in altdeutschem Stil fand ich Edamerkäse, Schmierwurst, Leberwurst und Vollkornbrot, dazu Butter und Marmelade. Die anderen Tische wurden nach und nach besetzt, als mein Diener unaufgefordert ein Körbchen mit Brötchen brachte und bei dieser Gelegenheit automatisch die von mir offenbar durcheinandergebrachte Anordnung von Teller und Besteck wieder in Ordnung brachte.

Den Saal betraten gekrümmte und gebückte, meist an Stöcken gehende alte Frauen mit unzufriedenen Gesichtsausdrücken. Ausnahmslos scheuchten sie den Diener herum, beschwerten sich keifend über dieses und jenes. Schon bald begannen sie, sich zu streiten und über andere Menschen zu lästern. Die Frau Sowieso sei so unverschämt gewesen, ihre Hausschuhe an einem falschen Platz abzustellen, eine andere habe ihr Strickzeug nicht ordentlich weggeräumt. Die Nächste wurde Thema der lauten Unterhaltungen, weil sie auf irgendeine mir unverständliche Weise gegen irgendwelche Gebräuche oder Sitten verstoßen habe, die ich nicht kannte.

Ich hatte es fast schon vermisst: Nun zogen sie über die Regierung her, beschimpften »die Schwatten« und die neuen Zeiten, sehnten sich nach den alten Verhältnissen. Plötzlich verstummte die gesamte Riege der ausnahmslos gebrechlichen Damen im Saal, weil sich die Tür wieder geöffnet hatte.

Er betrat den Raum!

Ein hochgewachsener, sehr schlanker Mann mit steifer Hüfte hinkte erhobenen Hauptes an einen freien Tisch. »Der Stecher vom Altersheim«, schoss es mir wie automatisch boshaft in den Kopf. Tatsächlich grüßten die alten Frauen, einige kicherten, alle blickten mehr oder weniger verstohlen zu ihm hinüber. Die

Unterhaltungen wurden nur noch in gemäßigter Lautstärke fortgeführt.
Die beeindruckende Person herrschte den Diener an, wies ihn wegen diesem und jenem zischelnd zurecht und nahm unbeeindruckt von der Umgebung das Frühstück ein. Als das beendet war, verließ der Mann den Raum, wie er gekommen war, und sofort erhob sich wieder ein Gackern wie vor seinem Erscheinen.
Hatte ich mich in Filmaufnahmen verirrt? Die Atmosphäre war unwirklich. Ob es möglich wäre, auch deutschen Besuchern diese Szene zu zeigen? Ich war begeistert und dachte mir, ein Kleinod in Swakopmund entdeckt zu haben, das sehr zur Erheiterung von Besuchern aus der modernen Welt dienen könnte. Moralische Bedenken hatte ich gegenüber den alt gewordenen Peinigern so vieler afrikanischer Menschen nicht.
Das Kolonialmuseum, ein paar Kriegsdenkmäler und ein Besuch der Kolonialbibliothek standen noch auf meinem Tagesprogramm anlässlich jenes Besuchs in Swakopmund.
Betrieben wurde das Museum in einem Flachbau nahe dem alten Leuchtturm von einer Gesellschaft unter Leitung von Nachfahren der deutschen Kolonisten.
Am Eingang befand sich ein altes Kassenhäuschen, das nicht besetzt war. Nach der Eingangstür musste man an einer kleinen Theke bezahlen, hinter der Andenken verkauft wurden: Exemplare einer Heftreihe mit Erinnerungen deutscher Eindringlinge, Kopien alter Kolonialkarten, Aufkleber und Abzeichen mit der früheren deutschen Reichskriegsflagge und ähnlicher Kram.
Mein Rundgang führte mich den Hinweisen folgend durch die angebliche Geschichte Namibias. Sie begann mit Lobpreisungen noch lebender deutschstämmiger Farmer und deren spendabler Gaben an gemeinnützige Organisationen wie dieses Kolonialmuseum. Dann folgten Schaukästen, in denen die Waffen der deutschen Besatzungsarmee und die alten Uniformen ihrer Soldaten verherrlicht wurden, unterstützt durch entsprechende Schriftstü-

cke, teils im Original, teils in vergilbten Kopien. Das größte Ausstellungsstück war ein original alter Ochsenwagen.
Die als »Siedler« bezeichneten deutschen Eindringlinge wurden als widerstandsfähige, intelligente und einfallsreiche Menschen dargestellt, die mit der harten Natur besser zurechtgekommen sein sollen als die ursprünglichen Bewohner des Landes. Die von ihren zur abhängigen Fron gezwungenen Arbeitern unter Einsatz und oft auch Verlust ihres Lebens errichteten Gebäude und Straßen wurden als alleinige Leistung der Deutschen beschrieben. In einem abgedunkelten Raum gab es plötzlich völlig unpassend zum Thema Reklame für das Unternehmen, das aus der Umgebung von Swakopmund Uran abbaut und verkauft. Dann ging es weiter in den historischen Darstellungen. Die Originaleinrichtung einer deutschen Apotheke, mechanisch betriebene Zahnbohrer und alte Zeitungsdruckmaschinen wurden ausgestellt. Modelle von Bahnhöfen und Lokomotiven, Schiffen und Ochsenwagen sowie ein paar alte Fotoapparate beschlossen den historischen Teil des Museums, dem sich eine Sammlung alter ausgestopfter Tiere, in Schubladen aufbewahrter Schmetterlinge und verschiedener Steine anschloss. In einem gesonderten Raum wurden einige Gegenstände der »Eingeborenen« präsentiert. Nach Gesprächen mit der namibischen Regierung wurde dem Kolonialmuseum später eine kleine Abteilung angefügt, in der auf Schautafeln auch die Mehrheit der Bevölkerung Eingang fand. Die verschiedenen Völker wurden mit einigen traditionellen Gegenständen dargestellt.
Kein einziger Hinweis auf das KZ, das die Kolonisten 1904 bis 1908 in Swakopmund betrieben hatten![38]
Reichskanzler Fürst von Bülow hatte dem »Hereroschlächter« Generalleutnant Lothar von Trotha als »Befehlshaber der deutschen Schutztruppen« nach dessen fast vollendetem Völkermord gegen die Herero die Weisung erteilt, »Konzentrationslager für die … Unterbringung … der Reste des Hererovolkes« einzurich-

ten. Weil die deutschen Eindringlinge in Swakopmund besonders viele Arbeitskräfte benötigten, um dort ihr Luxusleben organisieren zu können, entschloss man sich, außerhalb des Dorfes das größte aller namibischen KZs zu bauen. Diese Tatsache wird bis heute von den Nachfahren der KZ-Herren totgeschwiegen.
Der im Übrigen nicht unumstrittene deutsche Missionar Heinrich Vedder wurde von seiner Kirche nach Swakopmund geschickt. In einem Bericht beschrieb er die Verhältnisse:
Die Herero »wurden hinter einem doppelten Stacheldraht … in jämmerlichen, nur aus einfachen Sackleinen und Latten hergestellten Räumen untergebracht, und zwar so, dass in einem einzigen Raum 30–50 Personen ohne Unterschied des Alters und Geschlechts zu bleiben gezwungen waren. Vom frühen Morgen bis zum späten Abend mussten sie am Werktag als an Sonn- und Feiertagen unter den Knütteln roher Aufseher arbeiten, bis sie zusammenbrachen. Dabei war die Ernährung mehr als dürftig: Reis ohne jegliche Zutaten war nicht genügend, den durch das Feldleben geschwächten und an die heiße Sonne des Innern gewöhnten Körper die Kälte und ruhelose Anspannung aller Kräfte in der Swakopmunder Gefangenschaft ertragen zu lassen. Wie Vieh wurden Hunderte zu Tode getrieben und wie Vieh begraben. Dieses Urteil mag hart erscheinen oder übertrieben …, aber die Chronik darf es nicht verschweigen, dass eine solche rücksichtslose Roheit, geile Sinnlichkeit, brutales Herrentum sich hier unter Truppe und Zivil breitmachte, dass ein Übertreiben in der Beschreibung kaum möglich ist.« Sogar aus den amtlichen Polizeiakten ergebe sich, dass fast sechshundert Männer, Frauen und Kinder im KZ von Swakopmund gestorben seien.[39]
Aus einem 1918 veröffentlichten Report über das Unwesen, das die deutschen Eindringlinge in Swakopmund trieben, ergab sich, dass die Soldaten junge Hereromädchen zu ihrer sexuelle Befriedigung vergewaltigten. Auch Zivilpersonen in diesem Dorf, auf dessen Geschichte die Nachfahren der Peiniger und Vergewalti-

ger bis heute stolz sind, betrieben massenhaft sexuellen Missbrauch an Afrikanerinnen. In verschiedenen Akten, die geheim gehalten wurden, stellte man einen beängstigenden Anstieg der Geschlechtskrankheiten unter den Männern der deutschen Kolonisten fest und meldete das dramatisch nach Berlin, in die Hauptstadt des Deutschen Reiches.

Das Museum wurde der Forderung selbst des Kolonialmissionars Vedder nicht gerecht. Es verschwieg die Existenz des KZs völlig. Durch einen für manche Menschen glücklichen Zufall verbrannten wichtige Dokumente bei einem Feuer in der ebenfalls in Swakopmund stationierten Kolonialbibliothek, bevor sie in die neue staatliche Sammlung nach Windhoek gebracht werden konnten.

Als ich 2001 die als »Sam-Cohen-Bibliothek« bezeichnete Sammlung von Büchern und Dokumenten zum ersten Mal besuchte, war noch alles vorhanden. In einem muffig riechenden Raum erlaubte man mir, einige von mir erbetene Originale einzusehen. Da es keine Möglichkeit zur Vervielfältigung gab, musste ich sie handschriftlich kopieren. Das vergriffene Buch eines »Völkerkundlers« aus der deutschen Kolonialzeit über die Wambo wurde mir später gegen gute Bezahlung als Kopie geschickt.

Man war dort offensichtlich sehr überrascht über den Besuch eines Deutschen aus Europa, verhielt sich argwöhnisch und kontrollierte jeden meiner Schritte. Eine große Zahl Dokumente wurde unter Verschluss gehalten. Zu dieser Abteilung wurde mir der Zugang verwehrt. Genau dort gab es einige Jahre später den ominösen Brand.

Meinen zweiten Besuch Swakopmunds wollte ich nicht wieder mit nur negativen Eindrücken beenden. Es musste doch auch Zeichen der modernen Zeit geben, dachte ich mir, setzte mich in mein Auto und fuhr aus dem Zentrum heraus in Richtung Henties Bay, eines alten Walfängerdorfs am Atlantik.

Zu meiner Überraschung sah ich, dass die deutschen Fachwerkbauten plötzlich von modernen Wohngebieten abgelöst wurden. Ich fand sogar ein Fischgeschäft, das ich im Zentrum des deutschen Dorfes vermisst hatte. Hier wohnten die Arbeiter, die sich für Ansehen und Reichtum des Touristendorfes immer noch krumm machen mussten. Ich hatte in einigen bescheidenen Cafés und kleinen Bars sehr interessante Gespräche, die mir zeigten, dass Ausbeutung und Unterdrückung immer noch an der Tagesordnung waren hinter den heimeligen Fassaden dieser »künstlichen Verpflanzung einer reichlich spießigen Nordsee-Atmosphäre an den Südatlantik« (Scholl-Latour). Die Arbeiter, mit denen ich mich unterhalten konnte, blieben in diesem Nest nur, weil es in Namibia eine so hohe Arbeitslosigkeit gab, dass man froh sein musste, überhaupt ein paar Dollars zu verdienen.

Swakopmund habe ich noch oft besucht während meiner Zeit in Namibia, weil nahezu alle Touristen darum gebeten haben. Die meisten Besucher waren im Gegensatz zu mir begeistert von der morbiden spießigen Atmosphäre, machten sich aber auch lustig über die hinterwäldlerischen Deutschen. Ich habe meine Gäste davon verschont, über das zu berichten, was ich hinter den Fachwerkfassaden hatte entdecken können, und trug damit dazu bei, das unwirkliche Klischee zu erhalten, von dem der Ort immer noch lebt.

Nach jedem Besuch dieser »deutschen Stadt am afrikanischen Meer« kehrte ich sehr gerne auf meine Farm in der Savanne zurück.

Tropenweihnacht

Es war Hochsommer im südlichen Afrika, 24. Dezember. Ich wollte mich um die heiße Wellblechkirche drücken und die Mitarbeiter aus dem Laderaum des VW-Busses vor dem Farmladen bescheren, also nicht in der traditionellen Weise der Elke Hansen, hinter dem Ladentisch thronend …

Die Farmersfrau war seit geraumer Zeit krank. Offiziell hieß es, sie sei von einem Virus geplagt. Ich hatte einen anderen Eindruck, der durch das folgende Zitat erklärt werden kann:

»Wer die Tropen ›nicht aushält‹ oder ›am Klima zusammenbricht‹, tut das nur zum Teil aufgrund physischer Gegebenheiten … Etwa ein Drittel der Menschen, die gezwungen sind, vorzeitig aus den Tropen heimzukehren, tut dies wegen eingestandener oder uneingestandener psychischer Schwierigkeiten. Es ist keineswegs immer leicht, mit der Gesellschaft, die man in ›Entwicklungsländern‹ vorfindet, zurechtzukommen. Dies ist umso sicherer, da diese Gesellschaft selbst manchmal ohne Halt und Richtung zu sein scheint … Es ist nicht jedermann gegeben, ruhig zu verarbeiten, wie seine Fähigkeiten und Ideale falsch eingeschätzt werden oder unbeachtet bleiben … Wer täglich mit solchen Unerreichbarkeiten arbeiten muss, sich ärgert, Auseinandersetzungen durchstehen muss, erträgt bald ›das Klima‹ nicht mehr – obwohl doch die anfängliche Akklimatisation gelungen scheint.

Zur Gesundheit in den Tropen gehört ein ausgewogenes Maß an Optimismus (ohne Selbstüberschätzung) und Gelassenheit (ohne Neigung zum Desinteresse).

Eine gefährliche Art, sich in den Tropen ›zu Hause‹ zu fühlen, ist die

Isolierung in kleinen Zirkeln Gleichgesinnter. Es ist dabei unwichtig, wie eine solche Isolierung aussieht: nationaler Club oder ›Mission-Compound‹ sind gleich schädlich. Nie soll man in den Tropen vergessen, dass man zu Gast ist. Und nie vergisst man das schneller, als wenn man allmählich vom Gastland keine Notiz mehr nimmt.
Wer sich in den Tropen einsichtig und vernünftig benimmt, kann dort auch auf längere Sicht körperlich und geistig gesund bleiben.
Gesundes Leben beruht auch auf einer inneren Ordnung, die durch eine äußere Ordnung gefördert werden kann. Eine der Hauptursachen, warum ›die Tropen nicht ertragen werden‹, ist die Langeweile.«
Diese Sätze stammen aus den »Ratschlägen zur Erhaltung der Gesundheit in tropischen und subtropischen Ländern«, herausgegeben in den »Merkblättern für Auswanderer« vom Bundesverwaltungsamt im Juli 1996 im Auftrag der Deutschen Tropenmedizinischen Gesellschaft.
Ich musste mich selbst immer wieder daran erinnern: Ich wollte einmal Namibier sein, ich wollte auch »Afrikaner« sein, aber niemals Afrikaner, sondern nur Gast. Das ist gar nicht schwierig, wenn man neugierig ist auf soziale und andere Abenteuer und sein Lebensrisiko immer fest im eigenen Griff behalten will.
Elke ließ sich kaum mehr sehen, hatte sich immer weiter zurückgezogen, unser Verhältnis war in den vergangenen Monaten immer schlechter geworden, sie hielt sich fast nur im Haus auf. Weihnachten brachen dann doch das deutsche Christentum und die Gewohnheit bei ihr durch.
Der traditionelle Kirchenbesuch am Heiligabend stand auf dem Plan. Ich hatte mich entschieden, daran teilzunehmen. »Immer beginnt die Kirche erst dann, wenn die Missis kommt«, wurde ich belehrt. So lange hatten die schwarzen Gläubigen, Pastor eingeschlossen, im Blechbrutkasten mit Außenkreuz auf ihren schmalen Bänklein dicht an dicht zusammengeschwitzt auszuharren.

Und »die Missis kommt immer in jedem Jahr um halb fünf«, sagte mir eine Arbeiterin von Hansenfarm. Also wartete die Gemeinde ab vier Uhr nachmittags wie gefordert: gewaschen und gekämmt und im besten Ausnahmeoutfit noch mehr einsaftend als ohnehin schon. Manchmal, wurde mir weiter erklärt, dauere es länger, weil »die Missis noch mit Deutschland telefoniert«. In jenem Jahr kam die Hauptperson erst gegen sieben Uhr abends in das Kirchlein gerauscht. Sofort musste das Krippenspiel der Kinder beginnen. Schon nach ein paar Minuten forderte Elke unwirsch: »Hopp, hopp, hopp, nicht zu lange, Kinder. Das reicht!« An mich gewandt erklärte sie: »Wenn Die einmal anfangen, finden Die kein Ende.« In Wirklichkeit durfte Elkes Transpirationsschwelle nicht überschritten werden.
Eingedenk der auf Hansenfarm eingeführten Gewohnheiten hatte ich mein Abendessen zeitlich angepasst, damit ich nach der Kirche zur Bescherungsstunde erscheinen konnte, welche auf so gegen neun oder halb zehn abends angesetzt worden war.
Als ich gerade auf der Veranda saß, um mein weihnachtliches Diner einzunehmen, kam ein Anruf von Hansenfarm. Elke war am Apparat: »Kommst du oder nicht?« Man hatte sich vor der verabredeten Zeit beim Farmladen eingefunden. Man wolle nicht »so tief in den Abend reinkommen mit der Bescherung«. Schließlich wolle man selbst noch etwas vom Heiligen Abend haben.
Ich schlang hastig mein Essen herunter und dachte nur: Unsere Mitarbeiter, unsere armen Mitarbeiter! Als wir alle am Laden ankamen, war die Zeremonie schon in vollem Gang. Hier war eine Gruppe angeordnet, dort eine andere. Gerade hatte jene Reihe Bescherung zu haben. Kinder, tänzelnd vor Ungeduld, warteten brav in einer Kette wie an einer Schnur. Nur immer ein Kind durfte den Laden betreten, der sich ihm dann aus seiner Sicht ungefähr so dargestellt haben muss:
Im Dämmerlicht eine große dunkle Theke, wallend mit knallgelbem Leinenstoff drapiert. (»Ach, das ist mein guter Stoff aus der

Nähstube, aber den können Die ja waschen und bügeln, bevor sie ihn zu Serviettenstickereien verarbeiten …«) Auf dem Stoff sah man Unmengen von billigem Plastikspielzeug in paradiesbunten Farben, die verlockend über die Kante lugten. In der Mitte drohte eine riesige Kerze, die Furcht einflößende Figur der großen »Missis« dahinter erleuchtend. Das heißt, nur das Brustbild davon, denn ein Kind sieht von unten herauf ja nicht mehr.
Elke hielt ihren Kopf schief und verdeckte mit einer Hand mehr oder weniger geschickt ihr Doppelkinn – eine automatisierte Angewohnheit. Der Eingang zum Laden wurde von einem als Zerberus eingesetzten Wachmann streng kontrolliert: »Einer nach dem andern!«, brüllte der immer wieder, damit auch ja keine undisziplinierte, ausgelassene Freude aufkommen konnte. Hier herrschte das deutsche Regelwerk. Das galt auch für Bescherungen zu Weihnachten.
Nach dem verschüchterten Eintreten eines dieser kleinen »Negerpüppchen« – so nannte Elke manche Kinder ihrer Mitarbeiter – beugte sich der große Missiskopf über die Theke, ein breiter rot bemalter Mund grinste das Kleine von oben herab an: »Fröhliche Weihnachten! Ja, wer bist denn *du*?« Ein paar »Lekkers«, wie von den weißen Farmern Süßigkeiten in Bonbonform genannt werden, wechselten von der gnädigen Pranke der Missis zum erwartungsvoll und scheu geöffneten Händchen des Kindes. Dem folgte eine weit ausladende Handbewegung. »Jetzt musst du aber sofort sagen, was du willst!«
Wie soll das möglich sein, wenn man höchstens einmal im Jahr eine Auswahl bunter Spielzeuge sehen darf. Schon nach einer Wartezeit von zwei Sekunden kam es aus dem roten Mund ungeduldig: »Ehhssa ou heehsaaa …« So schlecht imitierte Elke gewöhnlich die Khoekhoe-Sprache. Dann boten ihre ausladenden Arme nur noch zwei der Präsente aus dem Riesenangebot feil. Nach weiteren zwei Sekunden: »So, dann bekommst du das hier!« Und schon wieder war ein armes »Negerkind« mit einer

kleinen Plastikpuppe glücklich gemacht worden. Es war ein Junge.

»Das Nächste! Jetzt komm' schon … Das kann hier doch nicht ewig dauern.«

Für mich war diese surreale Situation unerträglich. Ich musste den kleinen Laden verlassen, um draußen in der Wirklichkeit frische Luft zu atmen. Mir wurde die ganze Situation auf Hansenfarm und in der Nachbarschaft immer unerträglicher. Mein schöner Lebenstraum schien durch die Verhaltensweisen meiner Blutsbrüder zu einem Alb zu werden.

Vor dem Geschäft gab es im Abstand zur Kinderkette links, wo eine große Sackwaage stand, eine andere Abordnung. Auf Hansenfarm arbeiteten nicht nur Damara, sondern auch einige Herero. Einige der alten Frauen dieses Volkes hatten in ihren festlichen Trachten auf dem Boden im Sand zu sitzen. Sie warteten ergeben und plauderten leise. Im Gegensatz zu den Kindern waren sie an solche Prozeduren schon viele Jahre lang gewöhnt. Die Alten durften sprechen, die Kinder nicht.

Auch die Frauen mussten den ihnen zugewiesenen Platz einhalten. Sie durften nicht zu einer anderen Gruppe gehen, die rechts von einer Hofeinfahrt wartete. Dort harrten auf einem Mäuerchen sitzend die alten Männer aus. Sie verfolgten die Szenerie steif und unbeteiligt mit großen Augen. Ungeduldig waren sie nicht mehr, hatten das ja schon so oft erlebt. Einer murmelte: »Heute ist alles viel besser. Dass wir das noch erleben. Wenn ich da noch an die Zeiten von Ou-Missis denke …«

Nur etwa in der Mitte zwischen Laden und Farmerhaus durfte man sich etwas mehr bewegen. »Die Ganzen« sollten sich afrikanisch verhalten zur Erbauung der Farmerfamilie am weihnachtlichen Festtag und tanzen. Mit diesem Wort bezeichneten Hansens die gesetzlich korrekt angestellten Mitarbeiter im Unterschied zu den »Halben«, die einen noch niedrigeren Hungerlohn für oft dieselbe Arbeit erhielten.

Heinrich Heines Gedicht »Das Sklavenschiff« ging mir durch den Kopf: »Der Superkargo Mynher van Koek sitzt rechnend in seiner Kajüte ... Der Schiffschirurgius tritt ein, der Doktor van der Smissen ... ›Ich bin zu melden gekommen, dass heute Nacht die Sterblichkeit bedeutend zugenommen ... Ich habe den Verlust sogleich in die Kladde geschrieben ... Ich ließ die Leichen werfen ins Meer.‹ Doch seufzend fällt in die Red' Van Koek: ›Wie kann ich lindern das Übel? Wie kann ich die Progression der Sterblichkeit verhindern?‹ Der Doktor erwidert: ›Durch eigne Schuld sind viele der Schwarzen gestorben, ihr schlechter Odem hat die Luft im Schiffsraum so sehr verdorben. Auch starben viele an Melancholie, dieweil sie sich tödlich langweilen; durch etwas Luft, Musik und Tanz lässt sich die Krankheit heilen ...‹ Da ruft Van Koek: ›Ein guter Rat! Musik! Musiiik! Die Schwarzen soll'n hier auf dem Verdecke tanzen. Und wer sich beim Hopsen nicht amüsiert, den soll die Peitsche kuranzen!‹«
Terson, Gerlinde, Johannes, Otto, Henwi und alle anderen »Ganzen« mussten tanzen. Sogar der alte Ruprecht mit seiner kaputten Hüfte. Sie bewegten sich immer in dem vorgeschriebenen Zirkel, ohne dabei die anderen Menschenanordnungen zu stören oder gar mit einzubeziehen. Rudolf sah mich und rief begeistert: »Ja, das ist Afrika!« – Nein, er rief wie üblich: »Affffrika, richtig Schwarzafffrika!« Und konnte seine Euphorie kaum zügeln: »Jetzt ist hier richtig der Busch, der Busch, einmal im Jahr muss das sein.«
Nach den »Negerkindern« kamen dann die »schwatten Affen aus Affrika« dran. Das heißt, noch nicht. Erst eine Pause zum Umdekorieren im Store: Kerze aus, Stoff weg – nein, doch wieder hinlegen.
»Ach, Die sollen es auch ein bisschen schön haben, das kann man ja waschen lassen.«
Schnell ein paar Ananas auf die Theke, denn die »Ganzen« sollen ganze Geschenke bekommen. »Es ist ja Heiligabend. Aber hopphopp jetzt ...«

Draußen vor dem Laden brüllte Rudolfs Männerstimme im Kasernenhofton: »Johannes! Johannnnneeeees!!! Du bist Erster!« Als es zwei Sekunden später immer noch keine Reaktion gab: »Johannnnneees!!! Komm, komm! Geh! Hacka Hanna![40] Jetzt komm!!« Der so angesprochene fünfzigjährige Vorarbeiter der Farm kam in Anzug mit frisch gebügeltem Hemd und Krawatte im Laufschritt angetrabt, wartete brav vor der Tür des Ladens, bis ihn von drinnen eine keifende Frauenstimme zum Eintreten aufforderte.
Devot betrat er den Laden. »Ja, Missis, ja, Missis«, beeilte er sich jetzt, auf Deutsch zu grüßen. »Fröhliche Weihnachten, Missis.«
Die angesprochene Herrin antwortete ungeduldig: »Ja, ja, Johannes, ja, ja, fröhliche Weihnachten, Johannes.« Der auf dieser Farm schon länger als seine eingeheiratete Herrin arbeitende Mann reichte unterwürfig zu Boden blickend die Hand, die sie verschmähte.
Draußen brüllte es über den Hof: »Erhardt, Errrhaaaaat, jetzt aber, Errhaat, jetzt komm!« Der Gerufene floh herbei, suchte rasch nach irgendeiner Person, der er sein Enkelkind in die Arme drücken konnte, das er gerade liebkost hatte, als der Ordnungsruf erschallte. Er wusste, dass Kinder nun im Store nichts mehr zu suchen hatten, weil jetzt »Die Ganzen« an der Reihe waren. Außerdem musste man beide Arme frei haben, die nach der Bescherung zur Demonstration unermesslichen Dankes um die Präsente zu schlingen waren. Dennoch musste es möglich bleiben, der Gönnerin die rechte Hand anzubieten: »Danke, danke, vielen Dank, ganz vielen Dank, Missis, großen Dank …« Frohe Weihnachten.
»Ist ja gut, jetzt ist genug, Erhardt. Der Nächste!« Die Behandlung wurde fortgeführt.
Bald leerte sich die Zinkbadewanne, in der die Geschenke für »Die Ganzen« gelagert worden waren. In jenem Jahr waren sie sogar eingepackt. Alte Stoffreste dienten dazu, eine Idee der Missis:

»Daraus können sich die Frauen dann noch Kopftücher machen!« Elke schien sich dabei ernsthaft sozial zu fühlen.
Nach einer Weile rief sie nach draußen: »Kommen jetzt noch Ganze?« Rudolf kam mit einem Zettel in den Laden: »Nur noch einer.«
Dann kamen »Die Halben« an die Reihe.
Kein Stoffrestebeutel aus der Zinkbadewanne mehr. Ananas gab es auch nicht. Sie durften aus einem Stapel hinter dem Tresen frei wählen zwischen einer 1,5-Liter-Plastikflasche Coca-Cola oder Fanta. Oder eine »halbe« Flasche dieses billigen Pfefferminzfusels. »Es ist ja Weihnachten!«, kommentierte Rudolf diese Freigiebigkeit. Für die »Halben« hatte die Missis auch nur die halbe Zeit eingerechnet, Gerechtigkeit muss sein.
Immer wieder kam Rudolf in den Laden und drängelte: »Komm, komm, komm, mach jetzt! Das muss schneller gehen! Wir kommen zu weit in den Abend, den schönen Heiligen Abend.«
»So, jetzt ist fertig.«
Was für ein Pech: »Da draußen stehen ja noch welche!«
Damit meinte Rudolf die Familienangehörigen, welche zu Weihnachten als Besucher zu den Farmarbeitern gekommen waren. Mir wurde erklärt: »Ja, das sind alles diese obskuren Gestalten, die kriegen auch was. – Aber schnell jetzt, rein, rein – aber einer nach dem andern. So. Und raus jetzt, raus, jetzt komm du, ja komm, komm, komm, rasch, jetzt mach doch!«
Ich half, damit die Situation nicht zu aggressiv wurde. Als eine beeindruckende alte Frau zu mir kam, die mich aus ihren klaren intelligenten und wachen Augen in einem gegerbten wunderschönen faltigen Gesicht würdevoll anschaute, wies mich Elke an: »Ja, die Alte kann auch eine halbe Flasche haben, die ist ja die Tante von unserer Annegret, die wohnt hier doch schon so lange.«
»Jetzt noch die Kinder von Denen!«, rief es nach draußen, und endlich kamen die kleinsten Besucher an die Reihe. »Ich finde es zwar ungerecht, dass die fast dieselben Sachen kriegen wie die von

unseren Halben, ... aber na ja, es ist ja Weihnachten«, meinte Elke und sprach mit einem besonders hübschen Gesicht sogar persönlich: »Du hast aber schön den Engel gespielt vorhin in der Kirche. Da musst du aber was extra kriegen. Du musst aber immer in die Kirche gehen, hörst du?« Als Zeichen besonderer Belohnung durfte sich der Engel frei etwas aussuchen.

Ich kannte den »Engel«. Es war ein gefallener, die Tochter des Verwandten eines meiner Mitarbeiter, die ich alltäglich mit einem tiefen Ausschnitt sah, der ihre prächtigen Jungmädchenbrüste kaum noch verbarg, Knackarsch in hautengen original Levis-501-Jeans verpackt.

Der »Engel« griff sich ein Sixpack Bier, knickste vor der »Missis« ein »Thank you« und verschwand rasch. Ich dachte mir triumphierend: »Die weiß, wo der Bartel den Most holt«, und grinste über diesen gerechten Sieg der Wirklichkeit angesichts der Scheinheiligkeit des Heiligen Farmerabends.

Der Spuk war vorüber? – Nein, es fehlte noch etwas.

»So, jetzt singt noch mal und tanzt!«

Schließlich musste es auch eine Gegenleistung geben für die Bescherung, und die Farmerfamilie wollte sich ein wenig in ihrer sozialen Geberlaune baden können, es war doch Heiligabend.

»So, jetzt singst du noch mal ... Ja, das ist schön. Und jetzt du ... Und ihr tanzt hier, ja hier, genau hier, immer im Kreis herum. Nicht da! Komm, komm, hier! Nein, du jetzt hinter Otto und dann du. Ja, so ist gut, und jetzt singt Ihr alle zusammen HOSIANNAHHH.«

Das war zu viel »Afffrika«, das berührte auch Rudolfs Seele, schon etwas bierselig stampfte er zum Takt dreimal mit einem Fuß auf den Boden, klatschte fünfmal in die Hände. Sein Oberkörper schwang zweimal nach vorne.

Das war Elke peinlich, und sie meinte sich bei mir entschuldigen zu müssen für diesen Ausfall: »Ach, manchmal geht es mit ihm durch, ja, das ist eben Afffrika, richtig Schwarzafffrika, richtig tiefstes Schwarzaffrika. Jetzt kannst du mal richtig Afffrika sehen, wie es wirklich ist!«

Und weil es so schön war, einem Neuling wie mir das Wunderbare dieses Kontinents zeigen zu können, ausnahmsweise »noch ein Lied, aber dann ist Schluss. Jetzt singt ihr Diolodseeeh, habt ihr gehört? Aber dann ist Schluss, wirklich Schluss!« Wie befohlen sangen die Arbeiter mit ihren Frauen und Kindern das Kirchenlied »Großer Gott, wir loben Dich« in ihrer Muttersprache.

Danach schritt die Missis mit weit ausladenden Bewegungen vor den Laden, der sofort fest verschlossen wurde: »Feierabend jetzt!« Sie trieb die Menschen wie eine Herde Gänse vom Hof und stöhnte.

Nun endlich konnte der Heilige Abend wirklich heilig begangen werden hinter verschlossenen Türen und Gardinen im Farmhaus. »Aber erst einmal müssen wir alle so richtig den afrikanischen Dreck abduschen.«

Am Abend gab es nach dieser Ekelbescherung dann »richtige Musik«: Die Farmerstochter spielte in der namibischen Sommerhitze des Dezembers auf der Blockflöte »Schneeflöckchen, Weißröckchen«, der schwanzgestutzte, auf schwarze Menschen abgerichtete bissige Dobermann setzte sich nieder auf den Fuß seines Herrn. Vor dem Tannenbaum-Imitat sang man gemeinsam noch ein wenig, bevor es »eine richtige Bescherung« gab, wie Elke mir anvertraute. Danach ging es an den von Annegret gedeckten Festtagstisch. Die hatte selbstverständlich nicht frei: »Wo kämen wir denn da hin?« Man speiste Springbockbraten mit importierten Preiselbeeren, alle hatten sich festlich verkleidet und das Weinchen mundete bis in die Nacht, dann konnten die Küchenarbeiterinnen auch zu ihren Familien gehen. Vorher wurde aber noch kontrolliert, ob die Reste vom Braten wirklich dem Hund gegeben wurden und nicht etwa unter der Kleidung versteckt »in irgendeiner Hütte landen«.

Fröhliche Weihnachten auf einer Farm in Namibia. Größer hätte sich der Widerspruch meiner Erwartungen, bevor ich in dieses Land gekommen war, und der Realität auf einer von deutschstämmigen Nachfahren der Kolonisten geführten Farm kaum offenbaren können. Es sollte nur ein paar Monate dauern, bis sich das Verhältnis zwischen der Hansenfarm und mir so weit anspannte, dass es barst.

Langer Arm

Es war kälter geworden, der Winter stand wieder vor der Tür in meinem fünften Jahr in Namibia. In Europa stellen wir uns immer vor, dass es heiß ist in Afrika. In Namibia gibt es verschiedene Klimazonen, die sich diagonal von Nordosten nach Südwesten durchs Land ziehen, wo es trockener und wärmer wird. Meine Farm lag nahe Windhoek in einem Gebiet, das für große Winterkälte bekannt war. In einem Jahr haben wir Temperaturen von zehn Grad minus gemessen.

Eines Morgens waren die Wasserleitungen eingefroren. Tagsüber erwärmte es sich auch an den kältesten Wintertagen meist bis zu etwa zwanzig Grad. Darum warteten wir ein paar Stunden und hatten wieder fließendes Wasser. Aus der Dusche ergoss sich ein braunroter Schauer. Ich ließ das Wasser laufen, bis die Farbe weniger wurde. Klar wurde es nicht.

Tagsüber fuhr ich mit zwei Arbeitern zum Windrad. Wir kontrollierten die Pumpenanlage, ohne einen Defekt festzustellen. Zu Fuß verfolgten wir den langen Weg der größtenteils oberirdisch verlegten Leitungen bis zu meiner Farm und den Baracken der Mitarbeiter. Nirgendwo entdeckten wir ein Leck.

Auch in den folgenden Tagen behielt das Wasser seine rotbraune Farbe. Im offenen Großbehälter fanden wir Einschwemmungen, die wir uns nicht erklären konnten. Das Leitungswasser begann unappetitlich zu riechen. Ich wies die Mitarbeiter zur Sicherheit an, das Wasser nicht mehr zu trinken. Wir entnahmen Proben und fuhren sofort nach Windhoek in ein Labor »unter deutscher Leitung«, um die Qualität prüfen zu lassen. Auf dem Rückweg

kauften wir einen Vorrat an Trinkwasser in Plastikcontainern, das ich an unsere Küchenangestellten ausgab und an Mitarbeiter verteilte.
Jeden vierten Tag mussten wir nach Windhoek fahren, um Trinkwasser zu kaufen. Rudolf hatte ich telefonisch über die Veränderungen des Wassers informiert. Er reagierte entspannt auf die Mitteilung:
»Na ja, das ist eben Affrika, mein Lieber, da hast du dich noch nicht dran gewöhnt.«
Unser angespanntes Verhältnis hatte mich keine fürsorgliche Reaktion erwarten lassen.
In meinem Postfach fand ich bald das Laborergebnis: Das Wasser sei stark verunreinigt. Es werde empfohlen, fachmännisch Proben nehmen zu lassen. Nur dann könne die Ursache erkannt werden.
Ich rief bei den Fachleuten an und bat darum, möglichst rasch zu uns zu kommen, um die Proben zu nehmen. Schon am nächsten Tag war es so weit. Vom Hochbehälter, aus den verschiedenen Wasserhähnen in Dusche, Küche und Bad, im Gästehaus und bei den Mitarbeitern wurden Proben entnommen, auch beim Windrad und dem dort liegenden kleinen Speicherteich.
Einige Tage später erhielt ich das alarmierende Ergebnis. Das Wasser sei »nicht für den menschlichen Gebrauch geeignet«. Ich teilte es sofort allen Mitarbeitern mit. Wir entschieden, nun jeden zweiten Tag etwa siebzig Kilometer mit meinem Geländewagen nach Windhoek zu fahren. Dort vereinbarte ich mit einem Tankstellenbesitzer, bei ihm mehrere Hundert Liter Trinkwasser gegen Bezahlung in Plastikcontainer füllen zu dürfen. So versorgte ich meine Farm und Mitarbeiter wochenlang mit unbedenklichem Wasser. Dieser große Aufwand schien mir die einzige Lösung zu sein, Gesundheitsrisiken zu minimieren.
Rudolf zeigte sich in keiner Weise dazu bereit, an der Beseitigung des Problems mitzuwirken. Bei Gesprächen vor Ort schien er mir

eine gewisse Schadenfreude nicht verbergen zu können. Immer noch meinte er, so ein Problem sei ganz normal in »Affrika«.
Ich beauftragte jenes Labor, das unser Wasser untersucht hatte, mir ein Gutachten darüber zu erstellen, wie die Qualität des lebensnotwendigen Nasses verbessert werden könne. Nach einer weiteren Ortsbesichtigung wurde mir schriftlich mitgeteilt, die finanziell am wenigsten belastende Lösung sei die Reinigung aller Leitungen und Hochbehälter sowie der Einbau von Filteranlagen. Langfristig seien die uralten Bleileitungen in den Farmhäusern auszuwechseln. Mündlich sagte mir der Wasserfachmann, er könne sich die plötzliche Veränderung der Wasserqualität nur durch menschliche Einwirkung erklären.
Ich übergab dem Eigentümer der Farm das Gutachten. Rudolf war nicht bereit, seine Genehmigung zum Einbau von Filteranlagen zu erteilen, selbst wenn ich zunächst die Kosten dafür übernehmen sollte.
Es war Zeit, die Sache mit einem Rechtsanwalt zu besprechen. Dort erhielt ich die Auskunft, als Pächter dürfe ich ohne Zustimmung des Eigentümers keine Veränderung an der Immobilie vornehmen. Rudolf sei andererseits nach namibischem Recht für die Wasserqualität verantwortlich. In einem Prozess werde er kaum eine Chance haben. Ich hätte die besten Aussichten, ihn zum Einbau von Filteranlagen und zur Übernahme der Kosten zu zwingen. Eine Gerichtsentscheidung könne viele Jahre dauern. Bis dahin müsste ich mich und meine Angestellten, denen gegenüber ich in der Pflicht stehe, mit Wasser versorgen, das zum menschlichen Gebrauch geeignet sei. Die dadurch entstehenden Kosten könne ich später von Rudolf zurückverlangen. Es sei auch möglich, die Pacht stark zu reduzieren oder die Zahlung ganz einzustellen, um auf Rudolf Druck auszuüben.
Ich sprach noch einmal mit Rudolf und kündigte ihm die Einstellung der Zahlungen an. Er schien damit gerechnet zu haben, brach das Gespräch ab.

Ich empfand dieses Verhalten und einige verklausulierte Drohungen und Andeutungen als einen deutlichen Hinweis darauf, dass sich die Wasserqualität in Otjidarumbu nicht durch Geisterhand so plötzlich bis zur Ungenießbarkeit verschlechtert hatte.

Mich widert es an und ich halte es für langweilig, über die juristischen Auseinandersetzungen zu berichten. Deshalb hier nur die Information: Sie zogen sich über viele Monate hin. Mein Aufenthalt in Namibia endete so unerwartet brüsk, fast brutal, wie es sich hier liest.

Ich hatte keine andere Wahl. Die Gästelodge war langfristig nicht mit Wasser zu betreiben, das aus Windhoek herangekarrt werden musste. Wir nahmen keine Buchungen mehr an. Die Mitarbeiter musste ich darauf vorbereiten, dass der Betrieb geschlossen würde. Sie waren deutlicher in ihren Äußerungen über den Farmbesitzer, als ich es mir zutraute.

Ohne mein Zutun und Wissen besprachen sich die Mitarbeiter. Am nächsten Tag teilten sie mir mit, sie wollten auch ohne Lohn so lange arbeiten, bis die Farm in den Zustand zurückversetzt sei, in dem ich sie übernommen hatte. Ich erklärte ihnen, es sei nicht gestattet, alle Renovierungen rückgängig zu machen. Sie bestanden darauf, die Gartenanlage und den mit Steingärtchen und bepflanzten Ruheplätzen für die Gäste eingerichteten Hof wieder weitgehend in den ursprünglichen Zustand zu bringen. Sie würden es nicht ertragen können, wenn Elke und Rudolf von ihrer Arbeit profitierten, die sie nicht bezahlt hätten.

Nach Rücksprache mit meinem Rechtsanwalt erlaubte ich das. Mehr als eine Woche lang schleppten meine Mitarbeiter alle schweren Steine zurück in die Natur, wo sie aufgesammelt worden waren. Die Gartenanlage wurde zerstört, alle noch nutzbaren Pflanzen verbrannt. Es tat mir einerseits sehr weh, ansehen zu müssen, wie die Verwirklichung meines Lebenstraumes zerstört wurde, andererseits empfand ich mit meinen Angestellten eine

gewisse Genugtuung. Selbstverständlich erhielten sie auch für diese Arbeiten ihren Lohn.
Das gesamte Mobiliar der Lodge sowie Arbeitsgeräte, einen großen Teil der Einrichtung meines Privathauses und die Fahrzeuge verkaufte ich eilig. Ich wollte den inzwischen unwirtlich gewordenen Platz so rasch wie möglich verlassen. Administrative Angelegenheiten mussten erledigt werden. Dann kam der Tag des Abschieds.
Es ist überflüssig, zu berichten, dass allen Mitarbeitern und mir Tränen in den Augen standen, als wir uns zum letzten Mal auf Otjidarumbu in den Armen lagen. Ich machte mir große Sorgen über die Zukunft meiner Mitarbeiter, die ich alle hatte entlassen müssen. Meine Zukunft sah ich in Deutschland.
Zum letzten Mal wartete ich am Flughafen in einer langen Schlange zum Einchecken. Wieder hatte ich ein »One-Way-Ticket« in der Hand, dieses Mal aber war ich nicht angefüllt mit freudigen Erwartungen. Als ich aus dem Fenster der Air-Namibia-Maschine mit dem Namen »Welwitschia« unter mir die herrlich braune Landschaft vorbeifliegen sah, schloss ich meine Augen. Wann würde ich mein geliebtes Land wiedersehen können?

Ausblick

Momeya ihamu inyenge owala.[41]

Meine Erfahrungen in Namibia haben mir die Sinne geschärft für alle Informationen und Nachrichten, die wir aus fernen Kontinenten erhalten. Ich habe gelernt, dass Afrika mehr ist als das, was wir hier in Europa erfahren. Dieser Erdteil ist reich, sehr reich. Ohne diesen Reichtum könnten wir unseren Luxus nicht genießen, müssten in sehr viel bescheideneren Verhältnissen leben. Nicht nur Erdöl (Weltmarktanteil 10 %) als Grundstoff zur Produktion von Kraftstoff für unsere Autos, Heizungsanlagen, die meisten Kunststoffe und Elektrizität beziehen wir aus Afrika. Etwa 80 % des Phosphatvorkommens liegen dort. Phosphate werden für die Herstellung von Kunstdüngern und Waschmittel benötigt, sind die wichtigsten Lebensmittelzusätze. Schokolade und andere feine Genussmittel gäbe es nicht für uns Europäer (70 % des Kakaos für die gesamte Welt kommen aus diesem Kontinent). Diamanten, die nicht nur zur Herstellung von Schmuck dienen, sondern auch in der Industrie unverzichtbar sind, stammen zur Hälfte aus Afrika, davon ein beträchtlicher Anteil aus Namibia. Gold, Inbegriff des Luxus, lassen wir zu 25 % aus diesem Kontinent zu uns bringen.[42]

Der Reichtum Afrikas bildet also eine Grundlage unseres guten Lebens.

Das ist möglich, weil dieser Kontinent seinen Reichtum exportieren muss, um überleben zu können, die Löhne für Afrikaner niedrig gehalten werden und dort sogar Lohnsklaverei[43] betrieben werden kann. Dazu werden in manchen Staaten offen oder verdeckt despotische und korrupte Herrscher durch die Industrienationen gestützt und alimentiert, solange sie nicht wagen, gegen die weiße wirtschaftliche Übermacht in ihrem Land vorzugehen. Diese sozial unverträgliche, moralisch verwerfliche und rechtlich in keiner Weise zu rechtfertigende wirtschaftliche Übermacht hat nicht nur in Namibia seine Wurzeln in der Kolonialzeit. Sobald europäische Vorstellungen von Wirtschaftsweise, Moral, Ethik und Recht auf Afrika übertragen werden, hören wir laute Schreie aus diesen Ländern von angeblich unterdrückten und verfolgten Weißen.[44]

Auf namibischen Gästefarmen wird in Gesprächen am Essenstisch europäischen Touristen von weißen Großgrundbesitzern immer noch politische Propaganda aufgedrängt, wie ich durch Besucher dieses Landes, die bis kurz vor dem Druck dieses Buches dort gewesen waren, erfahren musste. Dabei wird mehr oder weniger unverhohlen ein postkolonialer Rassismus gepflegt. Das äußert sich in abgestandenen Witzen über »Affen in der Regierung«, der Verwendung des Begriffs »Terroristen« für Mitglieder der Regierungspartei SWAPO und in Erzählungen über die angeblich »naturbedingte Andersartigkeit« von schwarzen Menschen, die es nicht zulasse, sie gleich den weißen zu behandeln.

Das Verhalten der deutschstämmigen Nachfahren alter Kolonistenfamilien auf Farmen trägt wesentlich dazu bei, dass die meisten schwarzen Menschen ein sehr negatives Bild von Deutschen und Deutschland in sich tragen. Man hat Angst vor Deutschen, ordnet sich ihnen häufig unter, fürchtet immer noch Gewalt, Repressalien und Ausnutzung der bestehenden wirtschaftlichen Macht. Die Praxis auf den Farmen belegt, dass diese falschen Vorstellungen nicht zu Unrecht bestehen, wohlgemerkt: gegenüber den Nachfahren der deutschen Kolonisten. Mein Eindruck nach mehrjährigem Aufenthalt in Namibia hat sich bei den wenigen

möglichen Besuchen von schwarzen Namibiern hier bei uns in Deutschland, die ich organisieren konnte, bestätigt.
Namibier, welche zum ersten Mal in Deutschland sind, müssen zunächst die latent bestehende Angst vor uns weißen Deutschen überwinden. Dann sind sie überrascht, dass sie in Deutschland von den Menschen als gleichwertig behandelt werden. Mit großem Erstaunen stellen sie fest, dass weiße Menschen auch schwere, schmutzige Arbeiten verrichten, zum Beispiel im Straßenbau. Sie können es kaum fassen, dass ihnen in Ladengeschäften höflich begegnet wird, sie mit »Sie« und Familiennamen, statt mit »Du« und nur ihrem Vornamen angesprochen werden.
Meine Erfahrungen in Namibia gekoppelt mit denen von namibischen Besuchern in Deutschland zeigen mir, dass die Auslandsvertretungen Deutschlands in Namibia noch eine große Aufgabe zu erfüllen haben. Der Deutsche Bundestag hat wiederholt seine besondere politische Verantwortung für die Entwicklung Namibias verkündet[45] und das als einen Teil der prinzipiell als notwendig anerkannten Wiedergutmachung für Verbrechen angesehen, die Deutsche in der Kolonialzeit dort verübt haben.[46] Unverständlich erscheint mir in diesem Zusammenhang, dass es in Afrika 18 Goethe-Institute gibt, keines davon in Namibia, wo nur eine »Namibisch-Deutsche Stiftung für kulturelle Zusammenarbeit« existiert, die als Bestandteil eines »Goethe-Zentrums« angesehen wird – eine Art »Goethe-Institut zweiter Klasse«.
Das »richtige« Goethe-Institut beschreibt sein Selbstverständnis so: »Darüber hinaus vermitteln wir ein umfassendes Deutschlandbild durch Information über das kulturelle, gesellschaftliche und politische Leben … Wir stellen uns den kulturpolitischen Herausforderungen der Globalisierung und entwickeln innovative Konzepte für eine durch Verständigung humanere Welt, in der kulturelle Vielfalt als Reichtum erkannt wird, … vermitteln ein aktuelles Deutschlandbild und fördern den internationalen Diskurs zu Schlüsselthemen der zunehmend globalisierten Gesellschaft.«[47]

Wenn man das auf Namibia bezieht, dürfen die immer noch bestehenden negativen Verhaltensweisen deutschstämmiger Farmer, also täglich praktizierter Rassismus bis hin zur Androhung und gelegentlichen Durchführung von Prügelstrafe sowie anderen Gesetzesverstößen, die Scheinentlohnung von Farmarbeitern über das System der Lohnsklaverei und die Förderung fast leiblicher Abhängigkeiten sowie das Verbreiten rassistischer Vorstellungen auch gegenüber Touristen, nicht vertuscht, verheimlicht, verborgen und verniedlicht werden. Die von deutschstämmigen Nachfahren alter Kolonistenfamilien behauptete Identifizierung mit Deutschland muss auch von den deutschen Auslandsvertretungen aufgebrochen werden. Ein erster Schritt wären öffentliche Diskussionen vor Ort über solches Fehlverhalten, das als nicht der deutschen Kultur und Politik entsprechend stigmatisiert werden muss.
Als Deutscher wehre ich mich dagegen, von deutschstämmigen Farmern in Namibia vereinnahmt zu werden, deren Verhalten ich eben nicht als typisch deutsch betrachte, sondern im Gegenteil als einen Beleg dafür ansehe, dass die so Handelnden, wie in diesem Buch beschrieben, sich dadurch außerhalb deutscher Moral, Ethik und Kultur stellen. Wer die Grundsätze der heute geltenden deutschen Verfassung vor allem hinsichtlich der Gleichheit aller Menschen im Alltag nicht praktiziert, kann von sich nicht behaupten, Vertreter der deutschen Kultur zu sein.
Auslandsvertretungen haben nach meiner Auffassung auch die Aufgabe, das Bild Deutschlands zu prägen und wo notwendig zu korrigieren. Das heißt für Namibia, die von mir gelegentlich sogar bei Gesprächen mit Botschaftsangehörigen beobachtete Kumpanei mit den Nachfahren deutscher Kolonistenfamilien zu beenden. Wenn selbst in Botschaften ein »Wir-Gefühl« mit rassistischen Farmern gehegt und gepflegt wird, kann sich das Deutschlandbild, das Namibier haben, nie verändern. Besonders peinlich trat die Identifizierung heutiger deutscher Politik mit den Nach-

fahren von Kolonistenfamilien beim Besuch des damaligen Bundeskanzlers Helmut Kohl am 14. und 15. September 1995 in Windhoek zutage. Er besuchte nicht die Region, in der die absolute Mehrheit der namibischen Bevölkerung beheimatet ist, das Owambo im Norden[48], bestand aber sogar entgegen dem Wunsch der namibischen Regierung darauf, mit der kleinsten Minderheit dieses Landes einen gemeinsamen Abend zu verbringen, den Nachfahren der deutschstämmigen Kolonistenfarmer. Diese Gruppe begrüßte er im Beisein des namibischen Präsidenten unter dem Beifall der so Angesprochenen als »liebe Landsleute«, als ob Namibia immer noch eine deutsche Kolonie sei.
Bis heute hat kein einziger deutscher Politiker ein negatives Wort über rassistische weiße Farmer in Namibia verloren. Als Deutscher ist es mir peinlich, dass ich dementsprechend von Namibiern auch aus diesem Grund als ebenbürtig und gleichwertig mit dieser Kaste angesehen werde. Bevor ich nach Namibia ausgewandert bin, hatte ich keine Ahnung davon, was sich dort hinter den Kulissen der morbiden Fachwerkfassaden altdeutscher Häuser und innerhalb der Abschottungen wilhelminisch anmutender Farmhäuser verbirgt. Ich hatte nicht vor, in Namibia »undercover« zu arbeiten, um ein Buch zu schreiben. Ich wollte dort einfach als Deutscher leben und arbeiten und dachte nicht im Traum daran, dass ich mit meinen Blutsbrüdern Probleme bekommen würde, wenn ich das im Alltag verwirklichte, was ich in einer deutschen Schule gelernt und in meinem ganzen Leben verfassungstreu praktiziert habe. Ich freute mich darauf, ein sozialverträgliches Projekt zu installieren, das mir zwar keinen Reichtum bescheren, aber meinen guten Lebensunterhalt garantieren würde, bei gleichzeitiger Möglichkeit, namibischen Staatsbürgern, welche nicht das Glück hatten, in Europa aufwachsen zu dürfen, ein wenig von meinen Kenntnissen zu vermitteln, sie anzulernen und ihnen damit vielleicht die Chance auf eine etwas bessere Zukunft anzubieten.

Dieses Buch halte ich für notwendig, um eine Mauer des Schweigens und Vertuschens zu durchbrechen, die um das Verhalten von deutschstämmigen Farmern in Namibia errichtet worden ist. Ich sehe dieses Buch als meine »Herzenssache« an, wie meine Verlegerin, Frau Brigitte Fleissner-Mikorey, und die Programmleiterin des Herbig Verlags, Frau Dr. Carmen Sippl, vielleicht zu oft aus meinem Mund hören mussten. Ich danke diesen beiden Personen sehr dafür, dass sie mir die Möglichkeit gegeben haben, meine persönlichen und individuellen Erlebnisse in dieser Form zu verbreiten, die ich für repräsentativ halte, obwohl das nicht zu belegen ist. Die Kaste der Nachfahren deutscher Kolonisten schottet sich bis heute ab von Versuchen, sich wissenschaftlich mit ihr zu befassen. Das musste auch die in diesem Buch vielfach zitierte Brigitta Schmidt-Lauber erleben, der es meines Wissens als einziger Wissenschaftlerin gelungen ist, eine umfassende Feldforschung in dieser sehr speziellen Ethnie zu betreiben und zu einem Ergebnis zu führen.

In Namibia wird sich ein soziopolitischer Wandel vollziehen, welcher den Nachfahren deutscher Kolonisten auf den noch immer von ihnen besessenen (oder: besetzten?) Farmen eine Anpassung an die neuen Verhältnisse aufzwingen wird. Davon bin ich überzeugt. Erste Anzeichen sind inzwischen erkennbar geworden. Voraussetzung für diese friedvolle Entwicklung ist eine Rückverteilung des von deutschstämmigen Weißen der Heimatbevölkerung Namibias genommenen Landbesitzes. Solange das nicht geschehen ist, gilt für Namibia die von Frantz Fanon getroffene Feststellung: »Die Ursache ist Folge: man ist reich weil weiß, man ist weiß weil reich.«[49] Aber es gibt sehr positive Ansätze dafür, dass sich diese Situation langsam ändert. So mussten sich einige »deutsche« Farmer damit abfinden, dass Teile ihres Großgrundbesitzes enteignet wurden, weil sie nicht dazu bereit waren, sich freiwillig für das Gemeinwohl davon zu trennen, obwohl sie die betreffenden Ländereien nicht ordentlich bewirtschaftet hatten[50], sondern

lediglich als Prestigesymbol weiter behalten wollten. Enteignungen in Namibia folgen den deutschen gesetzlichen Vorschriften.[51] Sie sind auch hier bei uns in Deutschland nicht nur möglich, sondern alltägliche Praxis.
Bei den gerichtlich überprüften Enteignungen von Teilstücken einiger Großgrundbesitze deutschstämmiger Nachfahren von Kolonisten dürfen die betroffenen Farmer zunächst selbst einen Preis für die aus ihrer Sicht angemessene Entschädigung benennen. In vielen Fällen weigerten sich die Betroffenen aber, um den Vorgang hinauszuzögern, und ließen es auf jahrelange Gerichtsverfahren ankommen, die zum größten Teil noch andauern. Dabei wäre es ein Leichtes, wenn sich diese Großgrundbesitzer von einem Teil ihrer Ländereien rasch trennten, die sich ihre Vorfahren unrechtmäßig angeeignet haben, legt man deutsche Rechtsvorstellungen zugrunde. Wenn überhaupt, wurden sittenwidrige Verträge geschlossen, denen in der Kolonialzeit übliche Machenschaften vorausgegangen waren.[52] Immer wenn es ordentliche Farmenteignungen in Namibia gibt, geben deutsche Medien den Aufschrei wieder, den die davon Betroffenen in Namibia loslassen. Nicht selten wird sogar deren vollkommen weltfremde Befürchtung als real existierende Gefahr weiterverbreitet, in Namibia könnten bald »simbabwische Verhältnisse«[53] entstehen. In jedem mir hier in Deutschland nach meiner Rückkehr bekannt gewordenen Fall der Enteignung eines meist nur kleinen Teils von landwirtschaftlichem Großgrundbesitz habe ich recherchiert, und es hat sich herausgestellt, dass der Staat diesen Schritt jahrelang angekündigt hatte, nachdem der davon betroffene Großgrundbesitzer sich weigerte, einen Teil seiner unwirtschaftlich betriebenen Farm zu verkaufen. In fast allen deutschen Medien wurden allerdings Informationen über diese Fälle unkritisch in der von den betroffenen Großgrundbesitzern gewünschten verfälschten Form verbreitet. Es wurde verschwiegen, dass es nur um einen Teil der betreffenden Farmen ging, dass für die Ent-

eignung eine Entschädigung gezahlt werden soll, deren Höhe zunächst die betreffenden Farmer selbst mitbestimmen können, und dass sie sich über Jahre hinweg geweigert hatten, den unwirtschaftlich betriebenen Teil ihres für Landwirtschaft ausgewiesenen Besitzes zu verkaufen.

Während meiner Zeit in Namibia, um die Jahrtausendwende, begannen Überlegungen in der namibischen Regierung, mit zwei, wie ich finde, sehr intelligenten Schritten den deutschstämmigen Farmern den Wind aus den Segeln zu nehmen, die nicht nur hinter vorgehaltener Hand den Vorwurf verbreiten, »früher« sei alles besser organisiert gewesen – womit die Zeit des deutschen Kolonialismus gemeint ist –, die »schwarze« Regierung könne keine Ordnung schaffen und halten. Namibische Politiker verbreiteten den Plan, nach deutschem Vorbild in Namibia eine Grundsteuer einzuführen, um »Ordnung« nach deutschem Vorbild zu schaffen. Das würde die Großgrundbesitzer finanziell dazu zwingen, einen Teil ihres Besitzes zu verkaufen, und sie könnten sich nicht einmal beschweren, weil das System den deutschen Ordnungsvorstellungen entspricht.

Ein weiterer Gedanke machte während meiner Zeit in Namibia in Regierungskreisen die Runde, durch dessen Verwirklichung gegen die ewigen Beschuldigungen weißer Farmer gegen schwarze Landbesitzer angegangen werden sollte: Nach Ablauf einer Übergangsfrist sollte es nur noch ausgebildeten Landwirten erlaubt sein, in Namibia eine Farm zu führen. Das würde es erforderlich machen, dass nahezu alle weißen Farmer über mehrere Jahre hinweg die Schulbank drücken oder die Leitung ihrer Betriebe an wirkliche Landwirte zu übergeben hätten. Da die Zahl der ausgebildeten Weißen nicht ausreicht, hätten auch schwarze Landwirte für die Leitung von Farmen in weißem Besitz eingestellt werden müssen.

Diese beiden und andere Pläne sind noch nicht vom Tisch. Sie zeigen, dass die namibische Regierung einen friedlichen und legalen

Weg sucht, die Besitzverhältnisse Ordnungs- und Rechtsstrukturen anzupassen, wie sie auch in Europa gelten. Dazu gehört zum Beispiel auch das Verbot für Ausländer, sich in Namibia landwirtschaftliches Gebiet nur zu dem Zweck anzueignen, sich als Großgrundbesitzer fühlen und aufführen zu können oder Tourismus zu betreiben. Im trockenen Wüsten- und Savannenland Namibia ist wirtschaftlich einträgliches Agrarland für die Bevölkerung überlebensnotwendig und noch viel rarer als in Europa. Auch bei uns dürfen zur landwirtschaftlichen Nutzung ausgewiesene Flächen nicht von außereuropäischen Ausländern erworben und nur zu deren privaten Vergnügen genutzt oder brach gelassen werden.[54]

Bei künftigen »Horrormeldungen« aus Namibia, die in deutschen Medien verbreitet werden, sollten Leser kritisch sein und nicht alles glauben, was dort schwarz auf weiß steht. Diesen Ratschlag gebe ich als Journalist.

Nicht alles, was in Deutschland und von staatlichen Institutionen aus im Zusammenhang mit Namibia geschieht, ist negativ. Nach meiner Rückkehr konnte ich feststellen, dass es viele erfreuliche Initiativen gibt: Projekte zur Unterstützung Not leidender Menschen, zur Erhaltung der Natur, für Kinder und Jugendliche und zur Bekämpfung der weltweiten Pandemie Aids, die auch in Namibia in rasender Geschwindigkeit und leider bis heute erfolgreich nach Tausenden von Menschenleben greift. Oft sind es private oder von Privatleuten initiierte Projekte, die entstanden, nachdem deutsche Bürger Namibia besucht und dort die Möglichkeit gehabt hatten, einen Blick über den Zaun einer »deutschen« Gästefarm zu werfen.

Leider haben die deutschen Kirchen, beziehungsweise ihre Missionen, keine schönen Spuren in Namibia hinterlassen, abgesehen von den in diesem Buch erwähnten Bemühungen des ansonsten umstrittenen Pastors Vedder, der sich mit den verschiedenen Gesellschaften des Landes und seinen Kulturen sowie den vielen interessanten Sprachen beschäftigt hat. Dieses Kapitel Kirchengeschichte ist gewiss auch noch aufzuarbeiten. Heute allerdings betreuen und fördern die deutschen Religionsgemeinschaften zahlreiche kleine Projekte zur Verbesserung der Selbstständigkeit bedürftiger Menschen in Namibia und für eine bessere Ausbildung sowie im Gesundheitswesen. Sie müssen vorsichtig sein, in diesen aufrichtigen Bemühungen nicht von rassistischen Farmern deutscher Herkunft vereinnahmt zu werden. Hier wären ein paar deutliche christliche Worte, an die Adresse der Nachfahren deutscher Kolonisten gerichtet, hilfreich.

Die Aktivitäten finnischer Missionare halfen schon in der deutschen Kolonialzeit den Wambo im Norden. Diese Kirchenleute haben sich nie gemeingemacht mit den weißen Herren dieses Landes. Das legendäre Buch von Martti Eirola (siehe Literaturliste im Anhang) ist ein Beweis dafür. Die positiv unvoreingenommene Haltung gegenüber der namibischen Geschichte und ihren Gesellschaften setzt sich bis heute fort, wie ich bei einem Besuch im Missionsmuseum der Evangelisch-Lutherischen Kirche Finnlands in Helsinki erfahren konnte.[55] Dort gibt es eine Fülle interessanter und von Deutschstämmigen nicht sehr erwünschter Dokumente zu lesen, die Aufschluss über die wahren geschichtlichen Hintergründe während der deutschen Kolonialzeit in Namibia geben. Außerdem ist dort die meines Wissens einzige Ausstellung weltweit zu sehen, die sich mit der Kultur der namibischen Mehrheitsbevölkerung befasst.

Besonders hervorheben möchte ich viele Initiativen in der Hansestadt Bremen, wobei ich nicht unterschlagen will, dass es vergleichbare Vorgänge auch in anderen deutschen Städten gibt. Durch Bürger aus Bremen begann die Kolonisierung Namibias. Darum stellte sich diese Stadt im Gegensatz zur Bundesregierung ihrer historischen Verantwortung. Straßennamen und Tafeln, die an deutsche Kolonisten erinnerten, ohne die von ihnen begangenen Verbrechen zu erwähnen, verschwanden. In einer lang dau-

ernden und mit breiter publizistischer Begleitung ins Leben gerufenen Aktion wurde das 1932 errichtete »Kolonial-Ehrenmal« in Bremen, ein gigantischer aus Steinen gebildeter Elefant, zu einem Antikolonial-Denk-Mal umfunktioniert, zu dessen Enthüllung der erste namibische Präsident Dr. Sam Nujoma 1996 eingeladen wurde, der bei den deutschstämmigen Farmern hinter vorgehaltener Hand immer noch als »Terrorist« verunglimpft wird. Eine neue Gedenktafel erinnert an diesen Staatsakt in Bremen mit den Worten: »Zum Gedenken an die Opfer der deutschen Kolonialherrschaft in Namibia 1884–1914«. Der namibische Präsident wurde zum Ehrensenator der Universität Bremen ernannt.
Die Bundeswehr hält dagegen an der Ehrung rassistischer Kolonisten fest. Noch immer hängt eine Ehrentafel für den Völkermörder Lothar von Trotha in einer Hamburger Kaserne, der seine Unmenschlichkeit auch in Worten zum Ausdruck gebracht hat, wie zum Beispiel: »Ich vernichte die ... Stämme mit Strömen von Blut ...« In einigen deutschen Städten, auch in Berlin und München, gibt es immer noch Straßen, die zu Ehren von Kolonisten, welche ohne Zweifel in Verbrechen verwickelt waren, nach deren Namen benannt sind. Man muss sich nur einmal vorstellen, welchen weltweiten Aufschrei es gäbe, würden heute noch deutsche Straßen nach Nazischergen benannt, die an den Judenmorden persönlich beteiligt gewesen sind.
Ein von deutschen Politikern tabuisiertes Thema sind die rassistischen »Schädelsammlungen«, die es noch in einigen deutschen Museen gibt. Es ist unfassbar, dass zum Beispiel bis heute, in Kellern verborgen, viele Köpfe gehortet werden, die Männern der Herero abgeschlagen wurden. Frauen dieser Gesellschaft mussten die Köpfe mit Glasscherben vom Fleisch befreien, bevor die Schädel zur Vorbereitung »wissenschaftlicher« Untersuchungen in Überseekisten per Schiff nach Deutschland verfrachtet wurden.[56]
Es sollte für eine demokratische deutsche Regierung eine Selbstverständlichkeit sein, den noch lebenden Angehörigen der in der

Eine Kiste mit Hereroschädeln
wurde kürzlich von den Truppen in Deutsch-Süd-West-Afrika verpackt und an das Pathologische Institut zu Berlin gesandt, wo sie zu wissenschaftlichen Messungen verwandt werden sollen. Die Schädel, die von Hererofrauen mittels Glasscherben vom Fleisch befreit und versandfähig gemacht wurden, stammen von gehängten oder gefallenen Hereros.

Kolonialzeit abgeschlachteten Menschen die Gebeine ihrer Verwandten für eine nachträgliche menschenwürdige Beisetzung zurückzugeben. Die Schädel dieser afrikanischen Menschen dienten übrigens auch dazu, die Rassenideologie der Nazis vorzubereiten, welche unter anderem zur Ermordung von Millionen Juden geführt hat.
Das deutsch-israelische Verhältnis hat sich nach Bekenntnissen,

Entschuldigungen und Wiedergutmachungen deutscher Regierungen zu einem friedlichen, teilweise freundschaftlichen gewandelt. Dieser Prozess steht in Bezug auf das deutsch-namibische Verhältnis noch aus. Er kann stattfinden auch ohne die Zahlung von Milliarden Euros an die Nachfahren von Herero, welche durch von Trothas Völkermordbefehl in einem Genozid vernichtet werden sollten, obwohl diese Zahlungen gefordert werden.
Namibia bietet einen friedlichen Weg an unter dem Motto: »Willing seller, willing buyer.«[57] Dazu gehört, das Land zurückzugeben, welches sich deutsche Kolonisten angeeignet haben. Die rechtlichen Fragen im Zusammenhang mit einem angeblich zum »Gewohnheitsrecht« gewordenen, zu Unrecht auf andere Personen übertragenen Grundbesitz haben die höchsten deutschen Gerichte im Zusammenhang mit der Geschichte der beiden deutschen Staaten nach dem Zusammenbruch der DDR weitestgehend geklärt. Die dort entwickelten Grundsätze müssen auf Namibia übertragen werden. Das haben die deutschstämmigen Farmer zu akzeptieren.
Daraus kann nur folgen, dass jede deutsche Regierung ihren Einfluss auf deutschstämmige Nachfahren alter Kolonistenfamilien in Namibia dahingehend nutzt, diesen dringend zu raten, ihren Großgrundbesitz wenigstens teilweise zu verkaufen. Bei jenen unter ihnen, die einen deutschen Pass besitzen, dürfte das leichter fallen als bei den anderen (die in der Minderzahl sind). In Berlin sollte man den vor langer Zeit von einem deutschstämmigen namibischen Parlamentsabgeordneten nach der Unabhängigkeit gemachten Vorschlag ernst nehmen.[58] Er hatte bei einer Debatte den Gedanken in den Raum geworfen, Deutschland könne seine gesamte »Entwicklungshilfe« für Namibia doch dafür aufwenden, den deutschen Farmern die Entschädigungen für Enteignungen auf deren deutsche Konten zu zahlen, welche der namibische Staat aufbringen muss. So bliebe deutsches Geld bei den Deutschen und die Namibier wären nicht mehr auf ausländische Hilfe angewiesen.

Ich will das noch ergänzen: Deutschland könnte seine besondere Verantwortung für Namibia in erster Linie dadurch wahrnehmen, dass jungen begabten Namibiern großzügig Möglichkeiten für kostenlose Ausbildung und Studien in Deutschland angeboten werden. Namibia hat nur etwa 1,5 Millionen Einwohner. Die Zahl der jungen Menschen, welche infrage kommen, hält sich schon deswegen sehr in Grenzen. Die entstehenden Kosten ebenso, sie wären ganz sicher geringer als die »Entwicklungshilfe«, welche Deutschland an Namibia zahlt. Außerdem wäre das eine echte »Hilfe zur Selbsthilfe« für dieses Land – ein Schlagwort, das deutsche Politiker immer wieder gerne in den Mund nehmen. Bildung wird Namibia unabhängiger machen von anderen Staaten. Wer das wirklich will, muss der Ausbildungsförderung gering bemittelter Namibier zustimmen.[59] Wer in deutsche Universitäten schaut, erkennt auf Anhieb, wie wenig ernst es Deutschland mit der »besonderen Verantwortung« ist, die der Staat für Namibia wegen der durch Deutsche in der Kolonialzeit begangene Verbrechen offiziell übernommen hat. Man kann es nicht glauben: Das Statistische Bundesamt verzeichnet keinen einzigen Studenten aus Namibia, der bei uns seine Ausbildung erhält![60] Es gibt keine einzige staatliche Einrichtung, welche die Vergabe von Stipendien an begabte minderbemittelte Namibier fördert. Es gibt keine Werbung in Namibia für ein Studium in Deutschland.
Die nicht vorhandene Zahl beweist, dass die Phrasen von Politikern hohl sind, welche in öffentlichen Auftritten immer wieder beteuern, »Hilfe zur Selbsthilfe« zu fördern, wohl wissend, dass die wirksamste Hilfe Bildung ist.
Allerdings können sich bei Verstärkung der Bildungsförderung keine deutschen Unternehmen eine goldene Nase verdienen wie an den entsprechenden Bauprojekten in Namibia, welche vom deutschen Staat gefördert werden. Die davon profitierenden Firmen zeigen sich sehr zufrieden über die »billigen Arbeitskräfte« im angeblich geförderten Land.[61] Ein beträchtlicher Teil des im

deutschen Staatshaushalt als »Entwicklungshilfe« für arme Staaten ausgewiesenen Geldes wird nämlich niemals in die Empfängerstaaten transferiert, sondern landet auf den deutschen Konten deutscher Unternehmen, die davon Material, Maschinen sowie Löhne für ins Ausland geschickte deutsche Manager und Angestellte zahlen (im Gegensatz zu den dort eingesetzten »Hilfsarbeitern« für ein Gehalt nach europäischem Standard, versteht sich). Auch die Kosten für Baumaterial und andere Güter, die zur Durchführung sogenannter Hilfsprojekte in »armen« Staaten notwendig sind, werden häufig durch Zahlungen auf deutsche Konten beglichen. Dieser Etikettenschwindel ist üblich bei »Entwicklungshilfe«. Dadurch kann dem einfachen deutschen Bürger vorgegaukelt werden, dass sein Land sehr viel für »arme Staaten« tut, obwohl in Wirklichkeit damit zu einem nicht geringen Teil die deutsche Wirtschaft unterstützt wird, die selbstverständlich mit Profit und nicht aus sozialer Hilfsbereitschaft in armen Staaten »etwas unternimmt«.

Darum trifft heute noch zu, was Schmidt-Lauber bereits vor Jahren festgestellt hat: »Namibia produziert, was es nicht braucht, und es braucht, was es nicht produziert.«[62] Etwa 90 Prozent aller lebensnotwendigen Waren müssen nach Namibia importiert werden, etwa 80 Prozent der namibischen Güter werden ins Ausland gebracht. Der Export liegt in fast ausschließlich »weißen Händen«. Jedermann kann sich leicht einen eigenen Eindruck verschaffen, was zwei der wichtigsten »Exportgüter« angeht, Fleisch und Tourismus. Die Rinder- und Wildtierfarmen sind bis heute in »weißer Hand«. Regionen, in denen es »schwarze Farmer« gibt, werden mit Tricks vom europäischen Subventionssystem ausgesperrt.[63] Wer die staatlichen Verzeichnisse der in Namibia tätigen Touristikunternehmen liest, stellt allein anhand der Namen ihrer Inhaber fest, dass diese Branche ebenfalls in »weißer Hand« ist. Als ich bis 2003 in Namibia gelebt habe, konnte ich leicht erfahren, dass es in dieser Branche gang und gäbe ist, Touristen Reisepreise für eine Tour, einen Mietwagen, Übernachtungen oder einen Gästefarm-Aufenthalt auf ein in Deutschland existierendes Konto bezahlen zu lassen. Ich weiß durch Geständnisse »hinter vorgehaltener Hand«, dass eine nicht kleine Zahl der in Namibia tätigen Touristikunternehmen auf diese Weise ihren Staat um die ihm zustehenden Steuereinnahmen betrügt und einen zusätzlichen Schaden für die Entwicklung Namibias anrichtet, weil die Profite nicht in dem Land investiert werden, das die Infrastruktur für den Tourismus bezahlt, sondern zum Beispiel in den Kauf von Mietshäusern in Deutschland, welche sich deutschstämmige Farmer und Unternehmer gerne als »sicheres Standbein« aufbauen. Wenn solche Touristikunternehmer dann auch noch, wie geschehen, öffentlich beim namibischen Staat darüber Beschwerde führen, dass die baulichen Zustände in den staatlichen Naturschutzparks und ihren Übernachtungseinrichtungen zu wünschen übrig lassen, halte ich das für unfassbaren Zynismus und Ausdruck einer überaus asozialen Haltung.

Jeder Tourist, der Namibia besuchen will, kann einen kleinen Teil dazu beitragen, dass sein Geld, das er ausgibt, mit größerer Wahrscheinlichkeit dem Land zugute kommt, das er besuchen will. Er sollte darauf bestehen, die Leistung durch Überweisung von Euro auf ein Konto in Namibia zu bezahlen. Durch eine Verschärfung des Devisengesetzes in Namibia, die wegen der beschriebenen Betrugspraxis vor allem in der Tourismusbranche notwendig geworden war, ist es auch Touristikunternehmen schwer gemacht worden, Einnahmen aus dem Ausland vor dem namibischen Staat zu verstecken. Große Reiseveranstalter, die mit Zulassung in Namibia arbeiten, müssen dort ein Konto unterhalten. Es gibt also für keinen legalen Unternehmer mehr eine Ausrede, sich einer Überweisung nach Namibia zu widersetzen. Allerdings habe ich aus eigener Erfahrung den begründeten Verdacht, dass sogar einige namhafte deutsche Unternehmen entgegen den gesetz-

lichen Vorschriften in Namibia gar nicht zugelassen sind. Viele bedienen sich ihrer Strohleute in Namibia, welche die Touren in Wirklichkeit durchführen und dafür von den deutschen Unternehmen entlohnt werden. Der namibische Staat erhält dann allenfalls Steuern aus den auf diese Weise gezahlten kleinen Summen, der größte Brocken bleibt auf deutschen Konten. Wenn dieser Verdacht auftaucht, kann sich ein potenzieller Besucher nicht sicher sein, dass seine Tour im Land versichert ist.
Die meisten Deutschen haben sich in Umfragen für »Eine-Welt-Läden« und verantwortungsbewussten Kauf von Produkten aus sogenannten Entwicklungsländern ausgesprochen. Wer in solche Gebiete reist, kann sich allein durch die Art der Bezahlung als Freund des Landes ausweisen, das er besuchen möchte.
Ich sehe trotz der negativen Erfahrungen mit meinen »Blutsbrüdern« in Namibia positiv in eine friedliche Zukunft dieses herrlichen Landes. Ich habe die Hoffnung nicht aufgegeben, dass die weißen Farmer lernfähig sind und begreifen, dass ihre eigene Zukunft allein durch eine Veränderung ihres Verhaltens gegenüber den Menschen gesichert werden kann, deren Vorfahren schon in Namibia gelebt haben, bevor die ersten deutschen Eindringlinge es besetzten. Die verbale Zustimmung, die es in den Jahren seit 2003 vielfach auch aus »weißem Mund« zu friedlichen Veränderungen gegeben hat, muss noch die Köpfe und Herzen der meisten Deutschstämmigen dort erreichen. Das wird nur dann möglich sein, wenn sie ihre Überheblichkeit gegenüber uns Deutschen aufgeben und bereit sind, vom neuen, modernen Deutschland Menschlichkeit, Völkerverständigung und soziale Gerechtigkeit zu lernen, statt sich weiter in ihre kolonialen Prachtbauten auf Großgrundbesitzen einzuigeln, die sie dann wie Juwelenpaläste einzäunen und schützen müssen. Ein erster Schritt könnte sein, dass die sogenannten Gästefarmer in Namibia endlich begreifen, dass sie für ihren eigenen Tourismusbetrieb nicht werben, wenn sie die namibische Regierung und die Verhältnisse im

Land vor den Besuchern wissentlich schlechter machen, als sie sind, um es einmal zurückhaltend auszudrücken. Jeder Student im ersten Semester Werbewirtschaft weiß, dass eher die gegenteilige Haltung zum wirtschaftlichen Erfolg führt.
Ich freue mich auf meinen nächsten Besuch in Namibia und bitte alle Touristen, dieses Land mit offenen Augen und wachen Sinnen zu bereisen sowie sich rassistisches Verhalten und ebensolche Äußerungen in diesem Land zu verbitten, auch wenn es von weißen »Blutsbrüdern« kommt. Wer als Besucher so handelt, fördert den Frieden in Namibia, weiß nicht nur das Gesetz dieses demokratischen Staates hinter sich, sondern vertritt auch deutsche Moral, Ethik und Rechtsvorstellungen.
Vielleicht sehen wir uns einmal, wenn ich mich wieder abseits der herkömmlich angebotenen Touren in Namibia bewege, insbesondere im Owambo, über das ich ein eigenes Buch veröffentlichen werde.

Tangi

(»Danksagung« auf Oshindonga)

Ohne Informationen, Hinweise, Hilfe in jeder Hinsicht und Verständnis für uns Europäer durch meine Frau Savelia und den Beistand unserer französischen Freunde Christiane und Bernd Schaeffer gäbe es dieses Buch nicht.
Meine Schwiegermutter Ngwapaulus hat die Folgen der deutschen Kolonialzeit überstanden. Auf sich gestellt hat sie eine große Familie über den Besatzungskrieg der südafrikanischen Rassistenregierung gerettet. Sie war eine der ersten Lehrerinnen im unabhängigen Namibia. Seit Jahrzehnten versorgt sie bis heute ihre Kinder mit inzwischen verhornten Händen und nur dem, was die Natur ihr gibt. Jeden Cent, den sie durch Verkauf von Kunsthandwerk einnehmen kann, verwendet sie für die Ausbildung ihrer Kinder. Die vielen Gespräche mit ihr sind für mich ein großer Schatz. Ihr fast immer währendes Lächeln, ihre unermessliche Herzensgüte und ihr unerschütterlicher Kampfgeist stimmten mich oft sehr nachdenklich. Sie hat mir mehr geholfen, als sie wahrhaben will, nicht nur für dieses Buch. Ihr Leben ist ein Drehbuch für einen Film.
Tangi unene kumemweno!
Kandeme, Ipumbu, Nujoma, Keluu, Kugwanga, Hilingane und »my worker Boikie« Kelina werden hoffentlich ein besseres Leben haben als ihre Eltern und die Kindheitserinnerungen an Barbarei und Unmenschlichkeit durch weiße Soldaten, Besatzer und Großgrundbesitzer verarbeiten, auch wenn manche Narbe auf der Haut unauslöschbar ist. Matthew und Ruben sind für immer mit mir, auch wenn sie nicht mehr leben.

Leider habe ich keine Möglichkeit, vielen weiteren Menschen in Namibia persönlich und in angemessener Weise für ihre Mitarbeit an diesem Buch zu danken. Frühere Angestellte auf meiner Farm loben mich, obwohl ich so viele Fehler gemacht habe. Zu jener Zeit glaubte ich, sie nicht vermeiden zu können. Meine Dummheit, koloniales Selbstverständnis etwa ein Jahr lang unkritisch übernommen zu haben, ist nicht zu entschuldigen. Ich hätte es besser wissen müssen und tun sollen.
Die Namen ehemaliger Mitarbeiter soll ich nicht erwähnen. Zum Teil haben sie andere Jobs gefunden, mit denen sie sich und ihre Familien am Leben erhalten müssen. Bis heute fürchten sie sich vor den weißen Farmern, Großgrundbesitzern und Firmeninhabern.
Nur wenige Namen von Menschen, die mir zusätzlich geholfen haben, darf ich nennen, weil sie ohnehin öffentlich bekannte Persönlichkeiten im modernen Namibia sind. Der Parlamentsabgeordnete Chief Ankama gilt als der beste Kenner und Förderer der Traditionen und Kultur der Wambo. Durch seine Fernsehauftritte und Förderprojekte hilft er auch, die große Kluft zwischen der armen Bevölkerung auf dem Land und der europäisierten Moderne in den Städten zu verbinden. Seine wissenschaftliche Arbeit an der bescheidenen Außenstelle der namibischen Universität in Oshakati ist zu Recht mit einem Stipendium der Fulbright-Stiftung und mehrjährigem Aufenthalt in den USA gewürdigt worden. Ich hoffe, dass sein Traum von einer eigenen Lodge für Touristen in Erfüllung gehen wird!
Ich bin sehr stolz darauf, dass mich König Taopopi auch öffentlich vor versammelten Menschen bei der Hand nimmt – im Owambo ein Zeichen von Freundschaft. Er kennt die deutsche Hauptstadt Berlin und bleibt dennoch seinem Volk treu, dessen Diener, Schlichter und Richter er ist.
Der erste Präsident des unabhängigen Namibia, Dr. Sam Nujoma, ist nicht gekränkt, wenn ich die »einfachen Leute« zuerst nenne.

Ihm danke ich für seine aufmunternden Worte und seine Autobiografie, seinen Mitarbeitern für Besuche auf meiner Farm und das herrliche Geschenk, das ich in Ehren halten werde. Einige Ministerien und ihre Mitarbeiter haben mich unterstützt. Den Botschaftern Namibias in Berlin, Paris und London danke ich für freundliche Begegnungen und viele Informationen.

Besonders herzlich möchte ich Dr. Rainer Schöttle danken, der meinen Text wieder einmal sehr zügig, mit großer Sachkenntnis und einem bemerkenswerten Einfühlungsvermögen bearbeitet hat. Ich wünsche mir, ihm noch viele weitere Manuskripte anvertrauen zu dürfen.

Ein ganz spezieller Dank gilt den etwa fünfzig weißen Farmern, die mich bei Besuchen und durch viele Gespräche Einblick nehmen ließen in die Wirklichkeit ihres immer noch kolonial geprägten Alltags. Sie gaben mir unbewusst mehr Informationen, als es alle zuvor genannten Menschen tun könnten, weil sie mich für einen Kumpan gehalten haben.

So wurden sie vielleicht Opfer ihrer eigenen Vorurteile. Ihre Namen nenne ich nicht. Denn ich weiß, dass eine Drohung gegen mich eine realistische Grundlage hat: »Pass auf, Ulf, der Arm unserer Familie ist sehr lang. Er endet nicht an der namibischen Grenze!«[64]

Anmerkungen

[1] Im Jahr 1988 begannen in Algerien gewalttätige Demonstrationen, vor allem wegen zu hoher Arbeitslosigkeit, die einer islamistischen Bewegung Auftrieb gaben, die einen viele Jahre dauernden Guerillakrieg führte, in dem mehr als 100 000 Menschen starben.

[2] Siehe mein Buch »Die Tage von Stammheim«, erschienen 2007 im Herbig Verlag, München.

[3] Siehe mein Buch »Esel«, Kosmos Verlag, Stuttgart 2008.

[4] Brigitta Schmidt-Lauber hat die einzige wissenschaftliche Untersuchung veröffentlicht, die bis heute in Namibia über die dort lebenden Deutschstämmigen durchgeführt werden konnte. Das Ergebnis ist unter dem Titel »Die abhängigen Herren: Deutsche Identität in Namibia« veröffentlicht worden (in der Reihe »Ethnologische Beiträge zur soziokulturellen Dynamik – Interethnische Beziehungen und Kulturwandel«, Universität Hamburg 1993). Sie schreibt über die Lesern in Deutschland vermittelten Informationen aus Namibia: »Journalisten reproduzieren bei der Zeichnung eines ... ›deutschen‹ Namibia eine selektive Wahrnehmung, die auch das Wirklichkeitsverständnis vieler deutscher Namibier kennzeichnet: Aus der Vielfalt beschreibbarer Phänomene wird ein mit ›deutsch‹ charakterisierter Teil abgetrennt, hervorgehoben und beurteilt« (S. 7). Und an anderer Stelle: Es werde eine »Verherrlichung des Farmlebens und der Natur« in der öffentlichen Darstellung Namibias betrieben, die gekennzeichnet sei durch einen »nostalgischen und ›germanozentrischen‹ Blick ... Eine realistische Darstellung der Lebensbedingungen der schwarzen Mehrheit des Landes bleibt außer Acht. ›Nichtweiße‹ sind allenfalls als Karikaturen oder Kulissenfiguren in dienenden Positionen eingebaut« (S. 111). Die letzte zur Verfügung stehende Untersuchung über die Verteilung von Werten in Namibia wird ebenfalls von Schmidt-Lauber erwähnt: 5% Weiße halten 71% des Bruttoinlandsproduktes in ihren Händen (S. 116).

[5] Ich war bei Recherchen zu diesem Buch überrascht, von Journalistenkollegen, die seit vielen Jahren in Berlin als Korrespondenten tätig sind, zu erfahren, dass in der Hauptstadt das Thema Namibia von den herr-

schenden politischen Parteien praktisch tabuisiert worden sei und Auskünfte, wenn überhaupt, nur sehr zögerlich gegeben würden.

6 Siehe Schmidt-Lauber, a.a.O., S. 35 ff.: »Gesellschaftliche Zugehörigkeiten verlaufen hier nach ... rigideren Ausschlussmechanismen«, und S. 114: »In dieser Welt wollen viele deutsche Namibier nicht gestört werden; vieles wollen sie nicht sehen müssen. Indes sind die sozialen Ungleichheiten in Namibia eklatant«, und S. 125: »Fast immer werden unter deutschen Namibiern endogame Ehen geschlossen.«

7 »Blutsbrüder« bezeichnet als ethnologischer Begriff (und so wird er in diesem Buch an einigen Stellen verwendet) eine besondere Verbindung zweier ansonsten nicht verwandter Männer, die sich aus der Vorstellung herleitet, »von einem Blute« zu sein. Die »Südwester« überhöhen so ihre gemeinsamen deutschen Wurzeln zu einer Art Blutsverwandtschaft.

8 Die Deutschstämmigen in Namibia halten immer noch an der kolonialen Schreibweise »Windhuk« fest, die dem rückwärtsgewandten Denken der »Südwester« folgend selbst von der Bundesregierung noch immer gepflegt wird. Diesem »offiziellen« Sprachgebrauch folgt denn auch der Rechtschreibduden.

9 Wissenschaftlich wird die Zumischung aus anderen Sprachen als ein Beleg für »eine Lücke im Wortschatz ... der alten ... Heimat« angesehen (Herbert Carl Nöckler: Sprachmischung in Südwestafrika, München 1963, S. 79). In der Sprechweise manifestiert sich auch »eine alternative Deutung der Wirklichkeit«, die »zur Ablehnung der Neuankömmlinge« aus Deutschland führe (Schmidt-Lauber, a.a.O., S. 113).

10 Hosea Kutako ist 1970 gestorben. Er war der Führer der Herero, die durch einen Vernichtungsbefehl des deutschen Generals Lothar von Trotha am Waterberg in einem Genozid ausgerottet werden sollten (nach seinen eigenen Worten »mit krassem Terrorismus und selbst mit Grausamkeit«), und hat gemeinsam mit dem späteren Präsidenten Sam Nujoma für die Unabhängigkeit Namibias gekämpft, die er nicht mehr erlebt hat.

11 Selbst die Straßen tragen dort immer noch deutsche Namen von Kolonisten: die namibische Regierung hat das nicht geändert (Hebenstreitstr., Steinstr., Bergstr., Kochstr. usw.).

12 In Namibia münden die Flüsse nicht wie in Europa in größere und führen ihr Wasser irgendwann einmal in einen Ozean. Wegen der großen Trockenheit des Landes verdunstet das Wasser auf seinem Weg schnell, die meisten Flüsse versickern irgendwo in der Wüste und führen nur in der Regenzeit Wasser. In den übrigen Monaten sind ihre Betten wasserleer und trocken wie Wadis in der nordafrikanischen Sahara.

[13] Im Kauderwelsch der sich selbst »Südwester« nennenden Deutschstämmigen ist das ein Wort für einen Geländewagen mit Ladefläche.

[14] »Mach schnell!«

[15] Die Quelle dieser Informationen will ich hier nicht angeben, weil dadurch die Anonymisierung der Farm aufgehoben würde.

[16] Ich war also dem von Schmidt-Lauber (a.a.O., S. 136) festgestellten Verhalten erlegen: »Die Kompetenz zur Mitsprache wird Personen von ›drüben‹ abgesprochen, was in der Regel mit dem Begriff *Erfahrung* begründet wird. Deutsche von ›drüben‹ hätten nicht genügend Landeskenntnisse, um die Lage adäquat beurteilen zu können. In auffälliger Weise taucht das Argument der Unkenntnis und mangelnden Erfahrung indes nicht gegenüber denjenigen Besuchern auf, die die Wirklichkeitsauffassung deutscher Namibier teilen oder ihr nahe kommen.«

[17] In der germanischen Mythologie der Name eines Gebiets für Riesen und Trolle außerhalb der menschlichen Welt.

[18] »Werden herkömmliche Verhaltensregeln oder die sozio-politische Ordnung an sich in Frage gestellt, so folgen Sanktionen.« (Schmidt-Lauber, a.a.O., S. 134)

[19] So bezeichneten alle weißen Farmer, mit denen ich in fünf Jahren gesprochen habe, Deutschland.

[20] Rheinische Missions-Gesellschaft, Missions-Berichte 1905, S. 130, und Jürgen Zimmerer/Joachim Zeller: Völkermord in Deutsch-Südwestafrika, Berlin 2003, S. 80.

[21] Siehe Artikel »Face Up To Historical Realties« in der namibischen Zeitung »New Era«, 1. 7. 1993.

[22] Bundesarchiv Berlin, RKA Nr. 2140, Bl. 18: Missionar Laaf an Rheinische Mission, 5. August 1906.

[23] Bundesarchiv Berlin, RKA Nr. 2140, Bl. 88: Estorff an Schutztruppe, Berlin, 10. April 1907.

[24] Meine drei Hunde wollte ich direkt aus Deutschland mitnehmen. Dazu waren tierärztliche Untersuchungen und viele Dokumente nötig. Das Mobiliar hingegen ließ ich in einen Container verpacken, der per Schiff einige Wochen nach mir in Namibia ankommen sollte.

[25] Dieses Fahrzeug hatte ich bei meinem vorbereitenden Besuch bereits gekauft.

[26] Burendialekt, so wurde Elkes Schwiegermutter genannt.

[27] Zu den wenigen schriftlichen Belegen dafür gehört der Brief eines Missionars der Vereinigten Evangelischen Mission in Wuppertal, der sich in deren Archiv befindet. Darin schreibt der namentlich nicht in Erscheinung tretende Verfasser unter anderem: »Dort fuhren eines Abends

mehrere Weiße ... und fingen sich mit Wissen der Schutzwache die Herero-Frauen ein und nahmen sie als Weiber mit. Am nächsten Abend wurde im Dunkeln dieselbe Jagd wiederholt ...« Ein Parlamentsabgeordneter schrieb in seinen Erinnerungen u.a.: »Unsere Frauen wurden gezwungen zu gehen und für den weißen Mann zu arbeiten ... Viele von unseren auf diese Weise unter Zwang fortgeschafften Frauen und Töchter kehrten später entweder schwanger oder mit einem Kind von einem weißen Mann zurück ... Weiße Männer kamen einfach ... und erteilten den Befehl – nimm deine Decke und komm.« (W. P. Steenkamp: Is The South-West African Herero Committing Race Suicide?, Kapstadt o.J., S. 12, zitiert auch in Gesine Krüger, a.a.O.)

28 Siehe Gesine Krüger: Bestien und Opfer: Frauen im Kolonialkrieg, Berlin 2003, S. 154: »... werden Vergewaltigungen in den Tagebüchern und in der veröffentlichten Kolonialliteratur verschwiegen. Erwähnung finden allenfalls die ›explosionsartige Verbreitung von Geschlechtskrankheiten‹ und die steigende Zahl ›halbweißer Kinder‹, die nach dem Krieg als eine zentrale Bedrohung der rassistischen Ordnung erschienen.«

29 Schmidt-Lauber, a.a.O., S. 129: »Sowohl in Privathaushalten als auch in Farmbetrieben werden die weißen Arbeitgeber als ›mister‹ und ›missis‹, ... oder auch als ›baas‹ (Boss, ugs.) angeredet. Ungeachtet ihres Alters dagegen werden die Angestellten selbst von den weißen Kindern mit dem Vornamen angeredet, wird über sie vom ›boy‹, von ›meiner Elisabeth‹, ›unserem Jonas‹ oder ›meinem Petrus‹ oder aber von den ›Jungs‹ oder den ›Kaffern‹ gesprochen. Dabei handelt es sich keineswegs nur um bedeutungsleere, routinisierte Benennungen, sondern um sprachliche Manifestationen der Machtverhältnisse.«

30 Siehe mein Buch »Esel«, Kosmos Verlag, Stuttgart 2008.

31 So bezeichneten viele Farmer, mit denen ich in Namibia sprechen konnte, immer noch unverhohlen Mitglieder der Regierung und Anhänger der Regierungspartei SWAPO.

32 Siehe auch Schmidt-Lauber, a.a.O., S. 127.

33 Siehe Vincent Crapanzano: »Waiting. The Whites of South Africa, London 1986, und Schmidt-Lauber, a.a.O., S. 127: »Weiße definieren sich selbst durch einen Vergleich untereinander, wohingegen Schwarze als ›wesensartig‹ völlig anders betrachtet und somit nicht zur Eigendefinition herangezogen werden.«

34 Siehe Schmidt-Lauber, a.a.O., S. 125 ff.: »Gemeinsam scheinen aber fast alle weißen Namibier gegenüber der schwarzen Bevölkerung eine unüberbrückbare Kluft zu empfinden ... Gegenüber der schwarzen, numerisch überwiegenden Bevölkerung wird immer wieder ein

Zusammenhalt, eine gemeinsame Front aller Weißen gefordert ... Die Gleichsetzung der Kategorien Rasse und Klasse ist mithin ein zentraler Bestandteil des sozialen Erlebens weißer Namibier ... Die angenommene Höherwertigkeit der eigenen ›Kultur‹ ... schwingt in fast jeder Aussage mit und ist ein unhinterfragbares Faktum für deutsche Namibier ...«

[35] Steiner schrieb vom »Wurzelrassensystem« (»Die weiße Rasse ist die zukünftige, ist die am Geiste schaffende Rasse«) und von der »arischen Wurzelrasse« (vgl. Jana Husmann-Kastein: Schwarz-Weiß-Konstruktionen im Rassebild Rudolf Steiners, Vortragsmanuskript. Tagung: Anthroposophie – kritische Reflexionen, Humboldt-Universität zu Berlin, 21.07.2006). Die rassistischen Grundgedanken Steiners sind auch von den Nazis übernommen worden, zum Beispiel seine »völkischen Ansichten«, wie auch seine Vorliebe für die »germanische Mythologie«. Neben und in den humanistischen Vorstellungen unter Anthroposophen findet sich weiterhin die völkische Tradition in Steiners Ideologie, halten Wissenschaftler fest (so z.B. Helmut Zander: Sozialdarwinistische Rassentheorien aus dem okkulten Untergrund des Kaiserreichs, München 1996). In den Niederlanden befasste sich 1997 eine Wissenschaftlerkommission mit dem Gesamtwerk Steiners. Ergebnis war, dass 16 seiner Aussagen nach niederländischem Recht sogar strafrechtlich verfolgt werden können. Der jüdische Philosoph Ernst Bloch hält die Ideologie Steiners für »faschistoid« (Erbschaft dieser Zeit, Frankfurt 1956).

[36] Peter Scholl-Latour: Afrikanische Totenklage. Der Ausverkauf des Schwarzen Kontinents, München 2003, S. 395 ff. »Die überwiegend von Deutschen bewohnte Stadt hatte sich zur Zeit des Dritten Reiches durch national-sozialistischen Eifer hervorgetan ... Diese Menschen leben in einer seltsamen Isolierung, scheinen sich der großen Zusammenhänge des Kontinents, in dem sie oft seit Generationen verweilen, gar nicht bewusst zu sein.«

[37] Das hat auch von Scholl-Latour bei seinem Besuch im Frühjahr 2001 festgestellt, siehe a.a.O., S. 396 ff. Er bezeichnete die Atmosphäre in dieser Stadt als »brauner Dunst von Swakopmund«, hörte jeden Abend aus einer Kneipe den »Marsch des Führers« (Badenweiler Marsch) und zu später Stunde deutsche Kehlen sogar das Horst-Wessel-Lied der Nazis grölen.

[38] Siehe hierzu und zum folgenden Text Joachim Zeller: Ombepera i koza – Die Kälte tötet mich. Zur Geschichte des Konzentrationslagers in Swakopmund (1904-1908), in: Zimmerer, a.a.O., S. 64 ff.

[39] Siehe Archives of the Evangelical-Lutheran Church in the Republic of

Namibia, C.V. 31, Gemeinde-Chronik Swakopmund, S. 6ff., auch abgedruckt in Zimmerer, a.a.O., S. 64.

40 »Hacka Hanna« entstammt der Hererosprache und ist ein Befehl, schneller zu machen.

41 Sprichwort der namibischen Bevölkerungsmehrheit, der Wambo: »Wasser bewegt sich nicht von selbst.«

42 Aktuelle Angaben aus Wikipedia.

43 Die kürzeste Definition dieses Begriffs ist in Wikipedia zu finden. Sie macht deutlich, dass er in vollem Umfang auf die in diesem Buch beschriebenen Arbeitsverhältnisse auf Farmen zutrifft, die von deutschstämmigen Nachfahren der Kolonistenfamilien geführt werden: »Ein Indikator für Lohnsklaverei ist u. a. die Höhe des Arbeitsentgelts, das bei vollständiger Verausgabung der Arbeitskraft nur ein Leben am Rande des Existenzminimums ermöglicht. Typisch ist auch, dass Arbeitnehmer in der Lohnsklaverei ihren Arbeitslohn teilweise oder sogar gänzlich in Form von Naturalien erhalten. Eine weitergehende Verschärfung tritt auf, wenn Arbeiter weit entfernt von menschlichen Siedlungen *mehr als ihren Arbeitslohn* in von Arbeitgeberseite betriebenen Geschäften für Lebensmittel und andere Dinge des unbedingt erforderlichen täglichen Bedarfs ausgeben müssen, sodass sie sich notgedrungen bei fehlender Abreisemöglichkeit meist schnell erheblich verschulden und in umso größere Abhängigkeiten geraten.«

44 Wenn namibische Farmer über ihr angeblich hartes Leben sprechen und ihre »Erfolge« vor Touristen in hohen Tönen loben, verheimlichen sie, dass kein einziger ihrer Betriebe ohne staatliche Subventionen und Ausbeutung schwarzer Arbeiter überlebensfähig wäre. Nach der bislang einzigen wissenschaftlichen Untersuchung von Schmidt-Lauber sind deutschstämmige Namibier zudem »überwiegend in Sektoren tätig, deren Beitrag zur Wirtschaftskraft des Landes gering ist« (a.a.O., S. 116). Es herrsche »eine krasse Diskrepanz des Einkommens, Status und der Lebensbedingungen zwischen schwarzen und weißen Namibiern«, die auch nicht durch das langsame Entstehen einer »schwarzen Mittelschicht« verkleinert werde (a.a.O., S. 117).

45 Zum Beispiel in der Bundestagsdrucksache 11/4205 vom 15. März 1989, nachzulesen unter http://dip.bundestag.de/btd/11/042/1104205.pdf, und weiteren folgenden Regierungsdokumenten.

46 Siehe Wortlaut der Rede von Bundesministerin Heidemarie Wieczorek-Zeul anlässlich der Gedenkfeierlichkeiten in Namibia am 14. August 2004, nachzulesen unter http://www.bmz.de/de/presse/reden/ministerin/rede20040814.html

[47] Siehe http://www.goethe.de

[48] Diese Region wird übrigens von allen deutschen Politikern zur Freude der Nachfahren der Kolonisten immer vernachlässigt, gleich welcher Partei sie angehören. Auch der frühere Bundesaußenminister Joschka Fischer und der Leiter des Arbeitsbereichs Afrika im Ausschuss für wirtschaftliche Zusammenarbeit des Deutschen Bundestages, Hans-Christian Ströbele, beide Mitglieder der »Grünen«, ließen es damit genug sein, die »deutschen« Annehmlichkeiten in den »deutschen« Städten Windhoek und Swakopmund zu genießen.

[49] Frantz Fanon: Die Verdammten dieser Erde, Frankfurt/Main 1981, S. 33.

[50] Alle mir bekannt gewordenen weißen namibischen Farmer hatten keine Ausbildung zum Landwirt absolviert, sondern diesen Beruf von ihren Großvätern »gelernt«. Sie wirtschafteten, soweit ich das bei meinen Besuchen auf etwa zwanzig Farmen beobachten konnte, in ihren Betrieben immer noch nach uralten Methoden, investierten ihre Gewinne nicht planvoll in die Zukunft, sondern vertrauten darauf, dass jenes Subventionssystem weitergeführt wird, welches ihnen seitens der europäischen Staaten feste Preise und Mindestabnahmen zum Beispiel für ihr Rindfleisch garantiert. Gleichzeitig bezichtigten diese ungelernten weißen Farmer in Gesprächen mit mir und Touristen, welche mir das weitergaben, pauschal alle schwarzen Menschen, Landwirtschaft nicht betreiben zu können, obwohl einige der schwarzen Farmanwärter, welchen die Regierung enteignetes Land übertragen will, im Gegensatz zu den weißen Vorbesitzern eine fundierte landwirtschaftliche Ausbildung vorweisen können und zum Teil in Europa (meist Großbritannien) dieses Fachgebiet studiert haben.

[51] Das Grundgesetz schreibt in Artikel 14: »Eigentum verpflichtet. Sein Gebrauch soll zugleich dem Wohle der Allgemeinheit dienen. Eine Enteignung ist nur zum Wohle der Allgemeinheit zulässig ...« und sieht in Artikel 15 sogar die »Sozialisierung« vor: »Grund und Boden ... können zum Zwecke der Vergesellschaftung ... in Gemeineigentum ... überführt werden.« Dementsprechend bestimmt die Verfassung der Republik Namibia in Artikel 16 zunächst, dass jeder Bürger Privateigentum halten darf, und grenzt das wie in der deutschen Verfassung ein: »Der Staat oder eine zuständige autorisierte Körperschaft oder ein zuständiges Organ dürfen im öffentlichen Interesse Eigentum enteignen, vorbehaltlich der Bezahlung einer gerechten Entschädigung in Übereinstimmung mit den Erfordernissen und Verfahren, die durch ein Gesetz des Parlaments bestimmt sein müssen.«

[52] Wie auch in diesem Buch geschildert, wurden zum Beispiel Führer ein-

heimischer Gesellschaften alkoholabhängig gemacht, um ihre Unterschrift zu ergaunern, wenngleich sie rechtlich gar nicht Eigentümer des vertraglich an einen aus Deutschland stammenden Kolonisten übertragenen Landbesitzes waren.

53 Damit soll das weltweit bekannte Horrorbild einer Entwicklung wie in Simbabwe an die Wand gemalt werden. In diesem Land herrschen chaotische Verhältnisse, unter denen es auch willkürliche Enteignungen und Vertreibungen weißer Farmer gegeben hat. Zu diesem Thema siehe Hans-Joachim Löwer: Im Land des Hasses – Undercover durch Simbabwe, Herbig Verlag, München 2008.

54 Ein Beispiel für die strikte Einhaltung von Gesetzen bei Enteignungen ist die im März 2008 gefällte Entscheidung des Obersten Gerichtshofes in Namibia, welche die Enteignungen gegen drei (in Deutschland wohnende) deutsche Farmbesitzer vorläufig aufgehoben hat, weil ihr Recht auf Anhörung nicht vollständig beachtet worden war. Die gesamten Enteignungsverfahren gegen sie müssen nun von vorne aufgerollt werden.

55 Siehe http://www.mission.fi/lahetysmuseo

56 Wo sich die »Schädelsammlungen« befinden, wird nur ungern offenbart. Meine Recherchen ergaben, dass mindestens in Berlin ein solches Schreckenskabinett noch, als »wissenschaftlich« charakterisiert, beibehalten wurde. Die Verantwortlichen des Berliner Medizinhistorischen Museums übergaben mir eine Liste, auf der die Schädel von siebzehn Namibiern mit der Angabe der für deren Versendung verantwortlichen deutschen Kolonisten aufgeführt sind und teilten mir mit, sie seien dazu bereit, die sterblichen Überreste der toten Menschen nach Namibia für eine menschenwürdige Beisetzung zurückzugeben, könnten das aber nicht. Dazu sei eine politische Entscheidung des Trägers der Einrichtung notwendig. Die dafür verantwortliche Bundesregierung ignorierte meine dazu gestellte Frage bis zum Druck dieses Buches.

57 Frei übersetzt: Freiwilliger Verkäufer, freiwilliger Käufer.

58 Der Name ist nicht überliefert, dennoch wird darüber oft in Namibia gesprochen.

59 Einen Ansatz dazu gab es im Jahr 1977. Die Bundesregierung drängte die deutschstämmigen Farmer dazu, ihre »Deutsche Höhere Privatschule« (DHPS) für schwarze Schüler zu öffnen. Ohne diesen Druck wären die Nachfahren der Kolonistenfamilien dazu nicht bereit gewesen und hätten weiterhin etwa drei Millionen Euro jährlich (!) aus dem deutschen Steuersäckel allein für eine einzige Schule – nur für ihre weißen Kinder – verbraucht (die DHPS ist die am großzügigsten von Deutschland finanziell geförderte ausländische Schule). Dieser Ansatz ist aber nicht

weiterverfolgt worden. Die deutschstämmigen Farmerfamilien versuchen mit Macht, ihre Pfründe zu verteidigen. Die letzte mir zugängliche Zahl: 1988 waren nur 128 von 905 Schülern »nichtweiß«.

60 Quelle: Bundesamt für Statistik, Ausländische Studierende im Wintersemester 2006/2007, Stand 1. Oktober 2007. Bei meiner Umfrage an verschiedenen deutschen Universitäten erklärte mir der Mitarbeiter einer Pressestelle, es könne durchaus »namibische« Studenten in Deutschland geben, die in keiner Statistik erscheinen, »weil sie einen deutschen Pass haben«. Ich gehe davon aus, dass mein Gesprächspartner sich nicht darüber im Klaren war, welche Verhöhnung der namibischen Bevölkerungsmehrheit in diesen Worten liegt. Inhaber von deutschen Pässen sind in Deutschland Deutsche und keine Namibier, auch wenn sie zusätzlich einen zweiten Pass haben. Möglicherweise studieren bei uns Deutsche, die zusätzlich einen namibischen Pass haben, aber den namibischen Behörden das verheimlichen, also Kinder von deutschstämmigen Nachfahren der Kolonistenfamilien. Diese benötigen gewiss keine staatliche Hilfe.

61 In den letzten Presseinformationen über die deutsche »Entwicklungszusammenarbeit mit Namibia«, die vor Druck dieses Buches herausgegeben wurden, wird Bildung gar nicht mehr erwähnt: »Die bewährten Schwerpunkte der deutschen Entwicklungszusammenarbeit mit Namibia werden fortgesetzt. Im Mittelpunkt stehen auch in Zukunft das Management natürlicher Ressourcen, die Aufrechterhaltung und der Ausbau der Verkehrsinfrastruktur und die Förderung nachhaltiger wirtschaftlicher Entwicklung.« Siehe http://www.bmz.de/de/presse/pm/2007/november/pm_20071107_126.html

62 A.a.O., S. 119

63 So gibt es im Owambo, im Norden Namibias, schwarze Farmer. Deren Gebiet wird allerdings immer noch durch einen »Rinderschutzzaun« abgeriegelt, weil es vor etwa hundert Jahren dort angeblich einmal eine ansteckende Rinderkrankheit gegeben hat. Europa weigert sich bis heute, Importe aus dieser einzigen Region Namibias zuzulassen, in denen schwarze Farmer Rindfleisch produzieren.

64 Schmidt-Lauber, a.a.O.: »Was das Leben politisch oppositionell denkender und handelnder Weißer in Namibia so schwer macht, sind tägliche Anfeindungen, Morddrohungen aus der deutschen Gemeinschaft oder säurebesprühte Autos, der Verlust von Sozialkontakten und – wie das Beispiel des SWAPO-Mitglieds Anton Lubowski (der mit Politikern und Parteien in Europa über die Unabhängigkeit Namibias verhandelte; ugs.) vor Augen führte – als extremste Sanktion der gewaltsame Tod. Der 1989

ermordete Advokat hatte sich durch sein unzweideutiges Engagement für die politische Unabhängigkeit des Landes und die Änderung der Sozialordnung unbeliebt gemacht. Während meines Feldforschungsaufenthalts kursierte in Windhoek ein Flugblatt ... auf der Rückseite wurde der Kopf des SWAPO-Funktionärs als Zielscheibe für Übungsschüsse präsentiert.«

Literaturempfehlungen

Die folgende Liste erhebt keinen Anspruch auf Vollständigkeit. Ich habe sehr subjektiv Titel ausgesucht, die mir bei der Arbeit an diesem Buch und den Vorbereitungen für meine Auswanderung nach Namibia sowie dem langjährigen Aufenthalt dort sehr hilfreich erschienen und von denen ich annehme, dass sie für diejenigen Personen interessant sind, die sich weitergehend informieren möchten. Manche sind leider zur Zeit des Drucks dieses Buches nur in englischer Sprache erhältlich. Einige Titel werden vergriffen sein. In Bibliotheken kann man sie ausleihen, besonders die deutschen Landesbibliotheken sind dabei behilflich, sie zu finden, falls dort nicht vorrätig. Ein guter Buchhändler besorgt Titel direkt aus Namibia. Die gängigen Reiseführer über Namibia habe ich ebenso ausgespart wie kolonial gefärbte Veröffentlichungen, ausgenommen Tönjes Werk über das »Owamboland«.

Arndt, Susan: Afrika und die deutsche Sprache, Münster 2004

Arndt, Susan: AfrikaBilder. Studien zu Rassismus in Deutschland, Münster 2006

Babing, Alfred: Namibia – das Land der Sonne: von der deutsch-südafrikanischen Kolonie zu einem freien unabhängigen afrikanischen Staat, Berlin 2003

Baer, Martin/Schröter, Olaf: Eine Kopfjagd, Deutsche in Ostafrika, Spuren kolonialer Herrschaft, Berlin 2001

Bechhaus-Gerst, Marianne (Hrsg.): Die (koloniale) Begegnung. AfrikanerInnen in Deutschland 1880–1945, Frankfurt a. M. 2003

Bley, Helmut: South-West Africa under German Rule 1894–1914, London 1971

Bley, Helmut: Kolonialherrschaft und Sozialstruktur in Deutsch-Südwestafrika 1894–1914, Hamburg 1968

Bley, Helmut: Unerledigte deutsche Kolonialgeschichte, Berlin 1996

Böhlke-Itzen, Janntje: Kolonialschuld und Entschädigung. Der deutsche Völkermord an den Hereros (1904–1907), Frankfurt a. M. 2004

Brandstetter, Anna-Maria: Wider die vereinfachenden Dichotomien, Berlin 1997
Brigdman, Jon: The Revolt of the Hereros, London 1981
Bühler, Andreas H.: Der Namaaufstand gegen die deutsche Kolonialherrschaft in Namibia von 1904 bis 1913: Facetten der europäisch-überseeischen Begegnung, o.O. 2003

Chubb, Karin/van Dijk, Lutz: Der Traum vom Regenbogen. Nach der Apartheid: Südafrikas Jugend zwischen Wut und Hoffnung, Reinbek 1999

Dahle, Wendula/Leyerer, Wolfgang (Hrsg.): Namibia, Bremen 2001
Dahle, Wendula/Leyerer, Wolfgang (Hrsg.): Namibia, Leer 1992
Die Verfassung der Republik Namibia, aus dem Englischen übersetzt von Rechtsanwalt Ralph Leibecke und Dr. Hildegard Farke, Windhoek 1995
Dierks, Klaus: Chronologie der namibischen Geschichte: von der vorgeschichtlichen Zeit zur Unabhängigkeit, Göttingen o.J.
Diescho, Joseph: Troubled Waters, Windhoek 2000
Drechsler, Horst: Aufstände in Südwestafrika: der Kampf der Herero und Nama 1904 bis 1907 gegen die deutsche Kolonialherrschaft, Berlin 1984
Drechsler, Horst: Südwestafrika unter deutscher Kolonialherrschaft, Berlin 1996
Dunse, Karin: Spuren deutscher Kolonialgeschichte im öffentlichen Raum: Zum Beispiel Hannover, Hannover 2004

Eirola, Martti: The Ovambogefahr, The Ovamboland Reservation in the Making, Historic Association of Northern Finland, 1992
Entstehung einer Nation. Der Befreiungskampf für Namibia, London 1981

Feinstein, Anthony: In Conflict, Windhoek 1998
Fesser, Gerd: Der Traum vom Platz an der Sonne. Deutsche »Weltpolitik« 1897–1914, Bremen 1997
Förster, Larissa: Namibia – Deutschland: eine geteilte Geschichte. Widerstand, Gewalt, Erinnerung, Köln 2000
Fourie, Dawied: Oshiwambo, Past, Present And Future, Windhoek 1992
FWU Institut für Film und Bild in Wissenschaft und Unterricht: Deutsche Kolonien. Vom Entdecker zum Eroberer – Afrika brennt, DVD, 87 Minuten, Bestellnummer 46 02359

Gewald, Jan-Bart: Herero heroes: a socio-political history of the Herero of Namibia, 1890–1923, Oxford 1998

Gewald, Jan-Bart: Herero Heroes, Oxford 1999
Gründer, Horst (Hrsg.): ›... da und dort ein junges Deutschland gründen‹. Rassismus, Kolonien und kolonialer Gedanke vom 16. bis zum 20. Jahrhundert, München 1999
Gründer, Horst: Geschichte der deutschen Kolonien, Paderborn 2000
Gustafsson, Heinz: Namibia, Bremen und Deutschland, ein steiniger Weg zur Freundschaft, Berlin 2003

Haakskeen, Petrus: Profiles Of A Hero (Gedichte), Windhoek 2000
Halbach, Axel J.: Namibia. Wirtschaft, Politik, Gesellschaft, Windhoek 2000
Hamann, Christof: Fester. Roman, Göttingen 2003
Heine, Peter/van der Heyden, Ullrich (Hrsg.): Studien zur Geschichte des deutschen Kolonialismus, Pfaffenweiler 1995
Hervé, Florence: Namibia – Frauen mischen sich ein, Berlin 1993
Heydwood, Annemary: The Cassinga Event, Windhoek 1996
Hinz, Manfred O.: Weiß auf Schwarz: Kolonialismus, Apartheid und afrikanischer Widerstand, Berlin 1986
Hiyalwa, Kaleni: Mekulu's Children, Windhoek 2002
Hoffmann, Giselher W.: Die schweigenden Feuer: Roman der Herero, Wuppertal 1994

Imfeld, Al: Hunger und Hilfe, Zürich 1985

Kenna, Constance (Hrsg.): Die ›DDR-Kinder‹ von Namibia, Heimkehrer in ein fremdes Land, Windhoek 1999
Kreimeier, Klaus: Geborstene Trommeln. Afrikas zweite Zerstörung, Frankfurt a. M. 1985
Krieg, Peter: Der Mensch stirbt nicht am Brot allein. Vom Weizen zum Brot zum Hunger, Wuppertal 1981
Krippendorf, Jost/Zimmer, Peter/Glauber, Hans (Hrsg.): Für einen anderen Tourismus, Frankfurt a. M. 1988
Krippendorf, Jost: Die Ferienmenschen. Ein neues Verständnis von Freizeit und Reisen, München 1984
Krüger, Gesine: Kriegsbewältigung und Geschichtsbewusstsein. Realität, Deutung und Verarbeitung des deutschen Kolonialkriegs in Namibia 1904 bis 1907, Göttingen 1999
Kundrus, Birthe (Hrsg.): Phantasiereiche. Zur Kulturgeschichte des deutschen Kolonialismus, Frankfurt a. M. 2003
Kundrus, Birthe: Moderne Imperialisten. Das Kaiserreich im Spiegel seiner Kolonien, Köln 2003

Lau, Brigitte: The Mbanderu: their history until 1914, Basel 1987
Linne, Karsten: Weiße Arbeitsführer im »Kolonialen Ergänzungsraum«, Münster 2002
Löwer, Hans-Joachim: Im Land des Hasses – Undercover durch Simbabwe, München 2008

Mäder, Ueli: Vom Kolonialismus zum Tourismus – von der Freizeit zur Freiheit, Zürich 1988
Madisia, Joseph (Illustrationen): Muzimbikana and other Namibian Adventures, Windheok 1997
Madisia, Joseph (Illustrationen): The Moon People and other Namibian Stories, Windhoek 1996
Melber, Henning (Hrsg.): Katutura. Alltag im Ghetto, Zürich 1988
Melber, Henning (Hrsg.): Genozid und Gedenken. Namibisch-deutsche Geschichte und Gegenwart, Frankfurt a. M. 2005
Melber, Henning: Der Weißheit letzter Schluss. Rassismus und kolonialer Blick, Frankfurt a. M. 1992
Motte, Jochen: 100th anniversary of the beginning of the colonial war of liberation in Namibia, Hamburg 2005

Ndeshi Namhila, Ellen: The Price Of Freedom, Windhoek 1997
Nestvogel, Renate/Tetzlaff, Rainer (Hrsg.): Afrika und der deutsche Kolonialismus. Zivilisierung zwischen Schnapshandel und Bibelstunde, Berlin 1987
Ngavirue, Zedekia and The National Planning Commission: Oshanas, Sustaining People, Environment And Development In Central Owambo, Namibia, Windhoek 1992
Nujoma, Sam: Where Others Wavered (Autobiografie des ersten Präsidenten der freien Republik Namibia in englischer Sprache), London 2001

Pool, Gerhard: Samuel Maharero, Windhoek 1991
Pottas, Marietje: Namibian Guide To Modern Living, Windhoek 1999
Pynchon, Thomas: V. Roman, Reinbek 1994
Pynchon, Thomas: Die Enden der Parabel. Roman, Reinbek 1998

Reeh, Günther: Hendrik Witbooi: ein Leben für die Freiheit, zwischen Glaube und Zweifel, Köln 2000

Scheulen, Peter: Die »Eingeborenen« Deutsch-Südwestafrikas: ihr Bild in deutschen Kolonialzeitschriften von 1884 bis 1918, Köln 1998

Schmidt-Lauber, Brigitta: Die abhängigen Herren: Deutsche Identität in Namibia, Hamburg 1993
Selber, Martin: Hendrik Witbooi. Jugendbuch, Weimar 1974
Seyfried, Gerhard: Herero. Roman, Frankfurt a. M. 2003
Silvester, Jeremy/Gewald, Jan-Bart (Hrsg.): Words cannot be found. German Colonial Rule in Namibia, Leiden 2003
Silvester, Jeremy/Hillebrecht, Werner/Erichsen, Casper W.: The Herero Holocaust? The Disputed History of the 1904 Genocide, in: The Namibian Weekender, 10.08.2001
Silvester, Jeremy: My Heart Tells Me That I Have Done Nothing Wrong, Windhoek 1995
Sundermeier, Theo: Die Mbanderu: Studien zu ihrer Geschichte und Kultur, St. Augustin 1977

Tarr, Peter (Hrsg.): Namibia Environment, Ministry Of Environment And Tourism, Windhoek 1997
Tönjes, Hermann: Owamboland, Windhoek 1996
Tutu, Desmond: »Gott segne Afrika«. Texte und Predigten des Friedensnobelpreisträgers, Reinbek 1984

Volker, Ullrich: ... deutsches Blut zu rächen. Dem Aufstand der Herero 1904 folgt Deutschlands erster Vernichtungskrieg, München 2002

Wackwitz, Stephan: Ein unsichtbares Land. Roman, Frankfurt a. M. 2003
Wassink, Jörg: Der Herero-/Nama-Aufstand in der deutschen Kolonialliteratur. Eine literarhistorische Analyse, München 2004
Wedell, Gaby: Sedina. Westwärts immer westwärts, Windhoek o.J.
Witbooi, Hendrik: Afrika den Afrikanern!, Berlin 1982

ya Nagolo, Mvula/Sellström, Tor: Ksinga, A Story Untold, mit einem Vorwort von Expräsident Sam Nujoma, Windhoek 1995
Ya-Otto, John: Namibia. Autobiografischer Bericht, Zürich 1984

Zimmerer, Jürgen/Zeller, Joachim (Hrsg.): Völkermord in Deutsch-Südwestafrika, Berlin 2003
Zimmerer, Jürgen: Deutsche Herrschaft über Afrikaner: staatlicher Machtanspruch und Wirklichkeit im kolonialen Namibia, Hamburg 2001